Noël en Australie

★

Un invité pour Noël

★

Une passion sous la neige

MARGARET WAY

Noël en Australie

Traduction française de

PHILIPPE WANTIEZ

HARLEQUIN

Titre original :
HER OUTBACK COMMANDER

Ce roman a déjà été publié en 2018

HARPERCOLLINS FRANCE
83-85, boulevard Vincent-Auriol, 75646 PARIS CEDEX 13
Service Lectrices — Tél. : 01 45 82 47 47 - www.harlequin.fr
ISBN 978-2-2804-7836-6

Composé et édité par HarperCollins France.

Imprimé en novembre 2022 par CPI Bussière (France)
en utilisant 100% d'électricité renouvelable.

Dépôt légal : novembre 2022.

FSC www.fsc.org
MIXTE
Papier issu de sources responsables
FSC® C159065

Pour limiter l'empreinte environnementale de ses livres, HarperCollins France s'engage à n'utiliser que du papier fabriqué à partir de bois provenant de forêts gérées durablement et de manière responsable.

1

Vancouver
Canada

Dès qu'elle entra dans l'hôtel, Blaine Kilcullen sut que c'était elle. Le portier la remarqua lui aussi, et lui fit un grand sourire. Qui aurait pu l'en blâmer ? Face à une telle femme, n'importe qui aurait eu la même réaction. Mais comment Blaine pouvait-il être si sûr que c'était elle qu'il était venu rencontrer ? Curieusement, il n'avait pas le moindre doute. Pourtant, ce n'était pas ainsi qu'il l'avait imaginée. L'image qu'il s'était faite d'elle était basée sur la description que Mark en avait fait par lettre à sa mère, quelques mois après avoir épousé cette jeune Canadienne. Néanmoins, Blaine eut la sensation très nette de la reconnaître. Lui, qui était habituellement si impassible, ressentit un profond choc.

La description de Mark n'était pas vraiment fidèle. Elle était *très belle*. Il n'y avait pas autre chose à dire. Elle le serait toujours, à n'importe quel âge. Il émanait d'elle une aura de raffinement, une réserve due non seulement à une bonne éducation, mais aussi à une personnalité que l'on devinait posée, désireuse d'observer attentivement avant de porter un jugement. Il était difficile d'imaginer Mark avec elle. Sa tenue était impeccable, de très bon goût, mais convenait-elle à une veuve récente ? Qu'y avait-il donc derrière ces apparences ?

Blaine avait choisi un endroit d'où observer discrètement son arrivée, pensant que cela lui donnerait un avantage, qu'il pourrait se faire une idée de la jeune femme que Mark avait épousée. Mais à présent, il ne savait plus que penser. Où étaient ses cheveux blonds ? Et elle n'était pas si petite que cela ! Mais, après tout, les femmes portaient des talons, et teignaient leurs cheveux en fonction de la mode.

Mais c'était bien elle, il n'avait aucun doute. C'était Mandy — Amanda, la veuve de Mark. Un prénom qui ne lui allait pas. Etait-ce une plaisanterie de Mark ? Il avait toujours aimé vivre dans un monde de rêves, de fantasmes, où personne n'arrivait à démêler le faux du vrai. Leur père lui avait un jour confié sa crainte de voir Mark devenir sociopathe. Le jugement était dur, venant d'un homme qui ne parlait pas à la légère. Mais, indéniablement, Mark n'avait jamais bien intégré la différence entre le bien et le mal. Lorsqu'il désirait quelque chose, rien ne l'arrêtait. Et certainement pas les scrupules. Il ne pensait qu'à lui. Le reste de la famille avait eu de la difficulté à se faire à cette idée.

S'agissant des femmes, Mark n'était intéressé que par leurs attraits physiques. Il lui importait peu qu'elles soient de bonnes compagnes, pleines d'amour et de tendresse. Ce qui l'attirait, c'était le genre de femmes que l'on voyait dévêtues dans certains magazines. « De ravissantes idiotes », comme disait Marcia, sa sœur jumelle. Il y avait eu une exception, Joanne Barrett, la fiancée que sa mère avait choisie pour lui, et qu'il avait laissée tomber comme un paquet de linge sale.

Pourtant, la femme qu'il avait fini par épouser marquait un changement dans ses habitudes.

Blaine se leva pour lui faire un signe de la main.

Sur le plan physique, cette pauvre Joanne n'aurait pas pu soutenir la comparaison.

Mandy ne lui sourit pas.

Lui non plus.

Elle semblait décidée à ne montrer aucun sentiment. En éprouvait-elle ?

Elle se dirigea vers lui, apparemment indifférente aux regards admiratifs qu'elle recevait. Oh ! elle était si belle qu'elle devait toujours attirer l'attention. Elle y était certainement habituée depuis longtemps.

Dans son écrin de mer et de montagnes, Vancouver était l'une des plus belles villes du monde, mais il n'avait pris aucun plaisir à y venir. Il n'avait même pas eu le temps de s'y promener. C'était dommage. Mais comment se sentir bien avec un froid pareil ? Jamais il n'en avait connu de si perçant, même durant ses voyages en Europe. Dès le seuil de l'hôtel passé, la température était glaciale, surtout pour lui qui était né et avait grandi dans un grand ranch australien, en bordure du désert de Simpson, immense étendue de terre rouge.

Il était venu dans un but précis : organiser le retour du corps de son demi-frère dans son pays natal et inviter sa veuve en Australie. Elle pourrait ainsi assister aux funérailles et rencontrer sa belle-famille. Après l'avoir totalement ignorée durant les deux courtes années de son mariage.

Continuerait-elle à faire preuve d'autant de dédain ? Cela paraissait peu probable. Pour commencer, une part importante de l'héritage l'attendait. Peu de gens étaient indifférents à l'argent. Ensuite… c'était plutôt sa famille qui avait besoin de parler avec elle. Pour comprendre pourquoi Mark avait agi ainsi. Sa mère Hilary, sa sœur jumelle Marcia, et Joanne, qui avait beaucoup souffert.

Blaine, lui, n'avait besoin d'aucune explication. Le comportement de Mark ne l'avait jamais surpris. Pas plus qu'il n'avait étonné leur défunt père, qui avait passé les deux dernières années de sa vie invalide, la colonne vertébrale si gravement fracturée que deux opérations n'avaient pas changé grand-chose. Au-delà du handicap physique, il avait souffert d'une forme rare d'amnésie. Jamais il ne s'était souvenu du jour de l'accident : pourtant excellent cavalier, il était tombé de sa jument favorite, Duchess.

Se forçant à donner une impression de calme qu'elle était loin de ressentir, elle se dirigea vers Blaine. C'était donc lui, Blaine Kilcullen, le frère de Mark. Elle l'aurait reconnu même s'il n'avait pas levé la main. C'était le geste d'un homme habitué à ce qu'on lui obéisse, mais elle n'y avait rien trouvé d'arrogant. Il émanait de lui une autorité naturelle. Il était plus grand que Mark — il devait bien faire un mètre quatre-vingt-cinq. Il était très athlétique, très bel homme. Ce qui n'était pas une raison de ne pas se méfier. La beauté du diable n'était pas un vain mot.

Elle était tentée d'y croire, en se rappelant tout le mal dont Mark l'accusait. Mark se mettait facilement en colère. C'était l'un des aspects de sa personnalité qu'elle avait trouvé déplaisants, dès le début. Il pouvait être charmant, et devenir glacé l'instant d'après, sans qu'on sache pourquoi. Il rendait son frère responsable de tous les malheurs de sa vie. Etait-ce justifié ? Peut-être au moins partiellement, compte tenu de la puissance de son amertume, de son sentiment d'être abandonné par sa famille.

« C'est à cause de Blaine que je suis parti. Que j'ai quitté mon foyer, mon pays natal. Mon père est mort, mais il m'avait rejeté bien avant son décès — à cause des manipulations de Blaine. Il voulait m'éliminer, et tous les moyens lui étaient bons. Il ne supportait pas l'affection que mon père avait pour moi. Il y aura de la neige dans le désert de Simpson avant que je ne parle de nouveau à mon frère. »

Hélas pour lui, sa prédiction s'était réalisée. Il n'avait jamais reparlé à son frère. Il était mort dans un accident de ski. En dépit des avertissements, il avait fait du hors-piste et percuté un arbre. Amanda et elle avaient toutes deux été témoins de l'accident, et ne pourraient jamais l'oublier. Cela avait été affreux à voir, plus que vraiment surprenant. Mark avait toujours été casse-cou, aimant prendre des risques insensés. Etait-ce à cause de son ancienne vie, de ses efforts pour prouver ce qu'il valait ? Ce n'était pas certain. Elle ne pouvait pas se prononcer sur cette question. Elle n'était pas psychiatre, après tout.

— Amanda ? demanda le riche éleveur.

— Je suis désolée, monsieur Kilcullen, dit-elle. Je n'ai pas pu vous prévenir. Je suis Sienna Fleury, une cousine d'Amanda. Elle m'a demandé de venir à sa place.

Le moment était venu de raconter la même vieille histoire. Cela faisait tant d'années qu'elle la débitait, pour rendre service à sa cousine…

— Elle n'a pas pu venir, à cause d'une grave migraine. Cela fait des années qu'elle en souffre.

— Je vois.

Il était vraiment très poli. Mais lire ses pensées n'était pas difficile. La femme que Mark avait épousée montrait une fois de plus sa froideur et son indifférence. Elle faisait clairement comprendre qu'elle rejetait la famille Kilcullen.

— Permettez-moi d'exprimer mes plus sincères condoléances, dit-elle doucement. J'avais beaucoup d'affection pour Mark.

C'était loin d'être vrai, mais on ne disait pas de mal d'une personne décédée. Elle avait essayé de lui trouver des qualités, sans grand succès. Amanda, en revanche, était follement amoureuse de lui, et rejeter Mark aurait équivalu à rejeter Amanda. Elle était donc restée en bons termes, autant que faire se pouvait, avec Mark : après avoir servi de grande sœur à Amanda pendant des années, elle n'avait pas voulu se brouiller avec elle.

— Merci, mademoiselle Fleury.

Elle avait une voix charmante, que son accent canadien rendait plus adorable encore.

Quelque chose revint à la mémoire de Blaine… Mark n'avait-il pas longuement parlé, dans sa seule lettre à sa mère, de la demoiselle d'honneur ? Hilary avait trouvé cette insistance assez étrange.

Après avoir été convaincu qu'elle était la veuve de Mark, il était persuadé, à présent, qu'elle avait été la demoiselle d'honneur d'Amanda…

Sienna, qui l'observait discrètement, remarqua un changement dans son expression. A quoi était-il dû ? D'après Mark, les deux frères avaient été des ennemis mortels. Amanda l'avait cru sur parole et n'avait fait aucune tentative pour contacter sa belle-famille après la mort de son mari. Elle avait même exigé qu'on ne la prévienne de rien. Mais il y avait quand même un minimum d'égards à respecter. Sienna avait demandé à son père, Lucien Fleury — un des plus grands artistes du Canada — de prévenir les Kilcullen.

— Elle a toujours été un peu particulière, non ? avait dit Lucien à propos d'Amanda.

C'était une litote remarquable pour lui qui ne mâchait pas ses mots.

Corinne, la mère d'Amanda et la sœur de Lucien, avait péri avec son mari dans un accident de voiture alors que leur fille n'avait que cinq ans. Elle avait été recueillie par Lucien et Francine, les parents de Sienna. Ils l'avaient élevée avec celle-ci, qui avait dix-huit mois de plus, et son frère aîné, Emile, à présent architecte de renom à New York.

La voix de Blaine Kilcullen la tira de ses pensées. On ne pouvait pas y discerner cet accent si particulier à l'Australie. Il devait avoir beaucoup voyagé, peut-être étudié à l'étranger ?

— Voulez-vous boire quelque chose avant le dîner ?

— Avec plaisir.

Que pouvait-elle répondre d'autre ? Il était aussi intimidant que son frère le disait. Mais une femme sage réservait toujours son jugement.

Blaine aida Sienna à enlever son manteau de cachemire et à le poser sur le dossier d'une chaise, avec son écharpe jaune. Il y avait longtemps qu'elle n'était pas venue dans cet hôtel du centre de Vancouver, et elle promena son regard autour d'elle. L'établissement était réputé pour son style européen : poutres sombres et brillantes, meubles baroques, vases précieux, fleurs magnifiques. Des œuvres d'art décoraient même les espaces publics et les suites luxueuses.

Il tira sa chaise et elle s'assit.

— Que désirez-vous ?

Elle n'avait envie de rien, mais ce n'était pas une réponse à faire.

— Peut-être un cognac.

— Alors cela fera deux.

Tout en prenant bien garde à ne pas le dévisager grossièrement, elle essaya de jauger à qui elle avait affaire. Son œil d'artiste était habitué à saisir les nuances les plus subtiles. A vingt-six ans, elle avait déjà plusieurs expositions de peinture à son actif. Elle était aussi une photographe de talent. Son travail principal, cependant, était de diriger les galeries d'art de son père : une à Vancouver, dont elle assurait la gestion quotidienne, et deux autres à Toronto et New York, qu'elle supervisait à distance.

Que fallait-il donc penser de l'homme assis en face d'elle ? Blaine Kilcullen, riche éleveur australien, était sans doute, malgré l'expression sévère de son visage, le plus bel homme qu'elle ait jamais vu.

Il portait un costume sombre avec une cravate très chic : de couleur bleu cobalt avec des rayures d'argent, elle avait un bord rouge sombre très fin. Il devait être aussi beau en blue-jean. Il était si mince et athlétique que toutes les tenues devaient très bien tomber sur lui. Ses cheveux noirs étaient naturellement ondulés, et formaient un contraste frappant avec ses yeux, aussi brillants que les reflets du soleil sur la glace.

Les cognacs arrivèrent, et Sienna se prépara pour le dialogue difficile qui allait suivre. L'ironie était qu'elle n'avait strictement rien à faire là. C'était *Amanda* la veuve de Mark. C'était elle qui aurait dû venir à cette rencontre cruciale. Mais elle avait eu recours à son vieux truc de l'hystérie, une ruse qu'elle employait depuis des années, et qu'elle avait élevée au niveau d'un art. L'ennui était qu'elle était *réellement* capable de se rendre malade. On avait eu trop souvent pitié d'elle, sous prétexte qu'elle avait perdu ses parents. A l'adolescence, il était devenu évident qu'elle jouait de cette pitié et adorait passer pour une victime. Quels torrents de larmes n'avait-elle pas versés pour expliquer qu'elle ne pouvait *absolument pas* rencontrer cet horrible frère !

Mark avait bien fait comprendre à Amanda et à sa famille à quel point son frère méritait toute la haine du monde. C'était à cause de lui qu'il avait été banni de la demeure ancestrale des Kilcullen — même s'il était resté très évasif sur la manière dont il en avait été chassé.

Apparemment, c'était une forteresse du désert, très loin de tout. Sienna avait fait des recherches sur internet sur le désert de Simpson. On y voyait une grande variété de paysages étonnants, grâce aux plantes qui jaillissaient littéralement du sol après les pluies. C'était fascinant.

Mark n'avait en tout cas pas gardé la nostalgie de son pays natal. Il répétait sans cesse :

— Le Canada me convient très bien.

Il n'avait pas rencontré Amanda à Vancouver, où elle habitait, mais à Paris. Elle y était en vacances, et il travaillait au bar de l'hôtel.

— Je fais cela par plaisir, cela me fait connaître toutes les jolies filles ! disait-il.

Mark n'avait vécu que pour le plaisir. Il avait exercé divers petits boulots dans l'hôtellerie, où — de manière assez surprenante — il avait bien réussi. Mais, fuyant tout objectif à long terme, il n'avait pas voulu s'engager dans une carrière professionnelle. Amanda, qui avait toujours été volage, passant d'un garçon à un autre, s'était soudain assagie lorsqu'elle était tombée amoureuse de lui, pour de bon. Mais le charme de Mark n'avait jamais fait aucun effet à Sienna.

Amanda avait présenté l'homme de sa vie à sa famille, qui avait tout de suite perçu certains travers du personnage. Mais les Fleury avaient jugé bon de ne rien dire. Amanda n'aurait pas écouté, de toute façon. Rétrospectivement, cela n'aurait pourtant pas été une mauvaise idée. Six mois plus tard, ils se mariaient. Lucien avait organisé une grande fête, mais Mark était venu seul, sans aucun ami ou membre de sa famille.

Par la suite, il s'était avéré qu'Amanda était déjà enceinte lors du mariage. Elle s'était bien gardé de le dire. Un mois plus tard, malheureusement, elle avait fait une fausse couche. Elle n'était plus retombée enceinte pendant le reste de leur mariage, qui avait été court et assez malheureux.

Sienna s'était souvent demandé si Mark avait épousé Amanda à cause de cette grossesse — même s'il fallait reconnaître qu'Amanda était vraiment jolie et pouvait être d'une compagnie agréable lorsqu'elle le voulait. Néanmoins, Sienna n'avait jamais eu l'impression que Mark était amoureux de sa cousine. Se servait-il d'elle ? La famille Fleury était riche, certes. Son père était un artiste connu, sa mère était dermatologue et son frère connaissait une renommée grandissante comme architecte. Mais Mark n'avait jamais semblé manquer d'argent. Il devait avoir des revenus personnels, même si l'on ne savait pas exactement d'où ils provenaient. Les petits boulots qu'il avait faits n'avaient été, apparemment, que des manières de passer le temps. Un jour, il avait proposé à Sienna de travailler avec elle à la gestion de la galerie, ce qu'elle avait catégoriquement refusé. Elle tenait à garder ses distances avec lui. Il la mettait mal à l'aise. Après un an de mariage, Mark s'était un peu plus dévoilé. Elle ne pouvait pas supporter de repenser à cette soirée affreuse et honteuse. Depuis ce moment-là, elle avait eu de la *haine* pour lui.

La voix de Blaine Kilcullen la tira de nouveau de ses pensées.

— J'espère que votre cousine ira mieux demain, mademoiselle Fleury. Il faut absolument que je la voie.

— Bien sûr.

— Quelle est la vraie raison de son absence, mademoiselle Fleury ?

— Sienna, s'il vous plaît.

Elle but une gorgée de cognac. Cet homme la troublait.

C'était comme s'il était doté d'une forme de magnétisme. Pourtant, elle savait d'ordinaire préserver son calme intérieur, contrairement à Amanda, qui était de nature à s'enthousiasmer facilement — du moins, jusqu'à ce que son mariage ne commence à se désagréger.

— Sienna… Ce prénom a-t-il été inspiré par la couleur de vos cheveux ?

— Il a été choisi par mon père. Apparemment, quand je suis née, j'avais une petite mèche de cheveux couleur terre de Sienne. Mon père, Lucien Fleury, est un artiste connu au Canada.

— Lucien Fleury… C'est lui qui a téléphoné à la mère de Mark pour nous prévenir de l'accident ?

La mère de Mark. Pourquoi pas notre *mère ?*

— Oui. Amanda avait subi un tel choc qu'il a fallu lui administrer une forte dose de tranquillisants.

Encore un mensonge. A ce moment-là, elle était dans un état d'ivresse très avancé.

— Il faudrait que je voie les œuvres de votre père, dit-il. Ma famille collectionne les objets d'art. Une de mes grand-tantes, Adeline, vit à Melbourne dans un véritable musée. Des tableaux, des sculptures, des tapis orientaux, et les porcelaines de Chine les plus exquises qui soient. Chaque fois que je lui rends visite, elle dit qu'elle me laissera tout.

— Cela vous plairait ? Tout le monde n'aime pas ces choses.

— Moi si. Mais sa collection sera probablement dispersée. Nous sommes une grande famille. Mais vous ne le saviez sans doute pas.

— Malheureusement non, répondit-elle en baissant les yeux. C'est *Amanda* qui est la veuve de votre frère.

— Demi-frère. Ma mère est morte de complications du paludisme lorsque j'étais tout petit. Elle l'avait contracté pendant un séjour chez des amis qui avaient une plantation de café en Nouvelle-Guinée. Elle prenait bien son comprimé de Nivaquine chaque jour, mais elle a été victime d'une forme de paludisme assez rare, résistant aux médicaments connus à l'époque... Elle est restée très présente dans notre vie. Mon père avait fait faire un grand portrait d'elle par un artiste italien, juste après le mariage. Il est toujours accroché dans le salon.

Il était resté là après l'arrivée de la deuxième épouse, la mère de Mark ? Cela n'avait pas dû être facile pour Hilary Kilcullen.

A bien y réfléchir, Blaine aurait fait un merveilleux sujet pour un portrait. Mais il était très peu probable qu'il soit disponible pour des séances de pose.

— Alors vous avez un souvenir permanent de votre mère, dit-elle avec gentillesse et compassion. Je suis désolée de la perte que vous avez subie. Cela doit être très pénible. Je suis très liée à ma mère, je ne pourrais pas imaginer de vivre sans elle.

— Vous avez de la chance d'avoir encore vos deux parents. Mon père est mort il y a quelques années.

Comme Mark l'avait raconté. Blaine Kilcullen était manifestement habitué à maîtriser ses émotions, mais il ne put empêcher un bref éclair de douleur de passer sur son visage.

— Mark ne nous a jamais dit que vous étiez demi-frères.

— Non ?

Il avait pris soin de garder un ton neutre. Il n'était pas difficile d'imaginer ce que Mark avait pu raconter sur lui, et sur tout le mal qu'il était censé avoir fait. Au reste de la famille comme à lui-même. Son demi-frère était dévoré par l'amertume et le ressentiment.

— Mark était encore fiancé à une jeune femme vraiment très bien lorsqu'il est parti subitement. Il est monté dans un avion qui venait d'apporter du matériel au ranch. Il n'avait rien dit à personne, pas même à sa fiancée. On ne l'a plus jamais revu. J'imagine que vous ne saviez pas cela non plus.

— S'il vous plaît, n'oubliez pas que je suis seulement la cousine d'Amanda. Il y a beaucoup de choses que j'ignore.

— Vous êtes très liées ?

— Les parents d'Amanda sont morts lorsqu'elle avait cinq ans. Ils revenaient d'un long voyage et son père s'est endormi au volant. Mes parents l'ont recueillie. Elle a grandi avec mon frère Emile et moi. Emile est un architecte de grand talent.

— Alors vous êtes toute une famille d'artistes ? Puis-je vous demander ce que vous faites ?

Il semblait sincèrement intéressé.

— Je gère l'une des galeries de mon père, et je peins moi-même.

— Vous exposez vos œuvres ?

— J'ai eu quatre expositions, qui ont eu de plus en plus de succès. Je me consacre aux paysages, et il m'arrive de faire des natures mortes de temps en temps. Mon père fait surtout des portraits, même s'il sait tout peindre. Il a déjà à son actif de nombreux portraits d'hommes importants… et de femmes célèbres. De très belles femmes.

Changer de sujet était sans doute une bonne idée.

— Savez-vous que Mark et Amanda se sont rencontrés à Paris, pas ici, à Vancouver ?

— Sienna, Mark avait l'intention de disparaître pour toujours. Lorsqu'il est parti, c'était un jeune homme très déséquilibré sur le plan psychologique.

— Cela vous dérange de me parler de lui ?

— Oh ! je crois que je vous ai déjà dit l'essentiel.

— Peut-être voudriez-vous savoir ce qu'il disait de vous ?

— Non, pas maintenant. Mark faisait partie de la

famille. Ce qui importe, pour le moment, c'est qu'il vient de décéder.

Il avait bien réussi à retourner la situation, et elle se sentait un peu honteuse.

— Bien sûr, c'est la seule chose qui compte. Excusez-moi. Je pensais simplement que vous comprendriez mieux Amanda si je vous apprenais…

— … que Mark me haïssait ? Sienna, je le sais depuis bien longtemps. Nous avons grandi dans un ranch loin de tout, mais nous n'avons jamais été liés. C'est difficile à expliquer.

Mais elle le comprenait. C'était exactement ce qui s'était passé entre Amanda et elle.

— Je suis l'aîné. Mark a grandi en sachant que je serai l'héritier de Katajangga, notre ranch. Cela suffit parfois à créer la haine. Pourtant, devenir éleveur ne l'a jamais intéressé.

— Katajangga ? C'est le nom de votre ranch ? Mark ne l'a jamais mentionné.

— Il y avait beaucoup de choses qu'il ne disait pas. Katajangga signifie « révélation » ou « nombreux lacs » en langue aborigène. On comprend pourquoi lorsque l'on voit ce que le désert devient après une période de pluies. C'est vraiment une révélation.

Elle le fixait avec une grande attention. Ses yeux magnifiques exprimaient un grand intérêt.

— Je suis venue pour vous écouter.

— Contrairement à l'épouse de Mark ?

Comment interpréter une telle question ?

— Me le reprochez-vous ? Je ne suis pas responsable d'Amanda, vous savez.

— Non, mais j'ai l'impression que vous cherchez à la protéger.

— Amanda ne peut pas faire face pour le moment,

monsieur Kilcullen. Vous pouvez certainement le comprendre ?

— Que saviez-vous de Mark ? demanda-t-il.

Cette fois, ce fut une lueur d'agacement qui brilla dans ses superbes yeux dorés.

— Ni plus ni moins que les autres personnes qui le connaissaient.

— C'est une étrange réponse, que vous faites là. Ou peut-être voulez-vous dire : à part sa femme ?

— S'il vous plaît, ne me harcelez pas, monsieur Kilcullen, répondit-elle en se raidissant.

— Je ne le voudrais pour rien au monde ! Et appelez-moi Blaine. Vous m'avez bien demandé de vous appeler Sienna. Je ne suis pas un monstre, vous savez.

— Non ?

— C'est sans doute le terme que Mark a utilisé. Dois-je me sentir offensé ?

Elle rougit.

— Je cherche simplement à savoir la vérité, dit-elle.

— Sienna, Mark me voyait ainsi, mais je voudrais que vous gardiez un esprit impartial, sans jugement hâtif. Là d'où je viens, personne ne me qualifierait de monstre. Ma famille a toujours été hautement respectée. Mon père a été un modèle, pour moi comme pour beaucoup d'autres, et je lui ai été loyal toute ma vie.

— Mais pas Mark ?

Après tout, ni la loyauté ni la fidélité n'avaient été son fort. Il l'avait suffisamment prouvé avec sa femme.

— Tout cela est plein de confusion, dit Sienna.

— Comme chaque fois où l'on est amené à changer d'opinion. J'imagine assez bien ce que Mark a dû raconter à son épouse. Et à vous. Il a dû vous parler de tout cela personnellement, bien sûr.

Il lui fallut une bonne minute pour répondre. Elle ne s'attendait pas du tout à cela.

— Pourquoi, « bien sûr » ? Qu'essayez-vous de dire ?

Mon Dieu, pourvu qu'elle n'ait pas rougi !

— Je suis simplement mû par le désir de savoir ce qui est arrivé à mon demi-frère. Pour autant que ma famille et moi le sachions, vous êtes la seule personne, en dehors d'Amanda, pour qui Mark n'éprouvait pas de haine ou de ressentiment — des sentiments qu'il avait pour à peu près tout le monde. Il vous tenait en grande estime. Savez-vous que, dans la seule lettre qu'il a envoyée à sa mère, au moment de son mariage, il a plus longuement parlé de la demoiselle d'honneur que de son épouse. Si vous étiez cette demoiselle d'honneur…

— Oui, c'était moi. Que cherchez-vous à me faire dire ? Mark était bel homme, et il pouvait être charmant quand il le désirait. Cela ne doit pas vous surprendre. Mais, pour être franche, le courant n'est jamais passé entre nous.

— Sauf que Mark ne voyait pas les choses ainsi. Mais il a toujours cru ce qu'il voulait croire.

— Ce qui était quoi, dans mon cas ?

— Vous êtes vraiment une très belle femme. Il ne l'a pas inventé. Et vous semblez avoir eu beaucoup d'importance pour lui.

— Si c'était vrai, répondit-elle d'un ton exaspéré, il ne me l'a pas confié. Quelle importance, de toute façon ? Mark est tombé amoureux d'*Amanda.* Il a épousé *Amanda.* L'histoire s'arrête là.

— C'est une histoire que ma famille et moi ignorons, Sienna, et je suis venu pour l'apprendre. Le mariage a-t-il été heureux ?

— Pourquoi ne l'aurait-il pas été ?

— Oh ! la réponse est simple. Je connais Mark.

— Il a été heureux — à un degré très raisonnable.

— Etiez-vous là lorsque Mark s'est tué ?

Elle inclina la tête, sans se rendre compte du jeu de la lumière sur ses magnifiques cheveux blonds.

— Oui. Amanda m'avait invitée. Nous faisons toutes les deux du ski depuis l'enfance, et nous sommes très expérimentées. Mark l'était beaucoup moins, mais il se surestimait. Cela a été terrible. Amanda s'est effondrée sous le choc.

— Pas vous ?

— Vous paraissez vraiment décidé à m'accuser ! Moi aussi, j'ai été bouleversée. Mais, par-dessus tout, j'étais contente d'être là, parce qu'Amanda avait besoin de moi.

— Vous savez que je suis venu organiser le retour du corps de Mark en Australie ? Je voudrais aussi inviter votre cousine à venir avec moi. Elle tient certainement à assister aux funérailles de son mari, et ma famille voudrait tant la rencontrer. Nous prendrons toutes les dépenses du voyage à notre charge. Pensez-vous qu'elle acceptera ?

— Blaine, répondit-elle dans un murmure, Amanda est très fragile.

— C'est sur vous qu'elle s'appuie ?

— J'ai toujours veillé sur elle. Ainsi que mes parents, qui se font un devoir de la protéger.

— Je n'en doute pas un instant. Mais vous pensez qu'Amanda ne voudra pas me rencontrer, et encore moins venir en Australie avec moi ?

Elle l'interrompit, posant la main sur la sienne. C'était un geste de compassion très touchant.

— Je suis désolée.

— Il *faut* qu'elle revienne avec moi. Elle a accepté le rapatriement du corps. Après cela, je suppose qu'elle veut quand même être présente à l'enterrement de Mark ? De plus, elle a droit à une part d'héritage. Depuis la mort de mon père, c'est moi qui administre les fonds d'investissement de la famille. Je peux faire en sorte qu'elle obtienne facilement sa part de ces fonds — ou au contraire, accumuler tant d'obstacles qu'elle aura beaucoup de mal à y parvenir. Et puis, elle ne pourra pas toujours fuir la famille de son mari ! Hilary l'accueillera à bras ouverts. Marcia aussi — c'est la sœur jumelle de Mark.

— Il ne nous a jamais dit qu'il avait une sœur jumelle.

— Vous avez certainement beaucoup à apprendre. Ne croyez-vous pas que le voyage en Australie serait plus facile si vous veniez avec votre cousine ?

Il la prenait de court ! Que répondre à cela ? Il reprit :

— A condition, bien sûr, que vous trouviez le temps. En tant qu'artiste, vous seriez fascinée par notre région — nous l'appelons le Channel Country. Nous avons eu des pluies record ces deux dernières années. Les dunes du désert sont toutes vertes. Il y a des fleurs sauvages à perte de vue, et le lac Eyre est redevenu la mer intérieure qui aurait existé en Australie durant la préhistoire. Plusieurs artistes australiens ont séjourné dans notre ranch, ces derniers temps.

— Vous m'étonnez !

Elle était incapable de détacher son regard de lui.

— L'idée ne vous paraît pas inenvisageable ?

— Peut-être que non… Mais vous ne me connaissez pas ! Je suis une inconnue !

— Si étrange que cela puisse vous paraître, je ne vous perçois pas comme telle.

C'était vrai, si incroyable que ce soit. Il avait bien d'autres choses à penser, mille et un problèmes à régler. Mais il voulait que cette femme vienne. Il voulait la voir sur ses terres.

Jamais aucune femme ne lui avait fait un tel effet.

Sienna, qui était toujours très observatrice, avait remarqué le changement subtil de l'expression du visage de Blaine.

Elle baissa les yeux. La beauté du diable, avait-elle songé au premier regard... Diable ou pas, il l'attirait puissamment. Un tel sentiment échappait à tout contrôle. Il existait, simplement. Souvent lorsqu'on s'y attendait le moins.

Il fallait changer — au moins légèrement — de sujet.

— Il y a tant de choses que nous ne savions pas, Blaine.

— Et que vous devriez apprendre. Amanda, vous, et la famille où a grandi votre cousine. Vous avez bien dû trouver bizarre qu'il n'invite aucun membre de sa famille à son mariage ?

— Bien sûr ! Mais c'était sa décision. Amanda faisait toujours ce qu'il voulait. Elle est tombée follement amoureuse de lui. Mais, comme vous l'avez deviné, la situation a changé par la suite.

— Elle est encore plus différente maintenant que Mark est mort. Il ne va plus lui dicter ses actions. Elle a la possibilité de savoir la vérité sur la famille de son défunt mari. Et puis, il y a l'héritage. Que fait Amanda, exactement ? Ils n'ont pas eu d'enfant, je suppose qu'elle travaille ?

Comment lui avouer qu'Amanda partageait l'aversion de Mark pour le travail ?

— Il ne voulait pas qu'Amanda ait un emploi. Il fallait qu'elle soit là tout le temps, pour lui.

— Je vois, dit-il sans paraître surpris. Et Mark travaillait dans quoi ?

— Il trouvait des emplois ici et là, dans l'hôtellerie. Cela lui convenait. Mais il ne semblait pas avoir besoin d'argent. Il devait avoir des revenus privés.

— Plus précisément, il avait une source d'argent inépuisable. Sa mère. Qu'il ne voulait pourtant plus voir. Mais il était content de prendre son argent. Elle a dû rester constamment en contact avec lui, mais elle n'en a rien dit au reste de la famille. Nous ne pouvons que spéculer.

— Une telle histoire est incroyable ! Mais cela ne me regarde pas.

— Oh si, un peu quand même. Vous protégez votre cousine. Si quelqu'un peut la persuader de venir avec moi, c'est certainement vous. Vous seriez la bienvenue — et nous paierons votre voyage, bien sûr.

— Je ne peux pas faire de miracle.

— Même pas guérir sa migraine ?

— Mais elle *souffre* ! Elle l'aimait !

— La réciproque n'a pas dû être vraie longtemps. Quand quelque chose, ou quelqu'un, intéressait Mark, c'était toujours très bref. Il a abandonné une jeune femme que sa mère voyait comme une très bonne épouse et avec qui il était fiancé. Il est parti sans un mot pour Joanne. Comme si elle n'existait plus.

— Ce qui signifie qu'elle va détester Amanda ?

— Le temps a passé, Sienna.

— Peut-être pas suffisamment. Un cœur meurtri ne guérit pas du jour au lendemain. Parfois même jamais.

— Vous êtes très sûre de ce que vous dites. Personne n'a jamais blessé votre cœur ?

— Si, bien sûr, mais juste un peu, dit-elle d'un ton soudain plus léger. J'ai vingt-six ans, mais je n'ai pas de véritable chagrin d'amour derrière moi. J'attends de rencontrer l'homme de ma vie. Et vous, Blaine ? Vous n'êtes pas marié ?

— Trouver l'épouse qu'il me faut serait plus facile si j'avais plus de temps. Si vous venez visiter notre ranch, vous verrez que le gérer n'est pas une mince affaire. Nous pensions tous que mon père vivrait bien plus longtemps et continuerait à s'en occuper. C'était une vraie force de la nature ! Le voir cloué au sol a changé ma vie. Notre vie à tous.

— Pouvez-vous m'en parler ?

— Mark ne l'a jamais fait ?

— Il disait seulement qu'il avait perdu son père. Il n'a pas expliqué comment.

— Je sais bien pourquoi. C'est lui qui l'a trouvé dans le désert, blessé et inconscient. Mon père et Mark avaient été séparés du reste du groupe alors que nous rassemblions du bétail pour le marquer. Nous avons cru que Mark était rentré au ranch, comme il le faisait toujours. Enfin, toujours est-il que nous l'avons vu revenir, hurlant des propos incohérents. Nous avons compris que papa était mort, que sa jument l'avait fait tomber et piétiné, et que Mark, fou de rage, avait pris son fusil et tué Duchess — c'était le nom de la jument.

— C'est horrible !

— C'est bien le mot qui convient. Comment tout cela était-il arrivé, nous ne l'avons jamais su. Il reste de nombreux mystères dans tout cela. Mon père était le meilleur cavalier qui soit, et Duchess très docile. L'accident reste inexpliqué. Nous avons fait diverses suppositions. Pour une raison ou pour une autre, la jument a dû être effrayée. Ont-ils croisé une meute de dingos ? Ou un chameau en chaleur ? Il y a des chameaux dans notre désert. Ils ont été amenés d'Afghanistan au XIXᵉ siècle, pour aider la colonisation. Devenus inutiles, ils ont été lâchés dans la nature, et sont retournés à l'état sauvage. Chez ces animaux, c'est le mâle qui est en chaleur, plusieurs mois par an. Il a alors un caractère épouvantable, mais le reste du temps il est très obéissant. Dans les pays arabes, les propriétaires de chameaux sont obligés de relâcher les mâles dans la nature pendant la période de rut.

— L'un d'entre eux serait responsable ?

— Il y en a dans la région, mais mon père le savait, et il en avait déjà rencontré à de nombreuses reprises.

— Alors le mystère demeure.

— Et il n'aura jamais de réponse. Mon père est mort, Sienna. Une catastrophe s'est abattue sur nous. Et à présent, Mark, lui aussi, nous a quittés.

— Tout cela est bien triste.

— Sienna, je dois vous demander de parler pour moi à Amanda. Mark était son mari. Il faut qu'elle vienne en Australie. Elle ne sera pas seule dans la douleur. Hilary adorait son fils. Elle le pleure chaque jour.

— Bien sûr, c'est sa mère… Et Marcia ? Vous ne semblez pas la mentionner volontiers.

— Ils étaient frère et sœur, mais ils ne se sont jamais très bien entendus. Marcia n'est pas aussi ébranlée que sa mère — ce qui ne veut pas dire qu'elle ne ressent rien, elle aussi est sous le choc. Mais le comportement de Mark a inévitablement laissé des traces. Joanne et Marcia ont toujours été amies. Joanne a durement souffert d'avoir été trahie, et Marcia partage ce sentiment. Si Mark vous a raconté que nous l'avons abandonné, c'est faux. C'est lui qui a fait le choix de partir. Mais je pense qu'il est temps de refermer les vieilles blessures. Si Amanda ne peut pas se décider seule à venir, vous êtes celle qui peut l'y aider.

Quelque chose de très fort passait entre eux. Mais qu'était-ce au juste ? Elle préférait ne pas y réfléchir. Ce qui paraissait certain, c'était que la suite de sa vie devait nécessairement passer par un voyage en Australie.

2

Sienna était à peine rentrée dans son appartement que le téléphone sonnait déjà. Elle ne se pressa pas pour y répondre. Cela ne pouvait être qu'Amanda qui attendait un compte rendu détaillé, à la seconde près, de la manière dont l'entretien s'était déroulé. C'était bien un comportement typique de sa cousine ! Il était minuit passé. Mais le temps — celui des autres — ne signifiait rien pour elle. Peut-être était-il temps que toute la famille cesse de la considérer comme une petite fille éplorée qu'il fallait consoler par tous les moyens. Elle s'était installée dans ce rôle et avait manifestement l'intention de ne plus jamais en sortir. Toutefois, elle venait bel et bien d'être cruellement éprouvée. Perdre son mari était une épreuve terrible. Sienna, qui avait toujours veillé sur sa cousine, devait plus que jamais être à ses côtés.

Elle décrocha donc.

— Sienna, fit une voix irritée, tu viens seulement de rentrer ?

Sienna prit une profonde inspiration.

— Bonsoir, Mandy. Calme-toi, j'avais l'intention de t'appeler demain matin. Il est minuit passé. Cela ne peut pas attendre ?

Blaine Kilcullen avait insisté pour la raccompagner. Ils avaient donc attendu un taxi. Il fallait bien avouer que, durant toute cette soirée, elle n'avait pas vu passer le temps. Etait-ce parce que l'homme face à elle était si séduisant, si charismatique ? La seule solution, pour s'en protéger, était de ne baisser la garde à aucun moment.

— Non, ce n'est pas possible ! répondit Amanda. Je souffre trop !

Et, au ton de sa voix, elle avait bu pour se consoler.

— Je suis désolée, Mandy. Moi aussi, je suis bouleversée par ce qui t'arrive. Mais boire ne va pas t'aider.

— Il faut toujours que tu sois le modèle à suivre ! Tu ne fais que cela dans la vie ! Tu es sans cesse en train de me donner des leçons, d'être la cousine parfaite, sans aucun défaut, la petite sainte !

Elle fit une pause, le temps d'avaler une autre gorgée de ce qu'elle avait à portée de la main. De la vodka, probablement. Son penchant pour l'alcool avait commencé peu après son mariage. A présent, il prenait des proportions inquiétantes.

— Comme lorsque tu essayais de me le prendre ? fit Amanda. Ce n'était pas moi qui rendais mon cher mari fou de désir ! C'était toi !

Sienna avait mis des années avant de comprendre à quel point sa cousine vivait dans la jalousie et le ressentiment. Pourtant, nombreux avaient été ceux qui avaient essayé de le lui expliquer. Mais elle avait préféré faire la sourde oreille.

— Amanda, arrête, s'il te plaît. Combien de fois avons-nous eu cette discussion ? Mark ne m'a jamais attirée ! Il était ton mari. Même s'il avait été l'homme le plus sexy du monde — et je ne l'ai jamais vu ainsi — j'aurais toujours considéré qu'il m'était interdit. Je refuse d'en discuter plus longuement.

Amanda dut faire un geste brutal, car Sienna entendit un bruit de verre cassé. Sans doute celui qu'elle avait tenu à la main.

— Tu oublies que je vous ai découverts ensemble ? dit-elle avec rage.

— Mais regarde la réalité en face, Amanda ! Tu connais parfaitement la vérité !

Pourtant, Sienna était en proie à un vif sentiment de culpabilité. Non qu'elle ait eu quoi que ce soit à se reprocher avec Mark — bien au contraire. Mais elle se sentait responsable des souffrances de sa très vulnérable cousine.

— Il *t'aimait* ! Tu ne t'en es jamais rendu compte ?

Sienna dut éloigner le combiné de son oreille.

— Ce que Mark aimait par-dessus tout, c'était dresser les gens les uns contre les autres. Tu fais du mal à toute la famille en parlant ainsi, alors que je ne t'ai jamais voulu que du bien. Je ne peux pas te parler tant que tu es dans cet état d'esprit. Va dormir. Je te rappellerai demain matin.

— Tu as intérêt !

Cette fois, Amanda allait trop loin.

— Ne m'oblige pas à ne plus t'aider. Et, à propos, le *demi-frère* de Mark — il ne nous avait pas dit qu'il s'agissait d'un demi-frère — est un homme charmant. Il ne ressemble en rien au tableau que Mark en a dressé.

C'était même tout le contraire.

— Voilà un bien grand enthousiasme, après quelques heures de conversation ! Quelle en est la raison ? Il y a de l'argent derrière tout cela ? Il a l'air d'un homme riche ? Mark ne m'a pas laissé un centime !

Certes, mais elle était quand même loin d'en être réduite à la mendicité. La famille Fleury avait toujours pourvu à ses besoins — et il n'y avait aucune raison que cela cesse.

— Comment aurait-il pu ? Il vivait aux crochets de sa mère ! Apparemment, elle a toujours veillé à ce qu'il ne manque pas d'argent. Et regarde comment il l'a traitée ! Je vais encore te dire autre chose, afin que tu y réfléchisses d'ici demain matin. Blaine…

— *Blaine ?*

Elle dut de nouveau éloigner le combiné de son oreille. Cette fois, sa cousine lui donnait la nausée.

— Le demi-frère de ton défunt mari tient beaucoup à ce que tu l'accompagnes en Australie. Il m'a assuré que tu seras bien reçue. Mark a une sœur jumelle, Marcia. Il semble qu'ils n'étaient pas très liés, contrairement à la plupart des jumeaux.

Ce n'était pas le moment de parler de Joanne.

— Mark ne m'aurait jamais menti !

— Il ne savait pas ce que le mot vérité voulait dire. Il nous a trompés sans cesse, du début à la fin. Il nous a caché son passé, et il a dû y prendre bien du plaisir. Il avait un côté cruel.

— Mon mari était un homme fabuleux !

Amanda sombrait dans le déni de réalité.

— Mandy, tu te contredis. Pourquoi tenais-tu tellement à ce que je sois si souvent avec vous deux ? Tu ne me l'as jamais expliqué. Qu'y avait-il, Mandy ? Seras-tu franche un jour ?

— Comprends bien une chose ! Si mon mariage a été un échec, tu en es la cause !

Cela ne pouvait plus continuer. L'alcool poussait certaines personnes à la gaieté, et d'autres aux insultes et aux accusations délirantes.

— Tu as trop bu. Tu ne sais plus ce que tu dis. Tu épuises ma patience. Je raccroche, et si tu m'appelles de nouveau, je décrocherai pour que cela sonne occupé.

— Vas-y ! *Vas-y !*

Sienna reposa le combiné. Il n'y avait que deux choses à faire avec Amanda : la supporter telle qu'elle était, ou la chasser de sa vie. Mais elle ne pouvait pas choisir la deuxième solution. Peut-être sa cousine trouverait-elle un bon mari pour veiller sur elle ?

Sienna s'entretenait avec son amie et cliente Nadine Duval au premier étage de la galerie d'art qu'elle dirigeait lorsque Amanda entra.

— Sienna, où es-tu ?

Le cri avait été si aigu et si puissant qu'il avait retenti jusque dans le bureau.

La galerie était remplie des tableaux de Lucien Fleury que les critiques tenaient en haute estime. Il avait acquis une renommée internationale — mais à présent, lui aussi était fier de ses enfants. Ils avaient hérité de ses talents.

Nadine Duval, qui était une jeune femme très riche, avait acheté le tableau le plus coté de la dernière exposition. Elle se tourna vers Sienna avec un sourire.

— Cela ne peut être qu'Amanda. Nous sommes tous désolés pour elle, mais, franchement, elle te traite mal. Il faut te libérer, Sienna, et ne plus tout accepter d'elle. Elle ne sera jamais rien d'autre qu'une source de problèmes.

— Mais elle souffre !

— Certes, répondit Nadine avec une pointe d'ironie.

— Je ferai livrer le tableau cet après-midi.

— J'aimerais discuter avec ton père. Tu peux m'arranger un rendez-vous avec lui ? Peut-être un déjeuner ?

— Bien sûr.

Nadine sortit — et Amanda entra aussitôt.

Elle était d'apparence beaucoup plus fragile que le son de sa voix ne l'aurait donné à penser. En fait, elle était frêle, avec des cernes sous les yeux. Ses cheveux blonds avaient perdu leur éclat.

— Je n'aime pas cette femme, dit-elle.

— C'est pourtant quelqu'un de très bien, répondit Sienna. J'espère que tu n'es pas venue pour faire une scène, Amanda.

— Peu importe. Plus rien n'a d'importance, répondit celle-ci d'une voix empreinte de douleur.

— Veux-tu du café ? Tu n'as pas l'air très bien. Je sais que tu vis des moments difficiles, mais il faut prendre soin de toi.

— *Pourquoi*, au juste ? Je sais que j'ai l'air affreuse, ce n'est pas la peine de me l'apprendre !

— Je ne voulais pas te faire de peine. Nous cherchons *tous* à t'aider à surmonter ton malheur.

— *Tous ?* C'est qui, *tous* ? Je ne vois même plus tante Francine !

— Elle travaille, mais elle te téléphone souvent. Tous les membres de la famille sont très occupés, Amanda. Mais nous sommes là quand tu as besoin de nous. J'ai des choses à te dire.

— Rien que pour rester en vie, j'ai besoin de toute mon énergie.

— Il faut arrêter de boire, Mandy.

— J'ai besoin de m'appuyer sur quelque chose.

Sienna fit du café et ouvrit le réfrigérateur.

— J'ai des biscuits excellents. Tu en veux ?

— Je suis incapable d'avaler quoi que ce soit. Qu'est-ce que je vais faire, Sienna ? demanda-t-elle avec une expression à faire pitié. Je n'ai jamais été une bonne élève, comme *toi*. Je ne suis jamais allée en fac. C'est toi qui as la beauté, l'intelligence, et un don pour la peinture !

— Je le tiens de mon père. Bois ton café, et je te dirai ce que Blaine Kilcullen m'a appris.

— J'espère que ce sont de bonnes nouvelles. Tous ces gens ont été si cruels avec Mark !

— Il faut toujours entendre les deux versions d'une histoire, Mandy. Ton mari a fait tout ce qu'il a pu pour dresser le tableau le plus noir de sa famille !

— Il avait de bonnes raisons !

Mark s'était vu comme une victime. C'était un rôle dans lequel Amanda se complaisait. Ils étaient faits pour s'entendre. Tous les malheurs qui leur arrivaient étaient de la faute des autres.

Sienna fit part de la proposition de Blaine à Amanda.

— Mon Dieu ! s'écria Amanda avec soulagement. De l'argent !

— Les Kilcullen n'entendent pas te laisser dans une situation difficile. Je ne sais pas exactement combien ils veulent te donner, mais il s'agit certainement d'une somme considérable. Blaine administre le fonds d'investissement de sa famille. Je dois ajouter qu'il n'est pas du tout le monstre que Mark avait décrit.

— L'ange devenu démon, qui a gardé sa beauté d'origine. Est-ce qu'il ressemble à Mark ? Encore que… je me demande pourquoi je pose la question.

— Non, il ne lui ressemble pas, mais c'est seulement son demi-frère. Il est très grand, très athlétique, avec des cheveux bruns, et des yeux très clairs.

— Alors il t'a plu. Tu l'as séduit ? C'est ta spécialité, non ?

— Tu me réserves toujours tes coups les plus durs, ce qui ne t'empêche pas de te servir de moi. Je l'ai permis jusqu'à présent. Cela ne va plus durer très longtemps.

— Excuse-moi. Le chagrin me rend folle !

Comme on pouvait s'y attendre, elle se mit à pleurer.

— Serais-tu prête à aller en Australie ? demanda Sienna.

— Je ne pourrais y aller qu'avec toi ! Tu veilles sur moi depuis que nous sommes toutes petites ! J'ai besoin de toi, Sienna ! Toi seule peux m'aider à surmonter cette épreuve !

Sienna fut pénétrée d'un grand sentiment de joie, non pas du fait du compliment, mais à l'idée de faire ce voyage, elle aussi.

— Il est important de donner ta réponse rapidement.

Il doit repartir chez lui. Il dirige un ranch très vaste, et il a de grosses responsabilités.

— Et il ne se sent pas *coupable* ? s'écria Amanda, avec un de ces changements soudains d'humeur dont elle était coutumière. *Toi*, il t'a peut-être prise au piège de son charme, mais *moi*, je suis différente ! Je suis la veuve de Mark ! Il m'a tout expliqué sur ce que son frère a fait pour détruire sa vie !

— Son demi-frère. Quant à Mark, il n'avait pas toujours un comportement exemplaire.

— Ce n'est pas la première fois que tu essaies de le salir !

— Je n'ai aucune intention malveillante, Amanda, mais il y a de quoi se poser des questions. Il ne t'a jamais parlé de sa sœur jumelle. Il ne t'a jamais révélé qu'il tenait son argent de sa mère. Nous n'avons su de lui que ce qu'il voulait bien nous dire, jusqu'à ce que je rencontre Blaine Kilcullen, hier soir. Si tu acceptes de faire sa connaissance, tu pourras former ta propre opinion. La décision t'appartient, Amanda.

— Il ne peut pas simplement me donner l'argent ? J'y ai droit !

— Comme la mère et la sœur de Mark ont le droit de te rencontrer. Tu as donné ton accord pour que son corps soit rapatrié. Tu tiens certainement à être présente à ses funérailles ?

— Je ne veux pas ! cria Amanda, qui commençait à entrer dans un de ses accès de rage. Je les déteste ! Je hais Mark pour ce qu'il m'a fait !

— Quelles choses ? Qu'est-ce que tu gardes pour toi ? Quelle était la raison pour laquelle tu tenais tant à ce que je vous accompagne au ski ? J'ai trouvé cela curieux, compte tenu du nombre de fois où tu as voulu m'écarter !

— Je voulais une bonne explication avec lui. J'avais besoin que tu sois là.

Sienna respira profondément.

— Tu mens. Comme tu l'as fait toute ta vie.

Elle s'interrompit un instant.

— Excuse-moi. Je n'aurais pu dû dire cela. Mais tu ne me dis pas la vérité.

— Elle restera dans la tombe avec Mark, répondit sombrement Amanda. Quand ce Blaine veut-il me rencontrer ? Aujourd'hui, ce n'est pas possible. Il faut que j'aille me faire coiffer.

— Alors tu vas y aller ? Si tu acceptes, j'ai des arrangements urgents à prendre.

— Vraiment ? Que peux-tu donc avoir à régler ? Tu as seulement besoin de prévenir ton père. Il te trouvera une remplaçante. Lucien *adore* sa belle Sienna, avec ses cheveux merveilleux et ses yeux couleur d'ambre. Il dit à tout le monde que tu es son modèle favori.

— Après ma mère. Je ne suis pas aussi belle qu'elle.

— Qui te croira ?

— Amanda, cela suffit ! Nous faisons tous de notre mieux pour t'aider, et tu nous couvres d'insultes, tout en tendant la main pour implorer de l'argent ! J'ai de l'affection pour toi, Amanda ! Mais je veux ta réponse maintenant !

Les larmes coulèrent sur les joues d'Amanda.

— Pourquoi faut-il que tu sois si dure ? Donne-moi un peu de temps.

— Nous n'en avons pas.

Un petit signal sonore l'avertit que quelqu'un venait d'entrer dans la galerie. Elle se leva.

— Si c'est un autre client, débarrasse-t'en, dit Amanda dont les larmes venaient miraculeusement de sécher.

— J'en ai pour quelques minutes. Reste ici.

Sienna descendit dans la salle principale d'exposition. Le visiteur n'était autre que Blaine Kilcullen.

Elle ne put s'empêcher de remarquer à quel point il était beau : grand, mince, musclé, produisant une attraction presque magnétique. Il était en train d'étudier l'un des quelques tableaux de son père — beaucoup avaient déjà été livrés — et il se tourna vers elle.

— Bonjour, Sienna.

Elle était en proie à une telle émotion qu'elle ne trouva à répondre qu'un simple bonjour, elle aussi.

— Je voulais en profiter pour jeter un coup d'œil à la galerie. Vous me disiez que votre père avait une réputation internationale, je comprends pourquoi. Ce portrait qu'il a fait de vous est superbe !

Il était en face d'un tableau qui rendait hommage à sa beauté. Son teint était si bien rendu qu'on avait envie d'embrasser la peinture. Ses longs cheveux descendaient en cascade autour de son visage. Les teintes des cheveux et de la peau étaient rendues avec une précision stupéfiante. Elle était assise dans un fauteuil français dont la soie ajoutait ses reflets à la splendeur du portrait. Elle portait une longue robe dorée, des pendants d'oreille en diamants, et un collier qui brillait discrètement, attirant l'œil sur sa poitrine.

— Il n'est pas à vendre, dit-elle. Mon père ne veut pas s'en séparer.

— Je ne peux pas l'en blâmer.

— Il le considère comme un porte-bonheur. J'avais vingt et un ans lorsqu'il l'a peint. Les pendants d'oreille étaient des cadeaux de mes parents. Ce portrait est flatteur, mais c'est ma mère la plus belle femme de la famille.

— Avez-vous eu la possibilité de parler à Amanda ?

— Oui.

— Qu'a-t-elle répondu ?

Amanda choisit d'apparaître à ce moment précis, comme une actrice qui aurait soigneusement minuté son entrée en scène. Entre temps, elle s'était littéralement transformée. La petite fille malheureuse, avec son air de chien battu, était devenue presque gaie. Elle s'était recoiffée et s'était appliqué un peu de maquillage. Ses yeux ne contenaient plus de larmes, et étaient même étrangement brillants.

— Blaine, enfin, nous pouvons nous rencontrer ! s'écria-t-elle en ouvrant les bras.

Sienna l'observa. Ce n'était pas la première fois qu'elle assistait à une telle métamorphose, mais Amanda aurait mérité un oscar.

— Amanda, dit Blaine, ma famille espère que vous accepterez de venir chez nous en Australie. Nous étions très attachés à Mark.

— Bien sûr ! Sienna aussi tient beaucoup à ce que je vienne.

— Rien ne pourrait me faire plus plaisir.

A en juger par le ton de sa voix, Blaine n'était peut-être pas complètement dupe…

— Il nous reste à décider du jour du départ, dit-il.

— Blaine, je ne peux pas être prête instantanément !

— Ne vous donnez pas trop de mal pour préparer vos bagages. Nous pourrons vous fournir sur place tout ce dont vous aurez besoin.

Amanda alla jusqu'à faire un grand sourire !

— Vous êtes très attentionné. Et Sienna sera là pour m'aider. Est-ce que mercredi vous conviendrait ?

— Oui. A vous aussi, Sienna ?

Elle hocha la tête.

— Bien, dit-il. Maintenant que je connais le jour, je peux faire les réservations nécessaires. Je vous téléphonerai dès que tout sera prêt.

— Quel dommage que nous ayons dû attendre si longtemps pour faire connaissance, dit Amanda, l'air d'être prête à en pleurer.

— Nous aurons le temps de nous rattraper. Je vais téléphoner à ma belle-mère pour la prévenir que vous venez. Elle en sera très heureuse.

— Oui, il faut tout faire pour adoucir le choc.

Elle en faisait un peu trop. Blaine le remarquait-il également ?

Il partit peu après.

— Quel bel homme ! dit Amanda, extatique. Je trouvais Mark séduisant, mais alors celui-ci !

— Oui, en effet.

— Il est bien mieux que je ne m'y attendais ! Evidemment, je ne le connais pas.

— C'est réciproque. Tu as vraiment bien joué la comédie.

— Pourquoi faut-il que tu me voies toujours de manière si négative ?

— J'ai appris depuis longtemps qu'avec toi, il est dangereux de se bercer d'illusions. Faut-il que je te rappelle quelques-uns de tes tours passés ?

Amanda n'avait pas hésité, en bien des cas, à mentir effrontément pour brouiller Sienna avec des amis — des deux sexes.

— Tu dis sans cesse cela ! C'est le problème avec toi, Sienna. Tu crois que tout dans la vie doit t'être servi sur un plateau d'argent. Tu es habituée à ce que tout soit facile. Tu ne sais rien de l'insécurité, du manque d'amour ou de confiance de la part des gens qui t'entourent. Tu ne m'as même pas laissée vivre mon mariage normalement !

— Il est temps de mettre les choses au point. C'est *toi* qui ne vois pas les choses comme elles sont. Mais tu as dit à Blaine Kilcullen que tu irais en Australie avec lui. C'est la bonne décision. Tu es la veuve de Mark, tu dois être présente à ses funérailles. Je suis sûre que toute sa famille t'aidera dans ces moments difficiles. Et il y a *l'argent*. Mais moi, dans tout cela ? Ma patience est épuisée. J'ai le même âge que toi, je ne suis pas la tante qui t'a élevée et qui supporte tout de toi. J'en ai assez, que tu passes toutes tes colères et tes frustrations sur moi ! Alors tu vas devoir y aller seule !

Amanda bondit, comme prise d'une soudaine panique.

— Non, ce n'est pas possible ! Que ferais-je sans toi ? Tu sais te faire accepter de tous. Pas moi. Ils vont me juger, quoi que tu en dises. J'ai besoin que tu sois là, d'avoir un cordon de sécurité entre ces gens et moi ! J'aimais Mark, mais il s'est révélé être bien différent des apparences ! Notre mariage n'aurait jamais pu durer ! Il ne s'est marié avec moi que pour s'approcher de toi ! Il me l'a dit !

Sienna la repoussa avec dégoût.

— Si tu ne m'accompagnes pas, dit Amanda, je ne pourrai pas y aller ! Je ne peux pas croire que tu m'abandonnes dans un moment aussi terrible !

— Oui, c'est un moment terrible ! Mais je ne peux plus tolérer que tu m'agresses ainsi !

— Ce n'était pas intentionnel !

Sienna ferma les yeux un instant.

— Si. Tu sais très bien ce que tu fais. Et tu en tires un plaisir malsain. Tes attaques envers moi n'ont pas commencé quand Mark est arrivé dans ta vie, mais bien avant. J'ai toujours voulu être ton amie, Amanda, mais tu ne l'as pas permis. Nous avons des personnalités très différentes, mais tu dois admettre que j'ai toujours été là quand tu avais besoin de moi.

— Bien sûr ! J'aurais dû mourir avec mes parents !

— Ne dis pas cela !

— J'ai survécu, mais j'ai été gravement blessée. Quand tu es née, des bonnes fées se sont penchées sur toi. Je n'ai pas eu cette chance !

Elle commença à haleter. C'était une de ses vieilles ruses.

— Détends-toi, dit Sienna d'une voix douce. Tu es jeune. Tu as toute la vie devant toi. Tu es très jolie et tu peux reprendre des études, acquérir bien des qualifications pour réussir — il n'est pas trop tard pour cela !

— Mais je ne veux pas de qualifications — pas si je peux avoir une fortune !

— Oh ! Amanda !

— Blaine est beaucoup plus grand que Mark, non ? Plus musclé, plus athlétique. Une femme peut se sentir en sécurité avec un tel homme. Il n'est pas marié, à ce que j'ai cru comprendre ?

Non, ce n'était pas possible ? Elle n'avait pas encore enterré son défunt mari, et elle prévoyait déjà de jeter son dévolu sur un autre ?

— Cela ne veut pas dire qu'il n'a pas de femme dans sa vie. Ne rêve pas de Blaine Kilcullen, Amanda. Il n'est pas à prendre.

— Pour aucune de nous, dit Amanda avec un petit sourire narquois.

— Cela ne fait nul doute dans mon esprit. A présent, j'aimerais que tu me laisses. J'ai des choses à faire.

— Très bien, je m'en vais. Si tu ne m'accompagnes pas, je vais le rappeler pour lui dire que je ne pourrais pas supporter un si long vol.

— Fais comme il te plaît.

Amanda la fixa de ses grands yeux bleus, soudain écarquillés.

— Arrête, s'il te plaît ! Je ne peux pas y aller sans toi ! C'est la dernière chose que je te demanderai jamais, Sienna ! Sois à mes côtés ! Je te promets d'avoir un comportement irréprochable !

— Tu viens de prouver à quel point tu en étais capable !

Amanda continua comme si elle n'avait pas rien entendu. Elle avait à présent les mains qui tremblaient.

— Il n'y a personne d'autre à qui je puisse le demander. Je ne peux compter que sur toi !

— Au moins tu le remarques, maintenant !

Il fallait mettre un terme à cette scène.

— Très bien, Amanda. Je ne peux pas revenir sur la promesse que j'ai faite à Blaine. Mais je te préviens : si tu provoques le moindre problème entre nous pendant que nous serons avec les Kilcullen, je prendrai le premier avion pour Vancouver, et tu te débrouilleras toute seule. Tu m'as bien comprise ?

— Mais il ne peut pas y avoir de problème ! Tout va changer ! Je le sens au plus profond de moi-même !

Sienna jugea préférable de ne rien ajouter.

3

L'avion long-courrier, d'un modèle récent, assurait une liaison directe entre Vancouver et Sydney, traversant d'une seule traite tout l'océan Pacifique, alors qu'il fallait naguère une escale à Honolulu. Mais l'énorme distance imposait quatorze heures de vol. Et encore, ils avaient la chance d'avoir des vents favorables, car il en fallait jusqu'à dix-huit dans le cas contraire… Voyager en première classe rendit cela plus confortable, permettant en particulier d'avoir bien plus de place pour allonger les jambes.

Après le froid de Vancouver, l'arrivée à Sydney fit l'effet d'un atterrissage dans un autre monde. Non seulement parce que, dans l'hémisphère Sud, les saisons étaient inversées, mais aussi parce qu'ils avaient avancé de deux jours, ayant franchi la ligne du changement de date.

Blaine avait réservé des chambres dans un hôtel de Sydney afin de leur donner un peu de temps pour s'accoutumer au décalage horaire. Amanda commençait à montrer des symptômes très caractéristiques. Elle se plaignait d'une sévère migraine et de sensations de désorientation. Sienna l'avait mise en garde contre l'abus du champagne qu'on lui avait servi généreusement, mais Amanda avait refusé les jus de fruits avec mépris. Depuis la mort de Mark, elle devenait de plus en plus agressive. Sienna était fatiguée elle aussi, mais ses fréquents voyages lui avaient appris à faire face au changement d'heure. Elle avait un autre avantage : une meilleure forme physique qu'Amanda, que l'exercice n'intéressait aucunement.

Le passage de la douane et le contrôle des passeports se firent rapidement et sans difficulté. Blaine avait fait venir une limousine pour les conduire à l'hôtel. Ils devaient partir pour Brisbane le lendemain, ce qui représentait un vol d'une heure. De là, Blaine les emmènerait dans son avion privé, un Beech Baron, jusqu'au ranch des Kilcullen dans le Channel Country. Sienna savait déjà que le Queensland avait une superficie deux fois supérieure à celle de la Colombie-Britannique pour une population légèrement inférieure — et concentrée en grande majorité dans l'agglomération de Brisbane, sur la côte. L'arrière-pays devait donc être immense, et très faiblement peuplé.

Mais pour le moment, il fallait apaiser Amanda, dont l'humeur ne s'améliorait pas.

— Je t'avais dit que je ne voulais pas venir ! disait-elle en gémissant. C'est trop *loin* ! Et quelle chaleur !

A l'entendre, on aurait cru qu'il s'agissait d'un voyage vers Mars.

Quelle entrée en matière catastrophique ! Blaine devait sûrement l'entendre ? Elle adressa un regard de reproche particulièrement expressif à sa cousine.

— Bon, d'accord, je suis désolée, dit Amanda. C'est juste que je n'en peux plus.

— Tu n'en as plus pour longtemps à devoir être patiente. Nous serons bientôt dans le confort de l'hôtel.

— Et nous sommes encore loin du ranch ! Il me faut des lunettes de soleil ! La lumière est *aveuglante* !

C'était vrai, mais Sienna la trouvait très belle. Elle n'en avait jamais vu de pareille, même en Europe. Cette lumière avait une qualité, une intensité auxquelles son œil d'artiste était sensible. Le ciel, au-dessus d'eux, était d'un bleu très profond, sans un nuage. A leur départ du

Canada, la température était de trente-quatre degrés. Juste avant leur atterrissage à Sydney, la plus grande et la plus cosmopolite des villes australiennes, le commandant de bord leur en avait annoncé vingt-quatre. Mais, contrairement au Canada, l'Australie utilisait les degrés Celsius, ce qui faisait toute la différence ! D'autant que, en cette fin de novembre, c'était l'automne au Canada et le printemps en Australie. Blaine les avait prévenues que la chaleur serait encore plus grande au Queensland, Etat à cheval sur le tropique du Capricorne.

La traversée de Sydney en voiture ne les dépaysa pas vraiment. En dehors de la chaleur, qui imposait des tenues légères, les gens ressemblaient tout à fait à des Canadiens vaquant à leurs occupations. Sienna se souvenait qu'un journaliste britannique avait comparé les Australiens à des « Canadiens du Sud ». Elle était impatiente de voir les deux symboles de Sydney, l'Opéra et le pont suspendu à l'entrée du port. On disait que le port de Sydney était le plus beau du monde. Si elle n'avait pas été amenée là par une tragédie, elle aurait pu se croire au seuil d'une grande aventure…

Leur suite, à l'hôtel, offrait justement une vue magnifique sur l'Opéra et le port. Blaine était visiblement soucieux de leur confort. L'hôtel devait être l'un des mieux situés de la ville.

Comme Vancouver, Sydney était entre mer et montagnes, même si la chaîne de la Great Dividing Range, qui fit obstacle pendant vingt ans aux premiers colons britanniques, était loin de pouvoir rivaliser en altitude et en beauté avec les majestueux sommets enneigés des montagnes Rocheuses.

Amanda s'endormit dès qu'elle eut la tête sur l'oreiller.

Sienna prit une longue douche, puis s'habilla pour sortir : blue-jean, chemisier en coton, chaussures à talons plats. Elle avait prévu qu'il lui faudrait des lunettes de soleil pour se protéger les yeux, et les sortit de son sac.

Elle savait d'expérience qu'il valait mieux rester éveillée quelques heures après son arrivée, pour s'habituer plus rapidement à l'heure locale. De plus, la joie de pouvoir découvrir Sydney l'emportait sur la fatigue.

Blaine l'attendait dans le salon de l'hôtel. Grand, élancé, il était toujours aussi imposant, avec ses cheveux noirs et ses yeux gris argenté. Il avait passé le même genre de tenue que Sienna, mais avec une chemise en jean. Il avait lui aussi une paire de lunettes de soleil glissée dans une poche.

— Vous êtes prête ?

— Allons-y.

— Oui, mais vous venez de faire un long vol. Prenons d'abord un café et un sandwich.

— Je dois vous remercier d'avoir tant fait et dépensé pour veiller à notre confort. Notre suite a vraiment une vue superbe.

— Vous en verrez encore bien plus avant de rentrer chez vous.

— Vous dites cela comme une promesse.

— C'en est une. Amanda est couchée ?

Comme elle n'avait pas cessé de se plaindre, il avait dû l'entendre…

— Oui. Même en temps normal, elle n'aime pas voyager.

— Ce n'était pas une bonne idée de boire autant d'alcool.

— Amanda estime que cela l'aide un peu à supporter ce qu'elle traverse.

— Vous avez essayé de la dissuader ?

— Bien sûr. Mais elle n'écoute pas. Et puis, elle est majeure.

— Elle a de la chance de vous avoir pour cousine.

— Est-ce une question déguisée ?

— Non, simplement une constatation.

Un léger froid sembla passer entre eux... Comme s'ils étaient tous deux conscients qu'il fallait maintenir une certaine distance.

— Je suis ici pour l'aider. Avez-vous une idée de ce que vit Amanda ? Après avoir perdu Mark ainsi !

— Allons boire un café.

Il se dirigea vers le restaurant de l'hôtel, marchant avec une superbe assurance. Comment aurait-il pu en être autrement ? Les femmes se retournaient pour l'admirer. Elle-même ne pouvait s'empêcher de le faire, mais elle se rendait aussi compte qu'il y avait un danger. Elle devait rester sur ses gardes.

Elle le rattrapa.

— Comment pouvez-vous conserver un tel contrôle de vos émotions ? Comme si elles vous obéissaient à volonté ?

— C'est la vie qui m'a enseigné cela. J'ai appris à chasser de ma tête les choses déplaisantes, les pensées qui troublent, qui font perdre du temps. J'y ai été obligé. Je ne m'attendais pas à devoir diriger Katajangga avant un grand nombre d'années, mais cela ne s'est pas passé ainsi. La mort de Mark a été une tragédie. Ne croyez pas que je n'ai aucun sentiment pour Amanda, ou pour vous.

— Pourquoi moi ? Je voudrais qu'il soit bien clair, dans votre esprit, qu'il n'y avait absolument rien entre Mark et moi.

— Si c'était le cas, pourquoi a-t-il parlé de vous comme il l'a fait dans sa lettre ? Venez, allons nous asseoir.

— Mark a peut-être voulu faire croire à quelque chose qui n'existait pas. C'était bien dans son caractère. Mais je ne connais pas ses raisons, et cela ne m'intéresse *absolument pas* !

— D'accord. Ne vous mettez pas en colère par une si belle journée. Je sais que Mark a essayé de vous convaincre que j'étais son ennemi. Cela a été *son* choix, et *sa* décision. Mais pour nous, Mark est quelqu'un qui est parti un jour sans regarder derrière lui, et la vie a dû continuer.

— Voulez-vous que nous fassions une trêve ?

Il sourit.

— Cela me paraît être une bonne idée.

Le lendemain, la mauvaise humeur d'Amanda fut entièrement dirigée contre Sienna. Avec Blaine, elle joua le rôle de la pauvre veuve éplorée, qui avait désespérément besoin d'être aidée, protégée, de recevoir de l'affection. Elle n'était jamais franche avec personne. C'était un autre trait qu'elle avait en commun avec Mark. A présent, c'était à Blaine qu'elle s'intéressait. En attendant de recevoir sa part d'héritage ?

« Le chagrin ne paie pas les factures, Sienna, disait-elle. Il y en a des piles entières qui s'accumulent. Mark ne les réglait jamais. »

Amanda, épuisée, dormit pendant tout le vol vers Brisbane, tandis que Sienna fit deux courtes siestes de dix minutes. Même si elle ressentait le décalage horaire, la fatigue était moins forte, cédant la place à une légère euphorie. Elle avait vraiment passé un bon moment à visiter le port avec Blaine.

— La meilleure manière de voir Sydney c'est depuis un bateau, avait-il expliqué. Malheureusement, nous n'en avons pas le temps aujourd'hui. Mais qui sait ? Peut-être qu'à l'avenir…

Il l'avait fixée droit dans les yeux, comme s'il pouvait y lire la réponse à sa question. Elle avait frémi, troublée comme si elle était une adolescente à son premier rendez-vous plutôt qu'une femme adulte et indépendante. Il produisait cet effet en elle, de plus en plus, et elle en avait conscience. En fait, c'était ainsi depuis leur première rencontre. Lorsqu'il s'était avancé vers elle, elle s'était sentie plongée dans la confusion. C'était inexplicable. Elle n'avait jamais connu cela.

Elle avait détourné les yeux, faisant semblant de remettre une mèche de ses cheveux en place.

— J'aurais dû apporter mon appareil photo, avait-elle dit.

— Vous auriez eu, en effet, l'occasion d'exercer vos talents de photographe. Commençons notre visite par le pont suspendu. C'est le meilleur point de départ.

Il lui avait pris le bras. Une chaleur incroyable s'était répandue en elle. Il aurait pu la prendre dans ses bras, cela aurait eu le même effet sur elle.

Au moins, elle espérait qu'il ne prêtait pas trop attention à ses réactions ! Etre avec lui semblait vraiment irréel. C'était comme un rêve.

Ils passèrent là où la « première flotte » avait mouillé l'ancre en 1788, puis arrivèrent devant l'Opéra.

Sa structure unique, représentant trois voiles de navire, était magnifique.

— Vous savez sans doute que c'est à l'architecte danois Jorn Utzon que nous devons sa conception. C'est son projet qui a été choisi, mais l'ironie a été qu'un tel bâtiment dépassait les capacités de construction de l'époque. Utzon a passé plusieurs années à tout mettre au point, et, pendant ce temps, les coûts ont augmenté de manière vertigineuse. A un moment donné, le gouvernement de Nouvelle-Galles du Sud a été tenté de tout arrêter.

— Heureusement qu'ils ne l'ont pas fait ! C'est une œuvre magnifique. Pour les Canadiens, l'Opéra de Sydney est vraiment l'image qui vient tout de suite à l'esprit quand on évoque l'Australie, comme la tour Eiffel représente Paris.

— Oui, et son emplacement, près du port, le met encore plus en valeur. Il reçoit environ deux cent cinquante mille visiteurs par an. Mais pour nous, hélas, ce sera aussi pour une autre fois. J'aimerais vous emmener aux Jardins Botaniques Royaux. Ils ne sont pas loin. Vous aimez les jardins ?

— Oui, comme tout le monde.

— Mais tout le monde ne sait pas apprécier la beauté comme vous, Sienna. Sydney a la chance d'avoir une oasis de trente hectares en plein centre-ville. Nous pouvons prendre un chemin qui longe le port pour y aller.

C'était encore un point commun avec Vancouver, où l'immense Stanley Park, véritable forêt, était à dix minutes de marche du cœur de la cité…

— Tout cela est vraiment à vous couper le souffle !

— Les Jardins sont splendides, comme vous allez le voir. Vous n'êtes pas fatiguée de me suivre ?

— En ai-je l'air ?

Il sourit.

— Vous êtes la plus belle femme que j'ai jamais vue.

— Ne vous moquez pas de moi.

— Et aussi une femme qu'il faut approcher très délicatement.

— Nous y voilà ! dit-elle.

— N'entendez pas plus de choses que je n'ai voulu en dire. Il est très agréable de n'avoir rien à penser, à part profiter de la compagnie l'un de l'autre.

Comment ne pas être d'accord ?

— Vous *saviez* que je viendrais en Australie, avouez-le.

— Oui. Vous n'allez pas me dire que vous le regrettez ?

— Sûrement pas.

Elle frissonna légèrement, signe du trouble qu'elle éprouvait. Allait-il la toucher ? Elle commençait à craindre d'avoir une réaction trop visible, presque incontrôlable.

Il y avait de quoi être préoccupée. Mais elle ne pouvait rien y faire.

— Cependant, dit-elle, je ne suis pas sûre de pouvoir prédire ce qui nous attend.

— C'est déjà beaucoup que vous soyez là, Sienna.

C'était un moment qu'elle n'oublierait jamais.

A la fin de l'après-midi, ils gagnèrent le ranch des Kilcullen — bien qu'Amanda ait exprimé sa crainte des petits avions.

— Ils s'écrasent tout le temps.

— Non, quand même pas. Vous êtes en sécurité avec moi. L'avion fait partie de la vie courante, dans l'arrière-pays australien.

Blaine, en effet, se révéla excellent pilote. Tandis qu'Amanda dormait de nouveau, Sienna admira les immensités arides du sud-ouest du Queensland, et le paysage incroyable qui s'étalait sous eux. Lorsque Katajangga apparut, il n'y avait aucune autre construction à l'horizon — seulement des troupeaux, certains dans des enclos, d'autres en liberté dans l'immense plaine, où d'imposantes dunes rouges semblaient s'aligner en un ordre parfait.

Blaine jugea préférable de ne pas réveiller Amanda.

— Laissons-la dormir. Elle en a bien besoin, dit-il.

Sienna se tourna vers elle, sentant son cœur se serrer. Elle resterait toujours la petite cousine qui avait tragiquement perdu ses parents. Pour ajouter à son malheur, son mari venait de disparaître. Son mariage avait pris fin, ce que la famille avait craint dès le départ, mais en imaginant cela autrement. Amanda n'avait pas choisi le bon mari. Seulement, lorsqu'elle voulait quelque chose, elle l'exigeait tout de suite. Là, elle avait voulu un homme. Etrangement, elle s'était attachée à lui, après avoir eu des liaisons avec de nombreux partenaires qu'elle abandonnait quand ils commençaient à lui peser.

Sienna inspira profondément.

— Pourquoi est-ce que je me sens si bien ? demanda-t-elle à Blaine.

— C'est une bonne question. Je suis étonné par votre énergie.

— C'est un mystère pour moi aussi.

Elle contempla le ciel, à l'ouest, qui devenait de plus en plus spectaculaire.

— Quel coucher de soleil ! Le ciel était d'un bleu saphir, et maintenant ceci !

Des nuages s'empilaient sur l'horizon : l'écarlate, le cramoisi se dégradaient peu à peu en rose, tandis qu'un anneau de couleur cyclamen semblait entourer le soleil.

— Vous en verrez beaucoup comme celui-ci.

— Je m'attendais à trouver du marron partout. C'est le plus vieux continent de la Terre, après tout. Et il y a tant de verdure — surtout au bord des cours d'eau. C'est comme un labyrinthe de rivières et de lacs.

— Nous les appelons billabongs. Il y a aussi des marais remplis d'eucalyptus. Ces arbres peuvent pousser très haut. Ils ont des creux qui offrent des abris à toutes sortes d'animaux : mammifères, reptiles, grenouilles, oiseaux. Mais nous venons d'avoir deux années de pluies abondantes. Ce n'est pas pareil en période de sécheresse.

— Pourquoi la région s'appelle-t-elle le Channel Country ?

— Justement, à cause des cours d'eau qui se forment lors des grandes pluies. Dans les années de sécheresse, les rares précipitations sont directement absorbées par le sol. Mais lors des grosses pluies, l'eau s'écoule en rivières jusqu'au lac Eyre, le plus grand lac salé du monde. Nous avons un groupe d'excentriques qui y a créé un club de yachting.

— Vraiment ? J'aimerais le voir !

— Ce sera peut-être possible.

— Ce n'est pas là que sir Donald Campbell a tenté d'établir un record de vitesse sur terre ?

Blaine commençait à être perplexe devant Sienna. Il ne lui faisait pas confiance, comme s'il était face à un serpent, endormi en apparence mais prêt à mordre. Pourtant, il appréciait sa compagnie. Elle semblait innocente de toute inconduite avec Mark, mais disait-elle la vérité ? Mark avait bien des défauts, mais il avait toujours su attirer les femmes…

— Oui. Avec le *Bluebird-Proteus*. Mon père et mon grand-père ont assisté à sa tentative, sur la partie du lac qui était alors asséchée. Comme ils l'ont vu battre le record du monde sur le lac Dumbleyung en Australie Occidentale. 444 kilomètres par heure, en 1964 ! Vous pourrez voir des photos de lui dans notre ranch. Au fil des années, nous avons eu de nombreux visiteurs importants.

Elle se tourna vers la plaine, qui semblait s'étendre à l'infini.

— Ce paysage est impressionnant ! J'aimerais m'y perdre !

— Vous n'en sortiriez pas vivante. L'un de nos plus grands explorateurs, un Allemand nommé Ludwig Leichhardt, y a disparu en 1848, avec tous ses hommes et ses animaux. Son sort reste un des mystères de l'Outback. Un de nos écrivains, Patrick White, qui a obtenu le prix Nobel, a écrit un livre sur lui, *Voss*. Nous l'avons, si vous voulez le lire.

— On l'a certainement recherché ?

— Très activement, mais sans succès. Le Channel Country est vaste — autant que l'Angleterre. Le pays peut être rude, mais il produit maintenant le meilleur bœuf du monde !

— C'est ce que j'ai lu. Nous avons aussi une industrie d'élevage bovin au Canada.

— Oui, j'ai entendu dire qu'il y avait d'immenses ranches dans l'Alberta, le Texas canadien, comme on l'appelle, avec ses énormes gisements de pétrole. Mais pour en revenir au Channel Country, notre bœuf s'exporte aux Etats-Unis, au Japon, en Asie du Sud-Est, et même au Canada ! Nos grands ranches ont été fondés il y a un siècle ou plus, par des immigrants britanniques. Parmi eux se trouvaient mes ancêtres. Mais je crois que vous, vous avez des origines françaises ?

— Par mon père, qui vient du Québec. La famille de ma mère vit en Colombie-Britannique depuis plusieurs générations. Mes parents se sont rencontrés à New York, lors d'une exposition. Mon père aime beaucoup la Colombie-Britannique, avec ses paysages magnifiques, ses montagnes et ses forêts. Mes parents sont divorcés depuis longtemps, mais ils habitent toujours tous deux à Vancouver. Mon père voyage beaucoup, mais c'est là qu'il se sent vraiment chez lui.

— J'imagine qu'il tient à être près de sa fille.

— Nous sommes très liés.

Elle lui fit un grand sourire, puis se retourna vers l'extraordinaire paysage.

— J'ai fait quelques recherches sur internet avant de venir, et j'ai lu un article sur les fleurs sauvages qui poussent après les pluies. Mais je ne m'attendais pas à en découvrir partout dans le désert. C'est incroyable ! Le sol en est couvert !

Devant elle, c'était en effet une explosion de couleurs : de larges étendues disparaissaient sous les fleurs blanches, à côté, d'autres étaient couvertes de jaune, et d'autres encore de violet. Entre tout cela, seules d'étroites bandes de terre étaient encore visibles.

— Oui, mais je ne peux pas assez insister sur le fait que vous voyez ce paysage au meilleur moment. Il a été complètement transformé par les pluies abondantes. Les fleurs blanc et jaune sont comme des marguerites de papier, elles sont là en toutes saisons. Nous les surnommons les célibataires. Les roses et les vert pâle sont des parakeelyas, des plantes grasses dont le bétail se nourrit. Vous avez vraiment beaucoup de chance, vous qui êtes artiste, de voir le Channel Country quand il est le plus beau. Même si j'aurais préféré qu'Amanda et vous veniez en de moins pénibles circonstances. Hilary attend de vous rencontrer. Marcia aussi, bien sûr. Vous n'avez pas parlé de Joanne à Amanda ?

— Il m'a semblé qu'il était trop tôt. Je suppose qu'elle viendra aux obsèques ?

— Oui, avec toute sa famille. Mais n'ayez pas peur. Joanne a été très profondément blessée, mais elle sait se tenir en présence des autres.

— Etes-vous en train de me demander si Amanda va faire de même ?

— Plus ou moins, répondit-il d'une voix impassible. Elle est vraiment sous le choc — on peut le comprendre, après avoir perdu son mari. Mais, même en tenant compte des effets du long vol en avion, elle ne donne pas l'impression de parvenir à surmonter sa douleur.

— Il fallait s'y attendre. Le coup a été très rude. Mais quelque chose me préoccupe.

— Dites-moi.

Au lieu de se figer, de se refermer comme elle l'aurait fait habituellement, elle eut la sensation, au contraire, que ces paroles lui donnaient envie d'en dire plus. Il émanait de lui une chaleur qui la mettait en confiance. Discuter dans ces conditions avait un effet remarquable. Elle aurait pu se croire seule au monde avec lui.

— Vous m'avez parlé de cette lettre où Mark racontait son mariage, et s'attardait sur moi...

— Oui. Y a-t-il autre chose ?

— Autre chose ? Vous y revoilà. Bien sûr que non, il n'y a rien d'autre. Mais j'ai peur qu'Hilary ait eu une fausse image de moi.

— Peut-être que Mark est tombé profondément amoureux de vous.

— Cela paraît très improbable, il était marié à une autre — ma cousine Amanda, dit-elle avec indignation.

— Qui peut savoir, avec lui ?

L'expression de Blaine se durcit.

Oui, qui pouvait deviner les pensées secrètes de Mark ? Il avait bien été capable de trahison, d'adultère. Il avait trop peu de principes moraux pour se laisser arrêter par eux. Il cédait à la tentation. Il en avait toujours été ainsi. Sienna ne semblait pas être le type de Mark, mais elle avait pu malgré tout l'attirer. Peut-être avait-il finalement perdu son goût pour les ravissantes idiotes ?

— Vous n'êtes pas sérieux, Blaine ! s'écria Sienna.

— Non ?

Il la fixa droit dans les yeux. Elle ne put détourner son regard. D'habitude, elle savait contrôler la situation, lorsqu'elle était face à un homme. Mais ce n'était pas le cas avec lui.

— Aucun homme ne pourrait résister à une femme aussi belle et intelligente à la fois.

— Si, dit-elle, un homme en est capable ! Vous !

Elle n'avait pas pu retenir le sarcasme.

Elle se sentait au bord des larmes, mais elle devait être forte, pour Amanda. Il fallait qu'elle l'aide dans ce voyage difficile où elle allait rencontrer sa belle-famille pour la première fois.

L'attitude la plus intelligente était de ne pas baisser sa garde. Il était dangereux de chercher à mieux connaître cet homme fascinant. La sagesse lui commandait de ne pas s'exposer à ces dangers.

Ils firent un atterrissage impeccable dix minutes plus tard.

— Enfin, nous y sommes ! dit Sienna, incapable de contenir sa joie.

— Bienvenue à Katajangga, répondit Blaine en dirigeant le Beech Baron vers un hangar argenté.

— Je n'ai jamais rien vu de tel ! Un village au milieu d'un océan de terre rouge et de fleurs sauvages en folie !

Un tel enthousiasme faisait plaisir, mais il ne fallait pas oublier qu'elle était artiste, avec un œil particulièrement entraîné à discerner la beauté.

— Je suis content que vous aimiez ce que vous voyez.

Il se retourna vers Amanda :

— Comment vous sentez-vous ?

— Epuisée, dit-elle en se redressant.

— C'était à prévoir. Vous vous sentirez mieux quand vous aurez rattrapé votre sommeil en retard.

— Je l'espère. J'ai l'impression d'avoir le vertige, et la nausée. Je dois être affreuse !

— Juste un peu pâle, lui dit Sienna, rassurante.

Le ressentiment, qui était comme une seconde nature chez Amanda, se manifesta de nouveau.

— Oh ! tais-toi, Sienna ! Nous ne pouvons pas toutes être aussi belles que toi !

Non, en effet ! Blaine ne releva pas l'impolitesse d'Amanda, mais pour une fois il était d'accord avec elle.

Malgré le voyage, Sienna était restée fraîche comme une rose.

Il avait longtemps attendu de rencontrer la veuve de Mark, et il se rendait compte, à présent, qu'elle avait de sérieux problèmes, dont le moindre n'était pas la jalousie envers sa cousine. Elle lui faisait des reproches chaque fois qu'elle ouvrait la bouche, ou presque. Il y avait en elle des traits qui lui rappelaient son demi-frère. Mais elle était aussi très dépendante de sa cousine, ce qui en faisait une personnalité très ambivalente.

Il y avait là un mélange d'amour et de haine. Ce que les membres les plus faibles de la famille éprouvent envers les plus forts. Il n'était nullement psychologue, mais il avait cru discerner cela aussi chez Mark…

Le soleil disparaissait sous l'horizon dans un mauve magnifique, et Sienna sut aussitôt que, désormais, elle associerait toujours cette couleur à l'Outback australien.

Un des employés du ranch, un chapeau Akubra sur la tête, vint à leur rencontre, et leur souhaita la bienvenue avant de les conduire à la grande maison de famille — à presque deux kilomètres du hangar qui abritait l'avion privé. C'était vraiment un monde où les distances ne comptaient pas ! Avant de partir, Sienna remarqua deux hélicoptères, et devina, à juste titre, qu'ils étaient utilisés pour rassembler le bétail.

Après un chemin de graviers bordé de gommiers, ils arrivèrent devant un mur couleur de terre cuite, couvert de vignes piquées de fleurs qui ressemblaient à celles des cerisiers. On ne pouvait en détacher le regard. C'étaient des bougainvillées.

Derrière le mur, Sienna découvrit deux superbes

palmiers-dattiers qu'elle se serait plutôt attendue à trouver au Moyen-Orient.

— Le mur est là pour nous abriter de la poussière que le vent soulève lors des tempêtes, dit Blaine en descendant du véhicule. Et pour protéger le jardin, bien sûr. Hilary l'aime beaucoup. C'est un jardin de région sèche, où il faut puiser l'eau dans le sol. Nous sommes au-dessus du Grand Bassin Artésien, sans lequel nous ne pourrions pas survivre. Amanda, ne vous en faites pas pour ce soir, tout le monde sait que vous êtes épuisée. Je vais vous présenter et on vous conduira à votre chambre. Si vous voulez quelque chose à manger, on vous l'apportera directement.

— Merci d'être aussi attentionné. Tu viens avec moi, Sienna ?

— Non, je ne suis pas prête à me rentrer tout de suite.

Elle était fascinée par cet endroit. Le ciel devenait pourpre. Dans la maison, les fenêtres étaient éclairées.

Elle entendit un bruit d'eau qui coulait et découvrit une fontaine de pierre, si belle en cet endroit que sa présence semblait inévitable.

— C'est vraiment merveilleux.

— Vous devriez être habillé comme un cheikh, Blaine, dit Amanda.

— Je me contenterai d'être patron de ranch, dit-il.

Déjà, il se trouvait trop jeune pour cette responsabilité. La mort de son père l'avait propulsé à une position qu'il ne s'attendait pas à occuper avant un grand nombre d'années.

Et il avait été bouleversé par sa disparition.

Sienna, voyant l'expression de son visage, se demanda à quoi il pensait. Sans doute était-il en train de se faire une opinion d'elle et de sa cousine. Amanda, la veuve de Mark, qui ne montrait pas un bien grand chagrin. Et l'étrange jeune femme qui l'accompagnait, dont il ignorait si elle avait eu une liaison avec le mari de sa cousine.

Une telle supposition aurait fait rire tous ses proches.

Mais Blaine, lui, ne la connaissait pas.

4

Le style de la grande maison familiale de Katajangga était en parfaite harmonie avec le désert environnant. Comme ceux, massifs, de l'enceinte, ses murs étaient couverts d'un enduit de terre cuite. La partie centrale du bâtiment, qui avait un étage, était couronnée d'un toit de tôle ondulée. Un très long balcon, supporté par d'épais piliers, en faisait le tour et deux ailes en partaient à des angles de quarante-cinq degrés. Sienna devina que tout n'avait pas été édifié en même temps, les ailes étaient venues plus tard, conférant ses dimensions grandioses à la maison.

— Je vais me sentir mal, lui chuchota Amanda. Je crois que je vais…

— Non, certainement pas ! Personne ne s'attend à ce que tu dises grand-chose. Comme l'a dit Blaine, on va te conduire directement à ta chambre.

— Ces gens ont intérêt à être gentils avec moi !

— Ils vont l'être, Amanda ! Rappelle-toi de leur rendre la pareille !

Il n'y avait pas de vestibule ou d'entrée, mais le grand salon était spectaculaire, rien que par sa taille. Il était presque aussi profond que le bâtiment lui-même, avec, aux deux extrémités, des escaliers menant à l'étage. Il y avait une cheminée pour feu de bois, faite d'énormes pierres, et d'épais planchers de bois luisant. Différents espaces y étaient aménagés, certains avec des fauteuils, un autre pour les repas, avec une table d'acajou où au moins vingt personnes pouvaient prendre place. De splendides tapis, à l'évidence venus d'Asie, donnaient une touche d'exotisme à la pièce. Sienna connaissait bien les arts asiatiques. Vancouver abritait le plus grand quartier chinois d'Amérique du Nord, et sa mère avait une très belle collection de porcelaines de Chine.

Levant les yeux, elle découvrit de très grosses poutres apparentes. Cet intérieur ressemblait beaucoup à celui d'un ranch canadien, mis à part le grand chandelier de cristal, qu'on aurait pu trouver incongru à cet endroit, mais qui captait l'imagination. Elle devina qu'il devait avoir une belle histoire.

Amanda aussi regardait autour d'elle.

— Où sont-ils tous ?

Alors qu'un instant avant elle était malade à l'idée de rencontrer la famille de Mark, elle était maintenant stupéfaite que tout le monde ne se presse pas pour l'accueillir !

Avant que Sienna, inquiète de ce qu'elle pourrait dire, n'ait le temps de répondre, une dame de grande taille, aux cheveux grisonnants, apparut soudain à leur gauche.

— Voici Hilary, dit Blaine.

Il attendit quelques instants pour voir si Marcia la suivait, mais ce n'était pas le cas.

Hilary s'approcha et tendit la main.

— Vous devez être Amanda, dit-elle d'une voix chevrotante.

— Oui, répondit celle-ci, sans aucune amabilité.

Blaine avait un peu reculé pour observer cette rencontre, qui aurait déjà dû avoir lieu depuis longtemps. Amanda ne bougea pas d'un millimètre pour aller au-devant de sa belle-mère ou la prendre dans ses bras, même s'il était évident que c'était ce que cette dernière attendait et espérait.

Sienna se sentit donc obligée de garder également ses distances. Amanda n'aimait pas qu'on la touche, et voulait que ce soit clair !

— Bienvenue à Katajangga, dit finalement Hilary. Nous sommes tous si heureux que vous ayez pu faire ce voyage !

— C'était mon intention, répondit Amanda, mentant éhontément, en lui serrant la main.

Elle n'essaya même pas de cacher sa surprise. C'était *cela*, la mère de Mark ? Quelle découverte inattendue ! Ce n'était pas la figure matriarcale qu'elle avait craint d'avoir en face d'elle. Elle n'était même pas belle ! Hilary était très loin du personnage intimidant dont Mark lui avait fait le portrait, sans jamais, d'ailleurs, la lui montrer en photo. Son ex-mari lui avait répété qu'elle avait été très dure avec lui, qu'elle l'avait trahi !

La surprise d'Amanda se mêla de soulagement. Cette femme serait facile à manipuler !

Hilary se tourna vers Sienna.

— Vous devez être Sienna, dit-elle avec un sourire touchant.

— Comment allez-vous, madame Kilcullen ?

Sous le regard approbateur de Blaine, Sienna s'avança. Elle était à présent juste sous le chandelier, dont la lumière faisait briller ses cheveux blonds. Elle prit la main d'Hilary et la serra chaleureusement.

— C'est un plaisir de vous rencontrer. J'aurais seulement préféré que cela puisse se faire en d'autres circonstances. Permettez-moi de vous assurer de toute ma sympathie.

Blaine, à son tour, se sentit soulagé, et très heureux que Sienna ait su lire la souffrance sur le visage de sa belle-mère.

A la grande surprise de Sienna, Hilary posa la main sur sa joue.

— Parfois les malheurs apportent aussi quelque chose de bon. Vous êtes la bienvenue ici. Appelez-moi Hilary.

Tout simplement. Il n'y avait jamais eu qu'une seule véritable Mme Kilcullen, songea Sienna, et cela avait été la mère de Blaine.

Avec une expression impatiente, Amanda regarda autour d'elle.

— Où est Marcia ? J'aimerais beaucoup la rencontrer. Je suppose qu'elle ressemble à Mark ?

— Pas tant que cela, répondit Blaine. C'étaient de faux jumeaux. Mais vous pourrez en juger demain. Marcia va vous laisser le temps de vous installer.

Hilary hocha la tête sans prononcer un mot. Comme Amanda, Sienna était surprise de sa timidité. Mais cela pouvait se comprendre, vu le chagrin dont elle souffrait. De plus, n'être que la seconde Mme Kilcullen n'avait pas dû contribuer à lui donner confiance en elle…

— Nous savons que vous êtes épuisées.

— En fait, je ne le suis pas tant que cela, répondit Sienna à la surprise générale. Je m'attends à ce que la fatigue vienne plutôt demain.

— Dans ce cas, vous voudrez peut-être vous joindre à nous pour le dîner ?

Hilary se sentait déjà beaucoup plus à l'aise avec elle qu'avec sa cousine. Amanda était très jolie — plus exactement, elle le serait lorsqu'elle se serait reposée — mais sa cousine — la « demoiselle d'honneur » — avait une beauté et une grâce très rares. De plus, la bonté profonde et authentique de son caractère se percevait instinctivement.

Hilary se souvenait de ce que Mark avec écrit sur elle. Blaine et elle avaient trouvé cela étonnant, mais cela se comprenait à présent. Mark avait découvert une femme qui l'avait fortement troublé, et ce n'était pas son épouse.

Mark, qui n'était plus avec eux. Que l'on allait enterrer dans deux jours.

Une grande et solide femme blonde descendit l'escalier sur la gauche.

— Voici Magda, dit Hilary. C'est elle qui gère la maison pour nous, avec beaucoup d'efficacité. Magda, voici Amanda, l'épouse de Mark, et sa cousine Sienna.

— Venez avec moi, dit-elle avec une trace d'accent polonais. Je vais vous montrer vos chambres.

— Merci, Magda, dit Blaine. Le dîner est à 19 heures.

— Si nous pouvons, répondit Amanda en bougonnant.

C'était elle qui aurait dû être au centre de toutes les attentions. Sienna lui avait volé cette place.

Encore une fois.

Magda les emmena d'abord à la chambre d'Amanda. Sienna trouva la pièce très élégante, très féminine. Un grand lit à baldaquin attirait immédiatement l'attention. Il était placé entre deux portes massives, montant jusqu'au plafond, qui donnaient accès à un balcon sur l'arrière de la maison. Elle entrevit le sommet de palmiers. Dans la chambre, le bleu et le blanc dominaient. Une tapisserie à fleurs était accrochée au-dessus du lit. Il y avait un bureau et sa chaise, et une superbe chaise longue de soie bleue, avec deux fauteuils assortis.

— C'est merveilleux ! s'exclama-t-elle.

Amanda resta silencieuse. Avait-elle déjà oublié ses bonnes résolutions ?

— Je vais vous montrer votre chambre, mademoiselle Sienna, dit Magda.

— Merci, Magda. Tu veux venir voir, Amanda ?

— Non, je la verrai demain. Tu peux m'aider à défaire mes bagages ? Je suis épuisée.

— C'est mon travail, dit Magda.

— Non, je préfère que ce soit ma cousine, répondit Amanda comme une enfant mal élevée. Et je veux quelque chose à manger !

— Je vais m'en occuper, dit Magda, l'air peu impressionnée par ce comportement.

La chambre de Sienna, deux portes plus loin, était très différente. L'assortiment de couleurs semblait avoir été fait spécialement pour elle.

— Merci, Magda. Je serai très bien ici.

— Monsieur Blaine a choisi cette chambre pour vous. Elle s'appelle Lever de soleil.

— A juste titre.

Blaine avait personnellement choisi sa chambre ? Comme celle d'Amanda, elle avait un lit à baldaquin, mais celui-ci était en ébène, avec des cuivres bordés de dorures. La couleur jaune, qu'elle aimait tant, était partout présente. C'était celle des draps et des oreillers, mais il y avait un tapis tangerine, écarlate et or au pied du lit. Une rose trônait dans un vase, à côté de la lampe, sur la petite table de chevet.

— La salle de bains est à côté. Voulez-vous mon aide pour défaire vos bagages, mademoiselle Sienna ?

— Avec plaisir, Magda.

Sienna aurait préféré s'en occuper seule, mais elle ne voulait pas froisser la gouvernante. Elle avait deviné que Magda était un personnage important dans la maison. Elle était sans doute indispensable à Hilary.

— Je peux m'en charger pendant que vous allez aider Mme Kilcullen à s'installer, dit Magda.

— Ma cousine n'a jamais été une grande voyageuse, répondit Sienna. Je vais lui demander ce qu'elle veut manger. Quant à moi, je vais descendre pour le dîner. J'ai ma propre méthode pour combattre le décalage horaire. Je vous remercie, Magda.

En entrant dans la chambre d'Amanda, elle la trouva allongée sur son lit.

— Cela t'amuse, de faire des minauderies pour plaire à tout le monde ? dit Amanda avec un petit ricanement.

— J'aimerais que, toi aussi, tu essaies de plaire à la famille qui te reçoit, en étant simplement *aimable.*

— Je ne peux pas. Pas maintenant !

Les yeux d'Amanda se remplirent de larmes.

Sienna prit place sur le lit, se forçant à mettre son irritation de côté.

— Mandy, je sais que tu as du chagrin, mais Blaine et sa mère ne peuvent pas le savoir. Ils ne te connaissent pas comme moi.

— Que veux-tu que je fasse ? Que je verse des torrents de larmes ? Mark ne m'aimait pas. L'histoire s'arrête là. Le chagrin aussi.

— Est-ce que tu l'aimais vraiment ? Je parle du sentiment. Pas du sexe.

— Un jour tu m'as expliqué qu'aimer voulait dire s'engager complètement. C'est ce que j'ai fait avec Mark. Mais notre mariage s'est brisé il y a longtemps. Tu es bien placée pour le savoir.

— Tu n'abandonneras donc jamais tes accusations sans fondement ? Il faut toujours que ce soit la faute des autres. Il serait pourtant nécessaire que tu t'interroges sur ce que *toi* tu n'as pas fait comme il fallait. Bon, maintenant, que veux-tu qu'on t'apporte à manger ?

— Tu ne vas pas descendre ? s'écria Amanda, comme prise d'une panique soudaine. Tu ne vas pas me laisser ?

— Calme-toi, répondit Sienna en se levant. Moi, j'ai besoin de prendre un vrai dîner, puis de me coucher tôt.

— Tu ne me feras pas croire cela. C'est Blaine, non ? Il est vraiment hors du commun !

Sienna sourit.

— Avec certainement une longue liste de prétendantes. Le contraire serait surprenant, avec un aussi beau parti !

— Peut-être veux-tu seulement vivre une aventure ?

— Je n'ai pas d'aventure sans lendemain, tu le sais très bien.

— Oh ! j'oubliais ! Tu es si parfaite, et tu as toujours le contrôle de toi-même. Mais tu n'as encore jamais rencontré un homme pareil.

— Cette conversation est totalement déplacée, Amanda ! Nous sommes ici pour enterrer Mark, tu t'en souviens ? C'est un moment grave et solennel.

— Oui, bien sûr ! Mais l'important est mon héritage ! Combien crois-tu que je vais recevoir ?

— Mandy, comment veux-tu que je le sache ?

— Il y a intérêt à ce que ce soit beaucoup ! Ces gens sont pleins d'argent ! Si je n'ai pas assez, je vais exiger plus !

Sienna la regarda fixement, atterrée.

— Moi, je n'essayerais pas d'exiger quelque chose de Blaine ! Tu crois qu'il est du genre à se laisser faire ?

Amanda sourit au plafond.

— Mark le décrivait comme sans pitié, mais à mon avis… Mais, assez sur ce sujet. Je veux un hamburger avec des frites. Pas de ketchup. Et un verre ou deux de vin blanc. Ils doivent bien avoir cela !

— Tu ne leur laisses pas de chance de te rencontrer.

— C'est à moi de décider. Et je crois qu'ils mentent. Marcia ne veut pas nous voir.

Sienna ne répondit pas. Amanda pouvait bien avoir raison.

Le jour des funérailles

Depuis son arrivée, Sienna s'était levée tôt. La lumière la réveillait, et elle ne pouvait pas résister au chant des oiseaux — en Australie, ils étaient réputés pour leurs chants étonnants et variés. Ce matin-là, le lever du soleil était magnifique. Des rayons commençaient déjà à glisser sur le parquet.

Elle se leva et enfila sa robe de chambre rose. Les oiseaux ne réveillaient absolument pas Amanda, ce qui n'était pas plus mal. Elle qui était réputée pour ses sautes d'humeur, dormir tard l'aiderait peut-être à passer la journée sans créer d'incident.

Sienna sortit sur le balcon. Les vastes chambres et leurs salles de bains étaient en quelque sorte protégées de l'ardeur du soleil par les palmiers, qui y faisaient écran. A cette heure matinale, l'atmosphère était d'une fraîcheur agréable, même si la température allait vite grimper. Les senteurs du jardin étaient incroyablement enivrantes, comparées à ce dont elle avait l'habitude. Les odeurs plus douces se mêlaient aux effluves de puissantes plantes aromatiques, et à l'amertume des agrumes. Le jardin situé derrière la maison était une véritable oasis, traversé par une route bordée de petits arbres en fleurs et de buissons aux couleurs étonnantes. Il y avait des lis blanc et violet, sans doute des espèces indigènes puisqu'elles poussaient si bien dans ces conditions.

Elle ferma les yeux et offrit son visage aux rayons du soleil, savourant leur douce chaleur.

Ce fut ainsi que Blaine, sortant sur le balcon, l'aperçut, et cela le cloua sur place. Il ressentait une attraction magnétique pour cette femme.

Il allait devoir être très prudent. En présence de cette femme, il avait de plus en plus de mal à conserver le contrôle de lui-même.

Il ne s'était pas attendu à voir une des invitées si tôt. Après un si long voyage, il aurait été logique qu'elles dorment tard pendant quelques jours, pour récupérer.

Il fit demi-tour pour rentrer dans la chambre de maître. Quelle autre surprise cette journée leur réservait-elle ?

A la mort de son père, il s'était naturellement installé dans la suite réservée au maître des lieux. Avant cela, il occupait l'aile ouest, qu'il conservait toujours. Hilary, après son mariage, avait choisi de ne pas loger au même endroit que la première Mme Kilcullen. Elle avait choisi la plus grande chambre encore libre. Il n'y avait pas moins de sept vastes chambres au premier étage. Certaines avaient abrité des visiteurs importants. A présent, Hilary et Marcia occupaient l'aile est.

Loger dans la suite de maître permettait à Blaine de se sentir plus près de la mère qu'il avait perdue. Oh ! il ne détestait pas Hilary. Qui l'aurait pu ? Mais il avait mis des années avant de l'accepter pleinement.

Même de loin, il voyait les lèvres de Sienna bouger. Murmurait-elle une prière ? Pour le repos de ce pauvre Mark ? Il attendit un instant, puis sortit de nouveau sur le balcon et l'appela. Ce n'était peut-être pas la chose à faire : elle n'était pas habillée pour paraître en public, et il violait en quelque sorte son intimité. Mais comment se retenir ?

— Sienna ?

Il avait parlé d'une voix basse, mais qui portait loin. La dernière chose qu'il souhaitait était réveiller la veuve de Mark, qui n'avait pas témoigné la moindre sympathie à Hilary. Marcia l'avait rencontrée la veille, au déjeuner, et avait tout de suite formé une opinion sur elle.

« Je ne l'aime pas, Blaine. On lui donnerait le bon Dieu sans confession, et pourtant tu as dû remarquer sa rancune envers Sienna. Cela doit être ainsi depuis des années. Mark nous a laissés tomber. Elle, elle ne vaut pas mieux. Tu peux être certain qu'elle est là pour l'argent. J'aime bien Sienna. Elle est très différente. Mais je n'accorderais pas la moindre confiance à Amanda. »

Et pourtant Hilary n'avait jamais montré à Marcia la lettre de Mark, pour ne pas attiser un ressentiment qu'elle percevait déjà. Blaine était persuadé que Mark était tombé amoureux de Sienna. Avec quelles conséquences ? Quand Sienna l'avait-elle découvert ? Et à quel moment son épouse, Amanda, avait-elle cessé de s'intéresser à Mark ?

Sienna laissa Blaine s'approcher avec un frémissement intérieur. Il n'avait pas fini de s'habiller, sa chemise n'était pas encore boutonnée. Mais il aurait pu porter n'importe quoi et attirer quand même le regard des femmes. Il avait vraiment un corps superbe : on devinait ses muscles sous ses vêtements. Jamais elle n'avait éprouvé cela en présence d'un homme, et c'était un signal d'alarme.

— Vous n'avez pas bien dormi ?

Il s'était toujours estimé capable de faire face à bien des situations, même difficiles. Mais en présence de cette femme, comment savoir ce qu'il fallait faire ? Elle était vraiment très belle, avec une féminité qui s'exprimait de manière très délicate. Il n'était pas étonnant que Mark l'ait trouvée irrésistible.

— Les oiseaux m'ont tirée du sommeil. Je n'ai jamais entendu des chants aussi beaux.

— Oui, ils sont vraiment très particuliers. Mais j'y suis habitué depuis longtemps. Pour moi, ils remplacent la sonnerie du réveil.

Il leva les yeux vers elle. Sa peau était si parfaite qu'il aurait voulu la caresser. Il avait certes connu d'autres femmes auparavant, mais aucune ne l'avait troublé ainsi. Il ne l'avait pas rencontrée depuis longtemps, mais garder ses distances devenait particulièrement difficile. Il fit néanmoins un effort pour y parvenir.

— Vous n'avez pas entendu les perruches à collier jaune ? Il y en a toute une colonie près d'ici. Ce sont de gros oiseaux, de couleur émeraude, avec des plumes jaunes qui leur donnent leur nom, et une bande rouge sur leur bec.

— Est-ce que ce sont elles qui font cet appel sifflant quand elles volent ? Je n'ai jamais entendu autant de perroquets.

— Ce pays en est plein. Les perruches à collier jaune peuvent être très exubérantes.

Ils n'osaient bouger ni l'un ni l'autre. Si elle percevait un danger en lui, ce sentiment était réciproque. De plus, il valait mieux ne pas entretenir certains rêves. Une femme comme elle, habituée à la vie mondaine et raffinée d'une grande métropole, ne pourrait jamais vivre dans un ranch de l'Outback australien.

Elle l'observa quelques instants, non sans le troubler.

— A quoi pensiez-vous quand je vous ai appelée ? demanda-t-il.

— Je priais pour que cette journée se passe bien. Elle sera difficile pour Hilary. Pour Marcia aussi, bien sûr, mais elle est jeune, et moins bouleversée que la mère de Mark.

— Vous n'avez pas prié pour moi ?

— Il y a vraiment quelque chose de délicieux dans la brusquerie dont vous faites preuve.

— Vous n'avez pas répondu à ma question.

— Non.

Elle se tourna sur le côté, faisant voler ses cheveux blonds, qui avaient des reflets magnifiques sous le soleil.

— J'espère qu'elle se passera bien pour vous aussi.

— Vous n'avez pas mentionné Amanda ?

Elle soupira.

— Je sais que vous êtes très observateur, Blaine. Vous nous avez étudiées toutes les deux depuis le début. Amanda a perdu ses deux parents lorsqu'elle était petite, et cela a laissé des traces. Elle est insensible à la douleur. Du moins, elle essaie de l'être. Mais la mort d'une personne proche en apporte toujours. Mark et elle n'étaient plus très liés à la fin. Peut-être leur mariage n'aurait-il pas duré. Qui sait ? Mais ne la jugez pas trop durement, comme je sais que vous l'avez fait.

— Que voulez-vous que je pense d'autre ? Pour elle, la mère de Mark n'existe pas. Marcia non plus.

— C'est la première fois qu'elles se rencontrent.

— C'est aussi la première fois pour vous, et vous avez déjà établi des relations différentes. Avec Hilary, Marcia et même Magda. Vous avez une facilité étonnante à vous faire accepter. On a l'impression qu'une chaleur émane de vous.

— Et qu'en pensez-vous ? demanda-t-elle, les yeux brillant soudain d'agacement.

— C'est une grande qualité.

— Dont vous estimez qu'elle a été acquise en évoluant dans un univers mondain ?

— Vos yeux lancent des éclairs lorsque vous êtes en colère.

— Et vous, justement, vous adorez me mettre en colère !

— Je plaide coupable. Déclarons une trêve pour aujourd'hui. Je faisais simplement remarquer qu'Hilary et Marcia, et Magda aussi, espèrent que vous allez rester quelque temps.

— Mais, Blaine, Amanda va vouloir rentrer très vite au Canada !

— Vous n'êtes pas enchaînée à elle. Amanda est majeure. Et elle a déjà abordé la question de l'argent.

Ça, c'était vraiment choquant !

— Vr-r-r-raiment ? demanda-t-elle en balbutiant. Quand ?

— Elle a trouvé un moment pour cela hier soir.

— Elle ne m'en a pas dit un mot.

— Selon elle, c'est vous qui lui avez expliqué qu'il était temps d'en parler.

— Mais je nie absolument avoir fait cela !

— Amanda aurait donc menti ?

— Croyez ce que vous voulez croire, Blaine. Je ne peux pas vous en empêcher. A-t-elle aussi ajouté le montant de ce que je lui aurais conseillé d'espérer ?

— Oui. C'est beaucoup moins que ce qu'elle va recevoir.

— Vous parlez sérieusement ?

— Absolument.

— Très bien, combien veut-elle ? demanda-t-elle, commençant à bouillir.

— Oh ! beaucoup moins que ce qu'elle estimait juste au départ.

— Au moins, vous dites « elle » au singulier.

— Mieux vaut oublier ce sujet, du moins pour l'instant. Tout le monde devrait être là à 10 heures. La majorité des gens va venir par avion, et certains en 4x4. Il va y avoir beaucoup de monde, comme pour les funérailles de mon père. Nous nous attendons à une centaine de personnes.

— Joanne et sa famille vont venir ?

— Oui, comme prévu. Faites de votre mieux avec Amanda.

— Que voulez-vous dire par là ?

— Oh ! mon Dieu ! Vous savez mieux que moi ce que cela signifie. Depuis des années, vous veillez sur votre cousine, même si vous n'avez pas réussi à l'empêcher d'épouser Mark. Moi, c'est à Hilary que je pense en premier. Elle aimait Mark, inconditionnellement. Sa mort l'a terrassée. Je ne veux pas qu'elle subisse une scène d'Amanda. Je suis désolé de devoir le dire, mais je crois qu'Amanda est gouvernée par ses impulsions et ses sautes d'humeur, comme c'était le cas pour Mark. Ils avaient au moins cela en commun.

Cela, elle le savait déjà.

Sienna frappa à la porte de la chambre d'Amanda vers 9 heures. Sa cousine n'était pas descendue pour le petit déjeuner, que Sienna avait pris avec Hilary et Marcia, dans une atmosphère triste mais étonnamment détendue. Magda avait apporté un plateau à Amanda.

Celle-ci n'était pas encore complètement habillée, et Sienna la trouva en train de se maquiller. Ses cheveux blonds étaient bien coiffés, retombant autour de son visage d'enfant. Toutefois, elle était bien pâle.

— Tu te sens mieux ? demanda Sienna.

— Non, vraiment pas. J'ai la nausée. J'ai vomi mon petit déjeuner.

Elle avait vomi… non, ce n'était pas possible ! Elle ne pouvait pas être enceinte ! Elle le lui aurait dit !

— Ce sont ces saletés de médicaments que le médecin m'a donnés après l'accident ! Ils m'aident bien, mais ils ont des effets secondaires !

— Il ne faut pas mélanger les médicaments avec l'alcool, dit Sienna aussi doucement qu'elle le put.

— Oh ! arrête ! J'en ai besoin, surtout maintenant !

— Détends-toi. Où est ta robe ?

Amanda tourna son regard vers la robe bleue posée sur le lit. Elle ne songeait pas sérieusement à porter cela ?

— Je ne vais pas porter du noir, comme toi ! dit-elle, visiblement prête à exploser.

— Bon, très bien ! Ne t'énerve pas ! Tu veux porter du bleu ? C'est un peu…

— Mark *m'adorait* en bleu !

— Je comprends. Tu n'es pas obligée de porter du noir. Et que vas-tu mettre comme chapeau ?

— Quel chapeau ? Je n'en ai pas !

Elle se laissa tomber dans un fauteuil, l'air à la fois épuisée et tendue.

— Il en faut un, avec le soleil. Il va te brûler la peau. Le cimetière est à une bonne distance. Nous ferons le trajet en voiture, mais nous allons quand même devoir rester debout sous le soleil.

— Le soleil, je m'en moque ! J'ai envie de ne pas y aller du tout ! De toute façon, ma présence n'intéresse personne ! C'est *moi* la veuve de Mark, mais c'est autour de *toi* qu'on s'agglutine depuis notre arrivée. C'est quand même étrange, non ? Blaine pense que tu le fais exprès.

Cela toucha une corde sensible.

— Que je fais *quoi* ?

— Jouer à la petite fille qui veut se faire aimer de tout le monde. Et tu y parviens très bien. Il n'a d'yeux que pour toi. Tu as une très belle robe, pour changer de sujet. Et je suis sûre que tu as apporté un chapeau qui attirera aussi l'attention !

— Amanda, je ne devrais pas avoir à te rappeler que l'on enterre Mark aujourd'hui !

— Quand on y réfléchit bien, il était un peu suicidaire.

Amanda s'avachit encore un peu plus sur son fauteuil.

Sienna sentit son visage perdre ses couleurs.

— Il ne t'a jamais dit une chose pareille ?

— C'est plus probablement à toi qu'il l'aurait dite. C'est *toi* que mon mari aimait. Il se moquait bien de l'endroit où il vivait, pourvu que ce soit près de toi. Il allait m'abandonner, pour partir avec toi !

— Combien de fois devrai-je te le répéter ? Mark ne m'attirait pas ! C'était ton mari !

Amanda la fusilla du regard.

— Il est tombé amoureux de toi dès que je vous ai présentés.

— Mon Dieu ! Explique-moi clairement, j'ai besoin de comprendre ! Mark s'est marié avec *toi* en étant amoureux de *moi* ?

— Il ne faisait que rêver de toi !

— Mais je n'en suis pas responsable !

— Peut-être. Mais je sais ce que je sais.

— Alors, j'espère que tu sais également que, si tu continues à avoir un tel comportement, je vais te laisser te débrouiller seule. Il serait grand temps que tu deviennes adulte !

Le visage d'Amanda exprima — une fois de plus — un changement soudain d'expression.

— Je vais faire attention. Je suis désolée. Je suis juste ta petite idiote de cousine.

— Oui, vraiment idiote d'avoir raconté à Blaine que je t'avais parlé de la somme qui t'était due ! Tu as trahi ma confiance.

— Il ment. Je n'ai jamais rien dit de tel.

Sienna fit un gros effort pour se contrôler.

— Amanda, ce que j'ai entendu porte vraiment ta signature. Mais il vaut mieux oublier tout cela pour le moment. Je vais aller demander à Hilary ou à Marcia si elles ont un chapeau à te prêter. Evitons au moins que tu aies une insolation.

— Je n'ose pas imaginer le genre de chapeau qu'Hilary

peut bien avoir. Ne reviens quand même pas avec un casque colonial !

— Je pourrais bien ne pas revenir du tout, dit Sienna, dont la main était déjà sur la poignée de la porte.

5

L'éloge funèbre, prononcé par un prêtre anglican, fut assez bref, ce dont personne ne se plaignit. Amanda, visiblement faible et à bout de forces, se tenait entre Sienna et Blaine. Hilary et Marcia étaient, avec d'autres membres de la famille Kilcullen, à droite de celui-ci. Parmi eux se trouvaient un professeur de physique à l'université, un sénateur fédéral, un juge de la Cour suprême avec son épouse, d'autres éleveurs et même un viticulteur venu des Darling Downs.

Sienna devait apprendre plus tard que ce nom désignait une région merveilleusement fertile sur les versants occidentaux de la Great Dividing Range, cette chaîne de montagnes qui séparait les côtes du Queensland et de Nouvelle-Galles du Sud de leur arrière-pays.

Le reste de l'assistance était de l'autre côté de la tombe. Sienna l'observa. Nombre de gens étaient venus par respect de la famille plus que par regret de Mark. Elle était encore fortement troublée par la révélation qu'Amanda lui avait faite — si celle-ci était vraie : Mark aurait été suicidaire. Certes, il avait certains traits de caractère plus que préoccupants. Cela ne faisait aucun doute. Il n'avait pas beaucoup d'expérience du ski, mais, au lieu de les écouter Amanda et elle, qui lui conseillaient de rester sur la piste balisée, il s'était précipité hors piste. Et il était allé droit vers les arbres, dont l'un avait causé sa mort.

Elle se rappela alors quelque chose qu'elle avait presque oublié. Mark avait dit un jour qu'il ne valait rien, avant d'éclater de rire. Avait-il déclaré cela en le pensant véritablement ? Et si c'était vrai, pourquoi ? Maintenant qu'elle avait rencontré sa famille, elle n'imaginait aucun d'eux faisant quoi que ce soit pour le rabaisser, ou lui faire perdre son estime de soi. Même si, pour Mark, vivre dans l'ombre de Blaine n'avait pas dû être facile.

Des avions étaient arrivés toute la matinée, provoquant une nouvelle réflexion agacée d'Amanda.

— Mais où sommes-nous ? Dans un meeting aérien ?

— Nous sommes dans l'Outback australien, répondit Sienna. L'avion fait partie de la vie de tous les jours. Ne t'énerve pas pour cela. Garde ton calme !

— C'est facile à dire ! Je ne supporte plus ce chapeau !

— Je vais te l'ajuster.

Sienna remit doucement en place le chapeau de paille.

— Voilà ! Il te va bien !

— Tu ne parles pas sérieusement ! J'ai dû me tartiner la peau de crème solaire !

Sienna ne répondit rien. Comment trouver les mots justes ? Amanda devait impérativement être là, et elle allait être au centre de l'attention générale. Mais quel comportement allait-elle adopter ? Elle devenait de plus en plus difficile à suivre au fil des années.

La famille Barrett était venue en avion privé, un Cessna. Joanne, qui avait été la fiancée de Mark, en faisait partie. Blaine l'avait discrètement désignée à Sienna lorsqu'ils étaient arrivés. C'était une jeune femme séduisante, habillée sans ostentation.

Une procession de véhicules avait également amené une assistance importante au carré de cimetière des Kilcullen, situé sur un petit coteau. Le cimetière était très vaste, et entouré par une grille de deux mètres de haut. Des palmiers dattiers, sans doute l'arbre le plus anciennement cultivé du monde, apportaient un peu d'ombre, mais la majorité des gens allait devoir rester en plein soleil.

— Voici Joanne et ses parents, Rachel et Allan Barrett, avait rapidement dit Blaine à Sienna. Amanda ne sait rien de Joanne ?

— Non. Si je lui en avais parlé, je n'aurais pas pu l'amener ici.

— Donc il ne valait mieux pas.

Il l'avait alors quittée pour aller parler à un groupe de gens.

Elle regarda autour d'elle, s'efforçant d'apaiser sa tension intérieure. Amanda tremblait. En temps normal, elle supportait déjà très mal les cimetières. Lors d'un voyage à Paris, elle avait refusé catégoriquement d'aller au cimetière du Père-Lachaise, comme si les âmes des poètes, écrivains, compositeurs et autres personnages célèbres qui y étaient enterrés risquaient de sortir de la tombe pour lui faire du mal. Sienna avait trouvé que le Père-Lachaise était un endroit propice à la méditation, alors qu'Amanda s'y sentait très mal à l'aise.

C'étaient les vivants qui éprouvaient de la douleur. Celle de Mark était terminée.

Il y avait trop de pierres tombales pour qu'elle puisse les compter. Le père de Blaine et de Mark reposait ici, ainsi que Marianne, la mère de Blaine. Aucune des pierres tombales n'était particulièrement imposante, à l'exception d'une seule. Ce devait être celle du premier des Kilcullen à être venu en Australie, sans doute celui qui avait fondé Katajangga. Des enfants avaient été enterrés ici, sous des pierres portant des anges taillés. L'une de ces pierres montrait une petite fille allongée, avec de longs cheveux. C'était triste et touchant.

A côté d'elle, Amanda respira profondément.

— C'est en trop pour moi.

Sienna lui répondit à voix basse.

— Je sais que c'est difficile, mais je suis là pour affronter cela avec toi.

Amanda, transpirant abondamment, titubait presque lorsque la cérémonie se termina enfin. Blaine s'occupait de sa belle-mère qui, accablée de douleur, supportait visiblement très mal ce qu'elle vivait. A la demande de Blaine, ce fut le sénateur Kilcullen qui aida Sienna à ramener Amanda au 4x4.

— C'est un moment très difficile pour nous tous, dit le sénateur en ouvrant la portière arrière et en poussant doucement Amanda.

— Merci, monsieur, dit Sienna en lui tendant la main.

Le sénateur la fixa droit dans les yeux.

— Vous êtes la cousine de la jeune veuve de Mark, ai-je cru comprendre ?

— Oui, sénateur, répondit-elle gracieusement.

— Nous parlerons de tout cela à la maison, dit-il.

— Ce sera sans moi, chuchota Amanda à l'oreille de Sienna. Je veux être libérée de tout cela. Le chagrin, cela suffit !

Elle avait presque craché cette dernière phrase.

Lorsqu'ils arrivèrent à la grande maison de Katajangga, un certain nombre de gens étaient déjà assemblés dans le salon. Il y avait un buffet pour les invités, dont beaucoup avaient parcouru des distances considérables. Hilary, stoïque, jouait le rôle de la maîtresse de maison, avec Marcia, très pâle, à son côté.

Même si elle ne l'avait pas su, Sienna aurait deviné sans difficulté que cette dernière était la sœur de Mark. Certes, la ressemblance n'était pas aussi prononcée qu'entre certains autres jumeaux, mais Marcia avait les mêmes cheveux blonds cendrés et les mêmes yeux sombres que son frère. Marcia ignorait Amanda — si ce n'était pas délibéré, cela en donnait très nettement l'impression. Cela commençait à mettre Sienna mal à l'aise.

Pour de bonnes raisons.

Amanda considéra la vaste pièce, l'air sidérée.

— Ils ne croient quand même pas que je vais rester là ! dit-elle entre ses dents, en remettant une mèche de cheveux blonds en place. Je n'ai rien à faire ici ! Je ne serais pas surprise de m'évanouir !

— Non, cela n'arrivera pas, répondit fermement Sienna.

C'était pourtant à craindre. Amanda paraissait vraiment malade. Pourvu que les invités interprètent cela comme un effet de la douleur causée par la disparition de Mark. Même si, en privé, Amanda savait se recentrer immédiatement sur la question de l'argent.

Lorsque Blaine arriva à son tour, Sienna comprit qu'elle devait le prévenir : il y avait un problème urgent.

— Qu'y a-t-il, Sienna ?

— Je suis désolée, Blaine, mais Amanda ne se sent vraiment pas bien. Elle ne sait pas faire face à autant de gens. J'espère qu'Hilary et Marcia ne le prendront pas mal, mais je l'emmène dans sa chambre.

Le visage de Blaine n'exprima aucune émotion.

— Vous revenez ensuite parmi nous ?

— C'est ce que vous souhaitez ?

— Mais bien sûr !

— Alors je redescends, aussitôt que j'aurai installé ma cousine dans sa chambre.

— D'accord. Je veux que vous sachiez que je propose

assez d'argent à Amanda pour qu'elle soit à l'abri du besoin. Votre famille n'aura plus besoin de s'occuper d'elle à l'avenir.

Elle ressentit une pointe de colère, qu'elle étouffa aussitôt.

— Blaine, nous l'avons fait parce que nous le souhaitions !

— On peut parfois être *trop* bon.

Il l'observa un instant. Sa peau avait encore la pâleur du lys, malgré le temps passé au soleil.

De nombreuses pensées se pressaient dans son esprit. En ce jour où ils venaient d'enterrer Mark, il ne savait toujours pas ce qui s'était vraiment passé, en ce jour terrible où son père avait été victime d'un accident. Quel rôle Mark avait-il joué ? Il était capable de n'importe quoi. Blaine n'avait jamais confié ses pires craintes à d'autres. Et son père n'était plus là pour révéler la vérité.

Lorsque Sienna revint se mêler à la foule des invités, ceux-ci s'étaient rapprochés du buffet. Il avait été préparé par Magda et son équipe de jeunes femmes, pour partie aborigènes, qui travaillaient dans l'immense demeure. De longues tables d'acajou portaient des quantités imposantes de viande : des filets de bœuf, des jambons, des tranches d'agneau. Il y avait toutes sortes de salades et des montagnes de pain fraîchement cuit. Sur d'autres tables, on trouvait des bouteilles de whisky, de cognac, de vins rouges et blancs dans des seaux de glace.

Les invités commençaient à se répartir en petits groupes. En dehors de la proche famille de Blaine et du sénateur, Sienna n'avait encore rencontré personne, mais elle avait une telle habitude de se mouvoir en société qu'elle se sentit vite à l'aise.

Blaine gardait un œil sur elle, sans en avoir l'air. La contempler l'apaisait, comme aucune autre femme ne l'avait jamais fait. Il en avait besoin, en un tel moment. Malgré le fossé qui s'était creusé entre Mark et le reste de la famille, l'enterrer avait été un moment bien pénible.

Tout le monde ou presque lui avait parlé de la jolie veuve de Mark dans sa robe bleue. Certains l'avaient trouvée touchante, d'autres avaient estimé sa tenue déplacée. Hilary avait été stupéfaite. Lui-même ne savait quoi penser. L'unanimité régnait, en revanche, sur la cousine de la veuve.

— Etre jolie est une chose, être vraiment belle en est une autre, avait dit Joanne. J'ai su tout de suite laquelle avait été l'épouse de Mark. Il a toujours été intimidé par les femmes dotées à la fois d'une très grande confiance en elles et d'une immense beauté. C'est le cas de Sienna.

Tout le monde regarda celle-ci s'avancer vers Blaine.

— Amanda se repose, dit-elle.

— Sienna, je voudrais vous présenter Joanne Barrett. Je vous ai déjà parlé d'elle.

— Bien sûr. Comment allez-vous ? C'est un jour très triste pour vous.

— En effet. J'aimais Mark.

— Je vous assure de toute ma sympathie.

Joanne resta muette quelques instants, comme si elle essayait de prendre une décision, puis répondit :

— Merci, Sienna. Il faut que vous rencontriez mes parents. Ensuite, nous irons manger quelque chose.

— Je n'ai pas vraiment faim.

— Mangez quand même un peu, dit Blaine, dont le regard était fixé sur les autres invités.

— Je vais veiller sur Sienna, dit Joanne en lui prenant le bras. Il y a tant de choses que je voudrais lui demander ! Auriez-vous la gentillesse de répondre à mes questions ? Je n'ai jamais pu me consoler du départ de Mark.

Joanne n'avait jamais réussi à tourner la page ? C'était bien triste.

— Je suis vraiment désolée, Joanne. Je vous dirai tout ce que je sais, mais je n'ai jamais été proche de lui, vous savez.

— Quelqu'un a-t-il jamais connu le *véritable* Mark ? Il était né pour rendre les autres malheureux. Tout le monde ici sait ce qui est arrivé. A Mark. A sa famille. Et à nous.

— Joanne ! Amanda ignore encore que Mark avait une fiancée en Australie.

Elle ouvrit de grands yeux.

— Il ne lui a *jamais dit* ?

— Ni à elle, ni à personne. Je ne l'ai découvert que lorsque Blaine est venu à Vancouver. Je ne l'ai pas confié à Amanda, c'est déjà suffisamment dur pour elle.

— Vraiment ? coupa Joanne d'une voix glacée. Je sais qu'Amanda est votre cousine, et que vous faites tout pour la protéger, mais je ne la perçois pas comme la personne éplorée et vulnérable pour laquelle elle essaie de se faire passer.

— Qu'est-ce qui vous fait dire cela ? Blaine vous a parlé d'elle ?

Joanne baissa la voix.

— Non, il m'en a très peu dit. C'est Marcia qui m'a confié son opinion, sans que je la lui demande. Nous sommes très liées, toutes les deux. Marcia éprouvait pour Mark un mélange d'amour et de haine. Elle aurait voulu un frère digne d'un amour inconditionnel, mais c'est Blaine qui a joué ce rôle, alors qu'il n'est que son demi-frère. Mark a toujours négligé sa sœur.

— Comment êtes-vous tombée amoureuse de Mark ?

— Comment explique-t-on l'amour ? Il prend possession de vous sans demander la permission. Ce n'est pas par un acte délibéré que j'ai aimé Mark. Dès le début, je savais qu'il était cruel. Il ne m'a jamais rendue heureuse. Je savais aussi qu'il était furieusement jaloux de Blaine. Mais Mark était bel homme. Il pouvait être d'une compagnie très agréable lorsqu'il le voulait. Et c'était un Kilcullen. Beaucoup de filles auraient voulu l'épouser rien que pour cette raison. Elles savaient que Blaine était hors de leur portée.

— Blaine a-t-il quelque chose de spécial ?

Sienna fut la première surprise d'avoir posé la question qui lui tenait à cœur. Joanne s'approcha d'elle.

— Blaine pourrait choisir une épouse parmi toutes les femmes présentes ici. Vous voyez cette grande brune, là-bas ? C'est Lynda McCrae. Sa famille dirige la compagnie aérienne qui dessert cette région, McCrae Air. On a parlé d'une relation entre eux pendant quelque temps, puis plus rien. Je pourrais ajouter Kerrie Henmann, et Camilla Marsh. Mais Blaine a perdu son père. Il avait une profonde admiration pour lui. L'accident l'a ébranlé psychologiquement. Désormais, il dirige le ranch, ce qui ne lui laisse guère de temps libre. Mark était plus abordable, mais il a montré qui il était vraiment lorsqu'il s'est enfui.

— Il n'est plus, à présent. Cette partie de votre vie est finie.

— Espérons-le ! J'ai méprisé Mark après son départ, mais je n'aurais jamais souhaité qu'il disparaisse ainsi.

— Personne ne l'a désiré. C'était un accident.

— Comme ce qui est arrivé à son père. Le mien n'y a jamais cru. M. Kilcullen était un remarquable cavalier. Mon père dit toujours…

— Votre père dit quoi ?

— Il ne veut pas que j'en parle. C'est juste son opinion. M. Kilcullen, évidemment, n'a jamais rien raconté. Il a perdu la mémoire après cet événement tragique.

— Tragique, en effet. Comme ce qui vous est arrivé.

Mais il faut oublier cela, Joanne. Vous avez la vie devant vous.

— Combien de temps comptez-vous rester, Sienna ?

Si Amanda avait pu décider seule, elles seraient reparties dès le lendemain, mais comment avouer cela ?

— Au moins deux semaines. Amanda se remet très mal du décalage horaire, et le retour sera pire encore — c'est toujours plus dur quand on va vers l'est. Dites-moi, qu'est-ce que Marcia pense d'elle ?

— Disons simplement qu'elle ne l'aime pas. J'espère que vous pourrez trouver le temps de nous rendre visite. Notre ranch s'appelle Ettamunga. Il n'est pas aussi immense que Katajangga, bien sûr. Mais je crois que vous aimeriez le découvrir. C'est à trente minutes en avion. Ma mère et moi aimerions vous entendre parler de votre vie. Blaine m'a dit que vous étiez artiste. Et vous n'êtes pas mariée. C'est également Blaine qui nous l'a appris.

Pourquoi leur avait-il confié ce détail ?

Elle se rendit soudain compte à quel point quelque chose manquait dans sa vie. Elle avait reçu tous les dons, la beauté, des talents artistiques, une famille qui l'adorait. Mais il y avait encore un vide à combler. Il lui fallait un homme.

Elle était toujours aussi dévouée à Amanda, mais elle prit conscience qu'elle ne l'aurait sans doute pas choisie comme amie si elle n'avait pas été sa cousine. Elles étaient trop différentes.

Comme Blaine, elle aurait pourtant pu se marier depuis longtemps. Elle avait connu bien des hommes qui ne demandaient qu'à dire oui. Mais elle n'avait jamais voulu épouser aucun d'entre eux. Faute d'amour véritable.

Blaine Kilcullen était alors apparu dans sa vie.

Elle devait réfléchir à ce qu'elle désirait vraiment.

Ce fut seulement au milieu de l'après-midi que les derniers invités s'en allèrent. Hilary se retira dans sa chambre : il n'était plus nécessaire de retenir ses larmes. Tout le monde savait à quel point elle avait aimé son fils.

Marcia était repartie avec les Barrett, avec qui elle devait passer un jour ou deux.

Dans sa chambre, Sienna se changea, remplaçant le noir par un chemisier de coton tangerine, un pantalon beige, et une paire de chaussures de tennis. Que faire ? Proposer son aide à Magda ? Ou, si celle-ci refusait, aller découvrir les jardins ? Mais il fallait d'abord passer voir Amanda.

— Tu es en retard !

— Pardon ?

— Il est 15 h 30 !

— C'est dommage que tu n'aies pas pu descendre, ne serait-ce qu'une demi-heure. Beaucoup de gens auraient aimé te rencontrer.

— Sûrement ! Ils me fixaient tous comme si j'étais une espèce de monstre ! Et cette Marcia ! Elle me hait !

— Tu te trompes. Mais tu n'as pas été particulièrement agréable avec elle. En tout cas, elle est repartie avec la famille Barrett. Leur fille, Joanne, est son amie.

— Des amies ! C'est ta spécialité à toi de te faire des amis !

Il allait bien falloir aborder le sujet un jour. Autant le faire tout de suite.

— Joanne a été la fiancée de Mark.

— Je savais qu'il en avait eu une.

— Et tu n'en as jamais rien dit ?

— En quoi cela te concernait-il ? Il m'a expliqué que sa mère la lui avait imposée. Mais il n'a pas pu le supporter.

Sienna sentit la colère monter en elle.

— Apparemment, il ne supportait pas grand-chose, à commencer par le mariage.

— Tu ne vas quand même pas faire une scène ? Tu ne vois donc pas que je suis malade ?

Sienna n'alla pas plus loin. Une fois de plus, comme elle en avait l'habitude depuis longtemps, elle recula devant sa cousine…

— Je le vois bien. Il faudrait te forcer à manger quelque chose. Tu n'as rien avalé depuis plusieurs jours, alors que tu ne peux plus te permettre de perdre du poids. Tu deviens décharnée.

— C'est cela ! Remue le fer dans la plaie ! Mark et moi, cela devait se terminer en catastrophe. Mais je l'aimais.

— Tu l'as choisi. Il faut en accepter une certaine part de responsabilité.

— Merci de ta compassion. Je voudrais rentrer au Canada, mais je ne me sens pas en état de faire un tel trajet. Je pourrais aller à Sydney. Dès que j'irai mieux, et que Blaine m'aura remis mon argent.

— L'argent, l'argent ! Tu n'es venue que pour cela ?

— Bien sûr ! Comme cela, je n'aurai plus à en mendier auprès de ta famille !

Sienna la fixa, consternée. Elle l'avait aidée toute sa vie. Ses parents avaient fait tout ce qu'ils avaient pu pour elle. A ses yeux, cela ne comptait donc pour rien ?

— C'est tout ce que nous représentons pour toi ?

— Oh non ! Je vous aime ! Mais pas de sermon, Sienna. J'en ai eu ma dose.

— Très bien. Je peux t'apporter quelque chose ?

Amanda n'avait vraiment pas l'air d'aller bien. Avait-elle une bouteille cachée dans sa chambre ?

— Un ou deux Martini ?

— Il vaudrait mieux un ou deux sandwichs.

— Oh ! ne t'embête pas ! Je ferai monter un plateau plus tard !

Magda avait permis à Sienna de s'occuper des coupes de cristal. Tandis que celle-ci les débarrassait, la robuste gouvernante essuyait les cercles laissés sur les tables d'acajou.

— Les gens ne font vraiment attention à rien ! Mais je sais comment nettoyer tout cela.

Toutes deux allèrent ensuite dans la cuisine, immense pièce dont la porte indiquait, sur une plaque de cuivre, « Domaine de Magda ». Elles engagèrent la conversation. Magda expliqua comment, jeune immigrante polonaise, elle était venue en Australie avec son fiancé lituanien. Celui-ci l'ayant abandonnée sans un sou à Darwin, les Kilcullen étaient venus à son secours en l'engageant.

Elle s'interrompit lorsque Blaine entra. Lui non plus n'était plus en noir. Il portait une chemise et un blue-jean, mais avec des bottes d'équitation. Son visage avait une expression plutôt sévère.

— Je vous cherchais, Sienna. J'ai besoin de prendre l'air pour me changer les idées. Vous savez monter à cheval ?

— Je suis canadienne.

— Oui, vous venez d'un pays où le cheval doit être une passion. Tout le monde a entendu parler de la Police montée et du Stampede de Calgary. Donc, voulez-vous venir avec moi ?

— Allez-y, Sienna, dit Magda.

Sienna suivit donc Blaine. L'atmosphère de la maison était devenue étouffante.

Il la laissa choisir sa monture. La sienne était un superbe animal, de couleur bai, nommé Amir.

— Il a l'air d'avoir du caractère, dit-elle.

— C'est ainsi que je les aime.

Il l'observa attentivement. Elle avait noué ses cheveux blonds et emprunté un chapeau Akubra, qui lui allait parfaitement. Elle avait un teint merveilleux, et une peau qui ne devait pas brûler sous le soleil, pour peu qu'elle soit correctement protégée — pas comme celle de sa cousine, qui rougissait pour cacher ses véritables sentiments.

Sienna partageait manifestement sa passion des chevaux, ce qui était encore un point positif — un de plus !

— Je crois que je vais prendre celle-ci, si vous voulez bien.

Elle s'était arrêtée devant une jument, également bai, avec une tache blanche sur le front.

— Elle s'appelle Tamara. C'est un très bon choix. Surtout pour galoper à perte de vue.

Dès qu'ils furent en terrain dégagé, ils se lancèrent au galop. La jument se montra tout à fait capable de suivre le train. Mais il fut impossible d'éviter les champs de marguerites de papier ! Les sabots des chevaux y laissèrent des marques profondes.

Lorsqu'ils ralentirent enfin, Sienna remarqua que le visage de Blaine s'était adouci.

— Vous montez bien.

— J'ai appris lorsque j'étais toute petite. J'aime l'équitation.

— Cela se voit.

— Je suis contente que cela vous plaise.

Devant elle s'étendaient des fleurs sauvages de couleur rouge, qui ressemblaient à du velours. Elles dégageaient des senteurs puissantes, grisantes, qui remplissaient ses poumons. Si elle y était exposée trop longtemps, la tête lui tournerait.

— Le paysage est vraiment très différent de celui de la Colombie-Britannique.

— Nous en sommes très loin. Votre province n'est-elle pas renommée pour sa verdure luxuriante, ses rivières au courant puissant, ses forêts, ses lacs, ses montagnes couronnées de neige ?

— Oui. Ici, c'est un autre monde. Même les noms de lieux sont tirés d'une autre langue, celle des Aborigènes. Le paysage de cette région ne ressemble à aucun autre que j'aie jamais vu. J'ai pourtant parcouru des déserts fabuleux aux Etats-Unis. Avec cette terre rouge, on se croirait presque sur la planète Mars, s'il n'y avait pas ces extraordinaires étendues de fleurs.

— Vous ne pourriez jamais vous y habituer ?

Pourquoi posait-il donc cette question ? Heureusement, il ne paraissait pas y attacher grande importance.

— Oh ! si ! Je trouve cela captivant, et ça me fait des souvenirs. Je peindrai peut-être à partir des photos que j'ai prises. C'est une inspiration fantastique pour une artiste. Il y a tant de choses ici ! Les espaces immenses, l'isolement extrême, ces rochers extraordinaires. Et les couleurs ! Le rouge vénitien, l'ocre jaune, le terre de Sienne, le marron brûlé, les noirs et les blancs... C'est incroyable ! Cette éminence, là-bas, est violette, et même cet arbre se découpe magnifiquement sur le ciel bleu.

— C'est un gommier fantôme, une espèce particulière d'eucalyptus. C'est un arbre toujours vert. Une fois par an, il perd son écorce, mais pas ses feuilles.

Cette écorce était elle-même bien curieuse, avec une couleur allant du blanc au crème, parsemée de taches roses.

— Et ces rochers éparpillés, là-bas !

Ils se dirigeaient vers un petit lac, visible à travers le rideau d'arbres. Il était entouré de buissons de spinnifex, parmi lesquels on voyait des roches rouges.

— Les Billes du Diable. Ce nom vient d'une légende aborigène.

Il fit une pause avant de continuer :

— Etes-vous contente d'être venue ?

— Pour cette promenade à cheval ? Ou ce voyage ?

— Les deux.

Elle respira profondément. Il y avait tant d'émotions en elle ! Dont certaines qu'elle n'aurait jamais cru éprouver.

— Je n'aurais voulu manquer cela pour rien au monde !

Il resta songeur.

— Je suppose que nous pouvons remercier Mark, au moins pour cela. Les événements de notre vie peuvent avoir des conséquences inattendues.

— Oui, nous sommes parfois surpris de l'enchaînement des choses.

Elle se fit songeuse, à son tour. Si elle désirait une liaison amoureuse, celle-ci était là, devant elle. Même si cela risquait d'être bref. Ils vivaient dans deux mondes très différents, séparés par l'immensité de l'océan Pacifique. Mais elle éprouvait un sentiment très fort pour Blaine Kilcullen, et celui-ci était bien parti pour prendre une place importante dans sa vie. Elle ne pouvait pas être en sa présence sans frémir, au moins intérieurement.

Elle avait toujours cru avoir pleinement le contrôle de sa vie. Voilà qu'elle se découvrait aussi vulnérable que n'importe quelle autre femme. Le sentiment qui l'emportait était si puissant qu'elle se sentait difficilement capable d'y résister.

Elle ne serait peut-être pas la plus forte. Comment s'empêcher de tomber amoureuse ?

Même si c'était en un lieu et à un moment qu'elle n'aurait pas choisis.

6

Sienna ne s'était pas attendue à découvrir une si vaste étendue d'eau. Elle devait couvrir plus de deux hectares. Cela ressemblait à un marais, avec de grands nénuphars roses et des plantes aquatiques massées le long des rives. Plus loin, le bleu de l'eau laissait penser que le lac devait être profond en son centre. Il se refermait vers la droite, mais pas complètement car les eaux s'écoulaient en une petite rivière.

La surface du lac reflétait le bleu intense du ciel. Elle était claire et sans vagues, et on y voyait également les grands eucalyptus qui la dominaient.

Ils attachèrent les chevaux et marchèrent en silence jusqu'à la rive. L'air était d'une pureté remarquable. Des colonies d'oiseaux gazouillaient dans les arbres, ou voletaient de branche en branche. Tout au long de la promenade, elle avait été fascinée par les perruches ondulées qui les avaient suivis. A présent, elle pouvait admirer leurs magnifiques couleurs jaune et vert, ainsi que leurs vols coordonnés. C'était un véritable ballet, où ils maintenaient toujours une impeccable formation en flèche.

— Je croyais qu'un billabong était seulement une petite mare, dit-elle. Mais c'est autrement plus grand !

Elle ôta son chapeau Akubra, le posant sur un rocher. Puis, prise d'une impulsion soudaine, elle enleva le bandeau qui maintenait ses cheveux et les laissa retomber sur ses épaules.

Blaine l'observa, sentant le désir monter en lui. La flèche de Cupidon l'avait atteint. Elle avait des cheveux blonds magnifiques qui auraient pu figurer dans les publicités télévisées. Que n'aurait-il pas donné pour y plonger la main, pour entourer sa taille, pour l'attirer contre lui !

Elle se retourna. Etait-elle consciente de ce qui se passait en lui ? Une femme aussi intelligente devait lire dans les pensées des hommes comme dans un livre.

Il enleva lui aussi son chapeau.

— Billabong est un mot aborigène, venant probablement de la langue des Wijaduri. Au début de la colonisation, certains ont prétendu que le mot avait des racines celtiques, et qu'il venait de la langue gaélique d'Ecosse. Personne n'en est exactement sûr. Pendant les cent premières années, presque tous les immigrants venaient des îles britanniques. Mais pour en revenir au billabong, c'est un mot qui figure dans les paroles de *Waltzing Matilda*, la chanson australienne la plus connue, qui a bien failli devenir notre hymne national. Matilda n'est pas une femme, contrairement à ce que l'on pourrait croire, mais le sac à dos d'un vagabond de la brousse.

— Vous sauriez me la chanter ? Juste le début.

— Tant que vous ne vous moquez pas de moi. Je ne suis pas sûr de chanter juste.

— J'aimerais quand même vous écouter.

Il devait avoir une voix de baryton.

Il commença donc. Elle fut étonnée de la réaction qu'elle éprouvait, à l'entendre ainsi chanter une vieille chanson folklorique. Elle en avait presque les larmes aux yeux. Que serait-ce donc si un jour la même voix lui parlait d'amour !

— Qu'en dites-vous ? demanda-t-il lorsqu'il eut fini.

— C'est merveilleux ! dit-elle en applaudissant.

— Bien. Que faisons-nous à présent ?

— Je sais ce que moi je vais faire, en tout cas. Je vais m'asperger le visage de cette eau !

Elle devait se calmer ! Ils seraient bientôt rentrés.

Elle choisit un endroit où l'eau venait entourer un gros rocher à demi émergé. Elle se pencha et prit l'eau dans ses mains. Oh ! Elle n'aurait jamais imaginé que cette eau puisse être aussi *froide* ! Mais elle continua ses ablutions, qui étaient si rafraîchissantes. L'eau coula sur sa chemise, et entre ses seins. Elle se retourna pour faire face à Blaine.

Ses yeux brillaient, sa peau resplendissait, mettant en valeur le blond merveilleux de ses cheveux.

Quelle envie il éprouvait de la serrer contre lui ! Il n'avait jamais rien connu de tel !

— Vous voulez une photo de moi ?

C'était une simple plaisanterie, mais l'expression du visage de Blaine l'arrêta net.

— Blaine ?

— Je n'ai pas pris d'appareil photo.

Il s'approcha d'elle. Jamais elle n'avait connu d'homme qui exerçait une telle attraction, si forte qu'elle paraissait magnétique. Il remit une mèche de ses cheveux en place.

— Vous êtes vraiment très belle.

Entendre cela la mit sur ses gardes. En proie à une certaine tension, elle répondit :

— Parfois je ne suis pas sûre que ce soit une bonne chose.

— Que voulez-vous dire par là ?

Il la fixait droit dans les yeux. Ils étaient si proches l'un de l'autre, un courant électrique semblait passer entre eux.

— Que croyez-vous que je veuille dire ? Je sais que vous avez du mal à cerner qui je suis.

Il hocha la tête.

— C'est vrai, il y a une question que je ne parviens pas à sortir de mon esprit. Y a-t-il eu quelque chose entre Mark et vous ?

Elle eut soudain l'impression d'étouffer. Elle avança pour passer à côté de lui et s'éloigner, mais, passant le bras autour de sa taille, il l'en empêcha. La colère monta en elle, mêlée à un frisson de plaisir.

— Blaine ! Vous êtes odieux !

— Si ce n'est que votre corps envoie un message bien différent.

Des émotions puissantes déferlaient en elle, comme autant de raz-de-marées.

— Ce n'est pas vrai !

— Je sais ce que je dis.

Le tremblement de son corps avait dû la trahir.

— L'attirance — surtout quand elle est mutuelle — est une chose bien étrange. Vous essayez de la combattre, mais cela ne sert à rien. Vous êtes impuissante.

Tout en parlant, il l'avait amenée contre lui.

Elle aurait dû se défendre — mais comment l'aurait-elle pu, alors qu'elle avait déjà posé une main derrière son épaule ?

Lorsque leurs bouches se rencontrèrent, une puissante excitation monta en elle, teintée de violence. C'était comme si la guerre avait été déclarée entre eux, avec toute la force implacable qui s'était emparée d'eux et leur dictait leur comportement. Si ce sentiment était d'une ambivalence bien étrange, le désir qu'ils éprouvaient l'un pour l'autre était sans équivoque. La main de Blaine caressa les seins de Sienna, lui faisant perdre le contact avec la réalité. Elle était comme prise d'une fièvre qui lui tournait la tête. Il chuchota quelque chose à son oreille, mais elle était incapable de distinguer les mots. Ce qu'elle ressentait était une passion sans limite, sans frein, d'une violence telle qu'elle avait le pouvoir de la détruire. S'il n'arrêtait pas de l'embrasser... elle allait devenir semblable à une victime offerte en sacrifice.

Il releva la tête.

— J'avais besoin de le faire. Je l'ai fait.

Elle essaya de mettre de l'ordre dans ses pensées chaotiques.

— C'était sur la liste des choses que vous deviez faire avant de mourir ? Est-ce que cela devient dangereux d'être seule avec vous ? Dites-le moi franchement !

Elle était en colère, à présent — telle était l'ambivalence des sentiments humains.

— Vous savez qu'il y a quelque chose de très fort entre nous, Sienna. Cela ne pourrait pas être plus évident. Alors, pour l'amour de Dieu, n'essayez pas de me persuader du contraire !

Elle porta un coup de poing contre son torse — pour se sentir immédiatement consternée de ce qu'elle venait de faire.

— Je sais que rien de bon ne peut en sortir ! cria-t-elle avec frustration.

Aussitôt, toute la colère la quitta — et elle se demanda que faire ensuite. La force de sa passion lui avait complètement fait perdre la tête.

— Je suis désolée. Je n'aurais pas dû faire cela. Je n'ai jamais frappé un homme dans ma vie. Mais vous me rendez folle. Dieu sait que je n'ai jamais fait une telle chose !

— Et vous en êtes toute tremblante.

Il mit les deux mains sur ses épaules, comme pour l'apaiser.

On percevait un réel souci dans sa voix.

— Avez-vous entendu parler de cauchemars provoqués par l'amour ?

— Répondez-moi franchement, Sienna. Y a-t-il eu une liaison entre Mark et vous, à laquelle vous avez voulu mettre fin ?

Elle ouvrit de grands yeux.

— Je suis désolée, Blaine. C'est un sujet que je ne veux pas aborder. Et je n'accepterai pas que vous me jugiez. Vous n'en avez pas le droit.

— Comment pourrais-je juger sans savoir ? Ne croyez-vous pas que vous pourriez au moins me dire la vérité ? Que s'est-il passé ? Car il y a bien eu quelque chose. Je ne suis pas idiot. Tout me donne à penser que Mark était follement amoureux de *vous*. Pas de son épouse. De *vous* !

— Nous venons de l'enterrer aujourd'hui, Blaine !

— Pensez-vous que je l'ai oublié ? répondit-il en serrant ses épaules.

— Vous me faites mal !

Il ôta aussitôt ses mains.

— Excusez-moi. Je n'arrive pas à en détacher mon esprit. Tous ces secrets, toutes ces choses cachées…

— Il y en a dans toutes les familles.

— Mais plus dans la mienne que chez les autres. Venez, il est temps de repartir.

Elle n'ajouta rien. Elle aurait voulu lui avouer ce qui s'était vraiment passé, mais quel bien cela ferait-il ? Quel résultat positif obtiendrait-elle, si elle révélait de quoi Mark avait été capable ? Elle se sentait encore couverte de honte. Pourtant sa conscience était tranquille. Elle n'avait rien à se reprocher.

Mais l'ombre de Mark continuait à planer.

Ce fut seulement à la nuit tombée qu'ils revinrent à la grande demeure familiale. Blaine se dirigea vers l'aile ouest, devenue son domaine. Sienna monta au premier étage. Fallait-il passer voir Amanda ? Elle hésita. Depuis la mort de Mark, celle-ci cherchait de plus en plus le réconfort dans l'alcool. Elle risquait fort d'être étendue sur son lit, dans un état d'ivresse avancé.

Sienna frappa néanmoins à sa porte. Avec soulagement, elle entendit une voix claire répondre :

— Entre !

Amanda ouvrit de grands yeux en la voyant en tenue d'équitation.

— Où es-tu allée ?

— Faire une promenade à cheval.

— Seule ?

— Bien sûr que non. Blaine était avec moi. C'est une région extraordinaire. Tu aurais dû venir.

— Je n'en ai aucune envie. Le désert ne m'intéresse pas. Blaine, par contre… mais ce n'est pas moi qu'il regarde.

— Arrête ! Il vient de perdre son frère.

— Son *demi*-frère. Qui ne lui ressemblait absolument pas.

— Tu descends pour le dîner ?

— Pas question ! Pour changer de sujet… Tu crois que Mark aurait pu être pour quelque chose dans l'accident de son père ?

— *Quoi ?* Qu'est-ce que tu vas chercher ?

— Et c'est toi dont on vante l'intelligence ! Tu ne trouves pas cette histoire étrange, compte tenu des relations que Mark avait avec sa famille ?

— Il nous cachait certainement beaucoup de choses. Mais nous ne les saurons jamais. Il n'est plus avec nous.

— Certaines ne sont pas un secret. Il n'a jamais eu la femme qu'il désirait.

Sienna se força à rester calme.

— Tu n'as donc plus aucun sentiment pour lui ?

— En avait-il pour moi ? Tu n'imagines pas ce que

cela a pu être ! Il me faisait l'amour en rêvant que tu sois à ma place !

— As-tu idée de l'impression que tu donnes ? Demain, il faudra montrer un meilleur comportement. Blaine voudra sans doute te parler. Je sais que tu es très bonne actrice, alors rappelle-toi que ton rôle est celui de la veuve éplorée.

— N'est-ce pas là la vérité ? Dis à la gouvernante que je veux un plat avec du poulet, du vin rouge, et une glace à la vanille comme dessert. Je suis si fatiguée ! Pourquoi m'as-tu amenée ici, Sienna ?

— Je n'ai pas eu besoin de te convaincre. C'est l'argent qui t'a attirée comme un aimant.

— Oh ! tu peux penser ce que tu veux !

Ils n'étaient que deux pour le dîner. Hilary était dans sa chambre — le médecin avait dû lui donner une forte dose de tranquillisants — et Marcia avait appelé pour prévenir qu'elle était bien arrivée à Ettamunga. Elle y passerait la nuit avec la famille de Joanne.

— Maman n'a pas besoin de moi, avait expliqué Marcia. Je le lis dans ses yeux. Elle veut être seule pour pleurer Mark. Elle n'a jamais voulu voir la vérité en face. Son fils représentait tout pour elle. Au point d'en oublier sa fille. Je ne sais pas ce que je serais devenue, Blaine, si tu n'avais pas été là.

Une décision s'imposait. Marcia ne pouvait pas rester au ranch. Blaine allait l'envoyer vivre avec le sénateur et son épouse, à Sydney. Marcia avait reçu une très bonne éducation, et, dans la plus grande ville d'Australie, elle aurait bien plus d'opportunités pour réussir sa vie.

Pour Hilary, la solution allait être plus difficile à trouver. Elle ne pouvait pas retourner dans sa famille, qui avait été contente d'être débarrassée d'elle, le jour où son père l'avait épousée.

Blaine et Sienna n'avaient pas très faim. Magda s'en était douté, et avait simplement préparé une salade niçoise avec un plat de tranches de jambon, accompagné d'une bouteille de vin rouge. Elle y avait ajouté des biscuits au beurre de cacahuète, qu'elle cuisinait elle-même.

— Avez-vous parlé à Amanda aujourd'hui ? demanda Sienna.

— A propos de l'argent ?

— C'est ce que je veux dire, vous vous en doutez bien.

— Ce n'est pas la première fois que mon attention est attirée sur ce point.

— Dieu merci, cela ne m'intéresse nullement, Blaine ! J'ai ma propre vie, où je réussis très bien. Je suis financièrement indépendante, et j'entends le rester !

— Oh ! je n'avais pas le moindre doute à ce sujet. Mais vous êtes-vous déjà demandé si votre cousine mérite tout ce que vous faites pour elle ?

— Vous ne l'aimez pas, dites-le franchement.

— Soyons clairs. Je comprends qu'elle ne soit pas encore remise du voyage. Récupérer du décalage horaire peut prendre du temps. Nous en sommes tous conscients. Mais elle n'a pas montré la moindre gentillesse envers Hilary et Marcia. Elle les a ignorées, dans leur propre maison ! Alors que toutes deux étaient prêtes à bien l'accueillir ! Par contre, elles vous apprécient déjà beaucoup. Vous savez vous faire aimer.

— Peut-être parce que j'aime rencontrer les gens. Même si je pourrais avoir une raison de faire une exception pour vous.

— Ne soyez pas comme cela, Sienna.

Elle jugea préférable de changer de sujet.

— Cette collection de chandeliers est vraiment splendide ! Puis-je vous demander qui l'a commencée ?

— Mon père. Juste après la mort de ma mère. Certains les trouvent trop ostentatoires, et peut-être ont-ils raison.

— Ils apportent une touche de fantaisie et d'exotisme à votre maison. Ils doivent avoir une grande valeur.

— Celui au-dessus de nous est russe, et date d'environ 1840. Parfois je pense que mon père a voulu ramener la lumière dans cette maison, après l'avoir perdue avec le décès de ma mère.

— Je peux le comprendre. Où est le portrait de votre mère, dont vous m'avez parlé ?

— Mon père l'avait fait accrocher au milieu de la galerie qui nous surplombe, mais, depuis qu'il nous a quittés, je l'ai fait emmener dans l'aile ouest. Finissez votre café, je vais vous le montrer.

Elle le suivit donc avec une apparente tranquillité, même si, intérieurement, elle était tout sauf calme. Son cœur battait plus vite à chaque pas, tandis que son esprit était rempli du souvenir de ce baiser. Comment aurait-elle imaginé qu'un tel coup de foudre soit possible ?

Pourtant, il avait bien eu lieu.

L'aile ouest ressemblait à Blaine : elle était passionnante et pleine de surprises. Il n'était pas seulement un éleveur, mais aussi un homme très cultivé. Elle l'avait deviné dès le début.

— Oh ! dit-elle devant la porte de bois sculpté qui donnait accès à l'aile ouest.

A l'évidence, il s'agissait d'art asiatique.

— Elle vient de Bali. Il a fallu faire des travaux pour faire correspondre les dimensions de l'encadrement. Mais venez donc.

— Je la trouve très belle. La manière dont nous décorons notre sanctuaire privé en révèle beaucoup sur nous. Allons donc en découvrir un peu plus sur vous.

— Vous êtes certaine de le vouloir ?

A la différence de la partie principale de la maison, l'aile ouest avait un vestibule. Les mains de Sienna tremblaient lorsqu'elle y entra. Un coffre de bois sculpté, surmonté d'un grand tableau accroché au mur, dominait un immense tapis iranien aux couleurs de feu. Mais ce fut le tableau qui attira son regard.

— Où l'avez-vous trouvé ?

— Lors d'un voyage à Rome. Il date du XVIIe siècle, mais il n'est pas signé. Ce qui ne l'a pas empêché de me coûter les yeux de la tête.

— Cela ne me surprend pas. C'est sans doute l'œuvre d'un apprenti qui a étudié avec un grand maître de l'époque. On perçoit bien l'influence de Rubens. Quels autres trésors avez-vous donc ?

— Un grand nombre de peintures aborigènes. Je les collectionne. Certaines sont remarquables.

Il la mena dans le salon, à côté duquel se trouvait la salle à manger. Cela ressemblait beaucoup à une maison que le père de Sienna avait un jour louée à Marrakech : il y avait un contraste puissant entre les murs blancs et toute la décoration et les meubles, où dominaient le rouge, l'orange et l'ocre. Un autre tapis iranien séparait deux divans de cuir fauve avec des coussins rouge vif. Deux fauteuils profonds étaient couverts de cuir beige. Un mur disparaissait derrière des étagères remplies de livres, des tableaux ornaient les autres murs.

— Etes-vous déjà allé à Marrakech ?

— Je suis déjà allé presque partout, y compris dans l'Antarctique. Mais pas au Canada. Pour moi, c'est un pays qui reste à explorer. Mais vous vouliez voir le portrait de ma mère ? Il est dans mon bureau. On ne peut pas l'exposer dans la même pièce que les autres tableaux. Suivez-moi.

Cette pièce était très masculine, avec une abondance de bois apparent. Des divans bleu nuit entouraient une table de verre, avec une statue d'une déesse indienne. A la meilleure place se trouvait le portrait d'une jeune femme très belle, aux cheveux bruns, à la peau couleur de magnolia, avec les yeux gris clair qu'elle avait transmis à son fils. Elle portait des pendants de diamants à ses oreilles, et était assise dans un fauteuil aux parures dorées, devant un décor d'un bleu assez neutre.

— Elle est inoubliable !

— Oui, n'est-ce pas ? Elle porte sa robe de mariée.

— Vous vous rappelez d'elle ?

— Très vaguement. Je me souviens surtout d'avoir vu pleurer mon père lorsqu'elle est morte. Je crois qu'il ne s'en est jamais complètement remis.

— Cela a dû être une tragédie.

— Mon père s'est remarié pour me donner une mère qui m'élève. Il s'est toujours comporté très correctement avec Hilary. Mais il ne l'a jamais aimée, et elle le savait. Ses deux enfants sont tout ce qu'elle a vraiment eu comme bonheur — et maintenant, elle vient de perdre Mark !

— Lorsqu'elle a épousé votre père, savait-elle déjà qu'il ne l'aimait pas ?

— Oui.

— Alors cela a été sa décision. Elle en a peut-être tiré plus de bonheur que vous ne le croyez.

— Qui sait ? Mais ce qui a suivi n'a pas toujours été facile. Mark a eu un caractère difficile dès le début. Marcia aussi, mais à un degré moindre. Hilary n'a pas non plus été soutenue par sa famille. D'après celle-ci, la seule bonne chose qu'elle ait faite dans sa vie a été de décider mon père à l'épouser.

— Nous ne choisissons pas nos parents, Blaine, mais nous pouvons décider de notre propre vie. Vous devez construire la vôtre, vous aussi. Avez-vous songé à vous marier ?

— Oh ! les candidates ne manquent pas. Mais je dois vous avouer que je ne suis pas pressé d'aller dire oui devant l'autel.

— Les hommes comme vous doivent obéir à certaines règles. Avoir des héritiers.

— On dirait que vous désirez la place, vous aussi.

— Comment pouvez-vous dire cela ?

— N'essayez pas, Sienna.

— Qu'est que vous imaginez à présent ?

Il était préférable de changer de sujet.

— Voulez-vous me montrer le reste de votre domaine ?

La salle à manger était prête à recevoir huit personnes, avec ses chaises de style espagnol. Les murs étaient orange, avec deux tableaux aborigènes de part et d'autre de la grande porte-fenêtre qui donnait sur le jardin. Chacune des deux compositions montrait un coucher de soleil sur un billabong entouré de buissons de spinnifex.

— C'est vraiment magnifique. Chez moi, de telles œuvres se vendraient en moins d'une minute. Je n'arriverais jamais à rendre cette vision particulière, cette passion pour la terre natale, cette relation si intime avec le paysage, cette manière vraiment unique d'exprimer tout cela.

— Dans la culture aborigène, la terre est tout. Beaucoup d'artistes aborigènes ont pris des cours auprès des Blancs, mais ils peignent à leur manière.

— Ils ont raison.

— Oui. Venez voir la cuisine. Je l'utilise quand je reçois les amis avec qui je joue au polo.

— Vous faites la cuisine ?

— Sienna, Magda est une excellente cuisinière. Elle serait offensée si qui que ce soit d'autre s'en occupait.

Dans la chambre, elle découvrit une cheminée.

— Dans le désert, les nuits peuvent être très froides.

Le manteau de la cheminée était surmonté d'une composition aborigène, avec, cette fois, des oiseaux en vol dans une large palette de bleus. Le grand lit était une création unique, entièrement de bois sculpté. Il venait probablement d'Indonésie. Une superbe commode sculptée portait divers objets, dont un bouddha thaïlandais couvert de feuilles d'argent. Tout cela devait provenir de ses voyages.

— Pour un éleveur, vous avez un très grand sens de la décoration.

— J'aime mettre en valeur ce que je collectionne. Il nous reste encore plusieurs pièces à voir. Voulez-vous continuer ?

Elle ne put retenir une exclamation en découvrant sa garde-robe.

— Quand parvenez-vous à porter tout cela ?

Des rangées de costumes et de chemises faites sur mesure occupaient une partie d'une énorme armoire de bois massif, tandis que le reste contenait les tenues de travail que l'on s'attendait plus à trouver dans un ranch.

— J'ai une autre vie. Katajangga n'est qu'une partie des biens de la famille. Nous avons investi de manière considérable dans les mines — qui représentent la plus grande richesse économique de l'Australie, comme vous le savez sans doute — ainsi que dans l'immobilier et dans les vignobles. Mon grand-père a eu l'intelligence de comprendre que nous devions nous diversifier. L'élevage bovin peut rapporter beaucoup d'argent, mais il met à la merci d'années de sécheresse.

— Donc, vous allez souvent en ville ?

— Oui. J'ai un excellent intendant, ce qui me rend

les choses plus faciles. Vous pourrez le rencontrer quand l'émotion de l'enterrement de Mark sera un peu retombée. Il s'appelle Zack Mangan. Il a une épouse, Gail, et deux enfants, deux fils qui sont en pension à Melbourne. Dans la brousse, nous gardons nos enfants avec nous jusqu'à ce qu'ils aient dix ans, puis nous les envoyons dans des écoles avec internat, pour qu'ils puissent recevoir une bonne éducation. J'ai reçu la mienne dans la même école que mon père et mon grand-père, également à Melbourne. C'est là qu'ira mon fils, ou mes fils, si, comme je l'espère, j'en ai plusieurs.

— Vous ne voudriez pas avoir une fille ?

— Bien sûr que si ! dit-il en posant le doigt sur sa joue. Qui ne voudrait pas avoir une fille qui vous ressemble ?

Elle mit la main sur son doigt, le laissa en place quelques instants, puis l'ôta délicatement. Cela avait suffi pour lui couper le souffle.

— Non, nous ne pouvons pas faire cela, dit-elle d'une voix qu'elle ne reconnut pas.

— Mais que *sommes-nous* en train de faire ? répondit-il à voix basse, inclinant la tête vers la sienne.

— Je dis cela pour vous, tout autant que pour moi.

— Pourquoi êtes-vous si sûre que je veux vous faire l'amour ?

Elle rougit.

— Vous avez vraiment un côté diabolique !

Elle ne put résister et vint contre lui. Comme il l'avait fait précédemment, il posa la main dans son dos. Cette fois, cependant, elle opposa une certaine résistance, malgré la force de l'excitation qu'elle ressentait. Elle savait très bien ce qu'elle voulait, même si elle éprouvait le besoin de ne pas le laisser paraître.

— Arrête de te battre contre toi-même ! Je suis fou de désir pour toi !

Il avait exprimé exactement ce qu'*elle* ressentait : un besoin si puissant qu'il dépassait l'entendement.

— Est-ce pour cela que tu m'as amenée ici ?

— Est-ce pour cela que tu es venue ?

— Que désires-tu dans la vie, Blaine ?

Son expression devint très sérieuse.

— Une femme à aimer. Une femme que, jusqu'à présent, j'ai seulement imaginée. Une femme qui me donnera des enfants et qui les élèvera avec moi — et qui ne me quittera jamais. Mais une femme comme toi… Tu es habituée à une tout autre vie. Tu ne pourras pas rester ici. Sienna, pourquoi pleures-tu ?

Elle essuya une larme sur sa joue. C'était une réaction naturelle à une émotion forte.

— Mon Dieu, je ne sais pas.

— C'est Mark que tu pleures ainsi ?

— Je suis plutôt en train de m'apitoyer sur moi-même. Blaine, je n'ai pas demandé cela — ce qui se passe entre nous !

— Moi non plus, mais il n'est pas possible de le fuir. Embrasse-moi.

— Cela ressemble à un ordre.

Comme si cela avait de l'importance !

— C'en est un.

— De la part d'un homme qui est habitué à en donner.

— Et à être obéi.

Le désir était si immense qu'elle pouvait à peine le contenir.

— Tu sais où cela nous mènera ?

— Pourquoi es-tu venue, Sienna ?

— Ne pas venir était impossible. C'est effrayant, tu ne crois pas ? Je n'ai jamais ressenti cela avant.

— Embrasse-moi, Sienna.

Elle se leva sur la pointe des pieds…

Leurs lèvres se touchèrent, doucement, et leurs langues, envoyant une onde de choc dans tout leur corps, se lancèrent dans une danse amoureuse.

Puis, emporté par la passion, il la souleva dans ses bras et l'emporta vers son lit.

Il l'y étendit, admirant au passage ses cheveux blonds décoiffés. Il s'allongea à côté d'elle, et commença à défaire la longue fermeture Eclair de sa robe.

Elle l'y aida.

Son corps était aussi magnifique qu'il l'avait imaginé : ses seins, sa taille menue, et ses longues jambes pleines de grâce. C'était un corps qu'il allait apprendre à connaître.

Elle était mille fois mieux que dans son imagination. C'était vraiment la femme qu'il attendait. Comment pourrait-il la laisser partir un jour ?

— Fais-moi l'amour, murmura-t-elle, perdant le peu de contrôle qu'elle possédait encore.

Oui, il allait lui faire l'amour. Toute la nuit. Rien ne pouvait l'arrêter à présent.

7

Amanda se réveilla au milieu de la nuit. Son intuition lui disait qu'il y avait, quelque part, quelque chose qui n'allait pas.

Elle jeta un coup d'œil à son petit réveil de voyage. 2 h 50.

Elle repensa à tout ce qu'elle avait fait, et qu'elle n'aurait pas dû faire. A tout ce dont elle aurait dû avoir honte — mais un tel sentiment ne faisait pas partie de sa nature. D'autres préoccupations étaient plus importantes. Qu'allait-elle faire de sa vie, à présent ? Elle allait devoir payer le prix de tout ce qui était arrivé. Mark était mort. Mais il y avait bien longtemps qu'il l'avait laissée derrière lui. Elle l'avait aimé dès le début, et elle aurait continué éternellement. Mais la femme qu'il désirait réellement était Sienna. Elle *savait* — en dépit des reproches qu'elle avait pu faire à Sienna — que celle-ci n'avait jamais encouragé ce sentiment. Sa cousine s'était même donné beaucoup de mal pour éviter d'être seule avec lui. Seulement, Amanda éprouvait un grand réconfort lorsqu'elle pouvait trouver des raisons de la blâmer. C'était toujours elle la plus belle, la plus intelligente, la plus populaire ! Depuis le lycée, Sienna avait toujours été celle que tous les garçons regardaient ! Etait-ce dû à ses cheveux et à ses yeux, qui avaient la couleur du miel, ou à sa voix, qui en avait la douceur ? Quoi qu'il en soit, il n'y avait jamais eu un seul moment où elle n'avait pas éprouvé une violente jalousie à l'égard de Sienna.

Elle l'aimait.

Elle la détestait.

C'était bien là le plus étrange. Elle avait toujours compté sur sa cousine, qui l'avait aidée à passer tous les moments difficiles qu'elle avait connus — et il y en avait eu un grand nombre. Sienna avait invariablement réussi à lui procurer l'apaisement.

Amanda serra la couette contre elle, comme une enfant qui a besoin d'être réconfortée.

Sienna allait l'aider. Comme d'habitude.

Seulement, Sienna n'était pas dans sa chambre. Où cette petite sainte pouvait-elle donc être partie ?

Dans le lit de Blaine.

Une voix intérieure le lui criait.

— Espèce de ... ! hurla-t-elle dans sa chambre. Tu vas le payer très cher !

Pendant la journée qui suivit, Blaine invita Amanda à le rejoindre dans l'ancien bureau de son père.

— Asseyez-vous, s'il vous plaît, Amanda.

La veuve de son défunt demi-frère était très pâle. Elle faisait littéralement pitié. Il l'aurait pourtant crue plus solide, intérieurement. Elle devait être jolie lorsqu'elle n'était pas aussi fatiguée, mais elle ne paraissait toujours pas remise du long voyage en avion. Elle avait pourtant eu suffisamment de temps, à présent.

Qu'est-ce que Mark avait pu lui trouver ? Ce n'était pas la première fois qu'il se posait la question.

Se préparant à verser des larmes, elle leva ses yeux bleus vers lui. C'était l'une de ses meilleures ruses. Elle savait pleurer à n'importe quel moment, et elle était parfaitement prête à le faire. Voir des larmes féminines faisait fondre la résistance des hommes. Même Mark n'avait pas su y résister lorsqu'elle l'avait accusé d'avoir couché avec Sienna.

— Si au moins j'avais pu ! s'était-il exclamé, avant de se réconcilier avec elle.

Elle n'avait pas éprouvé que du chagrin lorsqu'il était rentré dans cet arbre. Il l'avait trompée, il méritait donc d'être puni ! Quelle cruauté cet homme n'avait-il pas eue ! Elle n'avait ressenti aucune douleur lorsqu'on l'avait enterré. Au nom de quoi, d'ailleurs ? Mark était un bon à rien, mais Blaine était bien différent. Il allait payer — et avec les intérêts — la dette que son demi-frère avait envers elle. Comment pourrait-il réagir autrement, lorsqu'elle lui confierait son histoire ?

Blaine prit place derrière le bureau de son père, tandis qu'elle préparait l'irrésistible récit de son sort épouvantable.

— Sienna a toujours pris ce que je désirais, dit-elle, versant les premières larmes sur ses joues si pâles. Je sais qu'elle n'en avait pas exactement *l'intention*, mais c'est ce qui s'est produit, sans cesse. Le jour où Mark m'a confié qu'il ne m'avait épousée que pour obtenir Sienna, j'ai cru que j'allais me suicider.

— Vous suicider ? dit Blaine. Comment ?

— Pardon ?

Pourquoi disait-il donc cela ?

— Comment alliez-vous vous suicider ?

Pourquoi avait-il l'air si sévère ? Il n'avait pas la réaction qu'elle avait espérée.

— Je ne sais pas. Des somnifères, une bouteille de vodka. Vous ne pouvez pas imaginer la douleur qui s'est emparée de moi !

— Donc, dit-il d'un ton étrangement neutre, vous

affirmez que Sienna, qui semble vouloir tout faire pour vous aider, couchait avec votre mari ?

— Je sais à quel point cela semble affreux. Mais je les ai vus. Cela a porté un coup terrible à mon mariage. Sienna n'aimait pas Mark. Elle jouait avec lui. Elle est si belle qu'elle peut avoir tous les hommes qu'elle veut.

— Mais, reprit-il d'un ton tout aussi détaché, pourquoi aurait-elle désiré faire l'amour avec Mark ? Je vous rappelle que nous venons de l'enterrer. Vous voulez vraiment détruire son image aux yeux de toute la famille ? Voulez-vous aussi détruire Sienna ?

Que se passait-il donc dans la tête de cette jeune femme ? Mais elle avait trop bien répété son histoire, et s'était complètement mise dans la peau du personnage. Elle était incapable d'en sortir.

— *J'aime Sienna !* Je l'ai toujours aimée ! Mais elle m'a fait horriblement souffrir ! Je sais qu'elle cherchait à m'empêcher de tout découvrir !

Il s'adossa à son fauteuil. Il ressemblait vraiment à un juge sur le point de prononcer sa sentence.

— Je suis désolé, Amanda, mais je n'en crois pas un mot.

Elle fut prise de tremblements. Le choc qui se lut sur son visage aurait ému le plus impitoyable des hommes.

Elle devait le convaincre ! C'était une question de vie ou de mort !

— C'est vrai ! C'est vrai ! Pourquoi vous mentirais-je ? Je suis une personne intègre ! Je me suis posé quantité de fois cette question : pourquoi Sienna m'a-t-elle fait cela ?

— Vous voulez dire : ce qui ne s'est pas produit ?

Elle prit sa voix la plus malheureuse.

— Elle a aussi pris possession de vous, n'est-ce pas ? Elle sait très bien parvenir à ses fins avec les hommes. Vous ne le comprenez donc pas ?

— Je comprends surtout autre chose. Amanda, pendant

toute votre vie vous avez été jalouse de votre cousine. Je sais ce que sont la jalousie et le ressentiment. J'en ai fait l'expérience dans ma propre famille. J'ai dû supporter ces mêmes sentiments parce que Mark les éprouvait envers moi, au point de s'en rendre malade. Inutile de demander s'il vous a raconté en détail toutes les choses cruelles que j'ai pu lui faire. La jalousie le ravageait littéralement, comme elle vous ravage aussi.

Elle le fixa avec une expression stupéfaite. Comment croire ce qu'elle entendait ?

— Pourquoi une telle colère envers moi, Blaine ?

— De la colère ? Non. Vous avez besoin d'être aidée. Mark vous a très mal traitée. Il vous a sans doute aimée au début, mais cela n'a pas duré. Je l'ai assez connu pour savoir à quel point il était changeant. La beauté de Sienna et sa personnalité extraordinaire, ont certainement dû l'attirer. Je vous crois sur ce point. Mais quantité d'hommes ont dû ressentir le même sentiment pour elle.

— Et vous aussi ! répondit-elle d'une voix accusatrice. Si fort que vous soyez, vous ne voyez pas clair quand il s'agit d'elle. Je ne vous fais aucun reproche. J'ai vu cela arriver bien des fois. Je ne peux vous en donner aucune preuve. Seulement ma parole, sur la vie de mon enfant !

Elle avait prononcé ces derniers mots en plaçant les mains sur son ventre.

L'espace d'un instant, il fut trop stupéfait pour répondre.

— Vous êtes enceinte ?

Elle hocha la tête, tout en prenant un mouchoir pour s'essuyer les joues, donnant une preuve de plus du courage avec lequel elle affrontait les difficultés.

— Mon Dieu ! Et Mark est le père ?

Elle parut plus blessée qu'outragée.

— *Bien sûr* que Mark est le père ! Pour qui me prenez-vous ? Nous faisions encore l'amour !

— Et en même temps, Mark couchait avec Sienna ? Allons donc, Amanda !

— Mark et moi avons continué à faire l'amour, dit-elle avec obstination. Pourquoi donc refusez-vous de me croire ?

Parce que tout cela sentait le mensonge à plein nez. Mais il se contenta de demander :

— Mark savait-il que vous attendiez un bébé ?

Elle secoua la tête avec l'expression la plus triste qui soit.

— Cet enfant est *notre* enfant. Le premier des petits-enfants d'Hilary. Votre demi-neveu, si l'on peut l'appeler ainsi. Il semblait que le moment n'était jamais propice pour l'apprendre à Mark. Je me le suis reproché par la suite. Le savoir l'aurait peut-être sauvé.

— Voulez-vous dire qu'il était suicidaire ?

— Il ne pouvait pas avoir Sienna.

— Ah, oui, c'est vrai. Sienna sait-elle que vous êtes enceinte ?

Il continuait à la fixer de ses yeux extraordinaires.

— J'allais le lui dire. Mais j'étais submergée par un tel sentiment d'injustice ! Ma propre cousine m'avait trahie ! Oh ! je savais que j'arriverais à surmonter le choc, avec le temps. Je parviendrai bien à le lui apprendre — tôt ou tard. Mais pour le moment… c'est pour cela que l'argent a tant d'importance pour moi. Il est nécessaire que je puisse élever l'enfant de Mark en ayant l'esprit tranquille. J'ai désespérément besoin de quelqu'un qui *m'aime*. Ce sera mon bébé.

— Vous désirez ce bébé ?

— Plus que tout au monde !

Il détourna le regard, puis le ramena vers cette jeune femme éplorée, qui paraissait si misérable.

— J'avais proposé de vous donner cinq millions, Amanda. Ce sont des dollars australiens. Vous vous remarierez un jour. Si vous les investissez intelligemment, ces cinq millions vous mettront à l'abri du besoin.

— Cinq millions pour *moi*, Blaine ? Est-ce que le bébé n'en mérite pas beaucoup plus ?

Au moins, elle annonçait franchement où elle plaçait la barre.

— Pardonnez-moi d'être direct, mais nous ne savons même pas si vous êtes vraiment enceinte. Et si c'est le cas, nous ignorons si c'est bien l'enfant de Mark.

Elle blêmit.

— Vous savez très bien que c'est le cas ! Sienna vous confirmera que je dis la vérité ! Mark m'a peut-être rejetée, mais je porte son enfant ! J'aimerais que vous preniez cela en considération, Blaine !

— Et moi, j'aimerais que *vous*, Amanda, gardiez pour vous cette nouvelle totalement inattendue, jusqu'à ce que j'aie eu le temps de clarifier la situation. Vous me le promettez ?

— Bien sûr, je m'y engage, dit-elle, les yeux embués de larmes.

Sienna prit photo sur photo des grandes fleurs. Elle avait détaché quelques pétales des marguerites de papier, ainsi surnommées parce qu'elles ne se fanent pas lorsqu'elles sont cueillies.

Elle ne put s'empêcher de repenser à ces vers de William Blake, un de ses poètes préférés :

Voir le monde dans un grain de sable
Et les cieux dans une fleur sauvage
Tenir l'infini dans la paume de la main
Et l'éternité dans une heure du temps qui passe…

Etre dans un tel océan de fleurs sauvages, à l'autre bout du monde, était une sensation extraordinaire. Ce qu'elle ressentait approchait de l'euphorie. Ce qui s'était produit la nuit précédente, avec Blaine, était un événement extraordinaire, un de ceux qui bouleversent une vie. Faire l'amour avec lui l'avait propulsée dans un univers qu'elle ne connaissait pas encore, et dont elle n'avait même pas soupçonné l'existence. La passion les avait emportés tous les deux. Il avait su parfaitement où la toucher, où la caresser.

La vie était trop courte. Elle l'avait certainement été pour Mark.

Ce qui la fit repenser à Amanda. Si déplaisante que soit cette idée, elle se demanda si Mark ne l'avait pas épousée parce qu'elle était enceinte.

Ou, en tout cas, qu'elle avait prétendu l'être.

Personne n'avait douté de la parole d'Amanda, à l'époque. Mais sa fausse couche était survenue au début de sa grossesse, alors qu'elle était seule chez elle. Sans personne pour la conduire, elle était allée seule à l'hôpital, pour voir un médecin que la famille ne connaissait pas.

Non, ce n'était pas possible ! Elle avait vraiment été enceinte !

Il faudrait qu'elle discute de cela avec Amanda. Mais elle devait être prudente.

Elle oublia tout cela quand l'image de Blaine lui revint à l'esprit. Sans aucun doute, elle était amoureuse de lui. Une relation à long terme allait exiger de sérieuses décisions.

Blaine n'abandonnerait jamais le ranch, fondé par un de ses ancêtres plus d'un siècle auparavant. Ce n'était pas concevable. C'était *elle* qui allait devoir faire de très grands changements dans sa vie. Le pourrait-elle ?

Quelle question ridicule ! Bien sûr, qu'elle le pourrait ! Avec les communications modernes, vivre en Australie ne la couperait pas du Canada. Elle garderait le contact avec sa famille et avec son pays natal. Blaine, lui, y gagnerait la possibilité de fonder sa propre famille, son propre foyer.

Mais d'où tenait-elle qu'il voulait l'épouser ?

Comment pourrait-il ne pas souhaiter l'épouser, alors qu'il ne voulait pas la voir partir ?

Blaine avait mis l'un des 4x4 du ranch à sa disposition. Comme elle avait pris bien assez de photos pour la journée, elle conduisit le véhicule au bord du billabong. Elle avait besoin d'un peu de fraîcheur, après toute cette chaleur à laquelle elle n'était pas habituée au Canada.

Elle descendit et fit quelques pas. Les senteurs des fleurs sauvages étaient d'une puissance enivrante.

L'eau avait un miroitement merveilleux. A sa droite, les branches des arbres dansaient légèrement dans la brise ; devant elle, l'eau soulevait les nénuphars roses. Les petites vagues qui venaient mourir au pied des roches étaient, elles aussi, d'un rose surprenant. Si loin de chez elle, elle avait découvert un endroit fabuleux, un paradis à l'autre bout du monde !

Elle ramassa une petite pierre et la fit ricocher sur l'eau.

Elle avait le droit de rêver.

Il était merveilleux d'être amoureuse. Jamais elle n'avait éprouvé une telle sensation, et pourtant, jamais non plus elle n'avait été aussi sûre d'elle, confiante dans sa capacité à apporter à l'homme qu'elle aimait tout ce dont il avait besoin.

Comme si elle voyait ce paysage pour la première fois, elle resta admirative devant une telle combinaison de couleurs, sous le chaud soleil. Il n'était pas étonnant que des hommes comme Blaine puissent aimer vivre dans l'Outback.

Elle pourrait peindre ce genre de paysages.

Blaine vit le 4x4 là où il s'attendait à le trouver. Sienna était non loin, au bord du billabong. Il fallait qu'il lui parle.

Amanda avait beau lui avoir promis de garder le secret, tout le monde serait vite au courant. Hilary serait folle de joie à l'idée d'avoir un petit-fils, ou une petite-fille. Cela adoucirait le chagrin causé par la perte de son fils. Toutefois, Amanda avait clairement indiqué son intention de rentrer au Canada, ce qui allait être un gros problème. Elle ne faisait certainement pas partie des gens fascinés par l'Outback.

Oui, elle s'en irait dès qu'il lui aurait donné son argent. Plus exactement, lorsqu'elle comprendrait qu'il n'était pas possible d'en exiger plus.

Avec elle, il n'était pas difficile de savoir à quoi s'attendre. Sa cupidité était évidente.

Même si l'on ne pouvait jamais totalement connaître les gens. Sienna en était un exemple : il était bien loin de pouvoir lire en elle comme dans un livre. Mais il était clair qu'Amanda avait, envers Sienna, des sentiments comparables à ceux que Mark avait entretenus à son égard. Amanda avait tout d'une menteuse pathologique. Pourtant — et c'est là une chose bien étrange — les menteurs pathologiques savaient faire en sorte qu'on les croit, et ils y parvenaient souvent.

Blaine ne pouvait tout simplement pas accepter l'idée qu'il se soit passé quelque chose entre Mark et Sienna.

Ce n'était pas possible ! Il n'y avait rien eu !

Bien sûr, c'était Sienna qui lui paraissait sincère, pas Amanda.

Mark avait dû essayer. C'était tout à fait conforme à sa personnalité. Mais il ne semblait pas imaginable que Sienna ait pu lui céder.

Il donna un coup de Klaxon et cria « Sienna ! » pour l'avertir de sa présence.

Elle apparut aussitôt, avec un grand sourire sur son visage.

— Que viens-tu faire ici ?

— Il faut que nous ayons une conversation.

— A propos d'Amanda ? Votre entretien s'est-il bien passé ? Quand elle en est ressortie, elle paraissait vidée de ses forces.

— Une femme peut ressentir une grande fatigue, lorsqu'elle est enceinte.

Sienna resta muette quelques instants. Avait-elle bien entendu ?

— Attends ! C'est *Amanda* qui t'a appris qu'elle était enceinte ?

— De l'enfant de Mark.

— Mon Dieu ! Je n'en avais aucune idée ! Pourquoi ne m'en a-t-elle rien dit ? Et comment expliquer qu'elle soit si peu soucieuse de sa santé ? Pendant le voyage en avion, elle a fait tout ce qu'il fallait éviter ! Elle devrait mieux veiller sur elle, dans l'intérêt du bébé !

— Il y a donc vraiment un bébé ?

— Oh ! Blaine, pourquoi un tel cynisme ? Amanda ne se confie pas facilement. Il est possible qu'elle n'ait rien voulu dire. Elle a déjà fait une fausse couche, tu sais.

— Non, je ne savais pas ! Quand cela est-il arrivé ?

— Peu après son mariage. J'aurais dû deviner qu'elle était enceinte. Cela explique pourquoi elle se sent si mal, depuis son arrivée ici. Je m'étonne que ce soit à toi qu'elle l'ait dit en premier.

— Moi, je n'en suis pas vraiment surpris. Ta cousine a de gros problèmes psychologiques. Cela me fait de la peine de te l'avouer, mais elle soutient dur comme fer que Mark a eu une liaison amoureuse avec toi. Et qu'il ne s'est marié avec elle que pour s'approcher de toi.

Sienna eut envie de hurler. Mais elle se retint. Ce n'était pas dans son caractère.

— Mark l'a épousée parce qu'elle a déclaré être enceinte. Et, même si c'est difficile de dire cela à propos de sa cousine, il faut bien réfléchir avant de croire Amanda.

— Comment savoir s'il n'y a pas une petite part de vérité dans une montagne de mensonges ?

— Raconte-moi exactement ce qu'elle t'a confié.

— Je crois qu'en effet il y a des choses dont nous devons discuter.

Il resta silencieux un moment, avant de poursuivre :

— Pour moi, rien n'a plus d'importance que ce qui s'est passé entre nous, la nuit dernière.

— Et pour moi aussi, Blaine ! Comment peux-tu avoir le moindre doute ?

— Je n'en ai pas. Mais je me demande toujours ce qui s'est vraiment passé entre Mark et toi. Tu ne vois pas à quel point cela me ronge ?

— Tu es vraiment *sûr* de désirer le savoir ?

Le ton de sa voix exprimait à la fois lassitude et déception.

— Oui.

Il ajouta, après un silence :

— Amanda prétend vous avoir surpris tous les deux.

Elle ferma les yeux.

— C'est vrai. J'étais allée chez eux, porter un cadeau de ma mère pour l'anniversaire d'Amanda. Je m'attendais à ce qu'elle soit là, mais Mark était seul. Amanda avait dû sortir faire des courses de dernière minute. J'ai voulu laisser le cadeau et m'en aller, mais Mark a vu une occasion magnifique d'être seul avec moi — ce qui n'arrivait jamais. Il se croyait irrésistible auprès des femmes. Il était certainement séduisant, mais pas pour moi. Dès le premier jour, j'ai deviné que quelque chose n'allait pas chez lui. Amanda n'a pas une personnalité très solide.

Elle a besoin qu'on l'aide à trouver un équilibre, et il était évident que Mark n'allait pas le lui apporter. Mais Amanda ne m'a pas écoutée. En fait, elle ne m'a *jamais* écoutée. Elle était…

Blaine l'interrompit :

— Je ne veux pas que tu me parles d'Amanda, mais de *toi*.

— Bon, très bien, si tu y tiens. Je voulais m'en aller, mais Mark m'a dit — ordonné — de me détendre, parce qu'il allait me donner beaucoup de plaisir.

— Bien sûr, tu ne t'es pas laissé faire ?

— Non, mais ma résistance n'a servi à rien. J'ai tenté de le dissuader, mais j'ai gaspillé ma salive.

— Quelle espèce d'imbécile était-il ? Trahir sa femme ne le dérangeait pas !

— Blaine, tu es son demi-frère. Tu le connais mieux que n'importe qui dans ma famille. Mark ne se préoccupait que de ce qu'il désirait. Il n'obéissait pas aux règles, aux principes. Il ne les connaissait même pas. Il croyait véritablement que tout lui était permis. Je pense qu'il avait tout organisé. J'avais téléphoné un peu plus tôt à Amanda pour lui dire que je passerais. Mark a veillé à ce qu'Amanda soit partie pour être seul dans l'appartement.

— Alors qu'est-il arrivé ?

— Il m'a plaquée contre le mur, il maintenait mes deux mains derrière mon dos. Il était beaucoup plus fort que moi — mais non, je ne veux pas en dire davantage.

— Tu crois que je prends plaisir à écouter cela ? Mais il faut tout me dire. Je veux partager ta douleur.

— C'est plutôt de honte qu'il s'agit !

— Es-tu en train de me dire que Mark t'a violée ? demanda-t-il avec une expression terrible. S'il était encore vivant, je l'étranglerais de mes propres mains !

— Ne dis pas cela ! Mais cela n'est pas allé aussi

loin. Il faut me croire, Blaine ! Amanda est arrivée à l'improviste. Elle a surpris Mark avec une main sur ma robe, comme s'il était prêt à me déshabiller. C'était sans doute son intention. En voyant cela, elle est devenue folle. Elle s'est mise à hurler et à lancer tout ce qui lui tombait sous la main. Elle a perdu tout contrôle d'elle-même. Seulement c'est sur moi qu'elle a lancé tout ce qu'elle trouvait. C'était moi qu'elle voulait punir, pas Mark. Tu te rends compte ? C'était lui le prédateur ! Etrangement, c'est Mark qui s'est interposé entre Amanda et moi. Au moins, il lui restait encore un minimum d'honnêteté. Il a affirmé à Amanda que ce qui s'était passé était de sa faute, mais elle a refusé de le croire. Elle a décidé que je devais être punie pendant le reste de ma vie. Alors que Mark lui a répété qu'il avait perdu la tête !

— Cela ne lui enlève pas sa culpabilité !

— Bien sûr que non ! Mais les femmes sont toujours sous la menace de la puissance physique des hommes, Blaine. Regarde à quel point tu es fort ! Tu pourrais me maîtriser d'une seule main. Une de mes amies a été violée à la fac, par un des meilleurs membres de l'équipe d'athlétisme. Elle ne l'a confié à personne à l'époque, et ne me l'a avoué que des années plus tard. Elle avait trop honte. Le violeur est devenu avocat, le métier par excellence de la réussite sociale, en Amérique du Nord. Il peut certainement avoir toutes les femmes qu'il veut. Les femmes sont toujours à la merci des hommes, à cause de leur force physique.

— Pour l'amour de Dieu, Sienna, le monde est rempli d'hommes qui ne feraient jamais cela. Tous les hommes ne sont pas des violeurs ! Beaucoup d'entre eux travaillent dur pour faire vivre leur famille, respectent leur femme et font de bons pères pour leurs enfants. Tu es assez intelligente pour le savoir. Crois-tu que je commettrais jamais une chose pareille envers une femme ? Cela ne me viendrait jamais à l'esprit ! Pas plus que toi, tu n'aurais songé à céder aux avances de Mark, ou à te laisser faire quand il a essayé d'abuser de toi.

— En tout cas, Amanda n'a rien voulu entendre. Pourtant elle *sait* que j'étais innocente dans toute cette histoire. Mark le lui a répété. De plus, elle me *connaît.* Mais il y a comme un démon qui la possède !

— Ta cousine a vraiment besoin qu'on l'aide, sur le plan psychologique. Mais cessons de parler d'elle. Je suis vraiment navré de tout cela. Crois-moi, je suis sincèrement désolé.

L'expression du visage de Blaine s'était considérablement adoucie.

— Oui, dit-il une nouvelle fois, je suis désolé. Et même consterné. Que puis-je faire ?

Elle leva la tête. Blaine et elle, c'était tout ce qui comptait pour l'instant. Amanda et sa grossesse pouvaient attendre.

Un changement venait de s'opérer dans son esprit. Après l'aveu venait le soulagement. Elle était contente d'avoir confié tout cela à Blaine. Un poids lui avait été ôté.

Son visage se détendit légèrement.

— Plus exactement, qu'allons-*nous* faire ?

Il mit les deux mains en coupe autour de son visage. La magie de l'amour continuait à agir. La femme de ses rêves était apparue dans sa vie. Seul cela comptait. Le récit qu'elle venait de faire n'y changeait rien.

— Je veux que nous puissions avoir un avenir ensemble, Sienna. Je le désire plus que tout. Mais il y a tellement de choses dont nous devons encore parler, de décisions qu'il nous faudra prendre !

— Ce sera possible si tu as confiance en moi !

— Tu n'es vraiment pas une personne ordinaire. Tu es merveilleuse, et précieuse. Je veux être là pour te protéger.

Pour essayer de te délivrer de ta douleur. Je dois admettre que je me sens coupable à un certain degré. Mark était mon demi-frère. Ce qu'il a commis est une honte pour notre famille. Je ferai tout ce que je pourrai pour le réparer.

— Alors embrasse-moi, dit-elle comme une imploration. Et ne t'arrête pas. Pour l'amour de Dieu, ne t'arrête pas !

Ils étaient ensemble. Sous un ciel d'un bleu intense. Au milieu de la brousse et de ses couleurs extraordinaires. Elle était là où elle souhaitait être, en sécurité entre les bras puissants de Blaine.

Rien ne comptait plus que cet homme et ce qu'il éprouvait pour elle. Elle avait toujours cru qu'elle ne trouverait jamais le parfait amour. L'homme de ses rêves.

Découvrir qu'elle s'était trompée était un véritable enchantement.

8

Au volant de son 4x4, Sienna prit la direction de la demeure des Kilcullen, le sourire aux lèvres. Le bonheur qu'elle avait ressenti dans les bras de Blaine ne l'avait pas quittée.

Il avait beaucoup à faire, dans l'après-midi. Il devait diriger un rassemblement du bétail, qui aurait déjà dû être fait depuis un certain temps. Katajangga couvrait plus d'un million et demi d'hectares, regrouper les troupeaux était une tâche d'une ampleur considérable. Les bêtes allaient parfois jusqu'à la limite du désert. Blaine avait prévu de prendre l'un des hélicoptères pour diriger, par radio, les cow-boys du ranch. Une partie seulement d'entre eux serait à cheval, les autres auraient des motos. L'immensité de l'exploitation rendait l'hélicoptère indispensable. Conduire de gigantesques troupeaux vers les enclos où ils seraient parqués, ou vers de nouveaux pâturages, était un travail épuisant, et non dépourvu de danger, mais les hommes aimaient cela. Ils n'auraient souhaité être nulle part ailleurs. Mais ce genre de tâche prenait du temps. Ils allaient devoir camper dans la brousse, sans doute pendant des semaines.

Lorsque Sienna arriva à la grande maison, elle eut la surprise de trouver Amanda assise en compagnie d'Hilary devant le repas de midi. Décidément, avec sa cousine, on n'était jamais à l'abri d'une surprise. Elle avait recouvré sa bonne humeur d'une manière tout à fait remarquable. Elle semblait redevenue normale.

Amanda pouvait agir très bien ou très mal, mais il n'y avait pas de milieu avec elle. Elle avait mis une très jolie robe et s'était maquillée avec beaucoup de soin, ce qui faisait une grande différence dans son apparence. Elle paraissait beaucoup plus à l'aise que les jours précédents.

Le grand sourire qui s'épanouissait sur le visage d'Hilary montrait combien elle appréciait qu'Amanda passe du temps avec elle.

— Avez-vous déjeuné, ma chère ? demanda-t-elle à Sienna.

— J'aimerais bien manger un sandwich. Comment allez-vous aujourd'hui, Hilary ?

Sienna s'était fait du souci pour elle, depuis son arrivée à Katajangga. Elle avait vraiment craint qu'elle ne puisse pas supporter la perte de Mark et ne sombre dans la dépression.

— Mieux, répondit Hilary, en posant la main sur celle d'Amanda.

— Je suis très heureuse de l'entendre, dit Sienna en remarquant ce geste. Et toi, Amanda ? Tu sembles en bien meilleure forme.

— Oui, je me sens beaucoup mieux.

A son tour, elle serra bien fort la main d'Hilary. Finalement, elle était donc capable d'avoir du cœur !

Elle leva les yeux vers Sienna, comme si elle attendait de voir sa réaction, mais Sienna ne laissa rien paraître.

— Je vais aller chercher de quoi manger dans la cuisine. Je reviens tout de suite.

Blaine lui avait expliqué qu'il avait clairement ordonné à Amanda de ne pas révéler sa grossesse à Hilary — du moins, pas avant qu'il ait pu réfléchir à la situation. Aller contre la volonté de Blaine pouvait coûter très cher à

Amanda, c'était un argument dissuasif pour quelqu'un qui avait appris depuis bien longtemps à agir au mieux de ses intérêts. A l'évidence, elle avait compris qu'il valait mieux mettre la famille Kilcullen de son côté, et avait décidé de s'y employer.

C'était un grand progrès.

Marcia allait revenir pendant l'après-midi, ramenée par Joanne, qui avait, comme bien des gens dans l'Outback, son brevet de pilote. Joanne resterait-elle un peu au ranch ? L'idée ne semblait pas perturber Amanda, qui savait, depuis le début, que Mark avait eu une fiancée qu'il avait abandonnée. Sur le plan psychologique, Amanda fonctionnait différemment des autres personnes.

Une heure plus tard, Sienna prit le 4x4 pour aller chercher Marcia et Joanne à la piste d'atterrissage, qui était assez loin de la demeure familiale des Kilcullen. En faisant le trajet, elle songea longuement à l'attitude d'Amanda. Elle était totalement hypocrite dans son comportement envers Hilary, mais celle-ci tombait manifestement dans le piège.

Le but d'Amanda était très clair. Elle portait le petit-fils d'Hilary, et voulait en tirer profit.

Il était très difficile d'imaginer Amanda dans le rôle de mère, mais cela aurait peut-être un effet positif, en lui permettant de mûrir… Avoir des responsabilités aidait souvent à changer. Au moins, elle n'aurait pas à se soucier de l'aspect financier : les Kilcullen lui procureraient tout l'argent nécessaire, même si Sienna ne pouvait pas imaginer que sa propre famille laisse Amanda dans le besoin.

Mark avait-il su qu'il allait être père ? Sans doute pas. D'ailleurs, depuis combien de temps Amanda était-elle enceinte ? Elle était encore très mince.

Sienna allait devoir en discuter avec elle dès que possible.

Elle se força à passer sur un autre aspect des choses. Jamais elle n'aurait cru qu'Amanda pourrait être enceinte et ne pas le lui confier. C'était pourtant ce qu'elle avait fait.

Pourquoi avait-elle éprouvé le besoin de garder le secret ? A cause de sa fausse couche passée, qui la poussait à ne révéler la vérité que le plus tard possible, lorsque sa grossesse serait largement commencée, et se passerait bien ? Ou en raison du choc provoqué par la mort de Mark ?

Peut-être à cause des deux à la fois.

Lorsque Sienna arriva à la piste, un Cessna bleu et jaune s'était déjà posé. Elle arrêta la voiture et en descendit.

— Bonjour !

— Merci d'être venue nous chercher, répondit Marcia.

— Je vous en prie, je l'ai fait avec plaisir. Comment allez-vous ?

— Bien.

— Je dois rentrer, dit Joanne. Il y a toujours beaucoup à faire dans un ranch. Mais je prendrais bien une tasse de thé.

— Moi aussi, dit Marcia en touchant l'épaule de Sienna.

Même si elles ne se connaissaient pas, les trois jeunes femmes se sentaient à l'aise ensemble.

— Comment va maman ? demanda Marcia.

— Elle se remet, répondit Sienna. Elle va mieux.

— Amanda est levée ? demanda Marcia en montant à l'avant côté passager, tandis que Joanne prenait place à l'arrière.

— Elle est en train de déjeuner avec Hilary, et d'avoir une longue conversation avec elle, dit Sienna en mettant le contact. Quant à moi, j'ai passé la matinée à photographier les fleurs sauvages, les jardins du désert et des paysages étonnants.

— J'aimerais les voir quand elles seront prêtes, dit Joanne. Amanda est-elle au courant, pour Mark et moi ?

— Oui. Vous n'avez pas à vous faire de souci sur ce point.

— Espérons-le ! dit Marcia, d'un ton peu convaincu. J'ai ma propre opinion sur Amanda, et je ne pense pas me tromper. Elle est venue dans l'espoir de mettre la main sur Blaine, pour qu'il lui assure une vie dans la richesse.

— Allons, Marcia, ce n'est pas bien d'attaquer Sienna comme cela, dit Joanne.

— Je suis désolée, Sienna, dit Marcia. Je ne voulais pas vous offenser. Je n'ai rien contre vous, bien au contraire. Mais votre cousine ne va nous apporter que des problèmes, et de gros.

— Oh ! Marcy ! s'écria Joanne.

— C'est un jugement bien dur, dit Sienna.

— Je sais. Mais je crains fort que ce ne soit la vérité. Amanda n'a pas de bonnes intentions.

Marcia et Mark étaient faux jumeaux, mais la ressemblance physique était flagrante. Il y avait aussi des points communs dans leurs caractères.

— Ne vous en faites pas, dit Sienna. Je suis là.

— Pour tenter d'empêcher les catastrophes ? Je me demande ce qui vous pousse à agir ainsi.

— Vous le savez très bien. Amanda fait partie de ma famille. Mes parents l'ont recueillie lorsqu'elle a perdu les siens. Je ne peux pas l'abandonner comme cela.

— Faites quand même attention à vous. Vous avez beaucoup de bonté, Sienna. Peut-être trop.

— Marcy, dit Joanne, Sienna sait ce qu'elle fait.

— Ne vous en faites pas, Joanne, répondit Sienna. Je comprends ce que Marcia ressent. Mark et Amanda n'ont pas très bien agi envers leurs familles respectives. Mais il y a certaines choses que vous devez savoir.

— Comme quoi ? demanda Marcia, soudain en alerte.

— Blaine vous expliquera. Mais allons faire ce qui est le plus important, prendre notre tasse de thé.

— Avec plaisir, dit Joanne. Quand pensez-vous venir à notre ranch, Sienna ? Il faut que vous nous rendiez visite !

— Sienna va rester longtemps, dit Marcia comme s'il s'agissait d'une évidence. Amanda repartira dès qu'elle pourra, mais vous n'êtes pas obligée d'en faire autant. Nous avons beaucoup de choses à vous montrer.

— Le centre rouge, Uluru et Katajuta, dit Joanne.

— Que les colons britanniques appelaient Ayer's Rock et les Olgas, dit Marcia. Kata veut dire beaucoup. Nous avons beaucoup de formations rocheuses à Katajangga. Il faut voir les Anciens Dômes dans le désert. Blaine pourra arranger tout cela. Il veut vous faire découvrir l'Australie avant que vous ne repartiez chez vous. En fait, j'aimerais que vous restiez. Blaine et vous semblez aimer être ensemble. Ce serait bien si je pouvais vivre cela avec un homme !

— Moi aussi, dit Joanne en soupirant.

— Cela viendra, dit Sienna. Mais il faut d'abord élargir vos horizons, rencontrer plus de gens. Je serais très heureuse de vous accueillir dans mon pays. Il est très grand, très beau et très divers. J'ai un vaste appartement à Vancouver, avec trois chambres : une chambre de maître, une chambre d'invités et une troisième que j'utilise comme bureau. Il y a aussi un divan que l'on peut transformer en lit, dans le salon. Si vous voulez utiliser mon appartement comme pied-à-terre, vous êtes les bienvenues.

— Vous n'aurez pas à me le proposer deux fois, dit Marcia, enthousiaste, dont le visage s'était transformé.

— A moi non plus, dit Joanne. Canada, nous voilà !

Amanda avait visiblement décidé de se faire aimer, et elle savait s'y prendre. Sienna remarqua avec consternation qu'Hilary faisait plus attention à elle qu'à sa propre fille. Mais il fallait peut-être considérer cela comme un motif de soulagement. Amanda ne semblait plus éprouver ses nausées matinales. Sienna avait une liste entière de questions à poser à sa cousine dès que possible, mais quelque chose lui disait que celle-ci chercherait à éviter d'y répondre.

Amanda fit des excuses à Marcia pour l'avoir ignorée le premier jour, mettant cela sur le compte du décalage horaire. Joanne eut aussi droit à des regrets. Les deux jeunes femmes les acceptèrent avec grâce, même si Marcia eut un sourire bien énigmatique, qui n'échappa pas à Sienna.

Joanne repartit moins d'une heure plus tard. Blaine n'était pas encore de retour.

— Il sera là au crépuscule, dit Marcia à Sienna. Le dîner est à 20 heures. Descendez un peu avant, s'il vous plaît. Voudriez-vous vous joindre à nous, Amanda ?

— Bien sûr. Je me sens beaucoup mieux.

Les deux cousines se dirigèrent vers leurs chambres, et, dans le couloir du premier étage, Sienna prit la main d'Amanda, comme elle avait l'habitude de le faire lorsqu'elles étaient enfants. Mais Amanda la secoua pour s'en débarrasser.

— Je ne veux pas parler maintenant, Sienna !

— Mais la nouvelle est pourtant incroyable, Amanda ! Tu es enceinte ! C'est si merveilleux que je suis surprise que tu ne m'en aies rien dit ! Ni à maman !

— Qu'y a-t-il de merveilleux là-dedans ?

— Mais... je ne te comprends pas ! Tu as aimé Mark. C'est son enfant. Tu ne t'es pas sentie très bien, mais cela va passer. Et pense au moment où le bébé viendra ! Un adorable bébé à soigner et à chérir !

— Oh ! arrête !

— Dois-je comprendre que tu ne veux pas de cet enfant ?

— Je te l'ai déjà dit, Sienna. Je ne veux pas en parler. Ce que je désire, c'est avoir mon argent et m'en aller d'ici, avec le minimum de complications !

— Dans ce cas, je dois te prévenir que je ne repartirai pas avec toi.

— A cause de Blaine, bien sûr ! Tu as déjà couché avec lui. C'est ce que l'on appelle aller vite en besogne !

— Tu peux en dire ce que tu veux !

— Mais toi, tu ne peux pas me laisser voyager seule, Sienna. Je suis *enceinte.* Au moment où j'ai le plus besoin de toi, tu cherches à *m'abandonner* ?

Sienna considéra sa cousine avec consternation.

— Calme-toi, Mandy. Pour le moment, le mieux est que tu restes ici. Depuis combien de temps es-tu enceinte ? Hilary était si contente de discuter avec toi. Songe à sa joie lorsqu'elle apprendra la bonne nouvelle !

— Hilary, je m'en ... ! s'écria Amanda, la voix pleine de venin. J'ai besoin de m'allonger une demi-heure. Ne viens pas me déranger !

— Très bien. Mais il y a quand même certaines choses qui doivent être éclaircies. Tu es enceinte de combien ?

— Tu me soupçonnes de ne pas l'être du tout ?

— Je n'ai pas dit cela. Mais j'ai besoin de connaître ton état. Tu as déjà eu une fausse couche. Tu dois redoubler de précautions.

— Tu es ma cousine, tu es censée être ma meilleure amie. Pourquoi ne te contentes-tu pas de m'aider ?

— Calme-toi, Mandy. Tu sais très bien que je t'ai toujours aidée.

— Alors laisse-moi seule ! La conception de mon bébé n'a pas été un acte d'amour !

— Que veux-tu dire par là ? Tu ne vas quand même

pas en faire porter la responsabilité à un enfant innocent ? Et quand a-t-il été conçu ? Mark a été absent un mois, lorsqu'il a fait une saison dans l'hôtellerie, à Banff.

Amanda ne répondit rien. Elle entra dans sa chambre et claqua la porte derrière elle. Sienna entendit la clé dans la serrure.

L'esprit en proie à bien des inquiétudes, elle gagna sa propre chambre.

A 20 heures, tout le monde était attablé dans la grande salle à manger. Blaine venait de verser un verre de vin à Hilary lorsque Sienna les rejoignit.

— Voulez-vous un verre de vin ? demanda-t-il. C'est du chardonnay, mais je peux vous trouver autre chose si vous voulez.

— Le chardonnay me convient très bien.

Sienna sourit, même si le chardonnay n'était pas son vin préféré. Elle ne se sentait pas assez à l'aise pour demander autre chose.

Assise à côté d'Hilary, près de la cheminée, Amanda les épiait, guettant leurs réactions. Sienna était en train de faire sa grande entrée théâtrale ! semblait-elle se dire. Et un homme envoûté de plus ! Et quel homme ! La vie était vraiment injuste !

Sur ce, elle avala son verre de vin d'un trait.

Sienna portait une de ces robes qui n'avaient l'air de rien dans un placard, et qu'elle transformait en les mettant. Elle était trop parfaite. Amanda, elle, avait dû subir cette perfection, toujours à ses côtés, constamment démoralisante. Elle repensa à Mark et à ses complaintes incessantes sur son demi-frère. Elle avait vécu la même chose. Sienna avait gâché sa vie.

Son moral s'était temporairement amélioré, à la pensée

de tout l'argent qu'elle allait recevoir, mais à présent elle déprimait de nouveau, en songeant à sa grossesse. Comment avait-elle pu commettre une telle imprudence ?

— Tu vas bien ? demanda discrètement Blaine à Sienna.

— Je n'ai pas eu la possibilité de parler avec Amanda. En fait, c'est elle qui n'a pas voulu me dire un mot. J'espère qu'elle ne va pas annoncer la nouvelle pendant le dîner.

L'expression de Blaine s'assombrit.

— C'est à elle d'en faire part à tout le monde. Mais c'est étrange qu'elle ne te l'ait pas confié d'abord.

— Est-ce réellement si grave ?

Il ne put s'empêcher de toucher sa main.

— Tu es vraiment adorable.

Comment ne pas lui faire un tel compliment ? Elle était si belle, si pleine de charme, avec ses cheveux blonds noués derrière la nuque. Sa robe de soie, d'une couleur qui convenait à sa carnation, épousait les formes de son corps, sans y coller véritablement, mais on ne pouvait la regarder sans prendre conscience de sa beauté. Il savait qu'il ne pourrait jamais connaître le bonheur sans avoir ce corps magnifique à proximité du sien. Comment résister à cette envie folle de quitter tout le monde en emportant Sienna dans ses bras ? Mais non, ce n'était pas possible.

Il songea de nouveau à Amanda. Elle avait fait la promesse de garder le secret, au moins pendant quelque temps. Pourvu qu'elle la respecte.

En entrée, Magda apporta des tournedos de saumon de Tasmanie, puis, comme plat principal, de l'agneau aux petits légumes. Alors qu'ils attendaient le dessert, Amanda prit soudain une petite cuiller et frappa son verre, qui diffusa dans toute la pièce un son cristallin.

Hilary se tourna vers elle, surprise.

— Oui, ma chère ? Avez-vous quelque chose à dire ?
Blaine se raidit.

— Qu'y a-t-il donc, Amanda ?

— Oui, que se passe-t-il ? demanda Marcia, sur un ton qui ressemblait fort à du défi.

Sienna déglutit. Ça y était.

— Je vais avoir un bébé, annonça Amanda, la tête bien haute.

— Oh ! s'écria Hilary, dont le visage était devenu radieux. L'enfant de mon fils ?

— Vous êtes satisfaite, Amanda ? demanda Marcia avec un certain cynisme. A présent, vous êtes au centre de toutes les attentions. Vous étiez au courant, Sienna ?

— Je ne l'ai appris qu'aujourd'hui. Blaine m'a demandé de ne rien révéler. Il estimait que c'était à Amanda de le faire.

— Oh ! je ne pourrais être plus heureuse, dit Hilary, extatique.

Elle se leva et se précipita vers Amanda, la serrant fort contre elle.

— C'est une nouvelle merveilleuse, Amanda.

— C'est certainement une nouvelle, dit Blaine d'un ton légèrement caustique.

— J'avais tellement besoin de bonnes nouvelles, dit Hilary en laissant couler ses larmes.

— N'est-ce pas vrai pour nous tous ? dit Blaine, en s'adossant à son fauteuil.

— Vous ne semblez pas trop enthousiaste à l'idée de devenir tante, dit Amanda à Marcia d'un ton plein de reproche.

— La joie me viendra certainement avec le temps. Personnellement, j'estime que vous auriez dû garder le secret plus longtemps. Vous êtes enceinte de combien ? On ne voit encore rien.

— Eh bien, c'est mon premier enfant.

— N'avez-vous pas déjà fait une fausse couche ? demanda Blaine.

— Je n'avais pas l'intention de le mentionner, Blaine.

— Nous sommes tous *très, très heureux,* ma chère, dit Hilary en retournant s'asseoir. Cela mérite bien du champagne !

— Ce n'est pas tellement approprié en ces circonstances, dit Blaine d'un ton neutre, au moins en apparence.

— Vous m'excuserez si je ne suis pas vraiment d'humeur à faire la fête, dit Marcia en se levant. Après tout, nous venons d'enterrer mon frère jumeau.

— Vous n'étiez pourtant pas si liés, dit Amanda. La vie doit continuer, Marcia.

Marcia prit une profonde inspiration.

— N'avons-nous pas le droit de demander une *preuve* que vous êtes enceinte ? fit-elle de manière abrupte. Et si vous l'êtes, une autre preuve que le bébé est bien celui de mon frère ? Tout cela ne m'inspire pas confiance. Le souvenir de Mark est encore bien frais dans mon esprit.

Amanda resta bouche bée.

Blaine frappa la table de sa main ouverte.

— Cela suffira pour ce soir, Marcia. Tu as notre permission pleine et entière de te retirer.

Sienna resta comme pétrifiée. Sa cousine se tourna vers elle.

— Que vas-tu faire, Sienna ? lui demanda Amanda, d'un ton presque moqueur. Prier pour qu'elle se calme ?

Blaine se leva.

— Le dessert peut attendre, dit-il. Sienna, allons prendre l'air.

Il lui tendit son bras avec autorité. Elle alla vers lui.

— Je n'aurais jamais osé imaginer qu'une telle scène se produirait, dit Hilary à Amanda.

— Je vais vous dire pourquoi, dit Amanda. Blaine est en colère parce que j'ai annoncé la nouvelle sans sa permission.

— Je pourrais bien avoir d'autres raisons d'être en colère, dit sèchement Blaine.

Il avait trouvé la réplique qu'il fallait pour mettre fin à toute cette pénible scène.

Il passa le bras autour de la taille de Sienna qui faisait, à l'évidence, de gros efforts pour rester calme.

Marcia avait de sérieux doutes sur cette grossesse. Blaine se posait également bien des questions. Seule Sienna pourrait découvrir la vérité. Blaine n'était pas psychiatre, mais il savait que les gens s'imaginent parfois des choses, prenant littéralement leurs désirs pour la réalité. Cela pouvait-il être le cas d'Amanda, dont l'équilibre psychologique paraissait bien incertain ?

Sienna n'avait jamais vu un ciel aussi brillant. Il était rempli d'étoiles.

Pour essayer de faire tomber la tension, elle changea de sujet.

— Il n'est pas facile de localiser la Croix du Sud. Elle change de place tout le temps.

— C'est parce que les étoiles de la Croix du Sud, comme toutes les autres étoiles, accomplissent une rotation pendant la nuit. Je vais te montrer. La Croix du Sud est au milieu de la Voie lactée. C'est la constellation la plus brillante de l'hémisphère Sud. Elle est petite comparée aux autres, mais certaines de ses étoiles sont parmi les plus brillantes du ciel. Tu vois la plus éclatante de toutes, et les deux autres qui pointent vers elle ? C'est ainsi qu'on la repère.

— Je la vois clairement, à présent. Je...

Il lui coupa la parole en l'embrassant, emporté par la

passion. Il la serra contre lui, et, après le baiser, enfouit son visage dans ses cheveux.

— Que faudra-t-il pour qu'Amanda se confie à toi ?

— Elle *est* enceinte, Blaine.

— Tu ne crois donc pas qu'elle pourrait vivre dans un phantasme ?

— Non. Elle est bel et bien enceinte. Mais il est très possible qu'elle n'en soit pas heureuse. Elle vit une période très difficile, surtout après la mort de Mark.

— Je suis comme Marcia. Je ne lui fais absolument pas confiance.

— J'en suis désolée. Tu crois que je n'aurais pas dû l'amener ici ?

— C'est moi qui te l'ai demandé. Mais elle a apporté bien des problèmes avec elle. Ta cousine a un plan en tête, Sienna, et une partie de ce plan consiste à saboter notre relation.

— Alors que dois-je faire ? L'abandonner ?

Il l'embrassa de nouveau.

— Viens passer la nuit avec moi.

Il n'y avait rien qu'elle ne désirait plus, mais elle se sentit obligée de dire :

— Peut-être devrais-je plutôt rester avec Amanda.

— Pour l'amour de Dieu, dit-il, exaspéré, tu la traites comme si c'était une enfant !

— J'ai une responsabilité envers elle. Plus encore maintenant qu'elle est enceinte.

— Ce qu'elle s'est bien gardée de t'apprendre !

— Je ne veux pas qu'il y ait de dispute entre nous, Blaine !

— Moi non plus. Je veux te faire l'amour. Toute la nuit. Je ne sais pas comment je pourrais supporter d'être sans toi. Je ne laisserai pas ta cousine détruire ce que nous avons.

— Blaine, tu prêtes des intentions malveillantes à Amanda. Elle n'est rien d'autre qu'une jeune femme vulnérable qui a besoin que je sois là pour l'aider. Tu ne le vois donc pas ?

— Très bien. Je respecte ta décision. Amanda a vraiment de la chance de t'avoir ! Dis-lui que si elle veut obtenir ma coopération, elle ferait bien de consentir à te fournir de longues explications. Tu as vu à quel point Hilary était ravie. Amanda va-t-elle nous dire qu'elle rentre chez elle pour ne pas revenir ?

— Oh ! il est sûr qu'elle voudra repartir au Canada.

— C'est ce que tu désires aussi ?

Il ne souhaitait qu'une chose, avoir Sienna, pour lui seul. Il ne voulait pas passer le reste de sa vie sans elle. Mais il fallait qu'elle le veuille, elle aussi. Sinon, cela ne marcherait pas.

Les gens faisaient des rêves qu'ils étaient ensuite obligés d'abandonner.

Sienna eut du mal à quitter Blaine. Mais il était nécessaire qu'elle ait une conversation avec sa cousine.

Celle-ci avait fermé sa porte à clé, mais avait peut-être oublié que les balcons communiquaient.

En effet, la porte-fenêtre de la chambre d'Amanda était grande ouverte. Sienna entra, pour trouver sa cousine en train de caresser son ventre, comme dans un jeu.

— Bonsoir, dit-elle laconiquement.

Amanda fut si surprise qu'elle fit tomber un verre de sa table de chevet.

— Comment oses-tu entrer sans y être invitée ?

— Reviens sur terre ! Ce n'est pas le moment de te réfugier dans l'alcool. Il faut que nous discutions. Tu as un problème. Lequel ?

— Un problème ? Oui ! Tu peux le dire ! dit Amanda d'un ton amer.

— Comment cela ? Explique-moi ! Je ferai tout ce que je peux pour t'aider ! Est-ce que tu as peur de cette grossesse ? Je peux le comprendre !

— Tu as vu Hilary ? dit Amanda, d'un ton subitement amusé. Elle est prête à subvenir à mes besoins toute ma vie !

Sienna fixa sa cousine, sidérée.

— De quoi parles-tu ?

— D'Hilary, bien sûr. Elle est au septième ciel. Ce n'est pas comme Marcia, cette espèce de ... Ou ce Blaine. Pour qui se prend-il, celui-là ?

— Il sait s'estimer à sa juste valeur, Amanda. Mais peux-tu en dire autant ? Je n'arrive pas à croire que tu l'aies dit à Blaine sans me le confier. As-tu vu un médecin avant notre départ du Canada ?

— Tu es folle ?

— Mais non ! Tu es enceinte de combien ?

— Comment veux-tu que je le sache ? Peut-être huit semaines.

— Tu n'es pas sûre ?

— Je suis certaine d'être enceinte, si c'est ce qui te tracasse. J'ai fait un test chez moi avant de partir.

— Tu devrais rester ici au moins jusqu'au troisième mois. Si tu veux rentrer au Canada, bien sûr.

— Bien sûr, que je veux y rentrer. Et je ne traînerai pas, dès que j'aurai mon argent.

— L'argent ? Mais quel jeu joues-tu ? Tout cela est bien étrange. Quand exactement Mark a-t-il passé un mois à Banff ?

— Je ne sais plus. Ma mémoire n'est plus très bonne en ce moment.

Sienna était bien déterminée à obtenir une réponse.

— C'était lorsque j'étais à Toronto, n'est-ce pas ?

— Quelle importance ?

— Cela en a beaucoup. Mandy, sois franche, ce n'est pas le bébé de Mark ?

— Il l'est, pour ce que les Kilcullen ont besoin de savoir.

— Mon Dieu, je ne peux pas croire cela ! Tu leur as *menti* ? Tu crois réellement que tu pourras les duper comme cela ? Mais à quel point es-tu donc stupide ?

— Je ne suis pas stupide du tout. Je vais avoir beaucoup d'argent. Hilary y veillera.

— Tu ne peux pas la tromper en lui faisant croire qu'elle est la grand-mère de l'enfant !

— Pourquoi pas ? Cela arrive tout le temps !

— Alors qui est le père ?

— Un type qui est passé, comme ça.

— Tu le connais ?

— Non, et cela ne m'intéresse pas. Il n'a pas besoin d'être au courant. D'ailleurs, je ne veux pas garder ce bébé. Je ne m'imagine pas dans le rôle de mère. Mais pour le moment, ce bébé est mon atout.

— Tu perds vraiment la tête ! Amanda, je vais devoir intervenir. Je ne peux pas être ta complice dans une telle tromperie !

— Oh ! si, tu le seras, Sienna. Tu m'as toujours aidée.

— C'était peut-être une grosse erreur. Je ne peux pas laisser cela se produire, Amanda. C'est vraiment faire le mal, et de manière grave. Il faut prévenir immédiatement la famille Kilcullen !

— Mais tu ne me ferais pas cela ? dit Amanda, comme si elle n'imaginait pas qu'une telle chose soit possible.

— Amanda, tu es en train de devenir folle. Tu ne t'en es simplement pas encore rendu compte. Je refuse d'être complice de cette énorme escroquerie ! Si tu as peur que Blaine ne te donne pas un centime, je peux lui parler pour toi. Tu as été l'épouse de Mark, cela suffit pour que tu aies déjà droit à une somme importante. Que s'est-il passé dans cette station de ski ? Mark a-t-il découvert que tu l'avais trompé ?

— Oh ! il était bien le dernier à pouvoir donner des leçons !

— Mandy, laisse-moi m'occuper de cela. Nous dirons que nous avons longuement discuté et que nous avons compris que cela ne pouvait pas être le bébé de Mark. Que votre mariage sombrait, que tu étais très malheureuse, et que tu avais un besoin désespéré de quelqu'un d'autre pour te consoler ! Et tu en es sincèrement désolée !

— Prouve donc tout cela !

— On peut apporter la preuve. La génétique le permet.

— Si tu me fais cela, je me tuerai !

— Cela suffit, Amanda. Tu as déjà bien assez abusé du chantage. Tu auras ton bébé et tu auras assez d'argent pour ne jamais avoir besoin de travailler. Mais je dois prévenir Blaine. Cette tromperie ne peut pas durer plus longtemps !

Amanda se leva pour se précipiter près d'elle.

— Et si je te donne une partie de l'argent ?

— Je ne mange pas de ce pain-là. Tu t'es mise dans une situation épouvantable, nous devons t'en sortir.

— Je te haïrai, si tu fais cela !

— Oh ! tu peux me haïr tant que tu veux ! Il y a d'ailleurs bien longtemps que tu as commencé ! Tes manigances ne marcheront jamais, Amanda. Je n'arrive pas à croire à quel point tu es devenue amorale !

Sienna prit la clé, posée à côté de la porte, l'ouvrit, et sortit dans le grand couloir pour se diriger vers l'escalier. Amanda la suivit.

— Non, ne le fais pas ! dit-elle, implorante.

Sa voix exprimait un mélange de panique et de rage. Si son plan était dévoilé, elle allait en subir les conséquences !

Elle allait devoir vivre dans la pauvreté, après s'être vue riche, libérée de la nécessité de demander la charité à la famille Fleury !

Sienna se retourna, surprise de la voir si près d'elle.

— Rentre dans ta chambre, Mandy. Nous allons trouver une solution à tout cela. Laisse-moi m'en occuper.

— *Toi ?* s'écria Amanda, explosant à la fois de peur et de la rage d'assouvir une vengeance contenue depuis longtemps. Je n'ai jamais été heureuse ! Pas un seul jour de ma vie ! Et cela a été *ta faute* !

Sienna reçut l'accusation en plein visage. Elle resta pétrifiée, tandis qu'Amanda, ivre de colère, se préparait à frapper.

L'idée lui était venue, soudaine mais bien claire. Il y aurait une certaine justice à précipiter Sienna en bas de l'escalier.

Mais les cris d'Amanda avaient attiré, non seulement Blaine, mais aussi Magda, accourue de la cuisine.

— Sienna, attention ! hurla Blaine.

Sienna eut la présence d'esprit de réagir aussitôt. Comme un boxeur qui esquive un coup, elle se déroba en s'adossant à la balustrade, glissant d'une marche au passage.

Ce fut Amanda qui, emportée par son élan, dévala l'escalier.

9

Trois mois plus tard, sur l'île de Vancouver

Sienna marchait le long de la plage, face à la maison de vacances de sa famille, goûtant avec plaisir aux quelques rayons de soleil qui perçaient en cette fin d'hiver canadien. La température était douce pour la saison, même pour la Colombie-Britannique, sur la côte du Pacifique, où l'on n'avait que rarement les épaisses couches de neige que cette saison amenait à l'intérieur du pays.

Derrière elle, la maison de vacances était bien visible, avec ses murs de bois blancs et son toit de tuiles rouges, typiques du pays. Elle offrait une vue magnifique sur l'océan. La plage de galets était si peu fréquentée qu'elle était presque comme une plage privée. Sienna venait ici depuis son enfance. C'était un lieu où elle avait toujours été heureuse.

Bien que l'endroit soit isolé, se rendre à la ville voisine était facile. Elle aurait pu aller dans le centre-ville, faire des achats dans les magasins, si elle en avait eu envie. Mais ce n'était pas le cas. Elle avait besoin d'être seule. Elle était venue là pour essayer de se remettre d'une expérience qui l'avait bouleversée.

Amanda et elle avaient quitté Katajangga précipitamment, dans ce qui lui avait paru être la plus grande honte.

Il lui semblait qu'elle en serait souillée à jamais, même si ce jugement était loin d'être rationnel.

Ses parents les avaient attendues à l'aéroport de Vancouver, abasourdis par le comportement d'Amanda. Son père avait décidé qu'une solution radicale s'imposait, et Amanda avait été admise, très discrètement, dans une clinique psychiatrique privée.

Elle n'y était pas restée très longtemps. Après quelques semaines, elle avait réussi à convaincre le psychiatre qu'elle était tout à fait normale. Une semaine plus tard, sans le dire à personne, elle était partie pour New York.

Bien qu'elle n'ait pas obtenu tout l'argent qu'elle comptait extorquer à la famille Kilcullen — il s'en fallait de beaucoup — elle était tout de même assez riche pour ne plus dépendre de la famille Fleury. Celle-ci n'existait par conséquent plus pour elle.

— Bon débarras ! s'était contentée de dire la mère de Sienna. Quand je pense qu'elle a failli te tuer !

Son père s'était demandé comment elle était parvenue à sortir de la clinique.

Amanda avait toujours été une excellente actrice. Il ne fallait pas chercher la réponse ailleurs.

Dans la maison de vacances, une grande pièce avait été aménagée en studio de peinture pour Sienna et son père.

Elle était justement en train d'y travailler, lorsqu'elle entendit des pas sur le chemin de graviers qui menait à la porte d'entrée. Elle posa son pinceau et se leva.

— Qui est là ? dit-elle en ouvrant.

Elle se trouva en face d'un homme très grand et athlétique, habillé d'un blue-jean, d'un pull bleu et d'un blouson de cuir dont un côté flottait au vent.

— Blaine !

Elle ne pouvait pas le croire. Comment était-ce possible ? Etait-elle en train de rêver ? Elle n'avait jamais cessé de penser à lui, depuis leurs adieux précipités. Bien sûr, il avait essayé de garder le contact avec elle, de même que Marcia. Mais Sienna avait coupé toute relation et était venue s'isoler sur cette île.

Elle ne parvenait pourtant pas à oublier Blaine. Il apparaissait même dans ses rêves.

L'espace d'un moment, elle resta muette, comme paralysée par une indicible joie.

— Blaine ?

Un frémissement d'excitation la parcourut. Elle se força à se calmer. Lui-même avait plutôt l'air réservé, et l'on ne lisait pas vraiment la joie sur son visage.

— Mon Dieu, au moins, tu me reconnais.

Il avait toujours la même voix. Les mêmes yeux brillants. Elle respira profondément.

— Comment m'as-tu trouvée ?

— Tu *savais* que j'y parviendrais. J'ai eu des conversations très fructueuses avec tes parents. La seule personne qui n'était pas joignable, c'était toi.

— Je suis désolée. Sincèrement désolée.

— Ce n'est pas pour entendre des excuses que je suis venu... Entre autres choses, ton père m'a appris que tu as protégé Amanda jusqu'au bout. Pourquoi ?

— Par honte. Je ne sais toujours pas si elle croyait vraiment être enceinte. Ça a été un choc terrible pour moi quand le médecin a déclaré qu'elle ne l'était pas.

— Elle inventait tout ce qu'elle pouvait pour me voler de l'argent, Sienna. C'est la vérité, brutale mais simple. Un bébé vaut cher.

— Tu lui en as quand même donné une bonne quantité.

— Assez pour en être débarrassé. Elle a bien failli réussir son coup, et ce qu'elle a tenté était méprisable.

— Papa n'aurait pas dû te dire...

— Non, il a eu raison. Nous comprenons pourquoi tu veux rester seule.

— J'ai eu peur de faire encore plus de mal. J'étais tellement bouleversée que je voulais disparaître. C'est peut-être irrationnel, mais il me semblait que je partageais sa culpabilité.

— Ton seul crime, Sienna, a été, au contraire, de ne pas vouloir infliger plus de mal. Mais tu aurais dû tout me dire.

— Je le voulais. Mais je n'ai pas eu le temps. J'ai bien vu qu'Hilary commençait à avoir des doutes lorsque nous avons ramené Amanda de l'hôpital. Si tu n'avais pas arrêté sa chute, elle aurait pu se blesser gravement.

— Elle était prête à te faire encore pire !

— C'est fini, maintenant. Elle est partie à New York.

— Ton père me l'a appris. Puissions-nous ne plus jamais entendre parler d'elle !

Il décida de changer de sujet.

— Tu étais en train de peindre ?

— Bien sûr. Viens voir !

Elle le fit entrer. Deux de ses compositions étaient terminées, une troisième était sur son chevalet.

Le visage de Blaine exprima l'admiration.

— C'est vraiment très beau, Sienna.

— J'essayais de retrouver mon inspiration.

— Je n'ai aucunement l'impression que tu l'aies perdue. Ce que tu peins est merveilleux.

Malgré le feu qui brûlait en lui, il se força à garder une voix tranquille.

— Parle-moi franchement. Est-ce que je t'ai manqué ?

Le visage de Sienna révéla ce qui était dans son cœur.

— A un point tel que tu n'en as pas idée.

— Vraiment ? Je n'en reviens pas.

Il continua à étudier les tableaux. Les fleurs de l'Outback, auxquelles il était habitué depuis toujours, étaient représentées avec une incroyable passion. D'immenses nénuphars roses apparaissaient dans l'une des toiles ; dans une autre, une multitude de *Swainsona formosa*, la fleur emblématique de l'Australie méridionale, resplendissaient à l'infini, avec leurs pétales rouge sang et leur étrange boule centrale noire.

Le tableau qui n'était pas terminé montrait une jeune femme, Sienna à l'évidence, avec de longs cheveux blonds et une robe jaune. Elle était entourée d'une mer de marguerites de papier, jaune et blanc, au milieu desquelles elle était magnifique, presque irréelle.

Sienna rompit le silence.

— Je t'aime. Je t'aime de tout mon cœur. Je ne peux pas expliquer ce que j'ai fait, mais je t'aime. Je…

Il l'interrompit en passant les bras autour de sa taille. Sa bouche couvrit la sienne, impétueusement.

— Moi aussi, je t'aime, murmura-t-il.

Après quelques instants, il ajouta :

— Où est la chambre à coucher ? Encore que… ce divan devant nous est bien assez grand et confortable.

En un rien de temps, ils ôtèrent leurs vêtements, comme si leur contact était si brûlant qu'il fallait les jeter au plus vite sur le sol.

Il la fixa droit dans les yeux.

— Ne me fais plus jamais cela.

— Je savais que tu me trouverais. Cette pensée ne m'a pas quittée, jour après jour. Elle m'a aidée à tenir bon, à ne pas sombrer. *Blaine me retrouvera.*

— Je serais venu te chercher à l'autre bout de la terre. Mais ne crois pas que je sois en colère contre toi.

— Tu aurais pourtant le droit de l'être. Mais l'important est que tu sois là. Je t'aime. Je ne pourrai pas le dire assez souvent !

— Tu peux essayer quand même !

Elle cria son nom, la voix remplie de désir. Ses mains parcoururent les épaules de Blaine, puis descendirent peu à peu dans son dos. Elle s'offrit, tournant la tête de côté tandis qu'il la pénétrait.

Elle ne sut pas à quel moment cela commença exactement.

Ils ne faisaient plus qu'un.

Je suis avec lui. Il est avec moi.

Mon âme sœur est venue me prendre.

MARION LENNOX

Un invité pour Noël

Traduction française de

MARIE-CHRISTINE DERMANIAN

HARLEQUIN

Titre original :
CHRISTMAS WITH HER BOSS

Ce roman a déjà été publié en 2017

1

— Tous les vols programmés ont été annulés et reportés au lendemain de Noël, y compris les vols charters. Désolé, madame, mais personne ne peut partir.

Meg reposa avec précaution le téléphone comme s'il était soudain devenu infiniment fragile et risquait d'exploser. Autour d'elle, l'atmosphère lui parut tellement chargée d'électricité qu'elle avait du mal à respirer.

La porte du sanctuaire qu'occupait son patron était ouverte et elle pouvait suivre du regard W. S. McMaster qui rangeait des documents dans sa sacoche en cuir. Elégant et séduisant, il offrait l'image d'un homme d'affaires milliardaire pressé de poursuivre sa route, ce qu'il était, en vérité, mis à part qu'un obstacle de taille venait de surgir sur ce chemin.

New York en représentait la prochaine étape et Meg, sa secrétaire particulière, allait devoir lui annoncer que le trafic aérien serait réduit à néant au moins pendant les trois prochains jours à venir.

« Oh non… »

— Me voilà partie !

Josie, l'assistante de Meg, enleva les ballerines qu'elle portait au bureau pour les remplacer par des escarpins à talons.

— Dan me rejoint dans cinq minutes et à moi la liberté ! s'exclama-t-elle, joviale. Quelle chance que Noël tombe un lundi cette année ! Cela me laisse deux jours entiers pour faire la fête avant le traditionnel repas de famille.

Accablée, Meg ne trouva pas la force de lui répondre.

Josie et le reste de l'équipe disparurent en lançant des « Joyeux Noël » à la ronde.

Comme venait de le préciser Josie, Noël tombait en effet un lundi et, en ce vendredi après-midi, le monde des affaires était en train de fermer ses portes.

Meg, quant à elle, restait dans les bureaux : lorsqu'il se trouvait en Australie, elle était censée rester disponible pour M. McMaster à toute heure du jour ou de la nuit. Il y séjournait en général entre dix et douze semaines par an et, en dehors de ces périodes, le travail qu'elle avait à fournir s'avérait quasiment inexistant. Cet emploi était une chance extraordinaire et elle en était bien consciente. Si elle venait à le perdre…

Son esprit la rappela à l'ordre, lui intimant l'ordre de se concentrer sur le présent, de ne pas perdre de vue le problème auquel elle était confrontée…

Soupirant, elle reprit le téléphone pour une nouvelle tentative. Son patron était trop éloigné pour entendre la conversation ; de toute façon, il n'y avait rien à entendre, hormis le sempiternel discours négatif.

— Les hélicoptères dépendent-ils eux aussi des contrôleurs aériens ? s'enquit-elle d'une petite voix. Oh… oui, je comprends. Et il n'y a vraiment aucune chance qu'un trafic normal reprenne avant Noël ? Oui, je sais bien que tous les commerces et les administrations fermeront leurs portes dès 17 heures mais, voyez-vous, il s'agit d'une affaire capitale. Ne serait-il pas possible de… de décoller discrètement ? De rejoindre d'un saut l'Indonésie et trouver là-bas un avion ?… Je ne plaisante pas. Je suis prête à tout !

Les réponses à ses questions ne dévièrent pas d'un iota : non !

Plus abattue que jamais, Meg reposa lourdement le combiné, dardant sur l'appareil un regard noir comme si elle le rendait responsable de la situation inextricable dans laquelle elle se trouvait. Lorsqu'elle releva la tête, elle aperçut M. McMaster, debout sur le seuil, prêt à relever tous les défis du monde.

« Comme toujours », ajouta-t-elle en son for intérieur. Agé de trente-six ans, William McMaster était issu d'un milieu fortuné et avait été doté du gène héréditaire des McMaster : produire de l'argent. La gigantesque entreprise familiale qu'il dirigeait s'accroissait de jour en jour. Depuis trois ans, il passait entre deux et trois mois en Australie, y consacrant son temps à l'ouverture d'exploitations minières sur tout le territoire. Meg l'accompagnait dans tous ses déplacements et n'avait pas tardé à comprendre pourquoi il avait besoin d'une secrétaire particulière dans chaque pays : une seule personne n'aurait pu résister longtemps à ce rythme infernal.

Ce soir-là, elle se sentait littéralement épuisée et il s'apprêtait à repartir, fringant, vers d'autres horizons, d'autres projets. Son costume bleu marine, d'une coupe impeccable, mettait en valeur une chemise d'un blanc étincelant, étrennée le matin même. Elle le savait d'autant mieux que, sous prétexte que le service de laverie de l'hôtel lui avait rendu ses chemises légèrement jaunies, elle avait dû se lancer dans une course effrénée pour en acheter de nouvelles.

Elle lui avait pourtant réservé une chambre dans le meilleur hôtel de Melbourne, abritant aussi de surcroît la salle de sport la plus perfectionnée de la ville : il tenait à loger dans des établissements dotés de bons équipements sportifs. D'ailleurs, un simple regard sur sa silhouette et l'on comprenait qu'il ne s'agissait pas, de sa part, d'un simple caprice.

Meg s'aperçut qu'il la fixait, les paupières plissées, et s'éclaircit la voix. A la façon dont il la dévisageait, on aurait juré qu'il avait perçu qu'un problème était survenu. Nanti d'une intelligence et d'une intuition hors pair, il n'était guère surprenant que William McMaster ait flairé quelque chose d'anormal.

— La voiture qui doit me conduire à l'aéroport est-elle prête ?

Sa voix avait pris une douceur inattendue, comme s'il devinait la réponse.

— Il se trouve que… nous sommes confrontés à une complication imprévue, lui annonça-t-elle en évitant son regard.

Son nouveau contrat pour trois ans était posé sur le bureau, attendant la signature de son employeur et, d'un geste discret, elle le glissa sous le fax, comme pour tenter de le protéger.

Cet emploi lui tenait à cœur et elle souhaitait vraiment le conserver : elle était libre la majeure partie de l'année, en échange de ces longues semaines durant lesquelles elle avait à peine le temps de respirer… M. McMaster, quant à lui, fonctionnait à plein régime à longueur d'année, ainsi que l'en avaient assurée ses trois autres secrétaires particulières à Londres, New York et Hongkong. Quel que soit l'endroit où il se trouvait, il était entouré d'une équipe d'une douzaine de personnes et, s'il ne ménageait pas ses efforts, il attendait de ses employés qu'ils fassent de même, les entraînant inexorablement à sa suite.

Cette fois, cependant, il ne l'entraînerait nulle part : elle devait rentrer chez elle.

— Il risque d'y avoir un certain retard, ajouta-t-elle, s'efforçant de cacher son affolement.

Son ton aurait été exactement le même si elle lui avait annoncé que son vol de 17 heures était reporté à 18 heures. Un simple retard d'une heure lui aurait laissé le temps, une fois l'avion parti avec M. McMaster à bord, de s'occuper enfin d'elle et de prendre son propre train.

Résolument muet, en apparence impassible, il attendait la suite. William McMaster parlait peu en général. Ses employés étaient censés anticiper ses désirs et faire en sorte qu'ils soient immédiatement exaucés. Voilà pourquoi il les payait, assez généreusement d'ailleurs. Mais, cette fois, elle n'avait pas rempli son rôle et se trouvait confrontée à son échec.

Impossible de louer un jet privé, ni même un hélicoptère, puisque cet appareil devait lui aussi disposer d'un espace aérien. Combien de temps faudrait-il à un bateau pour atteindre la Nouvelle Zélande, d'où son patron pourrait normalement décoller ? Une semaine au moins... Cette solution était donc à oublier, elle aussi.

Quant aux hôtels, tous avaient été réservés depuis des mois, en prévision de ce long week-end. Lorsqu'elle avait réglé, ce matin, la note de son employeur, le directeur de l'établissement lui avait donné l'impression d'être épuisé à l'avance face à ce qui l'attendait durant ces trois jours.

— Pour ne rien vous cacher, cela m'arrange que M. McMaster libère si tôt sa suite. Les clients se bousculent pour trouver une chambre, certains sont même prêts à soudoyer nos employés dans le seul but de s'assurer un gîte pour les nuits à venir...

La voix de William McMaster la replongea dans la réalité.

— Allez-vous m'expliquer ce qui se passe, au juste, Meg ?

Il avait plissé les yeux, visiblement conscient du sérieux de la situation mais elle crut cependant discerner au fond de son regard une lueur espiègle, comme s'il percevait le désordre qui régnait dans son esprit et s'en amusait.

— Bien sûr. En fait, nous sommes confrontés à une grève des contrôleurs aériens.

Au moment même où elle prononçait ces mots, elle fut prise de nausée.

— La dernière réunion entre le personnel et les dirigeants, il y a une vingtaine de minutes, s'est soldée par un échec. De ce fait, toutes les compagnies aériennes sont immobilisées et aucun appareil ne décollera pendant une période qui reste indéterminée.

De son bureau, situé au sommet de l'une des plus luxueuses tours de Melbourne, Meg avait une vue plongeante sur l'aéroport. Elle tourna avec discrétion la tête vers la baie vitrée. Le ciel, d'ordinaire piqueté d'appareils qui décollaient ou atterrissaient, était désespérément dégagé.

— Rien, constata William McMaster, qui avait suivi son regard.

— Aucun appareil ne pourra se poser ou partir jusqu'après Noël et rien ne garantit que tout rentrera dans l'ordre à cette date. C'est…

— Absurde ! termina-t-il à sa place, d'un ton sec. Un jet privé…

Ce fut elle qui l'interrompit, cette fois.

— … se déplace dans un espace aérien.

Elle trouva le courage d'énoncer cette phrase en le regardant droit dans les yeux. W. S. McMaster aimait les réponses directes et détestait que l'on cherche à travestir la vérité. Il y avait maintenant trois ans qu'elle travaillait à son service et elle le connaissait assez pour ne pas fléchir sous son regard d'acier.

Parfois, cet homme demandait plus que ce qui était humainement possible mais, quand cela se produisait, elle le lui faisait remarquer et il révisait ses décisions.

Pour le moment, toutefois, il campait fermement sur ses positions.

— Soit, louez une voiture qui me conduira à Sidney. Je partirai de là.

— La grève couvre le pays tout entier.

— C'est impossible. Il faut absolument que je sois à New York pour Noël.

La remarque éveilla la curiosité de Meg. Il était d'ailleurs surprenant qu'il subsiste, dans son esprit embrouillé, assez de place pour qu'elle s'interroge sur les raisons de cet impératif.

Les magazines à sensation dépeignaient son employeur comme un solitaire. Fils unique, ses parents étaient d'une richesse qui frisait l'indécence. Divorcés depuis longtemps, ils menaient maintenant une vie mondaine très active et elle avait cru comprendre qu'il ne les voyait qu'en de très rares occasions.

Lors de son dernier séjour à Londres, William McMaster était apparu dans les quotidiens avec une jeune actrice à son bras mais ces mêmes magazines avaient rapidement annoncé une rupture, qui remontait maintenant à trois mois. Selon les articles, la jeune femme en question en avait eu le cœur brisé.

Ce cœur s'était sans doute restauré sans trop de problèmes, avait songé Meg, narquoise. Sur les ordres de son patron, elle avait en effet fait parvenir à la starlette délaissée quelques chèques conséquents.

— Envoyez ceci à Sarah, Meg, s'il vous plaît.

Ou :

— Pourriez-vous régler la note d'hôtel de Sarah ?

Elle ne gardait plus le souvenir exact des différents envois, qui n'avaient pris fin que lorsque la dénommée Sarah avait remplacé William McMaster par un prétendant tout aussi fortuné.

Mais là n'était pas la question. Ce qui intriguait Meg en ce moment était l'importance qu'il accordait à ce voyage. Pourquoi fallait-il à tout prix qu'il soit à New York pour Noël ? Qui donc l'y attendait ?

— J'ai bien peur que ce ne soit irréalisable, déclara-t-elle d'une voix calme.

Toute forme d'angoisse l'avait désertée depuis le moment où elle avait informé W. S. McMaster de la situation incontournable.

— Avez-vous vraiment tout essayé ?

— Oui, monsieur McMaster.

Durant les instants qui suivirent, il continua à la dévisager et elle eut l'impression de voir tourner à plein régime les mécanismes de son esprit. Il avait confiance en elle et le lui avait manifesté dès l'instant où il avait décidé de l'embaucher. En l'observant à son tour, elle comprit qu'il avait déjà assimilé le contretemps : il était prêt à passer Noël à Melbourne et envisageait déjà d'en tirer le meilleur parti possible.

— Je peux toujours travailler ici, dit-il, d'une voix qui contenait un curieux mélange de colère et de résignation.

Les habitués des voyages savaient très bien que certains impondérables pouvaient surgir et détruire un programme réglé à la minute près. Meg ne risquait pas sa place, elle en était désormais convaincue. Ce genre d'incident ne remettait pas en cause ses compétences.

— Il va falloir procéder à quelques changements de dernière minute, enchaîna-t-il, organisant déjà la suite des événements. Nous pourrions mettre ce temps à profit pour faire avancer le contrat Berswood qui fait partie des urgences.

Meg inspira, se demandant ce qu'elle attendait pour lui exposer clairement la situation.

— Monsieur McMaster, à partir de 17 heures le monde

des affaires n'existera plus en Australie. Cet immeuble ne va pas tarder à fermer ses portes et j'ai, par ailleurs, libéré mes collègues pour ce long week-end. A l'heure actuelle, chacun se prépare à profiter pleinement de ces trois jours de congé. De plus, vous aurez sans doute du mal à faire avancer le contrat Berswood car, chez eux également, le personnel sera absent.

S'arrêtant, elle avala sa salive, redoutant sa réaction. Son regard semblait vacant mais elle savait que ce n'était qu'une façade : W. S. McMaster ne passait pas une seule seconde sans réfléchir, sauf quand il dormait et encore... elle n'en était pas bien sûre ! Il était capable de monter un dossier d'un demi-million de dollars en moins de temps qu'il ne fallait à Meg pour mettre du rouge à lèvres. Non qu'elle ait beaucoup le temps de se maquiller quand il se trouvait dans les parages...

— Soit, en ce cas, nous travaillerons ensemble, vous et moi, dans ma chambre d'hôtel.

A ces mots, elle changea d'expression, ce qu'il remarqua aussitôt.

— A moins que cela ne présente aussi un problème ? ajouta-t-il, un sourcil levé.

— C'est-à-dire que..., bredouilla-t-elle après s'être éclairci la voix, j'ai réglé ce matin votre note d'hôtel et rendu la clé de la chambre.

— Aucun problème, nous en réserverons une autre.

— Il n'en reste plus.

— Je changerai d'établissement s'il le faut, déclara-t-il sèchement.

Meg secoua la tête : voilà arrivé sur le tapis le motif de son licenciement : elle aurait dû anticiper, tout mettre en œuvre pour que son patron ne soit pas pris au piège. Dès la première rumeur de grève, elle aurait dû prolonger la réservation de la chambre mais, hélas, elle n'avait rien entendu de tel.

Brusquement consciente de l'approche imminente de Noël, elle avait fait ses achats la nuit dernière, au milieu de la foule qui, comme elle, s'y prenait à la dernière minute et profitait de l'ouverture exceptionnelle des magasins en nocturne. M. McMaster l'avait libérée à 23 heures et ces emplettes l'avaient occupée jusqu'à 3 heures du matin. Ensuite, elle était rentrée et s'était endormie sur-le-champ, vaincue par la fatigue. Un peu plus tard, elle avait été réveillée par une réclamation de son employeur concernant l'état de ses chemises et, après avoir résolu ce problème, s'était présentée au bureau dès 7 heures.

Son emploi du temps, d'ordinaire organisé à la minute près, l'avait, cette fois, trahie et elle n'avait pas eu le temps d'écouter les informations du matin.

Aucune position de repli ne lui parut envisageable.

— Tous les hôtels de Melbourne, que dis-je, d'Australie affichent complet.

Au prix d'un immense effort, Meg avait réussi à s'exprimer d'une voix calme.

— Tous ceux qui s'apprêtaient à quitter le pays y sont bloqués et vous avez libéré votre chambre très tôt ce matin. Dans la mesure où les rumeurs de grève ont commencé à circuler, la majorité des voyageurs a tout simplement décidé de rester sur place. Si j'avais pu imaginer ce qui allait se produire…

Il ne dit rien mais la froideur de son regard était explicite. Meg se passa la langue sur les lèvres.

— N'avez-vous ici aucun ami susceptible de vous héberger ? Vos parents doivent connaître…

Elle se tut et un lourd silence s'installa entre eux.

— Me suggéreriez-vous, par hasard, de faire appel à des amis de mes parents ? lança-t-il, glacial.

— Non. Je...

— Vous voudriez que je demande la charité ? Que je m'impose chez des inconnus pour Noël ? Il n'en est pas question !

— Je..., émit-elle d'une voix étranglée.

— Quelle autre option avez-vous à me soumettre ?

— A vrai dire..., je ne sais pas...

— Vous êtes pourtant payée pour savoir ! asséna-t-il.

Après un bref regard à sa montre, il ajouta :

— Vous disposez d'un quart d'heure pour trouver une solution, mademoiselle Jardine. Pendant ce temps, je vais faire en sorte que Berswood m'envoie par fax les documents qui me permettront de faire avancer ce projet durant le week-end. Arrangez-vous pour que je dispose d'un endroit où loger. Je précise : un endroit assez tranquille pour que je puisse y travailler en paix !

Tournant abruptement les talons, il repartit vers son bureau et claqua la porte derrière lui. Pour la première fois de sa vie, Meg eut l'impression que ses nerfs allaient lâcher.

« Non, il faut que tu te calmes, réfléchis », se dit-elle en tentant de calmer son agitation.

Où diable trouverait-elle un endroit où il puisse travailler en paix ? Elle envisagea d'installer dans les locaux de l'entreprise un matelas et un sac de couchage mais cet aménagement manquerait de confort, d'autant plus que la climatisation serait sans doute coupée pendant ces trois jours.

Se mordillant les lèvres, elle lança un rapide regard à sa montre : dans un peu plus d'une heure, le train pour Tandaroit quitterait la gare sans elle. Elle devait pourtant partir : Noël l'attendait, ainsi que les foins : s'ils n'étaient pas bientôt ramassés, la récolte serait perdue.

Au bord du désespoir, elle décrocha une fois de plus

le téléphone et fit une ultime tentative auprès d'une agence spécialisée dans les réservations d'hôtel. Comme les précédentes, elle se solda par un échec : toutes les chambres convenables de Melbourne et des environs étaient occupées.

— Eh bien ?

William McMaster était de retour et, s'il avait manifestement réussi à contrôler sa colère, il affichait à présent un calme froid qui n'était guère plus rassurant. Debout devant elle, il attendait qu'elle lui livre le fruit de ses réflexions. Les secondes s'égrenèrent, impitoyables. Une solution commença à se dessiner dans son esprit, la seule possible.

— Tous les hôtels sont complets, articula-t-elle.

— Et ?

La courte question lui fit l'effet d'un couperet.

Elle devait absolument lui répondre.

— Et… vous pourriez m'accompagner, proposa-t-elle, s'efforçant d'adopter un ton léger. Je m'apprête à rejoindre la maison familiale. Je ne vois rien d'autre à vous proposer, monsieur McMaster, et plus j'y pense, plus je me dis que cette solution devrait vous convenir. Nous avons une grande chambre d'amis avec salle de bains attenante et disposons d'internet. Par ailleurs, je serai à proximité, si vous avez besoin de moi. Et… cela nous ferait plaisir que vous acceptiez cette invitation.

Il parut se renfrogner davantage encore.

— Je n'ai aucun besoin qu'on me fasse la charité, répéta-t-il.

— Il ne s'agit absolument pas de charité, nous serions enchantés que vous passiez Noël avec nous.

Elle s'en voulut quelque peu de ce mensonge éhonté.

Mais avait-elle le choix ? Elle préférait sauver de ses fêtes ce qui pouvait l'être plutôt que les passer enfermée avec son employeur dans un bureau glacial. S'il acceptait sa proposition, il resterait sans nul doute enfermé dans la chambre d'amis pendant ces trois jours, à travailler sans relâche.

Elle se félicita d'avoir fait installer internet. Certes, cela représentait une dépense supplémentaire mais Scotty en avait été si heureux et, qui sait, cet argument pourrait s'avérer décisif dans les circonstances actuelles.

— Je ne tiens pas à imposer ma présence à qui que ce soit !

— Vous n'imposerez votre présence à personne. D'ailleurs, si vous le préférez, rien ne vous empêche de rester cloîtré dans la chambre d'amis durant ces trois jours et d'y travailler. Je vous apporterai même des plateaux-repas, si vous tenez à une tranquillité totale.

— J'ai du mal à croire que ce soit la seule solution.

— C'est la seule en tout cas qui me vienne à l'esprit.

Quoi qu'elle dise, quoi qu'elle fasse, ce fâcheux incident de parcours allait lui coûter son emploi, songea-t-elle alors, découragée. Pourquoi ne pas présenter sans plus tarder sa démission à W. S. McMaster ? Cela lui donnerait l'occasion de partir et de le laisser passer Noël comme bon lui semblait.

Mais elle n'avait aucune chance de retrouver un emploi pareil et — qui sait ? Peut-être même apprécierait-il son séjour dans la maison familiale ? Letty préparait des Noëls merveilleux et puis n'était-ce pas une époque propice aux miracles ?

Glissant les mains sous le bureau, elle croisa les doigts et insista :

— Encore une fois, nous serions ravis de vous recevoir et, au risque de me répéter, la chambre que je vous propose est très confortable.

Elle lança un bref regard à sa montre et ajouta :

— Si vous acceptez ma proposition, sachez que le train part dans une heure. Je suis désolée que vous ne puissiez pas rentrer chez vous mais je n'ai vraiment rien de mieux à vous proposer.

La mine rogue, il restait muré dans le silence et son regard reflétait de nouveau la colère. S'il était aussi contrarié, pourquoi ne pas contacter quelqu'un ? Sa notoriété était telle que n'importe quelle personnalité mondaine de Melbourne se réjouirait de l'avoir à sa table pour Noël. Les invitations de toute sorte pleuvaient avant même qu'il n'arrive en Australie. En fait, il n'y avait aucune chance pour qu'il souhaite passer Noël avec elle.

Pourtant…

— Votre maison est grande ?

Elle hocha la tête.

— Et il n'y a pas d'enfants ?

— Non.

Scotty avait quinze ans ; à cet âge on était plus considéré comme un adolescent que comme un enfant.

— Je pourrais travailler en paix, sans risquer d'être dérangé ?

— En effet, monsieur McMaster.

— Soit.

Ce petit mot lâché d'un ton rageur, il ajouta :

— Je verserai de l'argent à votre famille pour ces trois jours.

— C'est inutile.

— On ne fait pas de cadeaux, en affaires ! Si je ne paie pas, je ne viens pas.

— Parfait, répondit-elle machinalement. Je vais me changer. Nous irons à pied à la gare.

— A pied ?

— Le week-end commence en ce moment même, et il

risque d'y avoir des embouteillages. De plus, la gare ne se trouve qu'à quatre rues d'ici.

— Etes-vous bien sûre que je trouverai la tranquillité dans cette maison ? lança-t-il, soudain méfiant.

— Chez moi ? Absolument.

Il hésita.

— Et... votre famille ?

— Elle appréciera ce revenu supplémentaire.

Elle ne mentait pas cette fois et, en outre, c'était de toute évidence ce qu'il avait envie d'entendre.

— N'imaginez pas un instant que j'accepte cette proposition avec plaisir, déclara-t-il en redressant le menton. Nous discuterons de cette débâcle après Noël. Faites-moi signe au moment de partir.

2

Ce ne fut que qu'une heure plus tard qu'il se demanda où diable elle pouvait bien l'emmener.

Sans doute aurait-il dû prêter davantage attention aux explications de Meg, mais, exaspéré par la tournure imprévue des événements, il était retourné travailler dans son bureau jusqu'à ce qu'elle lui annonce le moment du départ. Ensuite, ils avaient marché en silence jusqu'à la gare et, pendant qu'elle achetait les billets de train, il était resté en retrait.

Les documents demandés à Berswood étaient arrivés par fax juste avant qu'ils ne quittent le bureau. Il avait toutefois eu le temps de les parcourir du regard et son œil averti avait remarqué un vice de forme qui occuperait ses avocats pendant des semaines. Que s'étaient donc imaginé les gens de Berswood ? Qu'il n'y verrait que du feu ?

Pendant le trajet jusqu'à la gare, William avait envisagé les divers plans d'attaque. Il s'agissait pour lui d'une méthode bien rodée : se plonger dans le travail lui avait toujours permis de se couper du reste du monde. Mais il semblait qu'aujourd'hui cet univers qu'il tentait d'ignorer le plaçait dans une situation assez particulière, pour ne pas dire très désagréable.

Ce mauvais tour joué par le sort l'obligeait à opter pour un programme très différent de celui qu'il avait initialement établi. Il allait devoir s'immerger dans le travail sans même pouvoir se défouler dans l'une de ces salles de sport sophistiquées que mettaient à la disposition des clients les grands hôtels qu'il fréquentait.

Et, c'était ce qu'il avait le plus de mal à accepter, il ne verrait pas Elinor et les enfants.

Le contrat Berswood l'aiderait à se distraire, songea-t-il non sans amertume, en suivant sa secrétaire particulière qui longeait à présent le quai d'un pas accéléré.

A peine s'étaient-ils installés dans le train qu'il démarra. Les places libres se faisant rares à cette date, Meg et lui avaient dû s'asseoir de part et d'autre du couloir.

Une voix masculine retentit alors dans les haut-parleurs.

— Ce train mettra quatre heures pour atteindre son terminus, qui est...

Stupéfait, il se tourna vers la jeune femme.

— *Quatre heures ?*

— Rassurez-vous, nous descendons avant le terminus : notre trajet ne dure que deux heures et demie.

« *Que* deux heures et demie... »

Sur le point de s'étrangler, William se tourna vers la fenêtre mais dut s'écarter car la jeune femme qui occupait le siège voisin essayait tant bien que mal d'installer ses deux enfants sur ses genoux. Elle lui adressa un sourire d'excuses auquel il répondit par une vague grimace. Du coin de l'œil, il vit Meg aider sa voisine, elle aussi accompagnée de deux enfants en bas âge, à ranger ses bagages. Elle le faisait avec une gentillesse innée, souriante, rassurant les petits que toute cette agitation affolait.

Soudain, il eut du mal à reconnaître en cette jeune personne sa secrétaire particulière. Elle paraissait tellement plus détendue, naturelle, que la Mlle Jardine à laquelle il était habitué, celle qu'il avait toujours considérée comme une sorte d'outil de précision, indispensable à la bonne marche de ses affaires.

L'outil en question portait à présent un T-shirt blanc imprimé sur un jean à taille basse. Les sages escarpins à petits talons avaient été remplacés par des baskets de couleur. Plus étonnant encore, le modèle de sérieux et d'efficacité qu'était Meg Jardine avait abandonné son chignon pour laisser libres ses boucles châtaines, qui lui balayaient les épaules à chaque mouvement.

Cette impression d'avoir affaire à une autre personne lui déplaisait, ainsi que ce voyage en train. Il n'appréciait guère non plus de voir sa secrétaire particulière bavarder gaiement avec la jeune mère assise à côté d'elle.

Cette fois, il avait perdu le contrôle de la situation, sensation aussi inhabituelle que désagréable, qui le déstabilisait.

Le plus souvent absents, ses parents avaient confié son éducation à des gouvernantes et il avait découvert très tôt que le personnel pouvait disparaître très rapidement. S'il ne se comportait pas comme le souhaitaient ses parents, les personnes chargées de s'occuper de lui étaient congédiées. Or, il aimait la stabilité, tenait à éviter les heurts et le désordre qui en découlait, il avait donc très vite appris à faire en sorte que tout se déroule le mieux possible.

Sa secrétaire particulière était payée pour lui assurer cette même stabilité.

Le curriculum vitæ et la lettre de motivation envoyés par Meg, suite à son annonce, avaient aussitôt retenu son attention. Avec ses études de commerce et son expérience dans le secteur bancaire, elle correspondait tout à fait au profil recherché.

— Je dois consacrer davantage de temps à ma famille, lui avait-elle dit le jour de l'entretien d'embauche.

Il ne lui avait posé aucune question, sa vie privée ne le

concernant pas, mais regrettait à présent de ne pas l'avoir fait, d'autant plus qu'il s'apprêtait à rencontrer la famille en question. Chaque minute le rapprochait de la maison familiale où il séjournerait pendant les trois jours à venir.

Avant de pouvoir enfin repartir pour New York.

« New York... »

Il fallait qu'il joigne Elinor mais il la réveillerait s'il l'appelait tout de suite : il n'était là-bas que 3 heures du matin. A vrai dire, cette attente forcée lui convenait : il n'était pas pressé d'entendre au téléphone son ton déçu.

Le niveau sonore montait autour de lui et la vitesse que prenait le train n'en était pas seule responsable : les voyageurs bavardaient, échangeaient des plaisanteries, riaient. L'approche de Noël semblait créer des liens entre les passagers.

Se sentant soudain curieusement déplacé dans son costume, William enleva sa veste puis sortit de sa sacoche les documents envoyés par Berswood, essayant, sans grand succès, de se concentrer sur leur contenu.

Où diable allait-il atterrir ? Dans quelle aventure venait-il de se lancer ?

Tandaroit n'était pas vraiment une gare, plutôt un simple arrêt sur la ligne. Il avait même été question de le supprimer, mais Letty avait fait circuler une pétition pour laquelle elle avait recueilli bon nombre de signatures, sensibilisant tous les gens des environs à ce problème. Quand Letty voulait quelque chose, elle réussissait, en général, à l'obtenir.

Quatre ans plus tôt, en apprenant le brusque décès de son fils et de sa belle-fille, elle avait eu l'impression que le monde s'écroulait autour d'elle. Ensuite, elle avait serré Meg dans ses bras et avait déclaré d'une voix ferme :

— Il faut aller de l'avant, nous n'avons pas le choix !

Quelque temps plus tard, la petite annonce passée par W. S. McMaster dans le journal avait retenu son attention.

— Ce serait l'idéal, Meg ! Tu partirais trois mois par an mais, le reste du temps, nous pourrions profiter de ta présence vingt-quatre heures sur vingt-quatre. Ce serait mieux pour Scotty et pour nous tous. Et regarde donc le montant de ce salaire… Allez mon petit, il faut que tu décroches ce poste !

Il y avait maintenant trois ans que Meg occupait ce poste. Plus pour très longtemps, sans doute, songea-t-elle en tirant sur l'anse de son bagage pour le faire descendre. Mais l'heure n'était pas à la morosité : elle rentrait chez elle pour fêter Noël en famille.

Avec un invité de dernière minute.

Le train freina brusquement au moment où elle délogeait enfin sa valise et elle aurait perdu l'équilibre si W. S. McMaster, qui se tenait juste derrière elle, ne lui avait posé les mains sur la taille pour la retenir. Le couloir était encombré car d'autres voyageurs s'étaient levés pour se dégourdir les jambes et, même si elle l'avait voulu, elle n'aurait pas pu s'écarter de lui.

Même si elle l'avait voulu…

Or elle ne le voulait pas. Elle se sentit soudain totalement vidée de toutes ses forces : le déroulement de la journée avait mis ses nerfs à rude épreuve et elle savait ne pas être au bout de ses peines.

Pendant le trajet en train, elle s'était montrée d'humeur joviale, s'efforçant de minimiser l'importance des faits mais elle en mesurait à présent toute l'ampleur : elle allait devoir passer Noël avec son employeur, un homme avec qui elle n'avait entretenu jusque-là que des rapports professionnels et qui, en outre, ne tarderait sans doute pas à lui signifier son congé.

Toutes les émotions qu'elle avait refoulées durant cette éprouvante journée la submergèrent soudain et elle eut l'impression que la terre entière pesait sur ses épaules. Dans ce moment de désarroi, le geste tout simple de W. S. McMaster lui fit l'effet d'un soutien inespéré. Le moment était trop agréable pour qu'elle veuille rompre le charme.

Se laissant aller contre le torse viril, elle tenta d'y puiser un peu de réconfort, de retrouver enfin cette énergie qui, tout à coup, lui faisait défaut.

— Eh bien, je vous souhaite un joyeux Noël ! lança alors la jeune femme auprès de laquelle elle avait voyagé.

Après avoir hésité, la jeune mère lança un bref regard à William, qui tenait toujours Meg par la taille et ajouta avec un sourire :

— En tout cas, vous serez en bonne compagnie !

Meg, qui n'avait quasiment jamais rougi de sa vie, sentit ses joues s'enflammer et, un sourire plaqué sur les lèvres, s'empressa de se frayer un chemin dans la foule.

Elle avançait sans un regard en arrière : si son employeur parvenait à la suivre, tant mieux, mais le contraire lui conviendrait très bien aussi !

A peine avaient-ils posé le pied sur la terre ferme que le train repartait dans la nuit, roulant vers la civilisation. Celle-ci paraissait maintenant lointaine, songea William, abasourdi. Très lointaine, rectifia-t-il, l'œil rivé sur la plaque de bois où était gravé le nom de Tandaroit. Une ampoule nue éclairait la planche qui signalait cet arrêt : rien de plus.

Ils étaient arrivés au bout de nulle part, constata-t-il après avoir regardé autour de lui.

— Où sommes-nous exactement ? interrogea-t-il.

Son ton exprimait la même stupéfaction que s'ils venaient de débarquer sur Mars mais Meg ne l'écoutait pas. Elle fixait un point dans l'obscurité, un point où auraient dû apparaître les phares du break conduit par Letty.

Letty était toujours en retard et Meg n'avait aucun moyen de la joindre pour savoir à quel moment elle arriverait, le réseau ne passait pas à l'endroit où ils se trouvaient.

La voix de W. S. McMaster brisa le silence, faisant écho à ses pensées.

— Il n'y a pas de réseau !

Pétrifié, il regardait l'écran de son téléphone portable, sur lequel s'affichaient quelques sigles qui le laissaient pantois.

— Nous disposons d'une ligne téléphonique à la ferme.

— Vous m'avez amené dans un endroit où l'on ne peut pas se servir de son portable ?

Il la dévisageait, effaré, horrifié même et, de nouveau, elle sentit la nervosité la gagner.

— Auriez-vous préféré dormir à l'aéroport ? rétorqua-t-elle sèchement.

La réponse fusa, implacable :

— Désolé mais j'ai, pour l'instant, beaucoup de mal à voir en quoi cette solution est préférable !

Remarquant qu'elle fixait de nouveau un point dans la nuit, il fit de même, guettant un signe de vie mais il n'y avait rien sous ce vaste ciel étoilé.

— Elle va arriver.

— Qui ?

— Ma grand-mère. Du moins, je l'espère pour elle, si elle tient à la vie ! ajouta-t-elle, excédée.

— Votre maison est loin d'ici ?

— A une douzaine de kilomètres.

— Douze kilomètres ?

— Peut-être même un peu plus.

Il s'éclaircit la voix.

— Vous venez bien de me dire qu'il s'agit d'une ferme, n'est-ce pas ?

Elle acquiesça.

— Donc, Tandaroit…

Meg inspira profondément.

— Il s'agit en fait plus d'un hameau que d'une ville. Autrefois, il existait ici une école et des courts de tennis mais, aujourd'hui, l'école sert de grange, on y stocke la nourriture destinée au bétail.

— Douze kilomètres ? répéta-t-il en se frottant le menton. Cela fait un peu loin, à pied…

— Nous n'irons pas à pied.

— C'est au temps qu'il me faudrait pour parcourir cette distance quand je déciderai de partir, que je réfléchissais.

Saisie par cette remarque, elle décocha un regard circonspect à son employeur.

— Au cas où les membres de ma famille seraient de dangereux meurtriers ?

— J'ai été très marqué par les films du style « Psychose »…, répliqua-t-il après un temps d'hésitation.

Les lèvres de Meg se retroussèrent en un petit sourire.

— Rassurez-vous, nous ne sommes pas tout à fait aussi monstrueux.

— Si vous le dites…

Après avoir scruté une fois de plus l'obscurité qui les enveloppait, il ajouta :

— Vous n'avez pas de voiture ?

— Non.

— Je vous verse cependant un salaire très correct.

— Le break de Letty et un tracteur nous suffisent. Un autre véhicule serait superflu.

— Vous préférez donc attendre, à un arrêt de train fantôme, l'hypothétique arrivée de votre grand-mère ?

— Elle va arriver !

William hocha lentement la tête avant de murmurer :

— Je me demande si, finalement, il ne vaudrait pas mieux que je change d'avis, que je n'aille pas dans cette ferme située à douze kilomètres de ce semblant de gare où passe un train tous les… ?

Il se rapprocha d'elle avant d'ajouter :

— Tous les combien, au juste ?

— Trois ou quatre fois par jour, admit-elle du bout des lèvres, mais il ne s'arrête qu'une seule fois.

— Une seule fois… De mieux en mieux.

Le calme affecté de son ton devenait exaspérant et Meg, appliquant les doigts sur ses tempes, entreprit de les masser avec de petits mouvements circulaires.

— C'est très aimable à vous de m'avoir invité ici, Meg.

Jusqu'à quand pourrait-elle se maîtriser ?

— Je suis bien de cet avis.

— Ah ?

— Rien ne m'obligeait à vous faire ce genre de proposition. J'aurais très bien pu vous laisser dormir au bureau.

Ils se défièrent quelques instants du regard.

— Voyons… qui donc est responsable de la situation dans laquelle je me trouve ?

— Personne ne vous empêchait d'écouter les informations à la radio, ce matin !

Elle se tut, interdite. Etait-ce bien elle qui venait de répondre de la sorte à son patron ? Ses derniers espoirs de conserver son emploi de rêve venaient de s'envoler.

— J'avais cru comprendre que cela entrait dans le cadre de vos fonctions, répliqua-t-il sèchement.

— Il s'avère que j'ai quitté le bureau à 23 heures, hier, et qu'il était à peine plus de 6 heures quand je suis arrivée à votre hôtel.

— J'attends de vous que vous soyez disponible vingt-quatre heures sur vingt-quatre !

La tension accumulée au cours des dernières heures lui donnait des ailes. Soudain, elle n'eut plus aucune envie de se modérer, de jouer les secrétaires parfaites.

— Peut-être aurais-je pu prendre le temps d'écouter la radio si je n'avais pas été dans l'obligation de me préparer à toute allure, ce matin ! Depuis, j'essaie désespérément de tout faire pour que cette situation soit le moins pénible possible pour vous et je me réjouis d'en être ainsi récompensée ! conclut-elle, sarcastique.

La mine butée, Meg se tourna de nouveau vers l'obscurité, fixant le point où apparaitraient bientôt les phares du break, du moins l'espérait-elle. A présent bouillonnante de rage, elle se dit que, si ce milliardaire capricieux ne se montrait pas plus conciliant, Letty et elle l'abandonneraient sur le quai et le laisseraient attendre le prochain train !

Comme s'il avait pu lire dans ses pensées, William garda un instant le silence. Lorsqu'il reprit la parole, il semblait légèrement radouci.

— Et donc… votre grand-mère…

— Letty.

— Elle vit entourée d'autres membres de la famille, je suppose ?

Surpris par la vive réaction de la jeune femme, il avait de toute évidence préféré orienter la conversation vers un sujet moins épineux.

— Non, seulement avec Scotty, mon petit frère.

A ces mots, William se raidit.

— Vous m'avez dit qu'il n'y avait pas d'enfants !

— A quinze ans on n'est plus tout à fait un enfant.

— Exact.

Il marqua une pause.

— Et où vivent vos parents ?

— Mes parents ont perdu la vie il y a quatre ans, dans un accident de voiture.

Il fronça les sourcils, se souvenant de l'entretien d'embauche avec cette candidate qui lui avait semblé si motivée.

— Voilà qui expliquerait que mon annonce vous ait paru si alléchante…

— En effet. Ces conditions de travail me permettaient de passer plus de temps chez moi.

Avait-il seulement prêté attention à sa réponse ? Les yeux écarquillés, il scrutait l'obscurité.

— Est-ce que… ce pourrait être Letty ?

« Mon Dieu, faites que ce soit elle », songea Meg en se tournant dans la même direction que lui. Les yeux plissés, elle distingua deux minuscules lueurs qui grossissaient à vue d'œil.

Des phares !

— « Psychose »…, murmura-t-elle.

Remarquant le léger recul de son compagnon, elle eut un petit rire.

— Désolée, je n'ai pas pu résister.

Elle hasarda un regard vers lui et remarqua qu'il pinçait les lèvres.

— Pas très drôle !

— J'en conviens mais peu importe, une seule chose compte : Letty est sur le point d'arriver.

Après une courte pause, elle enchaîna :

— Vous n'avez aucune envie d'être à Tandaroit, monsieur McMaster, je l'ai fort bien compris, mais sachez cependant que nous mettrons tout en œuvre pour que ce séjour forcé vous soit le plus agréable possible. Comme je vous l'ai dit, vous disposerez d'une chambre dotée d'un branchement internet. Vous pouvez, bien sûr, rester dans votre chambre et y travailler tout le week-end mais je tiens à vous signaler que Letty cuisine à merveille. Je me permettrai aussi d'ajouter que vous serez sans doute mieux ici qu'au bureau, où vous auriez dû camper.

— Sans doute, admit-il, dubitatif. Et je vous en suis reconnaissant.

Elle hocha la tête et sourit. Letty était là ! W. S. McMaster se retirerait dans sa chambre si bon lui semblait et elle allait, quant à elle, profiter pleinement de Noël.

La colère était contre-productive, ce sentiment ne le mènerait nulle part…

Certes, sa secrétaire particulière avait manqué de professionnalisme, ce qui l'avait obligé à modifier à la toute dernière minute ses projets pour Noël…

Bien sûr, il n'aurait pas dû accepter de la suivre dans ce lieu complètement désert et, s'il avait pris le temps de réfléchir, il aurait fort bien pu joindre un agent immobilier et louer rapidement un appartement ou une maison. Toute solution aurait été préférable à celle-ci : se retrouver à la merci d'une grand-mère qui n'était même pas ponctuelle et, de surcroît, était apparemment la seule à posséder une voiture dans la région !

Véhicule qui avait connu des jours meilleurs, constata-t-il quand ils repartirent dans un concert de grincements et bruits de ferraille divers. La boîte de vitesses semblait très capricieuse et il avait l'impression qu'ils avançaient par secousses sur la route non goudronnée. La situation était d'autant plus inconfortable qu'il était installé à l'arrière, coincé entre son bagage et celui de Meg.

Pour se faire entendre au milieu de ce vacarme, Letty hurlait presque.

— Je suis en retard parce que Dave Barring est venu examiner Millicent. Millicent, précisa-t-elle à l'intention de William, qu'elle regarda dans le rétroviseur, est une toute jeune vache qui devrait mettre bas à Noël. Dave, le vétérinaire local, s'absente pendant les fêtes et j'ai préféré lui demander de passer pour me rassurer. D'après lui, il ne devrait pas y avoir de problème.

Cette fois, elle s'était adressée à Meg.

— Ensuite, poursuivit-elle, il a fallu que j'aille récupérer trois sacs d'engrais chez Robertson. Robby m'a dit que si je ne les prenais pas dès maintenant, il me faudrait attendre jusqu'à l'année prochaine ; il ferme pendant la période des fêtes.

Avec un regard pour le passager installé à l'arrière, elle ajouta :

— Donc, je suis désolée si vous n'êtes pas très à l'aise mais le coffre est plein.

— Tout va bien.

« La colère est contre-productive. » S'il se le répétait assez souvent, il réussirait peut-être à s'en convaincre…

— Nous pouvons échanger nos places si vous préférez, suggéra Meg.

Letty secoua la tête.

— Impossible. Tu n'aurais pas assez de place à l'arrière, pas avec Killer.

Letty avait raison, elle ne réussirait pas à se caser sur la banquette arrière avec Killer et les bagages. Croisement de labrador et de berger anglais, le chien était grand et solide, doté d'un poil épais, sombre comme la nuit qui les entourait. L'animal s'était montré si exubérant au moment des retrouvailles avec Meg que William avait dû, cette fois encore, retenir la jeune femme pour éviter qu'elle ne perde l'équilibre.

Pendant que Killer saluait Meg, Letty s'était présentée, lui serrant la main avec une énergie sidérante pour une vieille dame aussi menue. Ensuite, elle avait serré sa petite-fille dans ses bras avec une force impressionnante, la faisant grimacer. Une fois ces effusions terminées, elle avait commencé à dispenser ses ordres pour le départ.

— Bien… Notre ami va passer à l'arrière avec les bagages et toi, Meg, tu t'installeras sur le siège passager avec Killer. J'ai dit à Scotty que nous serions à la maison vers 21 heures, il ne faut donc pas trop nous attarder.

Dès que la vieille dame eut démarré, William put constater qu'elle n'envisageait effectivement pas de perdre du temps. Elle roulait aussi vite que le lui permettaient l'état de la route et celui de son véhicule.

— Quel est votre nom, déjà ? demanda-t-elle.

— Je te l'ai déjà dit : M. McMaster.

Meg avait dû repousser un peu le chien pour pouvoir parler et, malgré ses efforts, s'était exprimée d'une voix étouffée.

— M. McMaster ? C'est à la fois long et pompeux… Pour les trois jours à venir, que diriez-vous de Mac ?

Il se raidit tandis que Meg lançait à sa grand-mère un regard désespéré.

— D'accord, pas Mac. J'ai cru comprendre que votre prénom était William, n'est-ce pas ? Alors… Bill. Ou Billy.

Les paupières serrées, le principal intéressé finit par intervenir.

— William, suggéra-t-il du bout des lèvres.

Mais Letty n'envisageait pas d'abandonner si facilement la partie.

— Ou bien… Willie ?

— William, répéta-t-il fermement.

Letty soupira.

— J'aime bien Will, mais c'est un peu court.

— Comme Meg, intervint la jeune femme.

— Tu sais que j'aime beaucoup Meggie.

— Tu sais aussi que je ne te réponds jamais quand tu m'appelles Meggie !

A demi tournée vers l'arrière du véhicule, elle ajouta :

— Personnellement, cela ne m'ennuie pas du tout de continuer à vous appeler monsieur McMaster.

— Oh ! protesta Letty, pas pendant ces quelques jours, voyons ! D'ailleurs, pourquoi l'appelles-tu encore M. McMaster ? Depuis combien de temps travailles-tu pour lui ? Plus de trois ans, non ?

— En effet, et il m'appelle Mlle Jardine.

— Eh bien, il est temps de secouer tout cela ! Vous avez besoin d'un peu plus de souplesse dans vos relations : ce sera donc Meg et William, et si j'entends un seul « M. » ou « Mlle », je vous appelle Meggie et Willie !

— D'accord, se résigna la jeune femme.

— Bien, dit W. S. McMaster.

Que diable pouvait-il y avoir de bien dans cette affaire ?

S'attendant à une plongée dans la campagne rustique, il fut donc d'autant plus surpris par le spectacle qui l'attendait de l'autre côté de la colline que le break avait réussi, non sans mal, à gravir.

La maison rappelait un décor de conte de fées, de Noël plutôt, rectifia-t-il. Avec ses guirlandes et enseignes au néon, la ferme était visible de loin.

— Oh ! s'exclama Meg, tandis que, stupéfait, William découvrait cet environnement. Mais… qu'as-tu fait, mamie ?

— Nous avons travaillé tous les deux, répondit-elle avec fierté, Scotty et moi ! Alors, que penses-tu de notre traîneau ?

La ferme disposait de deux cheminées, chacune à une extrémité du bâtiment, reliées par un rutilant traîneau.

Un curieux Père Noël, dont les jambes désarticulées se balançaient, ornait celle de gauche.

Ainsi parée de guirlandes multicolores qui clignotaient en cadence, la maison semblait issue d'un film d'animation.

— Il nous a fallu des jours et des jours pour tout mettre en place, expliqua Letty et, quand tu as appelé cet après-midi pour nous dire que tu ne pourrais peut-être pas venir, nous avons bien failli nous mettre à pleurer ! conclut-elle avec un rire joyeux.

— Je veux bien le croire, mais…

— Avant que tu ne protestes, sache que Scotty a trouvé ces décorations à bas prix sur internet. Il s'agissait d'un lot vendu par une dame qui vidait son garage : elle venait d'acheter une maison, et y avait trouvé toutes ces décorations. J'ai même cru qu'elle allait nous payer pour s'en débarrasser !

Letty ralentit afin de leur laisser le temps d'admirer le résultat de leurs efforts.

— Vouloir se débarrasser de choses pareilles…, enchaîna-t-elle avec un claquement de lèvres désapprobateur. Certaines personnes ne savent décidément pas apprécier ce qui est beau !

Déconcertée, Meg toussota.

— Mais… ces décorations consomment sans doute beaucoup d'électricité ?

— Pas du tout, ma belle : ce système est alimenté essentiellement par l'énergie solaire.

Letty se tut quelques minutes et sa voix était légèrement tendue quand elle reprit la parole.

— Alors, ton verdict ?

William perçut cette légère anxiété et se dit que l'étonnante grand-mère n'était peut-être pas aussi sûre d'elle qu'elle voulait le laisser croire. Elle avait, de toute évidence, envie de faire plaisir à la jeune femme assise à côté d'elle, à demi enfouie sous une montagne de poils noirs.

— Le Père Noël qui a l'air de danser la gigue me surprend un peu mais l'ensemble est très réussi !

— Ah… tant mieux, j'avais peur que cela ne te plaise pas. Quant à ces jambes, elles ont été mal fixées, je vais essayer d'arranger ça.

— Ce côté baroque et décalé me plaît beaucoup mais avise-toi de monter une fois de plus sur ce toit et je lance tes cadeaux de Noël en pâture aux chiens !

Letty, qui avait du mal à cacher sa satisfaction, éclata de rire avant de regarder par-dessus son épaule.

— Et vous, Will, qu'en pensez-vous ?

« Will ? »

— William, s'empressa-t-il de rectifier. Eh bien…

Meg se tourna vers lui, repoussant doucement le chien et il put lire l'expression de son regard. Le message était clair : « Avisez-vous de contrarier ma grand-mère pendant ces fêtes de Noël, et vous aurez affaire à moi… »

Qu'était-il donc advenu de sa secrétaire particulière, la compétente et docile Mlle Jardine ?

— C'est charmant, répondit-il enfin du bout des lèvres.

La réaction de Letty ne se fit pas attendre.

— Vous mentez !

Il se surprit à sourire.

— Je l'avoue. Je ne trouve en effet pas grand-chose de charmant à ce Père Noël agité mais je dois dire que le spectacle est… fascinant et tout à fait dans l'esprit de Noël. Un Noël qui restera d'ailleurs longtemps gravé dans mon souvenir.

Il avait prononcé ces derniers mots les yeux fixés sur Meg, qui répliqua :

— Cette solution n'est-elle pas préférable à trois jours passés au bureau ?

— Oui.

« Peut-être », corrigea intérieurement son bon sens.

— Parfait ! s'exclama Letty. Si mes décorations vous plaisent, vous pouvez rester tous les deux !

— C'est très gentil, apprécia William.

— Nous sommes très gentils ! renchérit Meg. N'est-ce pas Killer ?

Le chien jappa, manifestant ainsi son approbation.

Le break venait de s'arrêter juste devant la maison. Aussitôt, d'autres chiens apparurent et, lorsque William ouvrit la portière arrière, quatre museaux curieux se dressèrent vers lui. Ces animaux étaient plus petits que Killer, observa-t-il, soulagé. Ils avaient le poil noir et blanc. Des colleys ?

— Fred, Milo, Turps et Roger, laissez notre invité en paix ! lança Meg.

La meute de chiens contourna le véhicule pour accueillir dignement celle dont ils venaient de reconnaître la voix.

Quand William eut enfin réussi à s'extraire de la banquette arrière encombrée de bagages, il se dirigea à son tour vers l'endroit d'où provenaient les rires et aboiements. Le spectacle qui l'attendait était surprenant : difficile de reconnaître son impeccable secrétaire en cette jeune femme assaillie par ces animaux, qui riait à gorge déployée en faisant mine de se débattre.

Un grand sourire aux lèvres, Letty vint se placer à côté de lui.

— Killer est le chien de Meg, expliqua-t-elle. Fred et Roger m'appartiennent et Turps et Milo sont à Scotty mais ils adorent tous Meg ! Il faut dire qu'elle sait s'y prendre avec eux…

Il hocha la tête, distrait. La scène de Meg entourée des chiens, riant aux éclats, retenait toute son attention.

Dans quelques jours, il pousserait la porte de son

superbe appartement de New York, avec vue sur Central Park. Son employée de maison serait déjà passée pour brancher le chauffage, ranger quelques provisions dans la cuisine et, qui sait, peut-être même disposer quelques décorations de Noël. Bien sûr, rien à voir avec celles de Letty ; nul doute qu'elles resteraient sobres et discrètes. Le lieu serait préparé pour être chaud, élégant et accueillant.

Mais sans doute pas aussi accueillant que l'endroit où il venait d'arriver.

Si cette grève n'avait pas bouleversé ses plans au tout dernier moment, il aurait été chaleureusement accueilli à New York. Ce ne serait pas de sitôt qu'il oublierait le sentiment de déception qui s'était emparé de lui lorsqu'il avait compris qu'il ne pourrait pas partir.

Jamais il ne faisait étalage de ses émotions, il avait appris à les dissimuler soigneusement mais comment ne pas se demander si…

A quoi bon penser à cela ? Elinor saurait trouver une alternative et les enfants étaient habitués à la déception, ce qui rendait cette situation d'autant plus affligeante.

Il s'intima l'ordre de cesser de ressasser ces pensées, de pester contre le sort qui l'avait empêché de t''envoler pour New York.

Pourquoi l'image joyeuse de cette jeune femme entourée de chiens avait-elle sur lui un tel impact ? Ce spectacle lui donnait la désagréable impression de… regarder de l'extérieur.

Sa rationalité reprit le dessus et le mit en garde : il n'était ici que pour trois jours, il était donc inutile qu'il s'aventure sur ce terrain.

— Calmez-vous maintenant ! lança Meg, rieuse, tapotant à tour de rôle les têtes levées vers elle. Vous m'avez manqué à moi aussi, bande de crapules ! Mais où est Scotty ?

De loin, Scotty observait le spectacle.

Le jeune garçon qui se tenait devant la maison était grand et maigre. Ressemblant beaucoup à sa sœur, il avait hérité des mêmes cheveux châtains et ondulés, de ses taches de rousseur, et les grands yeux vert clair qui éclairaient le visage de Meg semblaient, chez lui, dévorer un visage émacié. Une longue cicatrice striait sa joue gauche et, du même côté, sa jambe était emprisonnée dans un appareil orthopédique, de l'orteil à la hanche.

Apparemment nerveux, il regardait en direction de William mais, quand celui-ci se tourna vers lui, il reporta en toute hâte son attention sur Meg qui accourait vers lui.

— Scotty ! s'exclama-t-elle.

Le prenant dans ses bras, elle le serra avec une telle vigueur qu'elle le souleva presque de terre. Elle mesurait tout au plus un mètre soixante-cinq et il la dépassait d'une bonne tête, pourtant il paraissait chétif à côté d'elle. Il aurait eu du mal à se libérer de son étreinte, s'il l'avait voulu, mais, de toute évidence, il n'en souhaitait rien. Serrant, lui aussi, Meg contre lui aussi fort qu'il le pouvait, il lança par-dessus son épaule des regards suspicieux au nouvel arrivant.

— Bonjour. Bonsoir plutôt ! William.

Au moment de se présenter, le prénom lui était venu tout naturellement aux lèvres.

— Scott, lui répondit l'adolescent.

Meg s'écarta de lui, le couvant d'un regard protecteur.

— Voici ma famille, déclara-t-elle non sans fierté. Letty, Scotty et nos chiens.

— Scott, rectifia le garçon d'une voix bizarre.

Sa voix était en train de muer, observa William. Scott se trouvait à ce stade de la vie où l'on cherchait à devenir un homme, sans que le corps soit au diapason. Cela devait être d'autant plus difficile pour lui qu'il supportait un lourd handicap, à en juger par l'important appareil orthopédique qu'il portait à la jambe.

Meg lui avait dit avoir perdu ses parents quatre ans plus tôt. Scott s'était-il trouvé dans le véhicule lors de ce tragique accident ? Comment pouvait-il ignorer à ce point le passé de sa jeune employée ? Jusque-là, il avait toujours procédé aux embauches de ses collaborateurs en se fiant davantage à son instinct qu'à leurs antécédents et il regrettait à présent que la vie de la jeune femme représente pour lui une telle zone d'ombre.

— Le break a bien roulé ? demanda Scott.

Il cherchait, à n'en pas douter, à paraître plus mûr qu'il ne l'était.

— Je suis sûr qu'il y a au moins six pièces à changer mais mamie refuse de me laisser y toucher.

— Supposons que tu te trompes ? Nous resterions bloqués ici ! Je la ferai réviser quand je toucherai le prochain chèque de la vente du lait.

— Pourquoi voudrais-tu que je me trompe ?

— Tu as quinze ans à peine et on ne peut pas dire que tu aies suivi une formation de mécanicien.

— Peut-être, mais j'ai lu…

— Non, déclara-t-elle d'un ton ferme. La voiture n'a aucun problème.

— J'avais, moi aussi, quinze ans quand l'idée m'a pris de faire quelques réglages sur la voiturette de golf de mon père, intervint William, interrompant ce qui ressemblait à une joute habituelle. Mon père était absent pour un mois. A son retour, j'avais réussi à augmenter la puissance du moteur et, quand il a appuyé sur l'accélérateur, il a été propulsé contre la porte du garage. Curieusement, il n'a pas apprécié mon intervention et s'est bien chargé de me le faire savoir !

Scott eut une ébauche de sourire. Quant à Letty, elle sourit plus franchement, ainsi que Meg.

William fut surpris par le plaisir qu'il éprouva devant ces sourires. Soudain, il se sentit plus léger qu'il ne l'avait été depuis longtemps.

Manifestement, il pouvait écarter ses craintes de vivre un scénario proche de « Psychose ». Les habitants de la ferme semblaient des plus équilibrés et il lui serait sans doute possible de mettre à profit ces quelques jours pour avancer dans son travail.

Peut-être même réussirait-il à faire de nouveau sourire Mlle Jardine. « Meg… »

— Nous ne recevons plus internet, annonça alors Scott.

Dans la seconde, W. S. McMaster oublia et les sourires et l'étrange sérénité qui venait de s'insinuer en lui.

— Ah ? tiqua Meg, les sourcils froncés. Que se passe-t-il ?

— Dans le sud de Tandaroit, un glissement de terrain a endommagé les lignes.

— Les lignes ? répéta William, comme si l'adolescent parlait une langue étrangère.

— Les lignes téléphoniques, précisa Scott avec la patience exagérée d'un adolescent qui essaie de se faire comprendre d'un adulte un peu fâché avec la technologie.

— Vous êtes branchés sur internet par le biais des lignes téléphoniques ?

Devant son air sidéré, Scott lui répondit, cette fois, d'un ton normal.

— Je sais, cet équipement date de l'époque des dinosaures et reste, quand il fonctionne, d'une lenteur exaspérante ! Mais la connexion par satellite coûte trop cher. Mon ami Mickey est branché sur satellite, lui…

William plongea machinalement la main dans la poche de son pantalon et en sortit son portable.

— Pas de réseau non plus ?

— Non.

C'était Meg qui venait de lui répondre, d'une voix tendue.

— Et maintenant, il n'y a plus non plus de téléphone fixe, je suppose ?

— Vous supposez bien !

A présent, elle avait du mal à cacher sa nervosité.

— Donc, nous n'aurons pas d'accès à internet tant que les lignes ne seront pas réparées ?

— Tout juste ! acquiesça Scott.

Le menton redressé, il le fixait, un sourcil levé, l'attitude vaguement belliqueuse. On le devinait prêt à voler au secours de sa sœur.

Perdu dans ses pensées, William ne regardait pourtant plus Meg. Il était d'ailleurs perdu tout court : se savoir si éloigné de tout moyen de communication le déstabilisait totalement. Pourquoi diable n'avait-il pas appelé Elinor avant de quitter Melbourne ? Soit, il l'aurait réveillée mais quelle importance ?

Il fallait impérativement qu'il entre en contact avec elle, sinon son Noël serait gâché.

— Je ne peux pas rester, grommela-t-il entre ses dents. Je serais mieux à l'aéroport qu'ici.

Les lèvres pincées, Letty lui lança un regard dépourvu d'aménité mais l'heure ne se prêtait ni aux explications ni aux excuses. Toutes ses pensées se tournaient vers Elinor et les deux jeunes enfants.

— Il faut que je téléphone, tout de suite !

— J'allais servir le dîner, insista Letty.

— C'est très important : quelqu'un m'attend à New York.

— Vous n'êtes pas censé y arriver avant demain, intervint Meg. Il y a peu de chance que l'on vous attende déjà à l'aéroport.

— Soit, mais il faut quand même que je téléphone. Arrangez-vous pour que ce soit possible, Jardine !

Dans ses yeux verts apparut ce regard songeur qu'il connaissait bien : elle réfléchissait, cherchait une solution. Meg Jardine était compétente et, en cas de crise, il savait pouvoir compter sur elle. Certes, il y avait eu cette erreur, et pas des moindres, qui le clouait sur le sol australien mais ce n'était que l'exception qui confirmait la règle.

— Je suggère que nous dînions d'abord, proposa-t-elle enfin. Si toutefois vous pouvez attendre jusque-là…

Une heure de plus ou de moins ne changerait en effet pas grand-chose et, devant son signe de tête affirmatif, elle reprit :

— Je vous conduirai ensuite chez Mickey, le copain de Scotty…, je veux dire de *Scott*. Mickey vit à trois kilomètres d'ici environ et ses parents disposent d'une connexion par satellite. Vous pourrez donc utiliser internet ou même Skype pendant une demi-heure. J'en profiterai pour bavarder avec sa maman, que je n'ai pas vue depuis longtemps.

— Une demi-heure ne me suffira pas.

— Il le faudra bien pourtant, répliqua-t-elle, avec cette franchise qui était devenue habituelle et précieuse à William. Il se fait tard, ces gens sont des producteurs laitiers et ce laps de temps, aussi court vous semble-t-il, doit être considéré comme une faveur. Je me permets de vous rappeler qu'il ne doit pas être encore 7 heures du matin, à New York. Un peu tôt peut-être pour appeler, non ?

— Elle se réveillera.

— Je n'en doute pas.

Meg s'était exprimée d'un ton presque cordial qui lui valut un regard suspicieux de son interlocuteur.

— Mademoiselle Jardine…

— *Meg*. N'oubliez pas que je suis Meg… jusqu'au jour

où nous discuterons de cette débâcle, pour reprendre vos propres termes !

Il leva les yeux au ciel.

— J'ai du mal à croire que j'aie pu envisager de...

— Eh bien, n'en parlons plus, suggéra-t-elle avec un petit sourire. Les miracles de Noël se produisent parfois ! Nous irons donc chez Mickey mais tout à l'heure, pas avant d'avoir dégusté le trifle à la mangue de Letty. Car je suppose que tu m'as préparé cet énorme gâteau à la mangue, ma chère grand-mère ?

— Bien sûr.

— Dans ce cas, qu'attendons-nous ?

Meg prit son bagage, se fraya un passage entre les chiens qui s'étaient rassemblés autour d'elle et passa le seuil de la maison. Elle venait de faire deux pas dans le couloir quand elle s'arrêta et se retourna.

— Oh ! Désolée, monsieur..., je veux dire William. Vous préféreriez peut-être dîner dans votre chambre ? Je peux vous y conduire tout de suite, si vous le souhaitez.

— Euh... non.

— Dommage pour nous. Lorsque vous aurez goûté au trifle de Letty, vous en réclamerez sûrement une seconde part et il en restera moins pour les autres !

3

Une heure plus tard, après un dîner composé de sandwichs, salade et du fameux trifle à la mangue auquel, comme le redoutait Meg, William avait fait honneur, ils s'installèrent dans le break. Il n'était pas loin de 23 heures mais Meg connaissait assez bien Mickey pour savoir qu'il ne serait pas couché ; à cette heure, il y avait de fortes chances pour qu'il soit en train de surfer sur le Net.

Mickey représentait pour W. S. McMaster le seul moyen de joindre les siens. D'ailleurs, qui l'attendait à New York ? Il ne lui en avait rien dit et elle s'était bien gardée de poser la question.

Le trajet se déroula en silence et, au bout d'une dizaine de minutes, ils s'approchèrent d'une ferme bien moins rutilante que celle qu'ils venaient de quitter. Meg demanda à son compagnon de rester assis dans la voiture. Elle en descendit, avança vers la façade et se pencha pour ramasser quelques gravillons qu'elle lança contre une fenêtre d'angle, encore éclairée.

Mickey apparut aussitôt.

— Bruce ?

En entendant ce prénom, Meg se trouva replongée dans le passé. A une époque, c'était Scott que Mickey aurait attendu, songea-t-elle avec tristesse. Du même âge, les adolescents vivaient à trois kilomètres à peine l'un de l'autre et, quatre ans plus tôt, leurs bicyclettes avaient quasiment creusé un sillon entre les deux maisons. Hélas, ce sillon s'était depuis longtemps comblé.

Ce soir, Scott avait évoqué sa fatigue pour ne pas les accompagner. Ces derniers temps, il était toujours fatigué et avait à peine touché au dîner. Ses résultats scolaires chutaient, plus aucune matière ne semblait l'intéresser. De toute évidence, ses problèmes de santé finissaient par se répercuter sur son moral. Dès demain, elle prendrait rendez-vous avec les médecins et aborderait le sujet de sa dépression.

Mais comment résoudre ce problème chez un adolescent condamné à vivre l'épreuve que subissait Scott ? Remonterait-il un jour sur un vélo ? Lui était persuadé du contraire.

Quant à elle, elle refusait d'accepter cette terrible éventualité. Depuis toujours, elle avait lutté pour éviter d'en arriver là, travaillant d'arrache-pied pour régler les factures. Aujourd'hui, cela impliquait de faire preuve d'amabilité envers son patron, invité surprise à ces fêtes de Noël.

Et donc… de lancer du gravier à la fenêtre de la chambre de Mickey, à 11 heures du soir !

— Bruce ? répéta Mickey.

Elle se rapprocha de la fenêtre.

— Non, c'est Meg.

— Meg ?

Il eut l'air ravi de sa visite et elle s'en réjouit. Les membres de la petite communauté la connaissaient tous et l'appréciaient.

— Les lignes téléphoniques sont coupées à la ferme et j'ai un invité qui doit joindre d'urgence New York. Scotty… Scott m'a dit que tu pouvais te connecter à Skype.

— Tout juste.

Il paraissait aux anges, à présent.

— Mais je ne m'en suis jamais servi pour appeler New York. Je ne connais personne là-bas !

— Ça ne t'ennuie pas que M. McMaster l'utilise ?

— William, rectifia ce dernier.

— Bonsoir, Will !

Mickey était de toute évidence enchanté d'avoir de la compagnie.

— Tes parents dorment-ils ? demanda la jeune femme.

— Papa oui, il y a la traite de 5 heures, mais maman est en train de préparer des pâtisseries. Je vais lui dire que tu es là.

— D'accord, merci. Je ne tiens pas trop à te rendre visite en cachette, la nuit !

— Bien sûr.

Le rire dont Mickey accompagna cette remarque laissait entendre qu'il avait reçu plus d'une fois des visites nocturnes sans en avertir ses parents. Meg sentit son cœur se serrer : la vie de Scotty paraissait si terne et triste, comparée à celle que menait l'ami dont il avait autrefois été inséparable.

Pendant que William utilisait Skype, Meg s'installa en cuisine et aida la maman de Mickey à confectionner les pâtisseries de Noël. Jenny, à peine plus âgée que Meg, avait abandonné ses études pour épouser, à dix-sept ans, son amour de jeunesse. Neuf mois plus tard naissait Mickey.

Elle aurait pu, elle aussi, emprunter cette voie, songea Meg non sans nostalgie, mêlée d'une pointe de jalousie. Un confortable désordre régnait dans la grande pièce accueillante qui portait l'empreinte de la vie familiale : en plus de Mickey, Jenny était la mère de jumelles de neuf ans.

— Cet endroit est superbe, déclara Meg en regardant autour d'elle.

— Non, Meg. Le seul élément superbe dans cette maison se trouve en ce moment dans la chambre de Mickey !

Avant qu'il ne se réfugie dans la chambre de l'adolescent, Meg avait bien entendu présenté W. S. McMaster à Jenny qui avait été éblouie par cet homme, si différent des habitants de la région.

— Tu veux parler de mon employeur ?

— De ce merveilleux spécimen masculin que tu as amené pour Noël ! Je l'avais déjà vu en photo dans quelques magazines mais je dois avouer qu'il est encore est plus beau au naturel... Tu te fais là un bien joli cadeau !

— Oh ! Je te le laisse, répliqua Meg en soupirant. Nul doute qu'il serait plus heureux ici : tu as un ordinateur !

— Exact, ainsi que des jumelles, et la famille de Ian qui arrive demain pour passer la semaine à la maison. En tout, il devrait y avoir huit enfants sous ce toit pendant les jours à venir. Une vraie catastrophe !

Son visage se fendit d'un large sourire qui démentait ses propos. Même si elle n'avait jamais bien compris que son amie décide si jeune de se marier et de fonder un foyer, à présent ce choix ne paraissait pas si insensé à Meg.

— Voyons, reprit la jeune femme, l'œil luisant. A-t-il une fiancée ou petite amie ?

— Je n'en ai pas la moindre idée.

Face au regard étonné que lui lança Jenny, elle ajouta :

— Je ne suis que sa secrétaire particulière et il ne m'a pas demandé récemment d'envoyer des fleurs à qui que ce soit. Cependant, à l'idée de ne pas pouvoir téléphoner ce soir, je l'ai senti au bord du désespoir !

— Qui appelle-t-il ?

— Aucune idée cette fois encore.

— Je vais poser la question à Mickey.

Mais l'adolescent, qui les rejoignit deux minutes plus tard, ne leur fut d'aucun secours.

— Il parle, mais je ne sais pas à qui. Je me suis installé sur mon lit avec mon casque. Au fait, maman, tu crois qu'il est trop tard pour rajouter un C.D. à ma liste de Noël ? J'ai découvert ce soir un nouveau groupe qui…

— Inutile de rêver. Il fallait poster la lettre au Père Noël il y a un mois et tu n'y as mentionné qu'un quad, Mickey, ce qui n'est pas tout à fait dans nos moyens !

Elle se tourna aussitôt vers son amie.

— Que vas-tu offrir à William, ma jolie ?

Meg grimaça. Jenny soulevait là une question qui ne lui avait même pas effleuré l'esprit. Enfant, le matin de Noël, elle s'asseyait sous le sapin et ouvrait une multitude de cadeaux : sa mère avait toujours été excessive et adorait Noël. A vingt-cinq ans, Meg avait encore droit à une chaussette de Santa Claus.

L'année qui avait suivi le décès de ses parents, elle avait cherché à compenser cette lourde perte, ainsi que Letty et, pour leur plus grand plaisir, Scotty avait fait de même. Après avoir cassé sa tirelire, il avait demandé aux infirmières de lui venir en aide et ils avaient passé, tous les trois, un Noël inoubliable à l'hôpital. A partir de là, une tradition familiale était née.

Ses bagages regorgeaient de cadeaux pour sa famille mais aucune de ses trouvailles ne pourrait être recyclée pour W. S. McMaster.

— Je suppose qu'il possède tout en de multiples exemplaires, gémit-elle enfin, abattue.

— Il n'a pas Skype, objecta Mickey.

— Il l'aura la semaine prochaine, dès qu'il retournera à New York.

— Eh bien, offre-lui une antenne parabolique pour

le week-end ! lança Mickey en riant. Scotty pourra s'en servir quand il sera reparti.

Soit, mais avec quel argent ?

— Cela dépasse le budget que j'envisageais d'y consacrer.

Mickey fronça le nez et partit regarder la télévision dans la pièce voisine, ne se sentant guère concerné par ces problèmes d'adultes.

— Où en es-tu du remboursement de la dette ? demanda alors Jenny à son amie.

Jenny comptait parmi les nombreuses personnes qui étaient venues en aide à Meg après l'accident. Elle n'ignorait pas que Meg s'était endettée : les dépenses médicales liées à l'état de santé de Scott étaient colossales et il avait fallu continuer à faire fonctionner normalement la ferme, alors qu'il n'y avait plus personne à la tête de l'exploitation agricole.

— Je remonte la pente grâce à mon emploi. Je ne peux pas me permettre de le perdre…

Elle se mordit la lèvre et croisa mentalement les doigts. Pourvu que cette erreur de taille ne lui coûte pas son poste…

— Raison de plus pour soigner ton magnifique invité de marque ! Tu pourrais lui offrir un après-rasage, c'est ce qu'offre tous les ans à Ian sa tante Mary. Elle n'a toujours pas remarqué qu'il porte la barbe depuis des temps immémoriaux… J'en ai donc quelques flacons en stock et c'est avec grand plaisir que je t'en céderai un, plusieurs, même, si tu veux !

— Je suppose qu'il porte son après-rasage personnel.

— Je le pense également, dit Jenny, sortant du four une plaque de *mince pies* bien dorés et y remettant une autre. En fait, rien au monde ne pourrait lui être utile.

— A l'exception d'un avion qui l'emmène loin d'ici.

— J'ai bien peur que ce ne soit hors de ta portée. Il aura donc droit à de l'après-rasage !

Tournée vers le mur, elle ajouta, sur le ton de la confidence :

— J'aimerais être une petite souris pour savoir à qui il parle et ce qu'il dit. Pas toi ?

— Ce ne sont pas mes affaires.

Le ton un peu guindé de sa réponse provoqua le rire de son amie.

— Avoue plutôt que tu n'oses pas aller écouter à la porte ! Allons, Meg… Ce type est célèbre, beau comme un dieu et sous ton toit pendant trois jours ! Que te faut-il de…

— Voilà qui est fait, lança alors W. S. McMaster, passant le seuil de la pièce.

Les deux jeunes femmes sursautèrent et échangèrent un regard coupable.

— Vous avez réussi à appeler les personnes que vous cherchiez à joindre ? articula-t-elle.

Cette question idiote cachait mal sa gêne.

— Oui, merci.

Qu'avait-il entendu au juste de son échange avec Jenny ?

— De la famille ? lui demanda innocemment Jenny en lui présentant un plat de *mince pies*.

— Des amis, répondit-il laconiquement.

Il arborait cette expression fermée qu'elle ne connaissait que trop : il était mécontent et ce ne serait pas sans conséquences. La seule chance de Meg était qu'il lui était impossible, dans l'immédiat, d'en mettre en pratique les effets.

Il n'aurait pas regardé différemment les pâtisseries si Jenny lui avait tendu un plateau chargé d'arsenic.

— Non merci.

— Si vous ne goûtez pas à mes *mince pies*, je serai

fâchée à tout jamais. En échange d'internet, il faut complimenter la cuisinière !

Meg l'observa avec attention : il était piégé, impossible de se montrer désagréable envers quelqu'un qui venait de lui rendre un fier service. Il se servit donc et réussit même à affirmer à Jenny que c'était excellent.

Celle-ci n'était cependant pas disposée à en rester là et reprit la parole avec un sourire angélique.

— Il doit s'agir de très bons amis pour que vous vous permettiez de les appeler à une heure pareille. Il doit être tôt, là-bas, surtout pour un week-end de Noël.

Meg sentit ses joues s'embraser.

— Jenny, M... *William* n'est pas obligé de répondre.

— Bien sûr, il ne s'agit que de simple curiosité de ma part.

— Je vous remercie de m'avoir permis d'utiliser internet, affirma-t-il, les traits tendus.

A ce moment, il plongea la main dans sa poche et en ressortit un billet, d'un tel montant que Jenny en resta un instant interdite.

— Mais... que faites-vous ? hoqueta-t-elle, les yeux écarquillés.

— Je vous paie pour ce service.

— Mais il n'en est pas question, voyons ! protesta Jenny.

Meg décida d'intervenir.

— Jenny est mon amie, vous ne lui devez rien.

— Mais elle n'est pas *mon* amie.

A ces mots, Meg se raidit. Elle était chez elle pour les vacances de Noël et ne supporterait pas que son employeur se montre grossier envers Jenny.

— Elle a agi comme telle en vous recevant chez elle alors que rien ne l'obligeait à le faire et n'a pas imaginé un instant de vous demander pour cela un seul centime. Rassurez-vous, vous n'aurez pas à marcher jusqu'à l'arrêt du train, je vais vous raccompagner, ajouta-t-elle d'un ton tranchant. Jenny, aurais-tu un sac de couchage à nous prêter, s'il te plaît ? Il nous faudrait également une bouteille d'eau. Ah, et deux autres *mince pies* aussi si ça ne t'ennuie pas, je ne tiens pas à ce qu'il meure de faim.

— N'exagérons rien, tempéra Jenny.

Le premier choc passé, son humour habituel avait rapidement repris le dessus. Prenant le billet de William, elle le plia et le remit dans la poche de son veston.

— C'était plutôt gentil de sa part de le proposer.

— Non, il n'y avait là rien de gentil et j'ai trouvé cela désagréable et inélégant. Donc, le sac de couchage s'il te plaît.

Jenny haussa un sourcil.

— Tu plaisantes, Meg ?

— Est-ce que j'ai l'air de plaisanter ?

— Dans ce cas… il peut rester dormir ici.

— Tu hébergerais quelqu'un qui vient de rejeter ton amitié ?

William en avait assez que l'on parle de lui à la troisième personne et trouvait cette situation parfaitement grotesque. Il décida qu'il était temps d'intervenir.

— Ce n'est pas exactement ce que j'ai dit et je suis tout prêt à rectifier mes propos !

Jenny écarta les bras en souriant.

— Je propose donc que nous tournions la page ! Il est grand temps que vous rentriez maintenant tous les deux, il se fait tard, pas de détour par la gare, Meg ! Entendu ?

Se tournant vers William, elle ajouta, le regard complice :

— Si vous voulez avoir une chance qu'elle soit un peu mieux disposée à votre égard, vous devriez lui dire qui vous teniez absolument à joindre ce soir…

Meg allait protester quand Jenny tendit la main pour l'arrêter.

— Et n'oublie pas... paix aux hommes de bonne volonté !

S'ils n'avaient pas échangé un mot à l'aller, le retour se déroula, quant à lui, dans un silence pesant. Meg se gara devant l'entrée de la maison et se préparait à descendre de voiture quand William la retint par le bras.

— Désolé, mais je supporte très mal les questions.

— C'est votre droit le plus absolu. Néanmoins, je souhaiterais que vous démontriez un minimum d'amabilité envers ma famille et mes amis.

— Je serai aimable avec votre famille et vos amis, répéta-t-il. Parlez-moi donc de Scott.

— Pardon ?

— Vous travaillez à mon service depuis trois ans et j'ignore tout de vos proches.

— Je supporte mal les questions ! déclara-t-elle ironiquement.

Haussant les épaules, il reprit à son tour ses paroles.

— C'est votre droit le plus absolu et vous n'êtes, bien sûr, pas obligée de me répondre.

— Tout comme vous n'êtes en rien obligé de me dire à qui vous parliez tout à l'heure.

Se radoucissant soudain, elle soupira et leva les deux mains, dans un geste de reddition.

— Inutile de me répondre. En fait, cette question n'intéressait que Jenny, pas moi.

Les mensonges s'avéraient parfois nécessaires pour la quiétude de tout un chacun.

Elle n'avait toujours pas répondu à la question de W. S. McMaster qui attendait, apparemment peu disposé à s'en tenir là. Elle se tourna vers la maison : le Père Noël et son traîneau illuminaient toujours les environs mais aucune fenêtre n'était allumée. A cette heure-là, Letty et Scott dormaient depuis longtemps, ainsi que les chiens puisque aucun d'entre eux n'était venu les accueillir. Le soir, ils se rassemblaient dans la chambre de l'adolescent : Turps et Roger dormaient même sur son lit, Scott les avait dressés afin qu'ils se tiennent tranquilles et ne troublent pas son sommeil. Les autres se rapprochaient le plus possible du lit, formant un demi-cercle serré autour du jeune homme.

Une bouffée d'amour submergea Meg, presque étouffante : elle aimait tant Scotty... Soudain, elle eut envie de répondre à William, de lui parler de ce jeune garçon qui lui était si cher.

— Scotty est mon demi-frère, dit-elle, fixant la nuit environnante.

Elle parlait à voix basse, comme s'adressant à elle-même.

— Ma mère m'a eue très jeune et m'a élevée seule, du mieux possible compte tenu de ses moyens limités. J'avais neuf ans quand elle a rencontré le père de Scott : Alex était un fermier un peu plus âgé qu'elle. Maman vendait des vêtements d'occasion sur un marché et Alex était venu en ville acheter un nouveau modèle de pompe à eau mais, dès qu'il a posé les yeux sur maman, il a oublié le but de sa visite.

— Le coup de foudre ? demanda-t-il d'un ton ironique.

Mais le regard que lui lança la jeune femme l'incita à ne pas s'aventurer sur ce terrain. Ce soir, elle ne semblait guère encline à la dérision.

— Quoique je suppose que cela existe, ajouta-t-il après s'être éclairci la voix.

— La preuve !

Devant le défi que contenait son regard, il se garda, cette fois, de la contredire et elle poursuivit :

— Je me rappelle le week-end où Alex nous a invitées ici

pour la première fois. C'était un producteur laitier d'une quarantaine d'années, grand et solide. Il parlait peu mais ce n'était pas très grave, maman parlait pour deux. Cet homme la buvait littéralement du regard, aussi émerveillé que si une fée s'était tenue face à lui. Ensuite, j'ai rencontré Letty qui est devenue ma bonne fée personnelle. Nous étions arrivées un vendredi et, dès le dimanche, elle me proposait de l'appeler mamie. J'avais l'impression d'avoir enfin trouvé un foyer et cela s'est très vite confirmé. Alex ne nous a ramenées à Melbourne que pour que nous y récupérions les quelques affaires qui nous appartenaient et nous sommes revenues vivre ici. Un mois plus tard, il épousait maman. J'étais demoiselle d'honneur et je portais une magnifique robe de princesse confectionnée par Letty. Nous étions tous si heureux alors… Cinq ans plus tard, à la naissance de Scotty, nous nagions tous dans le plus parfait bonheur.

— Rien n'est jamais parfait.

Cette réflexion, qu'il n'avait pu retenir, lui valut un regard hautain de Meg.

— Tout comme le coup de foudre n'existe pas, n'est-ce pas ? Je suis désolée de vous contrarier, monsieur McMaster, mais si, le bonheur parfait existe bel et bien et ce conte de fées a duré seize ans. La ferme n'était pas très grande et nous devions veiller aux dépenses mais maman continuait de faire les marchés et tout le monde mettait de bon cœur la main à la pâte. J'étais bonne élève mais nous n'avions pas assez d'argent pour que Scotty et moi puissions suivre des études supérieures. Grâce à une bourse, j'ai quand même réussi à entamer une formation universitaire que j'ai dû abréger pour entrer dans la vie active. Cependant, la vie que je menais me plaisait : je travaillais dans la banque d'une agglomération voisine et la ferme restait mon nid.

Elle marqua une pause pour reprendre son souffle.

— Il y a quatre ans, un camion qui roulait en sens interdit a détruit en quelques secondes cet univers de bonheur.

Un pesant silence s'installa.

— Je suis désolé, Meg, murmura enfin William, sincère.

Elle hocha la tête.

— Depuis, j'ai compris qu'il fallait savoir profiter pleinement de tous les bons moments que nous offre l'existence parce que, du jour au lendemain, tout peut basculer, s'effondrer.

Secouant la tête, elle chercha à refouler les images cauchemardesques qui revenaient si souvent la hanter.

— Maman et Alex sont morts sur le coup. Scott, qui avait alors onze ans, était installé sur la banquette arrière et a été littéralement réduit en morceaux, articula-t-elle d'une voix blanche. Pendant des mois, nous avons cru qu'il passerait le restant de ses jours cloué dans un fauteuil roulant, réduit à l'état de légume !

L'impitoyable dureté de ses mots exprimait toute l'horreur qu'elle avait dû endurer, après cette tragédie.

— Son énergie est telle qu'il est parvenu à s'en sortir : jour après jour, il s'est battu pour remonter la pente. Pendant ce temps, nos voisins et amis se relayaient pour continuer de faire fonctionner la ferme. A une époque, nous avons bien cru, Letty et moi, que nous allions devoir la vendre mais nous avons décidé de tout mettre en œuvre pour éviter d'en arriver là. Il suffisait d'utiliser mon salaire comme source de revenus supplémentaire… Scotty est heureux ici, ainsi que Letty.

— Si je comprends bien, mon offre d'emploi vous est apparue comme un don du ciel.

— Vous voyez bien que nous voilà revenus au conte de fées !

Elle accompagna ce commentaire d'un sourire mais William, lui, resta imperturbable. Les sourcils rapprochés, il semblait chercher un sens caché aux mots qu'elle venait de prononcer. Déconcertée par cette attitude, elle décida toutefois de poursuivre son récit.

— C'était la solution rêvée. Une jeune femme vient traire les vaches en mon absence et Letty, qui est une femme très active, continue de tout gérer de main de maître. Jusqu'ici, nous avons donc réussi à nous tirer d'affaire.

— Si je décidais de vous licencier…

Le sourire de Meg se figea.

— Eh bien…

— Cette fois encore, fini le conte de fées !

— Ce ne serait pas aussi dramatique : nous réussirions quand même à aller de l'avant.

— Rassurez-vous, je n'ai aucune intention de vous licencier, Meg. Comme vous le suggériez vous-même tout à l'heure, ne parlons plus de ce fâcheux incident.

— Dont je suis responsable.

— En effet, répondit-il en hochant la tête avec gravité. Disons qu'il s'agit d'une erreur de parcours de la part d'une assistante d'ordinaire très efficace.

— Mon Dieu… merci !

Surpris par ce ton sarcastique, William haussa un sourcil et Meg s'enjoignit au calme. La réaction qu'elle avait eue chez Jenny était due à l'attitude hautaine, voire impolie, de son employeur mais il fallait maintenant qu'elle se maîtrise : le rapport de force ne jouait pas en sa faveur.

— Merci beaucoup, dit-elle, radoucie.

— Je n'ai pas pour habitude de faire des compliments qui ne soient pas mérités.

Son ton restait sec.

« Ne t'amuse pas trop avec quelqu'un qui a ton destin entre les mains… », se dit Meg.

Il lui était pourtant singulièrement difficile de se remettre dans la peau de la parfaite Mlle Jardine.

— Au lieu d'attendre passivement que ce week-end soit passé, pourquoi ne pas essayer d'en profiter ? hasarda-t-elle.

— Je ne suis guère en mesure de profiter de quoi que ce soit.

— Parce que vous êtes privé de téléphone et d'internet ?

— Disons plutôt, globalement, que je suis hors de mon périmètre de confort et que j'ai envie de repartir pour New York.

— Quant à moi, j'ai envie que mes parents reviennent mais cela ne m'empêche pas d'apprécier ce que j'ai et d'essayer de tirer le meilleur parti du moment présent.

— C'est très louable, admit-il du bout des lèvres.

— N'est-ce pas ? Si mes souvenirs sont bons, mon employeur vient de souligner que j'étais habituellement une employée efficace et, pour éviter qu'il ne revienne sur son jugement, je vais mettre un terme à cette conversation. De plus, je me lève tôt, demain.

— Pour quelle raison ?

— Pour traire les vaches. Si l'envie vous prenait de participer, vous seriez le bienvenu mais, dans ce cas, évitez de porter un costume…

Sur ces mots, elle ouvrit la portière et sortit du véhicule, le laissant libre de la suivre ou non.

Mais avait-il réellement le choix ?

4

William fut réveillé par de puissants mugissements : un troupeau de vaches semblait s'être réuni sous la fenêtre de la chambre qu'il occupait, au dernier étage de la maison. Se redressant sur le lit, ancien mais confortable, il se frotta les yeux. Il lui fallut quelques instants pour reconnaître cet intérieur désuet et, surtout, se rappeler ce qu'il faisait là.

Noël. La ferme de Meg…

« Meg. »

Les yeux levés au plafond, il grimaça. Il ne devait pas se trouver bien loin du Père Noël suspendu à la cheminée et cette pensée l'incita à se lever sur-le-champ. Il était hors de question de rester allongé, à regarder le plafond et à penser au Père Noël, ainsi qu'à tout ce qu'il avait promis et ne vivrait pas, à New York.

Pas plus d'ailleurs que de penser à Mlle Jardine, à Meg. Ce diminutif lui allait bien ; pourquoi la règle imposée par Letty, dès son arrivée, l'avait-elle perturbé à ce point ?

Il connaissait la réponse à cette question : sa mère, une femme jalouse et vindicative, lui avait enseigné pendant toute son enfance qu'il ne fallait pas confondre employés et amis.

Ils en profiteraient…, se plaisait-elle à lui répéter.

Le souvenir de ces mots avait encore le pouvoir de l'inciter à la prudence.

Rattrapé par son passé, William se leva et avança vers la fenêtre. L'aube commençait à peine à chasser la nuit, enveloppant la ferme et ses environs d'une douce lumière où se mêlaient le gris et le mauve. Il aperçut un peu plus loin un bâtiment, autour duquel étaient rassemblées des vaches. Deux chiens, auxquels elles ne prêtaient aucune attention, s'ébattaient près d'elles.

Les chiens lui rappelèrent la scène à laquelle il avait assisté, lors de leur arrivée à la ferme, l'accueil qu'ils avaient réservé à Meg.

Encore Meg.

« Ils en profiteraient… »

William avait sept ans. Ses parents étaient partis depuis… Il ne le savait plus et ne s'en souciait guère. La maison était tellement plus agréable en leur absence. C'était l'été, l'école avait fermé ses portes depuis quelques jours et Ros, la cuisinière, avait décidé de lui apprendre à faire des pancakes. Pressé d'y goûter, il avait attendu qu'elle ait le dos tourné pour en dérober un sur la plaque qui venait tout juste de sortir du four. Bien entendu, il s'était brûlé les doigts et s'était mis à pleurer.

Hannah, la jeune femme chargée de s'occuper de lui, était arrivée en toute hâte et, pendant que Ros partait en quête d'un baume apaisant, l'avait pris dans ses bras et bercé.

— C'est fini, mon cœur. Avec un glaçon et le baume miracle, tout va très vite rentrer dans l'ordre. Voyons, montre-moi ça.

Ros et elle l'examinaient, l'abreuvant de mots tendres et lui caressant la tête quand ses parents étaient arrivés. Peut-être n'avait-il pas réagi aussi vite qu'il l'aurait dû mais, encore en état de choc et les doigts tout endoloris, il ne s'était pas immédiatement dirigé vers eux pour les saluer, avec cette feinte affection qu'il avait appris à leur témoigner. Au lieu de cela, il s'était serré un peu plus fort contre Hannah.

Cette réaction ou, plutôt, ce manque de réaction à leur égard lui avait valu un regard froid et distant de sa mère.

— Calme-toi, William. Que signifient ces pleurs, voyons ?

Il s'était alors mis à sangloter.

— Ressaisis-toi, je te prie. On n'entretient pas ce genre de rapports avec des domestiques !

— C'est pas des domestiques, c'est… c'est Hannah et Ros, avait-il protesté.

— Va dans ta chambre !

Forcé d'obéir, il s'était retiré avant même d'avoir été soigné. Le lendemain, Hannah et Ros étaient parties. Il lui fallait apprendre à être autonome, lui avait annoncé sa mère avec un rictus.

Il avait retenu la leçon et l'employée chargée de remplacer Hannah était restée pour lui « Mlle Carmichael », rien de plus.

Quelques semaines plus tard, il faisait sa rentrée scolaire en qualité d'interne. Un peu plus tard, ses parents s'étaient séparés et, dès lors, il avait passé ses vacances chez ses grands-parents, là aussi confié aux bons soins des domestiques. Un beau jour, son grand-père avait remarqué son intérêt pour les chiffres et, dès ce moment, l'avait regardé d'un autre œil. A partir de ce jour, il avait été considéré comme son digne successeur, le futur dirigeant de l'empire McMaster.

Avec un tel passé, rien d'étonnant à ce qu'il ait appris à taire ses émotions ! Avec le temps, il aurait pu tenter de surmonter ces débuts difficiles, se reconstruire loin de cette famille caricaturale, obnubilée par la hiérarchie sociale et l'argent. Mais était-il vraiment possible de tourner le dos à cette période si importante de son existence, celle durant laquelle sa personnalité s'était édifiée ? Comment gommer ces principes erronés et injustes que lui avaient inculqués les siens ?

Aujourd'hui encore, il se sentait inapte à saisir le fonctionnement de la vie familiale, à comprendre les liens qui se tissaient entre leurs membres. Certes, autour de lui, des amis ou des collègues s'étaient engagés sur cette voie et il lui arrivait même de les envier mais, de là à vouloir s'y risquer lui-même… C'était hors de question.

Il avait appris à s'en passer ; il n'était d'ailleurs pas très difficile de renoncer à ce que l'on n'avait jamais connu. De plus, en refusant de fonder un foyer, il éviterait ainsi de semer le malheur autour de lui, comme l'avaient fait les siens.

Dans ces conditions, il ne mentait à personne, ne trompait personne. Les femmes qui traversaient sa vie n'attendaient de lui rien de plus que ce qu'il était à même de leur offrir : l'accès à un certain cercle social, agrémenté parfois de quelques cadeaux. Ce genre d'échanges lui convenait fort bien et, au bout du compte, tout le monde était satisfait.

Quant aux enfants ? Il aimait beaucoup Pip et Ned, pour autant qu'il soit capable d'affection, mais ils ne l'appelaient que M. McMaster et il disparaîtrait bientôt de leur entourage. La vie était ainsi faite… Il aurait dû se trouver auprès d'eux, à Noël, encore une promesse non tenue, comme la plupart de celles qu'on lui avait faites, à lui.

Un sifflement retentit alors, assez fort pour le tirer de sa rêverie. Il s'en réjouit ; ressasser ainsi le passé ne lui apporterait rien de bon et, haussant les épaules, il chercha à deviner qui avait bien pu siffler ainsi.

Meg avait dit qu'elle participerait à la traite des vaches mais avec qui ? Il n'y avait qu'un moyen de le savoir. Il baissa les yeux sur sa montre : 5 h 30 à peine, une heure très matinale, même pour lui. Quelle que soit la personne qui se trouvait là, elle savait comment s'y prendre avec les bêtes.

Meg était ici chez elle, pleinement heureuse et pouvait même y oublier l'existence de W. S. McMaster. Chaussée de bottes en plastique, elle avança vers l'une des vaches.

— Voici Topsy, lui annonça Kerrie. Sa production de lait a augmenté de douze pour cent en un an. Bravo, ma belle !

— Topsy ? répéta Meg. Il me semblait que Letty avait décidé de ne plus leur donner un prénom ?

— A l'époque où il était question qu'elle se défasse de la moitié du troupeau. Elle en était si malheureuse... C'était pour elle une façon de se détacher des bêtes mais, avec le salaire que tu perçois maintenant, elle a recommencé à trouver des prénoms à toutes ces demoiselles !

— Je ne conserverai peut-être pas cet emploi toute ma vie...

Kerrie s'écarta de l'animal qu'elle était en train de traire et se tourna vers la salle qui abritait la cuve. Ses trois filles jouaient là, dans le parc de fortune installé pour la circonstance.

— « A chaque jour suffit sa peine », dit-elle avec un haussement d'épaules. Nous le savons bien...

« En effet », songea Meg avant de se remettre au travail. L'année précédente, le mari de Kerrie avait vidé leur compte en banque avant de s'enfuir avec une jeune femme de dix ans de moins que lui. Il n'avait pas hésité à disparaître, laissant derrière lui Kerrie et leurs trois enfants dont l'aînée avait tout juste quatre ans. Le travail qu'elle fournissait à la ferme était désormais sa seule source de revenus et elle la savait dépendante du salaire de Meg, donc de son emploi.

W. S. McMaster avait dit qu'il ne la licencierait pas et elle n'avait aucune raison de ne pas le croire. Mais il fallait d'abord qu'ils passent Noël ensemble. Comment se dérouleraient les trois jours à venir ?

— En quoi puis-je me rendre utile ?

Si elle fut surprise par cette apparition soudaine, les vaches, quant à elles, en furent effrayées et s'égaillèrent en meuglant.

Après un bref regard pour le nouvel arrivant, Meg s'avança vers les animaux qui se trouvaient le plus près d'elle et s'efforça de les rassurer avec des gestes apaisants.

— Là, tout doux, mes jolies.

Plus bas, elle ajouta à l'adresse de William :

— Ecartez-vous, vous leur faites peur.

Il portait un survêtement de sport noir et blanc, assez chic, mais que les bêtes n'appréciaient apparemment pas. Il recula jusqu'à la pièce où se trouvaient les enfants mais l'aînée des fillettes fondit en larmes en le voyant et il dut, une fois de plus, battre en retraite.

Meg ne put s'empêcher de sourire : cet homme-là était-il bien son employeur, celui qui semblait parfois se prendre pour le maître du monde ?

— Il est encore très tôt, vous devriez retourner vous coucher.

— Supposons que je préfère prêter main-forte à mon assistante ?

La jeune femme le détailla de pied en cap et inclina la tête. Quelques vaches, qui s'étaient rapprochées, se mirent à beugler de plus belle.

— Je crois qu'elles n'aiment pas votre tenue.

— Ah. Pensez-vous que je devrais tenter une apparition en costume ?

— Peut-être pas ! répliqua-t-elle avec un rire qui lui attira un regard stupéfait de la part de son interlocuteur.

Etait-il donc si peu habitué à la voir rire ?

— Le frère de Kerrie nous aide de temps en temps, reprit-elle, et a à peu près votre taille. Vous pouvez utiliser son bleu de travail et ses bottes, qui sont rangés à l'entrée de la salle où se trouve la cuve.

— Ce sont des Wellington, précisa Kerrie, les yeux rivés sur cet homme qu'elle ne connaissait pas.

Meg procéda alors à de brèves présentations.

— Kerrie, William.

— Ton employeur ?

— En temps normal, oui, mais en l'occurrence, aujourd'hui c'est lui qui nous propose son aide.

Reportant son attention sur William, elle ajouta :

— Les vaches devraient se calmer quand vous porterez la tenue de Ron, qui leur est familière. Elle se trouve dans la salle que vous venez de quitter… assez précipitamment d'ailleurs.

— Je ne suis pas certain d'y être bien accueilli ! observa-t-il avec une grimace.

Kerrie et Meg échangèrent un regard espiègle.

— Si vous avez décidé toutes les deux de me mener la vie dure…

Il avait toutefois accompagné ces mots d'un sourire et, cette fois, ce fut Meg qui fut surprise.

— Kerrie va vous présenter ses filles et, dès que vous aurez revêtu une tenue adéquate, nous passerons aux princesses de la ferme : une centaine de demoiselles qui portent toutes un prénom ! Vous ferez même la connaissance de Millicent, notre future maman.

Quand ils eurent terminé, les rayons du soleil commençaient à chauffer l'atmosphère. Vêtu d'un accoutrement aux antipodes des élégants costumes qu'il portait habituellement, William n'avait pas été long à comprendre ce qu'on attendait de lui et le businessman accompli avait démontré un talent insoupçonné pour ce genre de labeur. La traite automatique n'avait plus aucun secret pour lui, ou presque.

Une fois le matériel nettoyé et rangé, Kerrie partit chercher ses enfants.

— A ce soir, dit-elle à Meg.

William, qui lui avait emboîté le pas pour reposer les bottes et la tenue empruntés, remarqua qu'elle avait les traits tirés et les yeux cernés. Venir à la ferme pour la traite deux fois par jour en élevant trois enfants en bas âge ne devait pas être de tout repos…

— Vous allez travailler le week-end de Noël ? lui demanda-t-il.

— Noël ou pas, il faut bien traire les vaches ! En temps normal, Letty et moi nous en chargeons mais Letty profite de la présence de Meg pour se reposer. Elle en a bien besoin.

— Quand dormez-vous ?

Meg les rejoignit à ce moment.

— Avec trois gamines ? répliqua Kerrie, comme si sa question était totalement saugrenue.

— Et leur père ?

— Il a pris la poudre d'escampette.

Kerrie accompagna ces mots d'un haussement d'épaules indifférent.

— Je n'ai pas d'autre source de revenus que la traite des vaches chez Letty et Meg.

Il lança un regard en direction de Meg qui confirma d'un signe de tête à peine perceptible.

— Et si je proposais de vous remplacer… Si toutefois Meg est d'accord, bien sûr.

Elle sourit et il se demanda comment il avait pu ne jamais jusque-là remarquer un sourire aussi charmant.

— Je n'y vois personnellement aucun inconvénient, mais…

— Mais *je* ne peux pas accepter ! l'interrompit vivement Kerrie, bien que j'apprécie vraiment beaucoup ce geste…

— Dans ce cas, pourquoi refuser ? insista Meg.

Elle se tourna vers lui.

— William propose de te remplacer gratuitement et ne te demandera pas un centime en échange de sa contribution. Dans la mesure où ta fiche de paie est prête et signée, considère-le comme un cadeau de sa part. Permets-lui de se montrer… galant.

Kerrie les regarda tour à tour puis baissa les yeux sur ses trois filles qui s'étaient endormies et étouffa un bâillement avant de reporter son attention sur William.

— Bon… si vous en êtes sûr…

— Kerrie, voyons ! Pourquoi William te l'aurait-il proposé s'il n'en était pas sûr ?

Sans cesser de sourire, elle secoua la tête et ajouta :

— Les femmes ont toujours des multitudes de choses à faire à cette période de l'année, alors que les hommes se contentent d'acheter quelques cadeaux. De plus, ils parviennent même à s'y prendre à la dernière minute, même Scotty ! Il va falloir que je le conduise ce matin à Curalo et que je l'attende devant la porte de la boutique pendant qu'il m'achètera un flacon du parfum dont je lui ai donné le nom. Ensuite je le ramènerai à la maison et il aura l'impression d'avoir accompli une véritable prouesse ! William, lui au moins, te propose un vrai cadeau, dont il ne doit l'idée à personne.

Au fur et à mesure du discours de Meg, Kerrie semblait se détendre.

— Eh bien… merci ! finit-elle par proférer, à la fois gênée et ravie.

— Dépêchez-vous de partir avant que je ne change d'avis ! lança William sur le ton de la plaisanterie.

Les joues toutes roses, elle récupéra ses précieux fardeaux et s'empressa de regagner son véhicule. Lorsque la voiture se fut éloignée en brinquebalant, Meg se tourna vers William et il eut alors tout loisir d'admirer son sourire lumineux.

— Vous avez eu une idée de génie ! Vous n'imaginez pas ce que votre proposition représente pour Kerrie…

Il cherchait toujours une réponse quand un bruit de moteur retentit. Se tournant vers la route, il aperçut le camion-citerne qui venait chercher le lait. Le chauffeur qui en descendit, un homme d'une quarantaine d'années, salua la jeune femme d'un ton jovial.

— Hé, Meggie ! Te revoilà parmi nous ?

— Meggie ? répéta William, goguenard, assez bas pour n'être entendu que de la principale intéressée.

— A votre place je ne m'y aviserais pas… Willie !

Sur ce, elle reporta son attention sur le chauffeur qui les avait rejoints. Une fois les présentations faites, elle échangea avec ce dernier des informations techniques concernant le produit qu'il allait charger. Son vocabulaire était précis et elle s'exprimait avec cette assurance qu'il lui avait toujours connue, dans un domaine pourtant très différent.

Etonnante Mlle Jardine…

Quand le chauffeur entreprit de transvaser le lait de la cuve dans le camion-citerne, elle se tourna vers lui.

— William ?

Il ne parvenait pas à détacher le regard de celle qui,

jusque-là, n'avait été pour lui que sa secrétaire particulière en Australie. Comment avait-il pu ne pas remarquer à quel point elle était séduisante ?

— William ?

— Hum ?... Oui, excusez-moi. Je pensais à autre chose...

En effet, il se demandait quel goût pouvaient bien avoir ses lèvres pleines, bien dessinées, et se demandait si sa peau était aussi douce qu'elle en avait l'air, si...

Une sonnette d'alarme retentit en lui. Il était largement temps de mettre un peu de distance entre eux.

— Vous disiez tout à l'heure avoir besoin de parfum ?

— Non, fit-elle, perplexe.

— Mais Scott veut vous en offrir, n'est-ce pas ?

— Il voudrait faire quelques emplettes pour Noël et je lui ai promis de le conduire à Curalo, la ville commerçante la plus proche d'ici, à une trentaine de kilomètres.

— Mais j'imagine que vous avez un certain nombre de choses à faire ici ?

Elle acquiesça, prudente.

— Je pourrais donc me charger de l'y amener ?

— Vous ?

Il se demanda s'il devait considérer cette réaction comme un affront personnel ou si elle concernait plutôt l'incompétence bien connue des hommes en matière d'achats.

— Cela vous ennuierait ? D'autre part, si je trouve à Curalo un cybercafé, ça me permettra de faire d'une pierre deux coups.

— Eh bien, ce serait... parfait ! Craig vient de me dire que je dois signer le renouvellement de contrat avec sa société laitière avant Noël et, si je pars maintenant avec lui, il pourra me raccompagner puisqu'il passe récupérer le lait d'une ferme voisine. Il faudra ensuite que j'aide Letty à préparer le pudding de Noël et que j'aille vérifier l'état de Millicent. Comme vous pouvez le constater, j'ai un emploi du temps assez chargé !

— Donc, ma proposition vous convient ?

— A merveille ! lui répondit-elle avec un regard débordant de reconnaissance.

Serait-elle en train de le manipuler ? Il n'était guère habitué à ce que l'on tente ce genre de manœuvre à son égard mais Meg était intelligente, habile et il avait eu à maintes reprises l'occasion d'apprécier sa finesse d'analyse.

— J'imagine que vous n'aurez aucun mal à conduire le break de Letty ? ajouta-t-elle, avec ce même regard séducteur. Scotty sera enchanté d'aller à Curalo avec un homme plutôt qu'avec sa sœur, qui risque de le faire attendre devant un magasin de lingerie…

— Non ? Vous ne feriez pas ça…

— Bien sûr que non ! l'interrompit-elle en riant. Mais, au fond de lui, il doit redouter que je ne lui inflige un jour un tel sort.

Soudain sérieuse, elle ajouta :

— Scotty a passé de très mauvais moments et sera content d'aller à Curalo avec vous.

— Sa jambe ? insista William.

Elle hasarda un regard en direction de Craig, toujours à l'œuvre et qui ne paraissait pas particulièrement pressé.

— Il a vécu l'enfer. Plusieurs interventions se sont avérées nécessaires et une infection nous a fait craindre le pire. Son état de santé s'améliore toutefois, lentement mais sûrement, et il ne devrait avoir aucun mal à vous suivre. C'est le roi de la béquille !

Elle garda le silence pendant quelques secondes.

— Si vous le pouvez, William, laissez-le agir à sa guise et si vous remarquez quelque chose susceptible de lui plaire, n'hésitez pas à le prendre. Je lui ai acheté une foule de jeux informatiques mais j'imagine qu'il en a fait le tour et j'ai beau me creuser la cervelle, je crains de ne pas savoir ce qui plaît à un adolescent, surtout à Scotty, qui a une mobilité assez réduite. A son âge, il lui faut un cadeau qui ait une certaine connotation masculine.

Sa franchise eut sur lui un impact qu'aucune manœuvre n'aurait pu atteindre. Il savait qu'il pouvait répondre à son attente et sentit son torse se gonfler d'orgueil.

— Si je comprends bien, vous voudriez que j'emmène votre frère à Curalo pour y acheter *plusieurs* cadeaux de Noël ? Ma foi… cela devrait être possible.

— Oh… vous êtes mon héros !

Emportée par son enthousiasme, elle se dressa soudain sur la pointe des pieds pour l'embrasser.

Il ne s'agissait que d'un baiser léger, une simple manifestation de joie et ce geste amical ne méritait certainement pas qu'il éprouve une telle…

Qu'il éprouve *quoi*, au juste ? Heureusement, il n'eut pas le temps de s'interroger davantage : Craig venait de ranger les tuyaux du camion-citerne et donnait le signal du départ.

— Alors, Meg ? Toujours prête à profiter du voyage ?

— Absolument ! Laisse-moi juste le temps de prévenir Letty de mon départ et d'annoncer à Scott un changement de programme qui devrait l'enchanter !

Avec un grand sourire à l'attention de celui qu'elle venait d'appeler son héros, elle tourna les talons et fila vers la maison.

Il fallut à Meg une heure pour faire l'aller-retour. Dès son arrivée, elle apprit que William et Scott avaient quitté les lieux peu de temps après elle, sans indiquer l'heure à laquelle ils rentreraient.

Légèrement inquiète pour son frère, elle s'interrogeait

également sur ce baiser, donné spontanément à son employeur. Ce n'était qu'une manifestation de gratitude qu'elle aurait eue à l'égard de n'importe qui en pareilles circonstances. A la différence près que... Elle n'était subitement plus très sûre de son raisonnement.

Préférant éviter de se poser des questions au sujet de W. S. McMaster, elle se remit à penser à Scott.

— Que crains-tu donc ? lança Letty, lorsqu'elle se tourna pour la vingtième fois vers la fenêtre. Qu'il l'ait emmené à New York ?

— Impossible. Il n'y a aucun avion.

— Voilà trois ans que tu travailles à son service. N'as-tu pas confiance en lui ?

— Si, bien sûr.

— Dans ce cas, pourquoi te faire du souci ? Deux heures, ce n'est rien, pour des achats de Noël !

Letty se tut soudain et grimaça.

— Enfin... pour des garçons, c'est tout de même beaucoup ! Une demi-heure de trajet à l'aller, une autre au retour plus cinq minutes à la parfumerie. Ils devraient en effet être rentrés maintenant.

Elle sourit.

— Ils prennent peut-être le temps de faire connaissance. Le père de Scotty lui manque beaucoup. Passe-moi les raisins secs, s'il te plaît.

— Veux-tu que je mélange les ingrédients ?

— Je t'ai passé le récipient il y a maintenant cinq minutes, ma belle.

— Oh... désolée...

Munie d'une spatule, elle se mit à l'œuvre.

— Pourquoi ne t'y prends-tu que maintenant ? Le pudding de Noël ne se prépare-t-il pas un mois à l'avance ?

— Tu n'es pas rentrée depuis des semaines et, entre la traite des vaches, la maison, je n'en ai guère eu le temps...

D'autant que je ne rajeunis pas ! Mais pour en revenir à ton William...

— Ce n'est pas mon William, mais mon employeur !

— En tout cas, le travail n'a pas l'air de lui faire peur.

— Ce serait même plutôt l'inverse.

— Et il est bel homme, poursuivit Letty avec un sourire.

— Peut-être, je n'y ai pas trop prêté attention. Encore une fois, M. McMaster est mon patron.

— Mais certainement !

Serrant plus fort la spatule dans sa main, Meg fit mine de concentrer toute son attention sur le contenu du récipient. Letty ne la croyait pas. Bien sûr qu'elle avait remarqué combien William était séduisant. Quoi de plus normal ? N'importe quelle femme aurait fait de même !

Cependant, elle travaillait pour lui depuis trois ans et leur relation n'avait jamais dépassé un cadre strictement professionnel. Elle n'était pour lui que l'une de ses quatre secrétaires particulières. Tout les séparait l'un de l'autre : le statut, la fortune, le mode de vie...

Ce matin-là pourtant, elle avait cru découvrir un autre homme dont elle s'était sentie assez proche pour l'embrasser.

Son regard fut de nouveau attiré par la fenêtre.

— A quoi penses-tu, Meg ? Au nombre de flacons de parfum que sont en train d'acheter les garçons... ou à tout autre chose ?

5

A l'heure du déjeuner, ils n'étaient toujours pas rentrés.

— Je vais prendre le tracteur et aller chez Jenny, déclara Meg, que ce retard rendait à présent folle d'inquiétude.

— Il n'en est pas question. Ils ont dû tomber sur un match de football, aller au cinéma ou s'attarder dans une de ces occupations étranges qui fascinent l'espèce masculine. Tu ne leur as pas demandé d'être de retour à une heure précise et je m'en réjouis, il est temps que nous arrêtions de surprotéger notre Scotty.

Elle gâcha cependant cette tirade en levant les yeux sur l'horloge de la cuisine et en ajoutant :

— J'espère qu'ils auront pris le temps de manger. Et il n'a pas emporté ses antalgiques, s'il a des douleurs à la jambe…

— Tu vois bien…

Elles échangèrent un sourire gêné.

— Aux *shortbreads* maintenant, attaquons les biscuits ! lança Letty avec un entrain simulé.

Elles en préparèrent une première fournée, puis une deuxième et étaient assez désespérées pour en préparer une troisième quand un bruit de moteur se fit enfin entendre. D'un même geste, elles s'avancèrent vers la fenêtre.

— Mais… que traînent-ils à l'arrière ? fit Meg.

Elle se dirigea aussitôt vers la porte, Letty sur ses

talons. Poussés par la curiosité, les chiens arrivaient de toute part.

— Ne dis surtout pas que nous nous sommes inquiétées, murmura Letty à voix basse.

Meg hocha la tête. Elles ne s'étaient d'ailleurs fait aucun souci !

Que diable tractaient-ils dans cette énorme remorque ?

— Ils ont acheté une voiture ! murmura-t-elle, sidérée. *Deux* voitures, même !

— Et le parfum ? Nous aurons du mal à caser *ça* au pied de l'arbre !

— Venez voir !

Tout excité, Scott venait de descendre du véhicule. Les chiens accoururent vers lui dans un concert d'aboiements et William sortit à son tour du break. Plus lentement, avec des gestes qui paraissaient étudiés, il prit appui contre l'aile avant du véhicule et croisa les bras.

Meg ralentit l'allure : le spectacle que lui offrait W. S. McMaster dans un jean et un polo kaki était... saisissant. Il n'était plus le même homme et n'avait plus rien du dirigeant de l'empire McMaster.

Par chance, Scott rompit sa fascination en reprenant la parole ; elle reporta son attention sur lui.

— Regardez ce que nous rapportons !

Quand il se rapprocha de la grosse remorque, il avait l'air de voler sur ses béquilles. Meg et Letty le rejoignirent. L'avant de la remorque était occupé par une Mini Minor, un modèle très à la mode dans les années 70. Peut-être pas autant que la Volkswagen ?

Meg fronça le nez devant ces pensées qui lui traversaient l'esprit. Qu'en savait-elle ? Elle n'était même pas née à cette époque !

La Mini avait connu des jours meilleurs et c'était un euphémisme... De la petite voiture rouge à la carrosserie rouillée par endroits, il semblait ne rester que la carcasse et quelques éléments : plus de roues, plus de pare-brise, plus de capot. L'herbe avait poussé à l'emplacement du moteur.

Le modèle qui la suivait, identique, paraissait en plus triste état encore. Lui ne donnait pas l'impression d'avoir été abandonné mais d'avoir subi une rencontre musclée avec un autre véhicule. Tout l'arrière avait été embouti.

Des pièces mécaniques retenues par des sangles finissaient de donner à la remorque des allures de dépanneuse.

— C'est notre cadeau de Noël commun ! s'exclama Scott. De la part de William.

Meg se tourna lentement vers lui et sentit sa gorge se nouer. William, quasiment méconnaissable et superbe dans cette tenue décontractée, avait eu une idée merveilleuse en leur faisant ce cadeau.

— Nous quittions la ville quand nous avons aperçu un panneau qui annonçait la vente de ces voitures, expliqua Scott. Elles étaient juste à côté, dans un champ, avec les pièces détachées.

En dépit de sa jambe raide, il donnait l'impression de danser sur place.

— Le propriétaire, un grand admirateur de Mini, en avait trois qu'il avait restaurées dans son garage, deux qui attendaient son intervention et celles-ci. Sa femme avait apparemment décidé que c'en était assez et il s'en défaisait. Il nous a expliqué qu'avec ces deux voitures, on pourrait en avoir une neuve, ou presque, et a même ajouté qu'elle devrait être prête quand je passerai mon permis. Si elle est réparée avant, je m'entraînerai à conduire dans les champs. Il m'a dit que je pouvais l'appeler si j'avais besoin d'aide et que, s'il le fallait, il était même prêt à se déplacer.

William hocha la tête en souriant.

— Je confirme ce que vient de dire Scott. Rassurez-vous, mesdames, ça ne représentera pas une surcharge de travail pour vous et, au bout du compte, vous pourrez disposer de deux voitures. A ce propos, j'ai profité de notre passage à Curalo pour acheter aussi quelques pièces pour le break, Letty. Il faut remplacer le tuyau d'échappement, le silencieux et le carburateur. Si cela vous convient, je peux m'en occuper cet après-midi.

Meg cligna des paupières.

— Mais vous...

— La mécanique automobile n'a quasiment pas de secrets pour moi. Par la même occasion, j'expliquerai certaines choses à Scott.

— Vous... voulez réparer ma voiture ? balbutia Letty.

Meg le fixait, ébahie.

— Je répète bien : si vous n'y voyez aucun inconvénient.

La réponse de Letty ne se fit pas attendre.

— Voudriez-vous m'épouser ?

Scott et William éclatèrent de rire mais Meg eut du mal à se joindre à eux. La nouvelle image que lui offrait son patron la déconcertait et, surtout, la troublait.

Le nouveau Scott la déroutait également : il riait, se projetait dans l'avenir. En quelques heures à peine, l'adolescent dépressif avait retrouvé sa joie de vivre. Pourquoi n'avait-elle jamais songé à l'occuper de la sorte ? A cause de sa jambe, il passait le plus clair de son temps à la ferme, seul face à son écran d'ordinateur.

Scott avait désormais une voiture à réparer. Et pas n'importe quelle voiture : une Mini !

Mickey allait revenir, ainsi que tous les adolescents du voisinage. Ce projet exercerait sur eux l'effet d'un aimant et ils se retrouveraient tous ensemble, comme avant.

Elle sentit des larmes lui picoter les paupières.

— Qu'y a-t-il ? s'enquit William, étonné par son silence.

Elle renifla et esquissa un sourire tremblant. Il fallait qu'elle trouve quelque chose à dire, sinon elle risquait de l'embrasser de nouveau et c'était impensable !

— Je… Et mon parfum ?

Scott afficha un air éberlué.

— Du parfum ? Alors que tu peux avoir *ceci* ?

— Ce n'est pas très… féminin.

Elle avait pris soin de s'exprimer d'un ton assez geignard pour qu'il comprenne qu'elle plaisantait et il éclata de rire avant de la rejoindre pour la serrer dans ses bras. Depuis quand son jeune frère n'avait-il pas réagi ainsi ?

— Tu auras le droit de la conduire mais pas avant moi !

— Quelle générosité ! s'exclama-t-elle, cherchant à cacher son émotion.

Elle se tourna alors vers William et, d'une voix encore mal assurée, lui lança :

— Merci Père Noël !

— Tout le plaisir est pour moi.

Elle eut du mal à reconnaître ce timbre de voix, moins assuré qu'à l'ordinaire. Ainsi donc, W. S. McMaster n'était pas complètement immunisé contre l'émotion ?

L'heure de la traite arriva et Letty décida qu'elle accompagnerait Meg.

— Je préfère les laisser tranquilles, même si je dois traire le troupeau tout entier !

Meg ne chercha pas à l'en dissuader. C'était si merveilleux de voir Scott entouré de nouveau de tous ses amis, avertis par Mickey de la grande nouvelle. Une fois la traite terminée, Meg alla voir comment se portait Millicent, dans son box : la petite génisse ne paraissait pas sur le point de mettre bas. Elle repartit donc en direction de la ferme où les adolescents échangeaient des avis animés à propos des véhicules. Déjà, ils avaient commencé à démanteler les épaves, à déballer quelques pièces et se livraient à des spéculations fiévreuses.

Allongé sous le break, William procédait aux réparations nécessaires.

— Désolé, lui dit-il en la voyant arriver. Je n'ai pas oublié que je m'étais engagé à remplacer Kerrie mais Letty m'a dit que ça ne l'ennuyait pas et, d'ailleurs, quelqu'un devait superviser tout ceci…

D'un geste du menton, il désigna le groupe de jeunes gens et Meg ne put que hocher la tête. Il avait revêtu la tenue empruntée le matin même à Ron. Les images de l'homme qu'elle avait sous les yeux et de l'élégant M. McMaster se superposèrent dans son esprit, assorties d'un effet des plus troublant.

Elle hocha la tête. Grâce à lui, la ferme reprenait vie et il s'excusait !

— Où avez-vous appris la mécanique ?

— Je vous l'ai raconté : en voulant améliorer les performances de la voiturette de golf de mon père.

Sa voix arrivait un peu étouffée jusqu'à elle mais elle y décelait une certaine satisfaction.

— Et ? insista-t-elle.

Il ne se fit pas prier pour lui expliquer d'où lui venaient ses connaissances.

— Mes parents n'étaient pas souvent à la maison et possédaient assez de véhicules pour justifier l'embauche d'un mécanicien à plein temps. C'est lui qui m'a tout appris.

Meg hocha la tête et détourna le regard de l'homme dont les magazines se plaisaient à commenter les moindres faits et gestes. Sans doute n'avait-il pas eu une enfance facile avec de tels parents.

Ils dînèrent sur le pouce. Les garçons n'étaient pas pressés de rentrer chez eux et la nuit tombait presque quand ils se décidèrent à enfourcher leurs vélos pour repartir. Meg savait qu'ils seraient de retour dès le matin et cela n'avait pas de prix. Bien que rompu de fatigue, Scott avait un regard presque aussi lumineux que les décorations de Noël qui ornaient la maison.

Letty demanda à William de lui montrer l'avancée des réparations faites sur le break. Meg, quant à elle, décida de sortir prendre l'air. Elle se dirigea vers l'arrière de l'étable, où, tournée vers le soleil couchant, Millicent se penchait à intervalles réguliers vers sa mangeoire.

— J'espère que ça ne t'ennuie pas que je vienne admirer le paysage avec toi.

La génisse blanche posa sur elle ses immenses yeux bovins, dans lesquels elle crut déceler une question.

— Il ne reste que jusqu'à lundi. Ensuite, tout redeviendra normal, répondit-elle, comme si Millicent lui avait vraiment posé une question.

Mais quelle question ? Et que signifiait au juste « normal » ?

Accoudée à la barrière, elle fixa l'astre de feu qui s'apprêtait lentement à se retirer pour la nuit, dans une superbe palette de nuances orangées. La beauté du spectacle lui échappait cependant : les récents événements lui occupaient l'esprit, l'empêchant de savourer en toute quiétude la magie du moment.

La métamorphose de Scott la comblait de bonheur. Il s'était retrouvé, comme autrefois, entouré de ses amis et ils reviendraient le lendemain, le surlendemain et après encore.

Grâce à la Mini. A l'idée de génie de William, cet homme qui…

Soudain, sans raison discernable, elle se sentit profondément abattue. Comme si elle avait perçu son brusque désarroi, Millicent poussa un léger meuglement avant de lui glisser le museau sous le bras.

— Bien sûr ! soupira-t-elle. Tu connais les hommes, toi. Tu as tout de la parfaite blonde stupide…

— Qui est une parfaite blonde stupide ?

Elle ne l'avait pas entendu arriver. Il se déplaçait avec la souplesse d'une panthère, songea-t-elle, tandis qu'il s'accoudait à son tour à la barrière. Elle s'écarta vivement de lui.

— Alors ? insista-t-il. Qui est la blonde dont vous parliez en termes aussi peu élogieux ?

Elle soupira et désigna d'un geste de la main la jolie vache toute blanche.

— Je vous présente Millicent, adolescente écervelée s'il en est !

— Voilà un commentaire bien peu agréable, pour un animal qui a l'air si gentil.

— Mademoiselle est une grande séductrice ! précisa-t-elle avec une grimace.

— Pardon ?

Surpris, il s'était tourné dans sa direction et, d'instinct, elle s'écarta de lui. Pourquoi fallait-il qu'il se tienne aussi près d'elle ? Ce n'était pourtant pas la place qui manquait.

— Un beau matin, cette jeune fille a décidé de partir vivre sa vie. Elle a quitté le domicile familial pour aller voir si l'herbe était plus verte ailleurs et, en l'occurrence, a choisi d'aller chez notre voisin, qui élève des taureaux ! Elle y a passé quelques jours avant qu'il ne remarque sa présence et n'appelle Letty. Résultat de cette fugue : elle est pleine maintenant et trop jeune pour vêler, ce qui nous inquiète beaucoup.

— Pour quelle raison ?

— Eh bien, pour commencer… nous ignorons qui est le père. Ce pourrait être n'importe lequel des trois taureaux.

— Vous voulez dire que… ce veau va naître de père inconnu ? fit-il, simulant un air horrifié qui provoqua le rire de la jeune femme.

Comme s'il voulait sceller la complicité qui s'installait entre eux, il lui passa le bras autour de la taille et Meg se raidit.

— Je pense que vous devriez me lâcher…, monsieur McMaster, lui fit-elle remarquer aussi naturellement que possible.

Il s'exécuta sans mot dire, très simplement, laissant ainsi penser que, contrairement à elle, la tenir de si près ne lui avait produit aucun effet.

— Il ne vous reste donc qu'à attendre la naissance du bébé pour procéder à des tests A.D.N. et obliger le père à le reconnaître ?

— Peut-être pas ! Mais chacun des trois mâles est de race différente et d'une taille assez imposante pour notre adolescente. Millicent ne devrait plus tarder à mettre bas, maintenant. J'espère qu'elle attendra que Noël soit passé parce que nous aurons le plus grand mal à obtenir l'aide d'un vétérinaire en cette période de l'année.

Elle s'arrêta et le fixa, un sourcil levé.

— Mais peut-être avez-vous également bénéficié des conseils d'un vétérinaire parce que vous aviez des animaux chez vous ?

— Non, je n'ai eu qu'un poisson rouge, Nary.

— Pas même un chien ? insista-t-elle, étonnée.

— Ma famille n'aime pas les animaux domestiques.

— Vous, en revanche…

— Le simple fait d'avoir caressé vos chiens au passage n'implique pas que…

— Il ne s'agit pas seulement des miens, William. J'ai

bien remarqué que vous portiez une attention particulière à tous les chiens qu'il nous arrive de croiser. Vous devriez en avoir un !

— Pour qu'il reste seul, parfois pendant des mois, dans mon appartement de Manhattan ?

Elle hésita. Pourquoi ne pas en profiter pour chercher à obtenir les réponses aux questions qu'elle se posait ?

— Aurez-vous besoin de retourner chez Jenny ? lui demanda-t-elle le plus innocemment du monde.

— Jenny ?

— La mère de Mickey. Si vous devez joindre quelqu'un...

— Inutile. J'ai profité de mon passage à Curalo pour appeler Elinor.

« Elinor. »

Sa raison lui commanda d'arrêter là ses investigations.

Elle pensa alors à Letty qui n'aurait pas hésité, elle, à aller plus loin et elle décida de faire de même.

— Elinor ? La presse à scandale ne s'est pas encore emparée de ce nom...

— Et j'espère bien que cela continuera ainsi !

Il avait répliqué avec une véhémence telle qu'elle tressaillit.

— Il... s'agit donc d'une affaire sérieuse ?

William parut déconcerté par la question puis haussa les épaules.

— Je pense que... oui, on peut le dire ainsi.

— Je regrette que vous ne puissiez passer Noël avec elle.

— Moi aussi.

Il glissa la main dans ses cheveux, en un geste nerveux qui lui était coutumier.

— Bien, il est temps de retourner m'occuper de ce carburateur. Je ne dormirai pas tant que ce ne sera pas fait. En cas d'urgence nous dépendrions du tracteur, ce que je ne trouve pas très rassurant.

Les yeux baissés sur le bleu de travail emprunté à Ron, qui était à présent couvert de graisse, il sourit.

— Je ne pense pas avoir porté de tenue aussi sale depuis l'âge de quinze ans ! En tout cas, je m'y sens bien.

Meg se passa la langue sur les lèvres. Le W. S. McMaster auprès duquel le sort l'avait condamnée à passer Noël s'avérait si différent de l'homme auprès duquel elle avait coutume de travailler… Plus attentif aux autres, infiniment plus naturel et… terriblement attirant.

Résolue à conserver à leur conversation un ton léger, elle sourit.

— J'imagine la réaction de vos employés, s'ils vous voyaient dans cette tenue !

— Ou d'un photographe en mal d'article à sensation…

Ces horribles paparazzi : elle imaginait sans mal le titre : « W. S. McMaster piégé avec sa secrétaire au fin fond de la campagne australienne ! » Comment réagirait la dénommée Elinor ?

De nouveau, il s'approcha d'elle.

— Elinor sait-elle que vous êtes ici avec moi ?

— Oui.

— Et ça ne l'ennuie pas ?

— Si une chose l'ennuie, c'est surtout ma situation : elle sait combien je voudrais être là-bas.

Cette réponse blessa Meg mais elle fit en sorte de n'en rien laisser paraître.

— C'est très généreux de sa part.

— Elinor est quelqu'un de très généreux.

Que répondre à cela ?

William venait de lui poser les mains sur les hanches.

— Je… vais aller me coucher, dit-elle.

Elle voulut reculer mais il la tenait fermement.

— Vous coucher ? répéta-t-il à voix basse.

— Il se fait tard et la traite commence à 5 heures.

Je vous rappelle d'ailleurs que vous vous êtes engagé à remplacer Kerrie !

— Je ne l'ai pas oublié et ne regrette pas un seul instant ma proposition. Cela ne me gêne pas du tout de me lever tôt et, si c'était possible, je vous proposerais même de vous remplacer pour que vous puissiez dormir plus longtemps.

Il avait l'air sérieux.

— C'est très gentil mais, en fait, j'aime bien la compagnie des vaches. Cependant, j'apprécie le geste, ainsi que ce que vous avez fait pour Scott. Il faut que vous me disiez combien je vous dois.

— Très amusant, mademoiselle Jardine ! N'avez-vous donc pas entendu ce qu'a dit Scotty en arrivant ?

— Eh bien… merci infiniment, monsieur McMaster et maintenant, bonne nuit !

— Bonne nuit, Meg.

Elle se préparait à tourner les talons lorsqu'il tendit la main et lui effleura la joue. Interdite, elle s'arrêta, envahie par l'envie folle qu'il la prenne dans ses bras, l'embrasse.

Son avenir professionnel avait, pour la famille, trop d'importance pour qu'elle prenne ce risque.

Après un bref hochement de tête, elle s'éloigna en direction de la maison, consciente que William la suivait du regard.

Il fallait qu'il parte de là, qu'il aille s'occuper de ce carburateur !

Cependant, il resta figé, regardant s'éloigner la silhouette féminine, d'une démarche gracieuse à laquelle il n'avait jamais prêté attention. Quand elle eut disparu dans le bâtiment, il fixa les ridicules décorations de Noël. Les jambes du Père Noël s'agitaient à présent avec une sorte de frénésie : il essaierait d'y remédier le lendemain, après la traite, puis s'occuperait du tuyau d'échappement du break et, ensuite, il prêterait main-forte à Scott, pour la Mini.

Les différentes tâches qui l'attendaient lui plaisaient et en prendre conscience lui procura une sensation étrange.

L'entreprise McMaster, vaste conglomérat minier, avait été fondée par son grand-père. Le père de William s'en était toujours tenu à l'écart mais le grand-père avait vu en ce petit-fils, intelligent et réservé, celui qui serait apte à lui succéder. Dès lors, il avait entrepris de le former et William ne s'y était pas opposé : le monde des affaires l'intéressait et s'y investir comblait d'une certaine façon le vide affectif de sa vie familiale. A la mort de son grand-père, il avait tout naturellement occupé son siège de P.-D.G. C'était ce qui coulait de source, ce que tout le monde attendait de lui…

Au fil du temps, il avait oublié tout le plaisir qu'il ressentait à désosser une voiture, et le moment passé avec Scott, ce matin, avait été un pur bonheur.

Mais à Manhattan aussi il passerait de bons moments.

Lorsqu'il arriverait enfin chez Elinor, il y recevrait un accueil digne de celui qui avait été réservé ici à Meg. Sans doute ne seraient-ils pas aussi enthousiastes, admit-il. Ned avait six ans et sa petite sœur quatre : ils étaient certes tout à fait capables de sauter de joie mais, de là à rivaliser avec une meute de chiens, une grand-mère et un frère…

Quant à Elinor, elle lui adresserait le sourire chaleureux d'une femme de soixante-deux ans, d'une mère adoptive qui aimait la vie.

Tout comme l'aimait Letty, et Meg…

Il se morigéna, s'interdisant de penser à Meg.

Il s'agissait de sa secrétaire particulière, il repartirait dans deux jours et ne tenait pas à gâcher leur relation professionnelle. Cependant, depuis qu'il avait commencé à l'appeler par son prénom, il avait du mal à ne plus voir en elle qu'une employée.

De nouveau, son esprit le rappela à la raison, lui conseillant de diriger plutôt ses pensées vers Elinor.

Elinor n'attendait rien de lui et c'était parfait ainsi. Elle lui avait été présentée deux ans auparavant, au cours d'un dîner de bienfaisance au profit des bénévoles qui se dévouaient pour aider les enfants en difficulté. Aussitôt, il avait été fasciné par l'intérêt profond et sincère qu'elle portait à cette cause. Elle représentait tout ce qu'il n'était pas : généreuse, elle consacrait sa vie à Pip et Ned, les deux enfants qu'elle élevait.

Ce domaine lui était totalement étranger et il avait un peu hésité avant de lui proposer un engagement sur une sorte de mi-temps. Avec la simplicité qui était la sienne, elle avait immédiatement accepté.

— Je regrette que leur mère ne se décide pas à les faire adopter. Ils ont besoin d'une image masculine et, quel que soit le temps que vous pourrez leur consacrer, ils sauront l'apprécier, croyez-moi.

Ne pas pouvoir être auprès d'eux à Noël, comme prévu, l'avait terriblement affecté mais, avec son habituelle sagesse et son grand cœur, Elinor l'avait rassuré.

— L'arbre est décoré et j'ai concocté un bon repas de Noël. De plus, j'avais prévu de sortir aujourd'hui avec les petits, pour leur montrer les jolies vitrines des magasins. Vous rentrerez quand vous le pourrez et nous serons, de toute façon, ravis de vous voir, monsieur McMaster. Ne vous inquiétez pas pour nous, tout se passera bien.

Elinor avait donné son cœur aux enfants, tout comme Meg avait donné le sien à son demi-frère et à une femme qui n'était même pas vraiment sa grand-mère. La secrétaire particulière, qu'il avait jusque-là considérée comme une femme compétente mais assez froide, lui rappelait soudain Elinor et, mystérieusement, cela l'effrayait.

Il décida, une fois de plus, de détourner ses pensées de Meg et de s'éviter les questions inutiles.

En repartant vers la maison, son regard fut attiré par le Père Noël, et la vision de ces jambes qui s'agitaient dans tous les sens lui soutira un soupir exaspéré. Il fut tenté de s'en occuper sans plus tarder.

Sa prudence le retint : ce n'était guère le moment de risquer de tomber du toit et le carburateur l'attendait.

Une fois de plus, Meg se retourna dans son lit. Elle ne parvenait pas à chasser de son esprit l'image de William sortant du break, vêtu d'un jean et d'un polo, pas plus que ses regards et ses gestes lors de leur récent tête-à-tête.

Il lui fallait absolument se reprendre, ses rêveries ne la mèneraient nulle part : cet homme était son patron et avait dans sa vie une certaine Elinor ! Ni William ni Meg n'étaient réels, il n'existait que M. McMaster et Mlle Jardine !

6

Les matins de traite, il fallait à Meg un certain temps pour se réveiller et reprendre son rythme normal. En général, elle restait plutôt taciturne durant la première demi-heure puis, petit à petit, reprenait pied dans la vie et se mettait à bavarder avec ses compagnons de labeur. Lorsque la traite se terminait, toute son énergie était revenue et elle allumait la radio, chantait et bavardait à bâtons rompus. Les vaches elles-mêmes paraissaient alors plus gaies.

Mais ce matin-là, M. McMaster semblait s'être réveillé de mauvaise humeur et accomplit méthodiquement les gestes appris la veille, muet, le visage fermé.

C'était sans doute mieux ainsi, songea Meg en travaillant à son côté : ils n'avaient été que trop proches l'un de l'autre, la veille. Mieux valait que chacun retrouve son rôle, qu'une certaine distance se rétablisse entre eux.

Lorsque Craig arriva avec le camion-citerne, William finissait de ranger le matériel qu'ils avaient préalablement lavé et salua le chauffeur d'un bref signe de tête.

— C'est ton petit ami ? demanda Craig à la jeune femme, tandis qu'ils échangeaient les documents habituels.

Avec humeur, Meg se dit qu'aucune femme ne voudrait d'un tel petit ami !

— Non, juste quelqu'un avec qui je travaille.

— Ah… C'est lui qui a acheté les Mini ?

Bien entendu, toute la région était déjà au courant de l'événement. Craig avait des informations de première main : son fils, de l'âge de Scott, faisait partie du lot d'adolescents venus la veille, ceux-là mêmes qui ne tarderaient pas à revenir.

Meg répondit à sa question par un hochement de tête et le chauffeur se tourna alors vers William qui nettoyait à présent la cour au jet. Craig aurait volontiers parlé voitures avec lui mais, absorbé par sa tâche, William ne levait pas les yeux du sol.

— Il avait l'air plus... détendu, hier, observa-t-il avec une moue éloquente.

— Sans doute a-t-il le mal du pays.

— Ah... Il est marié ? Père de famille ?

— Non.

— Alors, il n'a pas à se plaindre, même s'il n'est pas chez lui pour passer les fêtes.

Sur ce, il se tourna vers William et leva la main en criant :

— Je ne passerai pas demain ; donc, je vous souhaite un joyeux Noël, Will !

Ce dernier le salua d'un geste et se remit aussitôt à la tâche.

Meg attendit le départ de Craig pour rejoindre William et l'observa quelques instants en silence avant de prendre la parole.

— Avons-nous dit ou fait quelque chose qui vous a blessé ?

Il lui répondit par un haussement d'épaules.

— Comme vous voudrez !

En soupirant, elle se surprit à insister :

— Allons, William... C'est aujourd'hui le réveillon de Noël. Vous pourriez avoir l'air un peu plus gai !

Sa réponse ne laissa aucun doute quant à son état d'esprit.

— Je finis de tout ranger ici. Sans doute avez-vous autre chose à faire, vous occuper du repas, par exemple ?

Elle tourna les talons, furieuse, et repartit vers la maison. La faim lui donnait des crampes d'estomac. Au départ, elle avait l'intention de prendre le petit déjeuner avec William mais était désormais fermement déterminée à le laisser seul face à ses toasts !

Avant de rentrer, elle décida de faire un détour par l'étable, afin de s'assurer que Millicent se portait bien et, en la voyant, se sentit immédiatement alertée : la vache se tenait légèrement cambrée, la queue levée.

Entrant dans le box, elle caressa le museau de l'animal qui se laissa faire docilement et parut même apaisé. Meg soupira : son expérience lui prédisait l'arrivée du veau dans les prochaines heures et ce nouveau facteur compliquerait les fêtes de Noël. Letty allait être sur le qui-vive.

Parfois, un animal se détachait du lot et l'on s'y attachait : Millicent appartenait à cette catégorie. Née dans des conditions difficiles, avec un poids inférieur à la normale, elle aurait été vendue sans hésiter par n'importe quel fermier dur en affaires. Letty, elle, s'en était occupée comme d'un bébé et n'avait pas été longue à décréter que cet animal avait du potentiel. Lorsqu'elle avait décidé de donner un prénom à toutes les vaches, Millicent avait été la première à être baptisée et Letty avait été très malheureuse quand elle s'était enfuie, jusqu'à ce que le voisin appelle pour signaler la présence d'une vache inconnue dans le pré de ses taureaux.

Meg remit de la paille dans sa mangeoire et la caressa de nouveau.

— Pas de complication pour Noël, hein ma belle ?

C'était là tout ce qu'elle pouvait faire pour le jeune

animal. La mise bas des vaches, du moins pendant la première étape, ne nécessitait pas l'assistance d'un être humain.

Son estomac lui rappela qu'elle n'avait toujours pas pris de petit déjeuner et elle accéléra le pas, fermement décidée à ne plus penser à William. Cet homme représentait une autre complication dont elle n'avait nul besoin.

Un cri perçant retentit alors, brisant la paix matinale. Lorsqu'elle l'entendit, Meg eut l'impression que son cœur s'arrêtait et, oubliant sur-le-champ William et Millicent, elle prit ses jambes à son cou.

Le sol était impeccable et seules quelques taches anciennes avaient résisté à l'ardeur déployée pour nettoyer la cour. Il lui restait maintenant à s'atteler au break, à s'attaquer au Père Noël et à donner des instructions pour les Mini. Il ne lui restait plus que deux jours à passer ici et sa vie reprendrait son cours normal.

A cette heure, Meg se trouvait sans doute dans la cuisine, en train de déjeuner. La veille, il l'avait regardée avec plaisir mordre dans ses toasts. Ce n'était certes pas la première fois qu'il assistait à cette scène ; lors de ses déplacements, ils avaient à maintes reprises pris leurs repas ensemble mais, depuis, elle lui était apparue sous un autre jour.

Regarder Meg Jardine était un agréable passe-temps dont il allait désormais devoir se passer.

Il reposa le tuyau, prêt à rejoindre l'abri-garage où il retrouverait peut-être Scott. Ils bavarderaient quelques minutes, ce qui laisserait à Meg le temps de finir son petit déjeuner et il pourrait alors se rendre dans la grande cuisine, et déjeuner à son tour.

L'absurdité de la situation lui apparut soudain : voilà

qu'il se mettait à craindre de regarder Meg manger un toast !

Il glissa des doigts nerveux dans ses cheveux courts.

Plus que deux jours à se maîtriser, à jouer le jeu.

Un cri strident déchira alors le calme environnant. Oubliant tout de sa prétendue maîtrise de soi, il partit au pas de course.

Meg reconnut la voix de Letty mais où donc se trouvait-elle ? Le cri retentit de nouveau et elle la vit enfin : suspendue dans le vide près de la cheminée où trônait le Père Noël, elle s'agrippait des deux mains à la gouttière.

Sans doute était-elle montée dans le but de réparer le pantin aux jambes désarticulées mais les questions viendraient plus tard. Pour l'heure, il fallait la tirer de ce mauvais pas : le toit était vieux, pas très solide et, aussi menue que soit Letty, la gouttière rouillée ne supporterait pas très longtemps son poids. D'ailleurs, elle commençait déjà à céder.

Scott sortit de la maison, aussi vite que le lui permettait sa jambe.

— Mamie ! s'écria-t-il, affolé.

— Elle est sur le toit.

La gouttière céda un peu plus encore. Letty eut un soubresaut, mais ne lâcha pas prise.

— Tenez bon, Letty ! lança alors William qui venait de les rejoindre. J'arrive !

— Vi… vite, articula-t-elle.

— Aussi vite que possible !

Meg refoula le cri qui lui montait aux lèvres ; ce n'était pas le moment de laisser libre cours à ses émotions, elle avait mieux à faire. Comment diable Letty avait-elle réussi à monter sur le toit ? L'échelle qui se trouvait à côté du portail !

William la devança. A peine avait-elle parcouru un mètre qu'il revenait déjà avec l'échelle et la calait contre la façade.

— Je compte sur vous deux pour la tenir fermement, dit-il.

Frère et sœur hochèrent la tête à l'unisson et William entama son escalade avec l'agilité d'un équilibriste. Retenant son souffle, Meg avait le regard fixé tour à tour sur lui et sur sa grand-mère. Lorsqu'il eut atteint le haut de l'échelle, il gagna d'un geste souple le toit et, courbé en avant, se rapprocha de Letty.

A présent tout près d'elle, il tendit les bras et lui enserra les poignets.

— Laissez-vous faire, comme si vous étiez une poupée de chiffon. Je vais vous hisser jusqu'à moi.

Meg entendit Scott ravaler un sanglot et lui prit la main, la serrant très fort dans la sienne, autant pour le réconforter que pour se rassurer elle-même. Letty n'était pas encore tirée d'affaire : il allait maintenant falloir que William, lui-même en équilibre précaire sur les vieilles tuiles, parvienne à la tirer jusqu'à lui sans lui faire mal. Ensuite, avec Letty dans ses bras, il lui serait impossible de rejoindre l'échelle et de redescendre comme il était monté.

Sa voix retentit alors, confirmant ses craintes.

— Il va falloir trouver une autre solution pour regagner la terre ferme.

Il faudrait appeler les pompiers mais, sans téléphone, elle ne pouvait joindre personne.

— Je vais vous offrir une connexion par satellite pour Noël, grommela William qui semblait avoir les mêmes pensées. Même si ça doit me coûter cent mille dollars !

Il avait réussi à se rapprocher suffisamment pour glisser les mains sous les aisselles de Letty, qu'il soulevait tout doucement.

— J'espère que vous ne me contredirez pas, Letty ?

— N… Non.

— Enfin quelqu'un de censé dans cette maison !

Letty était à présent sauvée, ou du moins dans une position nettement moins périlleuse. Meg remarqua cependant qu'elle semblait s'être blessée au poignet. D'où elle se trouvait, elle n'apercevait qu'une tache rouge. Perdait-elle du sang ?

Avec des mouvements lents, étudiés, William se rapprochait de la cheminée où ils seraient plus en sécurité qu'en bordure du toit. Jusqu'à ce que sonne l'heure de la descente, tout au moins.

— Vous avez là une sacrée blessure…

Son ton était resté celui de la conversation et Meg comprit qu'il ne voulait pas effrayer Letty. En revanche, elle connaissait bien cette voix ; c'était celle qu'il prenait quand il fallait agir, vite.

Parvenant à placer la rescapée en position assise, il l'adossa à la cheminée puis il tira sur la manche de son bleu de travail et l'arracha aussi facilement qu'un vulgaire ruban. Il lui passa alors le morceau de tissu autour du bras, s'en servant comme d'un pansement de fortune.

— Alors, racontez-moi comment vous vous êtes débrouillée pour arriver jusqu'ici.

Elle ne lui répondit pas, ce qui n'était pas bon signe. Quelques secondes s'égrenèrent dans un silence absolu, jusqu'à ce que Scott prenne la parole.

— Il y a une autre échelle, dit-il d'une voix tremblante.

— Une autre échelle ? répéta Meg.

L'adolescent avala sa salive avant de poursuivre.

— Il nous en fallait deux pour mettre en place les décorations de Noël.

— Elle est tombée, annonça Letty, d'une voix à peine audible.

Meg n'écoutait déjà plus : elle fouillait les broussailles qui bordaient la façade de la maison et ne fut pas longue à trouver une échelle, plus petite, sous les fleurs sauvages des banksias.

Scott et Letty étaient donc montés sur ce vieux toit en utilisant ces deux échelles, sans personne à proximité pour leur venir en aide en cas d'accident. Avaient-ils donc perdu la tête ?

Elle n'aurait jamais dû les laisser seuls. Elle…

Mais le moment ne se prêtait pas aux lamentations. Coinçant de nouveau la première échelle contre le portail, elle demanda à Scott de la tenir par mesure de prudence et, l'échelle plus petite coincée sous le bras, entreprit de l'escalader.

— Meg ! lança William, les yeux écarquillés. Mais… que diable faites-vous ?

— Scott l'a fait, Letty aussi. Si mon imbécile de famille a décidé de sombrer dans l'autodestruction, autant m'y mettre aussi ! De toute façon, nous n'avons pas le choix.

Il le savait et ne chercha d'ailleurs pas à la détromper.

— Autant vous prévenir, mademoiselle Jardine : si vous tombez, je vous mets à la porte !

— Je vous reconnais bien là, monsieur McMaster, et je vous avertis : si vous tombez, je démissionne !

Au fur et à mesure qu'elle grimpait, elle imaginait Letty, septuagénaire même si elle restait fringante, et Scott, muni de sa béquille, se livrer à ce genre d'exercice.

Letty avait dû décider de réparer seule les jambes du Père Noël, en risquant sa vie ! Des images terrifiantes défilèrent dans son esprit et elle s'arrêta au milieu de l'échelle.

— Continuez, Meg, vous en êtes capable.

Elle leva les yeux sur lui : il la fixait, de ce regard déterminé qu'elle lui connaissait bien. En l'espace de trois ans, W. S. McMaster lui avait donné les ordres les plus extraordinaires et elle avait accompli pour lui les choses les plus extraordinaires.

« Vous en êtes capable. »

Pendant les minutes qui suivirent, elle se répéta ces mots. Avant d'arriver au sommet de la première échelle, elle lança l'autre, plus courte, sur le toit.

— Non, remarqua William d'une voix calme.

— Non ?

De toute évidence, il avait mis à profit le temps de son escalade pour analyser le scénario et reprenait maintenant le contrôle de la situation.

— Cette partie de l'avant-toit est endommagée, ce qui explique que l'échelle n'ait pas tenu tout à l'heure. Nous courons le risque qu'il se reproduise exactement la même chose : il faudrait la consolider avec une planche.

— Je vais en chercher une ! lança Scott.

— Scott !

Le ton impérieux qu'il avait employé aurait arrêté une armée.

Le jeune garçon se tourna vers lui, étonné.

— Tu lâches l'échelle où se trouve ta sœur et tu prends toi aussi la porte ! Compris ? Elle va redescendre et vous irez ensemble chercher cette planche. Nous vous attendons ici, Letty et moi.

— Je ne pense pas que vous ayez le choix ! rétorqua-t-elle en le défiant du regard, juste avant d'entamer la descente.

Ils ne furent pas longs à revenir avec une planche longue

de trois mètres. D'en bas, Scott la poussa et Meg réussit à la placer dans le creux de la gouttière.

A partir de là, les mouvements s'enchaînèrent, lui donnant l'impression d'un étrange ballet dont chaque pas, chaque déplacement, aurait été calculé avec minutie. William réussit à rapprocher Letty le plus possible de l'échelle la plus courte et Meg prit la relève. Elle se félicita que sa grand-mère soit aussi menue, elle put ainsi la tenir plaquée contre elle tout en redescendant avec une lenteur infinie.

Elles allaient toucher la terre ferme quand Letty s'affaissa et, vif comme l'éclair, Scott se déplaça pour la réceptionner. Il garda sa grand-mère serrée contre lui et Meg les rejoignit avant de les prendre tous les deux dans ses bras.

Elle remarqua que William, qui venait de descendre à son tour de l'échelle, se tenait à l'écart. C'était grâce à son sang-froid que cette opération périlleuse s'était déroulée sans encombre. Son héros ! Son employeur !

D'instinct, elle se dirigea vers lui pour l'intégrer à cette étreinte familiale, ce moment précieux entre tous. Mais il existait une différence de taille : il ne faisait pas partie de cette famille et elle n'avait donc aucune raison de se sentir blessée quand il fut le premier à s'écarter.

Pourtant…

Elle ne devait pas oublier que, quelque part, il existait une certaine Elinor…

— Montrez-moi votre bras, Letty, je voudrais regarder cette blessure de plus près.

Au son de sa voix qui vibrait de façon inhabituelle, elle sut qu'il avait été, lui aussi, submergé par un flot d'émotions. Elle devait admettre que, pour sa part, toutes n'avaient pas été de nature innocente.

Letty n'avait quasiment pas soufflé mot depuis qu'ils

l'avaient trouvée sur le toit mais ses jambes refusèrent soudain de la porter. Vivement, William la souleva dans ses bras et constata que son bras saignait toujours.

— Où se trouve l'hôpital le plus proche ? demanda-t-il à la jeune femme.

— Je n'irai pas à l'hôpital.

La voix de Letty résonna faiblement.

— Allez chercher les clés de la voiture, dit-il à Meg. Vous vous installerez à l'arrière avec votre grand-mère. Que fais-tu, Scott, tu nous accompagnes ou pas ?

Letty toujours dans les bras, il se dirigea lentement vers le garage. La vieille dame devait se sentir assez mal en point car elle ne protesta pas davantage.

L'adolescent nourrissait une aversion pour les établissements hospitaliers après les longs séjours qu'il y avait faits. Il toussota, cherchant une réponse, lorsqu'une voiture apparut au bout de l'allée. Mickey et son père arrivaient, sans doute pour s'occuper des Mini.

— Il vaut peut-être mieux que je reste : si tous les autres arrivent…

Meg hocha la tête. Elle comprenait fort bien que son frère fuie les hôpitaux et savait qu'il s'en voulait de ne pas accompagner leur grand-mère. Elle décida de lui fournir un prétexte pour qu'il se sente en paix avec lui-même.

— Il faut que tu restes, tu dois garder Millicent à l'œil.

— Pourquoi ?

— Elle ne devrait pas tarder à mettre bas.

— Ma Millicent…, gémit Letty, par-dessus l'épaule de William.

— Ta Millicent va être bien entourée : elle aura Scott, Mickey et son père, trois personnes pour s'occuper d'elle ! Je pense que mademoiselle n'est pas à plaindre ?

En guise de réponse, elle n'eut droit qu'à un grommellement.

7

L'entaille que s'était faite Letty au bras était assez profonde et, après l'avoir examinée, les médecins préférèrent la garder pour la nuit, option qu'elle refusa avec un sursaut de sa vigueur retrouvée.

— Il n'en est pas question : je dois préparer une dinde farcie ce soir, moi !

Après une discussion animée, il fut décidé qu'elle pourrait rentrer chez elle si son état de santé ne présentait aucun risque.

— Elle n'a plus vingt ans, cet accident l'a mise en état de choc et elle a perdu pas mal de sang. Nous préférons la garder en observation pendant deux petites heures.

Consciente de ne pas avoir le choix, Letty, la mine butée, se laissa conduire dans une chambre. William et Meg s'installèrent face à face dans la salle d'attente et elle s'empara d'un magazine en papier glacé qu'elle se mit à feuilleter, le regard vide.

Remarquant ses mains tremblantes, William décida de se rapprocher d'elle.

Quittant son siège, il vint s'asseoir à son côté. Elle referma le magazine, cligna des paupières pour refouler ses larmes et, sans hésiter, il lui passa le bras autour des épaules. Elle tremblait à présent de tous ses membres.

— C'est fini, mon petit. Tout va bien.

— Je ne suis pas...

Elle s'interrompit et tenta de le repousser.

— Je ne suis pas votre petit !

— Tout va bien, mademoiselle Jardine, dit-il en la serrant un peu plus fort.

Cette boutade lui soutira un petit rire mal assuré qui s'éteignit aussitôt. Elle plongea alors la main dans son sac et en sortit un Kleenex. En la regardant s'essuyer les yeux et se moucher, William se demanda comment il pourrait, à l'avenir, l'appeler encore Mlle Jardine.

La femme qui se trouvait près de lui ne ressemblait en rien à la secrétaire particulière d'un professionnalisme irréprochable qui travaillait depuis trois ans à son service. Il avait, en fait, l'impression de bien mieux la connaître qu'il ne l'avait jamais fait et avait envie d'en savoir davantage encore à son propos.

— Si les paparazzi pouvaient nous voir…

Il baissa les yeux sur sa tenue : un bleu de travail couvert de taches de cambouis et de sang, auquel il manquait une manche. Celui que portait Meg n'avait rien à lui envier.

— Nous ne courons aucun risque, répliqua-t-il avec une grimace comique. Ils n'ont aucune chance de me reconnaître dans cet accoutrement !

Elle lui sourit, se sentant soudain merveilleusement en sécurité auprès de cet homme qui avait su prendre la situation en main et continuait de la soutenir.

William, qui la tenait toujours serrée contre lui, eut l'impression qu'elle se détendait un peu. A ce moment, une infirmière apparut à l'entrée de la salle.

— Mademoiselle Jardine ?

Elle sursauta, s'écarta soudain de lui et devint toute pâle.

— Oui ?

Elle s'était levée d'un bond et s'avançait vers l'infirmière, les bras serrés autour de sa poitrine comme si elle s'attendait à une terrible nouvelle. En un instant, il se rappela les terribles épreuves que lui avait infligées le sort : le décès de ses parents, les diverses opérations de Scotty…

D'instinct, il se leva, la rejoignit et lui prit la main. L'infirmière n'était cependant pas porteuse de mauvaises nouvelles.

— Votre frère est au téléphone.

Meg inspira puis lui lâcha la main et traversa le couloir pour se rendre dans le bureau des infirmières. S'avançant jusqu'à la porte, il put l'observer à loisir tandis qu'elle s'entretenait avec Scott, apparemment insouciante de sa tenue. Aucune femme, à sa place, n'aurait eu une telle attitude.

Après avoir reposé le combiné, elle remercia les infirmières et revint vers lui avec une dignité toute naturelle qu'il ne put qu'admirer. Quelle femme exceptionnelle !

— La ligne téléphonique a apparemment été rétablie juste après notre départ. Les parents de Mickey sont maintenant tous les deux à la maison et Jenny a commencé à préparer la dinde. Pour le moment, l'état de Millicent reste stationnaire. Trois de nos plus proches voisins sont arrivés pour réparer la toiture, au cas où il y aurait de fortes pluies. Au fait, ils en ont profité pour stabiliser les jambes du Père Noël !

— Non ?

Ils se dévisagèrent en riant et il se demanda comment il avait pu, durant toutes ces années, rester insensible à son charme.

— William… je ne pourrais jamais vous remercier assez pour tout ce que vous avez fait. Sans vous…

Tendant la main, il la fit taire.

— Et sans vous, nous aurions passé des heures en haut de ce toit, Meg !

Ces mots furent suivis d'un long silence durant lequel leurs yeux s'accrochèrent.

En proie à une irrésistible envie de l'embrasser, William fit un pas vers elle.

— Non, souffla-t-elle.

Ses yeux s'écarquillèrent mais il hocha la tête et sourit. Meg Jardine était décidément très forte pour anticiper ses désirs. N'était-ce d'ailleurs pas pour cela qu'il la payait ?

Mais, cette fois, elle s'opposait à la soif qu'il avait de ses lèvres.

— Nous ne sommes pas obligés de rester ici, dit-elle en balayant la salle du regard. Nous pourrions par exemple descendre jusqu'à la mer, et nous y promener.

— Pourquoi ne pas plutôt faire les magasins ? Hier, ils annonçaient qu'ils seraient tous ouverts en cette veille de Noël.

— Vous plaisantez, William ? Nous mêler à la foule, vêtus comme nous le sommes ? Nous risquons de créer une émeute !

— D'où ma suggestion : écumer les magasins et changer de tenue ! Nous irons ensuite prendre un copieux petit déjeuner. Le mien doit toujours m'attendre à la maison.

« A la maison ? »

— A la ferme, rectifia-t-il en hâte.

— Mais...

— Jardine, dois-je vous rappeler que je suis votre employeur et que les décisions m'appartiennent ?

Une des infirmières lui fournit l'adresse de l'une des boutiques les plus en vogue de la ville et il y entraîna Meg.

— Il faut une robe à cette demoiselle, dit-il à la responsable du magasin, quelque peu surprise par l'arrivée de ces clients en bleu de travail souillé. En fait, il en faudrait plutôt trois, ainsi que les accessoires, bien sûr : chaussures et autres.

Cela dit, il déposa sa carte de crédit à côté de la caisse.

Interloquée, Meg avança vers lui et chuchota :

— J'ai l'impression d'assister à une scène de « Pretty Woman » ! Je ne suis pas à vendre…

— Et je ne suis pas en train de vous acheter, lui répondit-il, serein, la regardant droit dans les yeux.

Bien sûr. Quel besoin aurait-il de l'acheter ? Aux dires de la presse à scandale, il n'avait que l'embarras du choix en matière de compagnie féminine et, en outre, sa précieuse Elinor l'attendait à New York.

Comme s'il avait lu dans ses pensées, il ajouta :

— N'oubliez pas que vous représentez l'empire McMaster. Je ne tiens pas à ce que ma secrétaire particulière soit surprise dans une tenue pareille…

Voilà qui avait le mérite d'être clair. Qu'était-elle allée s'imaginer ?

Résignée, elle emboîta le pas à la responsable du magasin qui, très affable, suggérait de lui montrer quelques modèles seyants. Encore quarante-huit heures à supporter ces accès d'autoritarisme et il repartirait. Peut-être moins, d'ailleurs… Il faudrait qu'elle se renseigne pour savoir si, en dépit des fêtes de Noël, il y avait eu quelques avancées dans les négociations des contrôleurs aériens.

Mais pourquoi n'avait-elle aucune envie de le faire ?

— Ceci devrait très bien vous aller.

La responsable du magasin lui présentait un modèle inspiré des années 50, serré à la taille, avec une jupe évasée, dans un coton épais blanc à pois rouges. Meg écarquilla les yeux : jamais elle n'avait porté une tenue de ce genre. Sa maigre garde-robe se composait de quelques tailleurs, jupes noires et chemisiers blancs auxquels s'ajoutaient jeans et T-shirts ainsi que les indispensables salopettes ou bleus de travail.

— Vous avez sûrement quelque chose de plus… discret ?

— Mais c'est Noël ! protesta en souriant la jeune femme qui était parfaitement coiffée, maquillée et habillée. Je suis prête à jurer que votre ami ne vous a jamais vue dans une tenue pareille !

Meg se garda de préciser que l'homme dont la carte de crédit trônait sur le comptoir n'était pas son ami et n'avoua pas plus qu'effectivement elle ne s'était jamais présentée devant lui dans ce genre de robe.

Elle se tournait vers la direction qu'il avait prise avant de disparaître quand la jeune vendeuse insista :

— Alors, allez-vous l'essayer ?

Sur le point de refuser, elle finit cependant par hocher la tête et entra dans la cabine.

Ses paroles résonnaient dans son esprit : « Dois-je vous rappeler que je suis votre employeur et que les décisions m'appartiennent ? »

Allait-elle devenir l'une de ces vieilles secrétaires entièrement dévouées à leur seigneur et maître ? « Mais certainement, M. McMaster… Tout de suite, M. McMaster… »

Pendant ce temps…

Scotty et Letty mettaient leur vie en danger parce qu'ils étaient seuls pour s'occuper de tout ! Si elle avait eu un emploi avec des horaires réguliers qui lui permettent de rentrer tous les soirs à la ferme, ce ne serait jamais arrivé.

Longtemps, elle avait pensé que cet arrangement était préférable et qu'il valait mieux travailler d'arrache-pied pendant quelques mois puis disposer de mois entiers de congés. Aussi dur soit-il, le rythme imposé par W. S. McMaster ne lui avait jamais déplu et elle avait pris plaisir à le suivre dans ses aventures professionnelles, à lui servir de bras droit.

Mais à présent…

Le cours récent des événements l'obligeait à réviser son jugement et à prendre une décision qui lui brisait le cœur.

Elle prit la robe à pois et partit en cabine, déterminée non seulement à l'essayer mais à la porter.

Il l'avait laissée en bleu de travail et bottes en caoutchouc et la retrouvait, à présent, pimpante, dans une robe blanche à pois rouges, chaussée d'escarpins blancs et les cheveux relevés en un chignon élégant.

Absolument ravissante, Meg se regardait dans le miroir, comme si elle avait du mal à se reconnaître.

— J'ai l'impression d'être devenue un pur produit de Hollywood !

— Et alors ? De grandes et belles choses sont issues de Hollywood !

Son plus beau sourire aux lèvres, la responsable du magasin s'avança vers eux avec deux autres modèles, tout aussi jolis.

— Mademoiselle n'a pas voulu essayer ceux-ci.

— Si ces robes sont à sa taille, nous les prenons également, ainsi que les chaussures assorties.

— Mais c'est absurde, je…

— Vous ne voudriez tout de même pas vous rendre dans un restaurant quatre étoiles en bleu de travail ?

— Je n'ai aucune intention d'aller dans un restaurant quatre étoiles !

Ses projets consistaient à avaler un sandwich puis à retourner à l'hôpital chercher Letty. Ils passeraient Noël tous ensemble et, lorsqu'elle accompagnerait William à l'aéroport, elle l'informerait de sa décision : elle ne deviendrait pas une vieille fille flétrie en adoration devant son patron !

— Trop tard, la table est réservée. Il faut bien que nous inaugurions dignement nos nouvelles tenues ? Vous ne m'avez d'ailleurs rien dit de la mienne.

Il recula afin qu'elle puisse mieux admirer sa chemise en lin couleur chocolat, portée sur un pantalon écru.

Il accompagna ces mots d'un sourire et elle se sentit fondre.

— Cela vous va très bien, mais…

— Mais ? Je vous trouve bien avare en compliments. Allons-y, maintenant !

8

Lorsqu'ils quittèrent la boutique, bon nombre de regards convergèrent vers Meg.

— A notre arrivée, les gens nous fixaient à cause de nos bleus de travail tout sales. C'est un progrès, non ? Pensons maintenant au petit déjeuner qui nous attend.

Meg ne se sentit pas en mesure de protester. N'ayant rien mangé depuis la veille au soir, elle était quasiment prise de vertige. En outre, elle s'était levée très tôt et sa matinée s'était avérée des plus mouvementée.

Ils remontèrent dans le break et, moins tendue qu'à l'aller, elle fut en mesure d'apprécier à sa juste valeur les améliorations qu'y avait amenées William : le véhicule roulait maintenant dans un silence feutré.

Remarquant la route qu'il empruntait, elle se rendit compte qu'ils se dirigeaient vers le restaurant le plus luxueux de la région, où elle n'avait jamais mis les pieds.

— Cet établissement est celui que réservent les personnes… disons, aisées, pour y célébrer anniversaires, mariages et autres réceptions. Je ne suis pas sûre qu'ils servent le petit déjeuner.

— Aujourd'hui, ils le feront. Je les ai appelés et le chef m'a proposé des œufs au bacon, servis avec du pain au levain, des oranges pressées, du beurre artisanal, et pour finir des fraises à la crème.

Il se gara sur le parking de l'établissement et aida

galamment Meg à descendre du véhicule. Jamais il ne l'avait traitée avec autant d'égards, sans doute ceux qu'il réservait habituellement à ses compagnes. Or elle n'était pas sa compagne et n'était plus tout à fait non plus son employée. Les lignes de plus en plus ténues de ces frontières se croisaient, s'entremêlaient, s'effaçaient même par moments.

Assez pour qu'elle se décide soudain à lui poser la question qui lui brûlait les lèvres.

— Qui est Elinor ?

Immobile, il la regarda un instant puis sourit et la prit par le bras pour la guider vers l'entrée du restaurant, où les attendait un employé en livrée.

— Je vous répondrai dès que nous serons installés à table.

Ils passèrent le seuil de la grande salle, presque vide à cette heure, et Meg put admirer le décor, inspiré des belles demeures coloniales d'antan.

— Un lieu et une situation rêvés pour des paparazzi ! observa-t-elle assez sèchement.

Cette remarque soutira à son compagnon un petit rire.

— Vous croyez qu'ils n'ont personne d'autre à chasser, en cette veille de Noël ? Allons donc ! Je ne suis pour eux que du menu fretin.

Ce n'était pas entièrement faux, songea-t-elle. Il avait toujours fait en sorte de ne pas occuper le devant de la scène, ce qui n'empêchait pas les journalistes en quête de scoop de traquer à l'occasion le célèbre homme d'affaires qu'il était.

Elinor était-elle aussi discrète que lui ? Etait-ce pour cette raison qu'elle n'avait jamais eu vent de son existence ?

Pourquoi avoir voulu lever le voile sur sa vie privée ?

Tout simplement parce qu'elle en brûlait d'envie !

Le maître d'hôtel les guida vers une table magnifiquement située, face à l'océan dont la surface d'un bleu intense s'étendait à perte de vue. En dessous d'eux, quelques véliplanchistes surfaient sur les vagues.

Meg plissa les yeux. Depuis combien de temps ne s'était-elle pas baignée ? La ferme était située à une heure de route à peine de la côte mais elle ne trouvait jamais de temps à consacrer à une activité aussi frivole.

Qui sait, peut-être quand elle changerait d'emploi ? Tout à coup, elle se sentit abattue.

— Le menu que je vous ai proposé tout à l'heure vous convient-il, mademoiselle Jardine ? lui demanda-t-il au moment où un serveur s'avançait vers eux.

— Très bien, merci.

Qui était-elle à ses yeux ? Mlle Jardine ou Meg ?

Et pourquoi l'avait-il amenée dans un tel endroit ?

Dès que le serveur se fut éloigné, elle changea de position et inspira profondément.

— Monsieur McMaster, le moment n'est sans doute pas idéal pour vous faire part de ma décision, mais…

Elle se mordit la lèvre. Avait-elle perdu la raison ? Probablement, mais elle n'avait pas le choix.

— Voilà… je dois vous présenter ma démission.

William, qui suivait du regard les évolutions d'un véliplanchiste particulièrement doué, reporta soudain toute son attention sur la jeune femme.

— Votre démission ?

— Je ne vous laisserai pas dans une situation difficile, je formerai ma remplaçante, ajouta-t-elle en hâte. De toute façon, vous repartez pour les Etats-Unis et, quand vous reviendrez dans deux ou trois mois, j'aurai une ou plusieurs candidates à vous proposer.

— Je suis assez grand pour choisir moi-même mon personnel !

— Très bien. Dans ce cas, vous pouvez d'ores et déjà

commencer à envisager la recherche d'une autre secrétaire particulière à Melbourne.

Il la fixa, les mâchoires serrées.

— Puis-je vous demander la raison de cette brusque décision ?

Meg détourna le regard pour le poser sur l'immense étendue bleue. La raison ? Les raisons, plutôt…

— Eh bien… nous travaillons en proche collaboration, partons souvent en déplacement ensemble et cela implique une relation sinon distante, en tout cas détachée, que je ne suis plus à même d'assumer.

— Vraiment ? se contenta-t-il de dire, l'incitant du regard à se montrer plus explicite.

— Je ne pourrai plus vous considérer simplement comme mon employeur après vous avoir vu sauver ma grand-mère.

Il haussa un sourcil.

— Voilà une façon étrange de me manifester votre gratitude ! Je vous rappelle par ailleurs que vous êtes toujours sous contrat.

— Contrat qui prend fin le mois prochain et ne sera pas renouvelé… Je vous dois donc encore un mois de travail. Bien sûr, je refuserai la prime de Noël, dit-elle, les yeux baissés sur sa robe. Les cadeaux que vous venez de me…

— C'est absurde ! Vous ne pouvez pas vous permettre ce genre de geste !

— Cela me permettra au contraire d'être en accord avec moi-même. Voyez-vous, il n'y a pas que l'argent qui compte dans la vie ! Et… qui est Elinor ?

— Pardon ? lança-t-il avec humeur. Je ne saisis pas bien le rapport !

— Il y en a pourtant un, William. Nous avons, en quelques heures à peine, franchi la frontière entre le professionnel et le personnel et jamais je ne me serais permis de vous poser une question pareille il y a quelques jours. Cela ne m'aurait pas même effleuré l'esprit et, de plus, ne m'intéressait pas ! Et puis, soudain, j'ai envie de tout savoir de vous, pourquoi vous n'avez pas eu de chien quand vous étiez enfant, par exemple.

Elle hésita.

— Il y a une semaine, je ne me souciais pas que vous ayez l'air un peu à l'écart de tout, malheureux même.

— Mais... je ne suis pas malheureux, rétorqua-t-il, surpris par cette définition dans laquelle il ne se reconnaissait pas.

— Soit, vous n'êtes pas malheureux mais j'ai du mal à trouver le mot juste. J'ai l'impression que vous mettez une certaine distance entre l'univers et vous, alors que le monde pourrait vous apporter tant de bonheur...

Il marqua un temps d'arrêt.

— Comme celui que vous apporte votre relation avec Letty et Scotty ?

— Oui.

— Supposons qu'il leur arrive quoi que ce soit ?

— Alors, mon monde s'effondrerait.

— Enfin, Meg... vous rendez-vous compte de ce que vous dites ?

— Parfaitement, mais pour en revenir au sujet initial, qui est Elinor ?

— Rien ne m'oblige à vous répondre !

— En effet, mais de nouveaux liens se sont tissés entre nous et j'aimerais savoir s'il existe dans votre vie quelqu'un capable de retirer de votre regard cette distance.

Le serveur arriva alors et posa sur la table une multitude de plats. William restait muré dans le silence et elle se demanda si elle avait réellement envie de savoir qui était Elinor. Pourquoi ne pas en rester là, après tout ? Quel besoin et, surtout, quel droit avait-elle de fouiller sa vie ?

Il se décida enfin à prendre la parole.

— Elinor est une Afro-Américaine dotée d'un cœur grand comme le Texas. Elle héberge des enfants en difficulté que la justice place en foyer d'accueil. Aujourd'hui, elle est largement en âge de prendre sa retraite mais se dit qu'il y a toujours des enfants qui ont besoin d'elle. En ce moment, elle s'occupe de Ned et de Pip : ils lui ont été confiés il y a deux ans, alors que leur mère était censée faire une cure de désintoxication. Au lieu de cela, elle a attaqué une pharmacie, ce qui lui a valu de se retrouver derrière les barreaux. Depuis son incarcération, jamais elle n'a cherché à entrer en contact avec eux. Elinor essaie de la persuader de les placer en adoption mais elle s'y refuse. Actuellement, ils n'ont qu'Elinor pour mère.

— Et… vous ?

Il lui raconta dans quelles circonstances il avait connu Elinor, l'admiration qu'elle lui avait aussitôt inspirée et lui parla de son engagement auprès des enfants.

— Je leur avais promis de passer Noël avec eux, conclut-il d'une voix grave.

Meg hocha la tête et chuchota :

— Je vois.

— Elinor m'a conseillé de ne pas m'inquiéter : elle fera en sorte qu'ils passent le meilleur Noël possible. Heureusement, je ne suis pas leur seul soutien.

Cette fois encore, elle hocha la tête mais ne répondit rien.

— Mangez, Meg. Les plats sont en train de refroidir.

— Je suis désolée de n'avoir pas anticipé…

— Ce n'est pas votre faute. Mangez.

Plongée dans la conversation, elle en avait oublié la faim qui la tenaillait en arrivant. Lentement, elle prit un toast et y étala des œufs brouillés. Tandis qu'elle mordait dedans, elle prit conscience que William l'observait avec une sorte de fascination mais n'y prêta pas attention.

Ainsi donc, il existait dans sa vie une Afro-Américaine proche de la retraite, et deux enfants. Enfin, à temps partiel, rectifia-t-elle, puisqu'il ne passait jamais que quelques mois par an à New York.

Elle ressentit soudain un froid étrange et se surprit à frissonner. W. S. McMaster marchait seul dans la vie et il en serait toujours ainsi. Elle n'y pouvait rien et au moins, après avoir donné sa démission, elle ne serait pas obligée d'assister au spectacle de son autodestruction.

A moins qu'il n'ait raison et que ce soit elle qui prenne des risques inconsidérés.

Avec un haussement d'épaules à peine perceptible, elle décida de concentrer toute son attention sur les mets savoureux posés sur la table.

Ils prirent le petit déjeuner en silence. Après un troisième café, William appela l'hôpital, mettant son téléphone en mode haut-parleur.

— Elle dort toujours, répondit une infirmière. Elle va bien. Nous vous appellerons dès qu'elle se réveillera, promis.

Ils décidèrent, en attendant, de marcher le long de la plage et Meg ne tarda pas à enlever ses chaussures pour marcher au bord de l'eau. Les vagues qui venaient lui fouetter les chevilles lui procuraient d'exquises sensations. William, quant à lui, avançait sur une ligne parallèle, prenant soin de rester sur le sable.

Pourquoi ne se déchaussait-il pas ? Il pourrait la rejoindre, la prendre par la main… Il lui suffirait de faire quelques pas pour que la vie soit…

Un conte de fées !

La belle légende d'un multimilliardaire de Manhattan

et d'une petite fermière qui s'occupait de ses vaches, de son frère et de sa grand-mère.

Ils avançaient en silence, à quelques mètres l'un de l'autre, pourtant il la sentait terriblement loin de lui.

Submergé par une foule d'émotions, il était incapable de les départager. Elle était belle, intelligente, loyale, dotée d'un cœur d'or et il mourait d'envie de la rejoindre au bord de l'eau, de la serrer contre lui et de l'embrasser.

Meg ne ressemblait à aucune des femmes qui avaient traversé sa vie et ne le considéraient que comme un faire-valoir. Elle était consciente qu'ils avaient franchi certaines limites dans leur relation et cherchait à présent à se protéger. Il savait parfaitement que, s'il la rejoignait pour marcher dans l'eau avec elle, s'il la prenait par la main…

Ce terrain-là lui était inconnu, il ne connaissait aucun autre mode de vie que le sien : il fallait qu'il parte.

Ne dépendre de personne…

Une sensation de vide l'envahit. L'impression d'être passé à côté de quelque chose d'essentiel que tant d'autres avaient trouvé. Comment changer ? Peut-être pouvait-il essayer… Et s'il la faisait souffrir ?

Il accéléra le pas comme s'il avait pu ainsi chasser ses démons. Derrière lui, la silhouette gracile continuait à avancer à son rythme. Sur cette plage ensoleillée, les pois rouges sur le fond blanc de sa robe ressemblaient à un hymne à la vie.

Dans un jour ou deux, il serait reparti et Meg trouverait dans la région un emploi sans grand intérêt. Elle continuerait à traire ses vaches, à prendre soin de Letty et de Scott… Il n'avait pas le droit de lui en vouloir : elle se protégeait comme il l'avait toujours fait lui-même. C'était son droit.

Il recruterait une autre secrétaire particulière et la vie poursuivrait son cours.

Il y avait d'abord les fêtes de Noël à passer, ensuite ils reprendraient leur vie.

Chacun de leur côté.

9

Ce fut un trio bien sombre qui repartit vers la ferme.

Sur la banquette arrière, Letty, que les médecins auraient volontiers gardée un peu plus longtemps en observation, s'était aussitôt endormie.

Assise à côté de lui, Meg restait murée dans le silence, les yeux rivés sur la route, semblant résignée à endurer une situation qu'elle ne pouvait éviter. Après quelques vaines tentatives pour amorcer la conversation, il avait renoncé. Qu'était-il donc advenu de la jeune personne pétillante qui avait travaillé pendant trois ans à son côté ?

Il préféra se concentrer sur la conduite.

De retour à la ferme, il serait occupé par la traite du soir puis, comme internet était rétabli, il pourrait communiquer avec le monde.

— Au fait… j'ai oublié de vous dire que j'ai passé commande d'une connexion par satellite pour la ferme.

Elle se tourna vers lui et lui lança un regard dans lequel se lisait une sorte de crainte.

— Comment ?

— Je l'ai fait pendant que vous étiez dans la boutique, en train d'essayer des robes. Il ne m'a pas fallu plus de quelques minutes pour trouver ce que je voulais et vous inscrire. Ils étaient débordés, à croire que tout le monde avait eu la même idée que moi ! L'installation sera effectuée après Noël.

— Mais je ne peux pas…

— Tout a été réglé d'avance. Pour trois ans.

— Non, merci, dit-elle d'une voix tendue. Les robes et accessoires que vous m'avez offerts sont largement suffisants.

— Aurais-tu perdu la tête, ma belle ?

Letty venait de se réveiller et intervenait sans ambages.

— Scott en sera enchanté. Tu sais qu'il lui arrivera encore de passer de longs moments seul à la maison, tu ne peux pas refuser, Meg ! conclut-elle, indignée.

— Je tiens à te préciser, ma chère grand-mère, que je ne travaille plus pour M. McMaster ; je ne me sens donc pas en droit d'accepter ses cadeaux.

— *Comment ?*

Chez Letty, la colère avait cédé la place à la stupéfaction.

— Elle vient de me présenter sa démission. Dites-lui qu'elle est stupide !

— Non, rétorqua Letty avec véhémence. Ma Meg n'est pas une imbécile et, si elle a décidé de démissionner, elle devait avoir de bonnes raisons de le faire. Mais pour en revenir à cette connexion par satellite… il s'agit plutôt d'un cadeau pour Scotty et pour moi, n'est-ce pas, monsieur McMaster ?

— William, rectifia-t-il d'un ton un peu sec.

— William… Meg, réfléchis un peu, ma jolie : William a beaucoup plus d'argent que nous et vient de nous offrir un cadeau magnifique en échange d'un lit pour Noël. Et…

Elle hésita avant de reprendre, l'œil sagace :

— Vous n'attendez rien d'autre, n'est-ce pas ? Meg ne vous doit rien ?

— C'est exact.

Il se tourna vers la jeune femme, dont le visage restait totalement inexpressif. Il ne supportait pas de la voir dans un tel état, elle ne l'avait pas habitué à ce genre d'attitude.

— Dans ce cas, j'accepte pour Scotty, déclara Letty, interrompant le cours de ses pensées.

Quand ils arrivèrent aux abords de la ferme, une douzaine de véhicules étaient garés sous les gommiers.

— J'espère que Scotty n'a pas fait une nouvelle bêtise, grommela la jeune femme en soupirant.

Mais Scott n'y était pour rien. Tandis qu'il s'avançait vers eux, souriant et rassuré de revoir si vite Letty, hommes, femmes et enfants du voisinage parurent surgir de partout.

— Les voisins sont venus couper le foin ! lança-t-il, rayonnant. Ils ont pensé que tu aurais bien assez de choses à faire à ton retour.

— Mais…

— Il faut bien s'occuper de notre Meg ! lança Jenny avec un regard appuyé en direction de William.

— Pas du tout, protesta la jeune femme.

— Pas du tout, répéta Scott, singeant sa sœur.

Jenny, qui le connaissait depuis l'enfance, avança vers lui et le prit dans ses bras en riant.

— D'accord, reprit-elle. Dans ce cas, je suggère que vous arrêtiez, Letty et toi, de monter sur les toits !

— Je serai désormais dans les parages, déclara Meg. Je vais chercher un emploi dans la région.

Un sourire aux lèvres, elle promena son regard sur l'assemblée et ajouta :

— Merci à vous tous pour votre aide précieuse mais je dois vous laisser, maintenant. Il faut que Letty rentre et se repose.

— Je l'emmène, dit William.

Un voisin l'avait devancé et soulevait Letty dans ses bras pour la conduire dans la maison.

— Nous sommes tous solidaires, ici, affirma-t-il à William d'un ton affable mais ferme. En cas de problème, nous savons pouvoir compter les uns sur les autres.

Tourné vers Meg, il ajouta :

— Si tu as besoin d'aide pour la traite du soir…

— Merci, mais je pense que vous en avez assez fait et puis… je suis bien secondée.

William devint soudain le centre de toutes les attentions.

— Il s'en sort bien ? demanda une femme, avec un regard appréciateur.

— A merveille : il avait des talents cachés !

Tout le monde rit et, pendant qu'elle rentrait à son tour pour s'occuper de sa grand-mère, chacun regagna son domicile. Scott était monté, lui aussi, dans la chambre de sa grand-mère mais ne fut pas long à rejoindre William dans la cour.

— Il vaut mieux laisser les femmes ensemble. Si vous voulez, on peut commencer à s'occuper des vaches tous les deux.

William lança un regard à sa jambe gauche.

— Ton appareil ne risque-t-il pas de te gêner ?

— On verra bien. J'en ai assez d'attendre la guérison !

— J'en conclus donc qu'il serait préférable de ne pas commettre d'imprudence.

— Letty et Meg me répètent sans arrêt qu'une chute ou même un faux mouvement nous obligerait à repartir de zéro. Je ferai attention.

— Un accident est vite arrivé, insista William. Pourquoi ne superviserais-tu pas plutôt les opérations pendant que je procède à la traite ?

Il se tourna vers la cour où les vaches commençaient à se presser contre la barrière.

— Je suis novice en la matière. J'aurai besoin de tes conseils, Scott.

— Pas de problème mais je peux aussi vous aider.

Il s'interrompit et prit une profonde inspiration avant d'ajouter, l'œil sombre :

— Je sais, je n'aurais pas dû essayer d'installer ce Père Noël là-haut mais je ne me doutais pas que Letty voudrait l'arranger. En tout cas, je ne suis pas complètement inutile ! Cette jambe va bien finir par guérir et je serai alors en mesure de m'occuper de tout ça.

William observa l'adolescent : son visage reflétait l'horreur de l'accident, la souffrance accumulée pendant toutes ces années et la douleur d'avoir dû grandir handicapé, sans ses parents.

— Je t'en sais capable, Scott, mais, puisque je n'ai rien à faire, dans l'immédiat, donne-moi plutôt des instructions, toi pour qui ce genre de chose n'a pas de secrets !

Il accompagna ces propos d'un clin d'œil complice et se dirigea vers la cour.

Scott devait être épuisé, se dit Meg en regagnant la cour d'un pas pressé, tout en boutonnant son bleu de travail. L'accident de Letty l'avait ébranlé et l'arrivée surprise des voisins, aussi merveilleuse soit-elle, l'avait empêché de se reposer.

Elle l'aperçut de loin, juché sur la barrière, et eut envie de le prendre dans ses bras pour l'emmener se coucher, tout comme Letty. Mais il discutait avec William, accroupi près d'une vache et elle ne voulut pas risquer de le blesser dans son amour-propre.

— Vous vous croyez donc capables de gérer cette ferme sans moi, vous deux ? lança-t-elle.

William se tourna vers elle et lui adressa un grand sourire.

— Je pense que je vais pouvoir rajouter une ligne à mon curriculum Vitæ : trayeur !

— Comment le trouves-tu, Scotty ? Es-tu prêt à lui remettre une lettre de références. Oh ! Pardon… *Scott.*

— Tu peux m'appeler Scotty, si cela te fait plaisir, mais en privé.

— William est là…

— Ça ne me gêne pas.

Meg ne fit aucune remarque mais constata qu'il s'agissait d'une concession de taille de la part de son jeune frère. Elle avait eu, par le passé, quelques petits amis qui, tous, avaient eu l'air de gêner Scott.

— Comment va mamie ? enchaîna-t-il.

— Je pense qu'elle serait contente que tu ailles l'embrasser et je serais, moi aussi, rassurée de te savoir auprès d'elle. Quoi qu'elle prétende, elle est encore affaiblie. Pendant ce temps, je vais me joindre à la traite, ça ira plus vite.

Elle vint se placer à côté de William et ils travaillèrent quelques minutes en silence, dans une agréable complicité.

— C'est un brave gosse, dit enfin William.

Meg rougit mais ne dit rien.

— Vous n'êtes pas de mon avis ? insista-t-il au bout de quelques instants de silence.

— Bien sûr que si !

— Mais vous ne parlez pas.

— La journée a été éreintante.

— Tout est rentré dans l'ordre, à présent. Je regrette seulement que vous n'ayez pas gardé votre jolie robe.

— Je la remettrai demain.

Elle s'était exprimée d'une voix neutre, résolue à maîtriser ses émotions. Plus que deux jours…

— Avez-vous acheté des cadeaux de Noël à Pip et Ned ?

— Bien sûr : des pistolets à bulles. Dix bulles à la seconde ! Vous imaginez ?

Face à cet accès d'enthousiasme, elle ne put s'empêcher de rire.

— A vous entendre, on croirait que vous les avez testés !

— Et pourquoi ne l'aurais-je pas fait ?

Imaginer M. McMaster avec un pistolet à bulles était assez insolite !

— Où les avez-vous testés ?

— Sur mon balcon. J'ai envoyé des bulles sur Central Park.

Elle éclata de rire puis, se rappelant qu'il repartirait bientôt, retrouva son sérieux, laissant de nouveau le silence s'installer entre eux.

— Meg... vous n'envisagez pas de revenir sur votre décision ?

— Non.

— Pourquoi ?

— Pour les raisons déjà énoncées.

Elle lui tourna résolument le dos afin de clore le sujet.

Une fois la traite terminée, dans un silence absolu, ils nettoyèrent les lieux, puis retournèrent à la maison où ils mangèrent du pain et du jambon et se partagèrent le reste de trifle à la mangue, sans faire de bruit pour ne pas réveiller Letty et Scott, tous deux endormis.

William se rappela les Noëls de son enfance. Ses parents organisaient des fêtes somptueuses au cours desquelles les invités buvaient beaucoup et tenaient à ce que leur fils y assiste, afin de donner l'image d'une famille unie.

Depuis son arrivée à la ferme, ils avaient mangé très simplement, sans aucun cérémonial et cela lui avait beaucoup plu.

Meg lava la vaisselle qu'ils avaient utilisée et, instinctivement, il s'empara d'un torchon pour l'essuyer. Prenant conscience du côté symbolique de la scène, il se figea : un couple dans une cuisine…

A vrai dire, tout ce qu'il vivait avec sa secrétaire depuis leur départ des bureaux était étrange.

Son *ex*-secrétaire particulière…

— Dans la mesure où les lignes téléphoniques ont été rétablies, vous pouvez utiliser internet dans votre chambre. Cela vous permettra de prendre des nouvelles du monde avant de vous endormir !

— Et vous ?

— Moi, je vais vérifier l'état de Millicent, ensuite j'irai me coucher. Noël ou pas, il faudra quand même se lever à 5 heures. Bonne nuit, William.

— Voulez-vous que je vous accompagne ?

— Non, merci. Je pense que la situation n'a pas dû beaucoup évoluer depuis ce matin.

La nuit commençait à tomber et, munie d'une lampe de poche, elle s'éloigna en direction du box où était installée l'adolescente fugueuse.

William monta l'escalier sans faire de bruit. Il allait s'informer des nouvelles de la journée. La grève des aiguilleurs du ciel était peut-être terminée et il lui serait, dans ce cas, possible de partir.

Meg, quant à elle, était déjà partie.

Contrairement à ce qu'elle avait cru, la situation avait bel et bien évolué : nerveuse, Millicent jetait de toute part des regards affolés et gardait la plupart du temps la queue dressée vers le ciel, tout en se cambrant. L'arrivée du petit paraissait imminente.

— Là, tout va bien ma belle, dit-elle en caressant la tête de la vache qui vint se nicher tout contre elle.

Cette réaction la fit sourire. Choyée par Letty, Millicent avait été pratiquement élevée comme un animal domestique.

— Calme-toi. Je sais que ce n'est pas un moment facile, enfin, je le sais par ouï-dire, pas par expérience personnelle. J'imagine que tu aurais voulu que le papa soit là pour te tenir la patte ?

Cette remarque ridicule lui fit lever les yeux au ciel, d'autant que l'image de William n'en était pas absente !

— Nous sommes toutes les deux célibataires, Millicent, ajouta-t-elle en redressant les épaules et nous allons très bien nous tirer d'affaire !

Les négociations entre patronat et syndicats s'étaient poursuivies via internet et la dernière offre proposée avait été acceptée à une grande majorité. Le trafic aérien allait reprendre son cours normal.

Parfait. En allant d'Australie aux Etats-Unis, il gagnait un jour et pourrait donc être présent à New York le jour de Noël. Il verrait ainsi les enfants et leur offrirait leurs cadeaux. Peut-être même les emmènerait-il au restaurant.

Et il s'apprêtait à quitter Meg.

« Et alors ! se gourmanda-t-il. Meg n'est qu'une employée. Une ex-employée, d'ailleurs ! »

Il regarda sa montre qui affichait 2 heures du matin. Furieux, il se leva, fit quelques pas dans la pièce et s'approcha de la fenêtre. De là, il aperçut un faible halo de lumière qui perçait la nuit derrière l'étable, dans le paddock où se trouvait Millicent. Serait-elle en difficulté ? Quand bien même… Jamais il n'avait vu une vache mettre bas ; de quelle utilité pourrait-il bien être ?

Sans plus réfléchir, il se rhabilla et descendit la rejoindre.

Décidément, il était temps qu'il s'éloigne de cette

femme et réussisse à l'exclure de ses pensées, se dit-il en sortant de la maison.

Dès qu'il eut poussé la barrière du paddock, il remarqua que les choses ne se déroulaient pas aussi bien qu'elles l'auraient dû. Elle était assise à côté de l'animal. Plus précisément elle se trouvait… sous l'animal et son attitude trahissait la fatigue et la nervosité.

En l'entendant arriver, elle dressa le visage vers lui et il remarqua ses traits tirés, ses yeux cernés et son air complètement abattu.

— Que se passe-t-il ?

— Ce que nous redoutions est en train de se produire : Millicent est trop jeune, trop fine, pour vêler. Le taureau qui l'a engrossée était une bête solide et le petit, qui doit être lui aussi costaud, ne se présente pas comme il le faudrait.

Tandis qu'elle le fixait, il vit une lueur d'espoir vaciller dans ses beaux yeux verts. Il n'osa rien dire : qu'attendait-elle de lui ?

Il ne fut pas long à le savoir.

— Il faut normalement que les pattes avant et la tête passent en premier. Or, il se présente par l'épaule et je n'ai pas assez de force pour le redresser.

Le redresser ? Voulait-elle vraiment dire que…

— Vous en revanche, reprenait-elle déjà, un vague sourire flottant sur ses lèvres pâles.

Ce fut ainsi que, par une belle nuit de Noël, W. S. McMaster, qui n'avait eu dans sa vie qu'un poisson rouge, participa de façon active à la naissance d'un adorable veau blanc, identique à sa mère.

Pendant que Millicent l'accueillait dans ce monde en le léchant, Meg et William reculèrent de quelques pas, comme pour ne pas troubler ce moment important. Encore tout pantelants, ils se tournèrent l'un vers l'autre, à la fois choqués et émerveillés par ce qu'ils venaient de vivre.

Cela arriva tout naturellement : ils se retrouvèrent enlacés. Serrés l'un contre l'autre, ils s'embrassèrent, se caressèrent, laissant enfin libre cours à cette attirance physique mutuelle qu'ils avaient, jusque-là, feint d'ignorer.

Instinctivement, William chercha à toucher la peau satinée de la jeune femme, glissant la main dans l'échancrure de la salopette.

La magie se brisa à cet instant.

— Non William, souffla-t-elle en s'écartant de lui. Je… n'envisage pas de suivre l'exemple de Millicent !

10

William fut réveillé par les accents d'une voix de soprano, qui chantait « Douce Nuit », parfois couverte par celle de Letty et accompagnée de quelques aboiements.

Il était 5 heures et demie du matin. Après s'être recouché vers 3 heures, il avait mis un certain temps à s'endormir et se serait volontiers passé d'un début de festivités aussi matinal.

Noël. Hourrah !...

D'humeur maussade, il s'habilla et descendit dans la grande cuisine où la table était couverte de victuailles. Il écarquilla les yeux en voyant Letty, vêtue d'un pyjama rouge et coiffée d'un bonnet rouge et blanc. Scott, également en pyjama, aidait à préparer la farce pour la dinde.

Sur le seuil de la porte, William resta abasourdi. En l'espace de quelques heures à peine, l'atmosphère s'était totalement transformée !

— Joyeux Noël ! s'exclama Letty tandis que les dernières notes du chant de Noël résonnaient dans la pièce. Ah..., dit-elle en se tournant vers le lecteur de C.D. de première génération, cette chanson est vraiment ma préférée ! Voulez-vous que je la remette ?

— Je vous préviens, elle va vous obliger à chanter ! déclara Scotty avec une moue comique.

Immobile à l'entrée de la pièce, il regarda tour à tour l'adolescent et la vieille dame dynamique. Seul le bandage qu'elle portait au poignet rappelait le triste accident survenu la veille. Soudain, il comprit pourquoi Meg était aussi attachée à ces deux êtres : le drame qu'ils avaient vécu n'avait fait que resserrer des liens déjà forts, ils formaient une vraie famille.

Ils s'aimaient, tout simplement…

Une émotion bizarre lui serra la gorge et il se félicita que Letty se remette à chanter.

— Oh non, mamie, s'il te plaît…

— Bon, dit William… je vais aider Meg. Je suppose qu'elle est déjà en train de traire les vaches ?

— Bien sûr, lui répondit Letty. Notre vaillante Meg est toujours sur le pied de guerre et, puisque nous parlons de vaillance, je vous félicite pour celle dont vous avez fait preuve hier soir, William ! Sans votre intervention, les choses auraient pu mal tourner. Millicent et sa fille, puisque c'est une fille ! précisa-t-elle avec un sourire, sont en pleine forme. Merci encore.

Il ne put émettre que quelques sons inintelligibles. Le souvenir de l'étreinte folle qui avait suivi la naissance de la génisse restait gravé dans sa mémoire. Que se serait-il produit si Meg ne l'avait pas arrêté ?

— Au fait, reprit alors Letty, vous savez sans doute déjà que les aéroports ont rouvert leurs pistes. Meg a écouté la radio en se levant et nous a chargés de vous prévenir. Mais je suppose que vous ne voulez pas partir tout de suite ?

— Je…

Avait-il réellement envie de partir ?

Tous deux le fixaient, attendant sa réponse. Un peu plus loin, Meg était en train de traire les vaches, seule… Le mode de vie bien rodé qui était le sien depuis des années lui sembla se fissurer.

— Il faut que je parte. Scott, pourrais-tu consulter les horaires des prochains départs, pendant que j'aide Meg ?

— Aujourd'hui ?

— Oui, s'il te plaît.

— Vous voulez vraiment partir ? insista l'adolescent, dépité.

William pensa à Meg, au bonheur qui l'avait envahi lorsqu'il l'avait embrassée, à Letty sur le toit, à cet adolescent malmené par la vie…

Plus que jamais, il lui fallait maintenir ses distances.

— Je n'ai pas envie de partir mais il le faut, je dois être à Manhattan dans les meilleurs délais. Je peux compter sur toi ?

Scott hocha la tête et se dirigea vers le hall. Il était à peine sorti que résonnait un autre chant de Noël, plus fort encore que le précédent. La voix de Letty ne tarda guère à se mêler au chœur.

Cette maison était peuplée de fous. Il fallait qu'il la quitte au plus tôt !

Lorsqu'il entra dans la cour, Meg continua la traite sans lever les yeux sur lui. Sans doute était-ce mieux ainsi…

— Joyeux Noël, dit-elle enfin, d'une voix qui trahissait sa fatigue.

Evidemment… Elle n'avait pratiquement pas dormi.

Qui l'aiderait à traire les vaches quand il serait parti ?

— Joyeux Noël, répondit-il, légèrement sur ses gardes.

— J'imagine que vous savez que le trafic aérien a repris ? Désolée, mais je n'avais pas le temps de noter les horaires, ce matin.

— Ce n'est pas grave, j'ai demandé à Scotty de s'en charger.

Elle hocha la tête, et passa à la vache suivante avant de reprendre la parole.

— William… à propos de ce qui s'est passé entre nous hier soir… je crois qu'il vaut mieux ne plus y penser. Nous n'étions pas dans notre état normal, après cette naissance.

— Si vous le dites…

Evitant son regard, elle reprit :

— J'espère que nous pourrons trouver une heure de départ qui vous convienne, ce soir.

— Qui va vous aider à la traite ?

— Oh ! Il m'est souvent arrivé de le faire seule, comme une grande, et j'y ai survécu !

— Vous êtes très fatiguée.

— Kerrie reprendra son service demain. Elle est invitée à déjeuner aujourd'hui avec nous et, qui sait, peut-être pourra-t-elle même me prêter main-forte ce soir ? De plus, rien ne m'empêche de me reposer en début d'après-midi.

William hocha la tête. Il aurait tant voulu pouvoir lui assurer une certaine aisance financière, qui la laisse libre de ne traire les vaches que si elle en avait envie, de s'occuper à temps plein de sa grand-mère, si cela s'avérait nécessaire, et de régler tous les soins de Scott.

Qui lui permette également de s'amuser, de profiter un peu de la vie…

Hélas, cela relevait de l'impossible. Il était parvenu à grand-peine à lui offrir des robes, une voiture à Scott et la connexion par satellite pour toute la famille. Il la connaissait assez pour savoir qu'elle refuserait toute aide financière, sous quelque forme que ce soit.

Et, malheureusement, il n'avait rien d'autre à offrir ; il était sur le point de partir pour ne jamais revenir.

Dans sa vie, il n'y avait pas de place pour des chiens, des vaches et une famille.

— Ne tardons pas trop, lança-t-elle. Nous nous offrons

en général les cadeaux après la traite, ensuite nous assistons à la messe et, pour finir, partageons le repas.

Pendant que William procédait au nettoyage de la cour et du matériel, Meg passa s'assurer que Millicent et sa petite Milly se portaient bien.

La petite tétait paisiblement sa mère. Ni l'une ni l'autre ne semblaient affectées par les moments un peu éprouvants de la naissance, qui s'était finalement déroulée à merveille grâce à William.

Le tableau de ce bonheur paisible et parfait lui fit monter les larmes aux yeux. Paisible… L'inverse de sa vie en ce moment.

Pourquoi avoir présenté sa démission à W. S. McMaster ? Elle aimait le rôle qu'elle jouait dans l'entreprise, travailler avec lui.

Elle l'aimait tout court !

Anéantie par cette prise de conscience, elle se mit à pleurer de plus belle.

Se traitant de folle, elle s'intima l'ordre de se ressaisir rapidement. L'heure n'était pas aux lamentations !

Après s'être essuyé les yeux, elle partit sur un « Joyeux Noël les filles » et regagna la maison afin de se préparer.

Jamais il n'avait vu un arbre de Noël pareil !

Il avait eu tant à faire depuis son arrivée qu'il n'avait pas encore eu l'occasion d'entrer dans le salon.

— Les sapins ne poussent pas dans la région, lui expliqua Letty, et il est hors de question que j'achète un arbre importé, qui ne tarderait pas à mourir ! Les gommiers sont inhabituels en tant qu'arbres de Noël, j'en conviens, mais nous les gardons en pot pendant trois ans et, ensuite, nous les replantons. Celui-ci, par exemple, vit son dernier Noël ici et sera planté l'an prochain.

Cette idée de continuité était complètement étrangère à William mais lui plaisait.

Les décorations faites maison étaient pour certaines très réussies, pour d'autres moins mais aucune ne manquait d'originalité.

— Passons à la distribution des cadeaux, maintenant ! déclara solennellement Meg.

Les paquets furent échangés. Scott fut le premier à ouvrir le sien : un pull-over tricoté par Letty, dans des teintes assez voyantes ; il l'essaya sur-le-champ.

— Oh ! Il te va à merveille ! s'exclama l'auteur.

— Mais je te conseille de l'enlever maintenant si tu ne veux pas mourir de chaleur ! observa Meg, ce qui lui valut un regard infiniment reconnaissant de son jeune frère.

Les cadeaux continuaient de circuler de main en main, dans le rire et la bonne humeur. Meg lui remit une petite boîte plate, entourée d'un gros ruban doré.

— Nous n'étions pas en mesure de vous offrir des cadeaux comparables à ceux que vous nous avez faits mais nous avons pensé que ceci devrait vous plaire.

Elle ponctua ces mots d'un sourire énigmatique et il commença à dénouer le ruban de la boîte. Il se sentait désorienté, avait l'impression d'avoir été transporté dans un autre monde. La boîte contenait un certificat soigneusement plié.

Il le lut, le relut, s'efforçant de bien en comprendre la nature : un chien… à temps partiel ?

Face à son air interloqué, Meg entreprit de lui fournir quelques explications.

— Nous avons trouvé cette annonce sur internet, Scott et moi. Elle provient d'un refuge de Manhattan, situé près de chez vous. Ce certificat vous donne droit à des visites mais, surtout, vous permet d'avoir un chien quand vous êtes à New York, au rythme qui convient le mieux à votre activité. Vous pouvez le garder à domicile pendant toute la durée de votre séjour ou un jour sur deux. Il vous est également possible de passer simplement le chercher pour une promenade quotidienne ou encore de… En fait, vous êtes libre de fixer les bases de votre relation avec ce chien, en fonction de votre disponibilité. Cette méthode permet au refuge de libérer de la place et d'accueillir davantage d'animaux.

Un chien à temps partiel, tout comme Ned, Pip et Elinor, sa famille à temps partiel…

Cette idée était excellente mais pourquoi éprouvait-il cette curieuse sensation de vide ?

Par chance, Scott reprit la parole et nul ne remarqua son malaise.

— C'est une chienne, un croisement de dalmatien et de lévrier. Elle s'appelle Sheeba, sa photo est au fond de la boîte. Si j'ai bien compris, ce sera votre premier animal domestique ?

— Tout le monde a besoin d'un chien, déclara Letty, tournée vers la cuisine où attendaient les cinq chiens, interdits de séjour dans le salon.

Tout le monde devrait avoir un chien, même à temps partiel…

Après avoir chaudement remercié, il participa à la liesse générale et s'extasia devant les cadeaux offerts par Meg à sa famille : des espèces de bazookas qui servaient à lancer des projectiles. Une bataille de balles en mousse ne tarda pas à s'engager entre Scott et sa grand-mère et, à les voir, nul n'aurait pu imaginer que la vieille dame se trouvait la veille dans un état critique.

Qui pouvait avoir l'idée d'offrir à sa grand-mère un

lance-projectiles ? Meg ! Meg qui riait aux éclats des facéties de sa famille.

Il songea soudain qu'il ne la reverrait plus et son cœur se serra. Cherchant à se donner une contenance, il commença à ramasser les papiers des cadeaux, qui jonchaient le sol de la pièce.

— Oh ! Il faut que j'aille tourner la dinde dans le four ! s'exclama soudain Meg.

— Et que je vous transmette les horaires de vol, ajouta Scott.

Elle se tourna vers son frère.

— Alors, qu'as-tu trouvé ?

— Un vol à 21 heures, ce soir. Vous pourriez prendre le train de 16 heures pour Melbourne puis la navette pour l'aéroport. Qu'en penses-tu, Meg ?

— William a l'habitude des voitures particulières, dit-elle sans regarder le principal intéressé. Cela mis à part, les horaires me semblent parfaits.

Elle se dirigea vers la cuisine.

— Qu'en pensez-vous, William ? Vous pourriez ainsi prendre avec nous le repas de Noël et je vous conduirais ensuite au train.

— Il sera obligé d'acheter deux places, après avoir mangé le pudding de mamie !

Cette dernière lui fit une grimace mais William ne rit pas et était prêt à parier que Meg, qui venait d'entrer dans la cuisine, ne riait pas non plus.

William n'était pas un adepte des offices religieux mais décida néanmoins de suivre la tradition et d'assister à la messe de Noël avec Meg et les siens. Toute la communauté s'était retrouvée à l'église qui était bondée. Ils réussirent cependant à trouver un banc libre où, en dépit des chants auxquels elle vouait une véritable passion, Letty ne fut pas longue à s'assoupir. Sur l'épaule de William...

William n'avait d'yeux que pour Meg. Elle chantait à côté de lui et il était fasciné par son profil, par la pureté de sa voix. Ces moments resteraient à jamais gravés dans son souvenir. Quand il partirait...

Au fait, pourquoi ne pas retarder son départ de quelques jours ? Cela lui permettrait de s'assurer que Letty se remettait bien et de donner à Kerrie l'occasion de se reposer un peu plus longtemps.

Et de se rapprocher ainsi un peu plus de Meg ?

Son regard fut de nouveau attiré par la jeune femme. Qu'était-il venu faire là ? Il n'y était pas à sa place, n'avait rien à lui offrir.

Raisonnablement, il allait donc rentrer chez lui, retrouver sa famille à temps partiel et faire la connaissance de sa chienne à temps partiel.

Letty grommela quelques mots et ouvrit les yeux.

— Est-ce qu'ils ont chanté « O Little Town of Bethlehem » ?

— Non.

— Il faudrait qu'ils ne tardent pas trop. Nous avons une dinde qui nous attend dans le four !

De retour à la ferme, ils prirent tous place autour de la grande table de la salle à manger, accompagnés de Kerrie et de ses trois enfants.

La dinde était parfaitement cuite, le pudding bien flambé et la conversation fut légère et animée. Pendant le repas, Meg regarda sa montre une bonne centaine de fois.

— Il faudrait partir, maintenant, dit-elle enfin.

— Oui. Vous voulez bien m'accompagner à la gare ?

Elle répondit à cette question par un hochement de

tête et il se leva. A peine debout, il ressentit une sorte de vertige.

— Eh bien… merci pour tout.

— *Merci* ? répéta Letty. Vous nous avez couverts de cadeaux et vous nous remerciez ?

— Je vous enverrai des photos de la voiture, promit Scott avec un sourire timide, quand elle commencera à prendre forme.

— Cela me fera plaisir.

Il n'y avait rien d'autre à ajouter. Meg l'attendait déjà devant la porte, les clés du break à la main, et il n'avait plus qu'à récupérer son sac, qu'il avait descendu un peu plus tôt dans le couloir.

— Prêt ?

Muet, il lui emboîta le pas.

il observa les alentours.
ıent puis-je être sûr de ce que vous avancez ?
moi confiance.
e dit que vous n'envisagez pas de me laisser
se campagne, à attendre un train fantôme ?
ra.
: vais l'attendre avec vous mais il faut que
; visibles : si le conducteur ne voit personne,
'a pas.
lire, ils se rapprochèrent des rails. William se
ur arrivée à ce même endroit, de sa surprise
:ontentement. Quelques heures à peine plus
qui avait du mal à en partir mais, surtout, à
qui avait été sa secrétaire particulière.
ient côte à côte près de la voie ferrée, sans
sans parler.
je vous demande encore une fois de réfléchir
ion.
ait et je n'envisage pas de revenir en arrière.
it la voix.
que je vous ai embrassée ?
pris ma décision avant que vous ne m'em-
vailler auprès de vous a été pour moi une
ès positive, mais… Voilà… Je tiens cependant
cier encore une fois de tout ce que vous avez
ıs.
:es mots d'un geste nerveux de la main. Il
:rain approcher.

:ha d'elle, lui posa les mains sur les épaules
on regard.
avec moi à New York.
isagea, les yeux écarquillés.
mpossible, voyons ! Ma place est ici, auprès

Pourquoi ne parlait-il
dans la voiture devenait i
que le trajet entre la ferme
Pour meubler le silence, el
les inévitables chants de
William l'éteignit.

— Qu'avez-vous contr
t-elle, feignant un air off

— Je m'apprête à trave
ce qui va me permettre d

— Deux Noëls coup su

— Les miens sont diffé
deux de mes Noëls habitu

— Allez-vous rendre v

— Non.

— Vous devriez le fai
Même les médias affirme

— Seriez-vous par ha
comment mener ma vie ?

— Oh ! J'oubliais que
le mois prochain et que j

Ces mots furent suivis
mois écoulé…

— Nous voici arrivés,
blanche. Le train sera là

Sceptiqu
— Com
— Faites
— Qui n
seul ici, en
Elle soup
— Soit,
nous restio
il ne s'arrêt
Sans mot
souvint de l
et de son m
tard, le voil
quitter celle
Ils se ten
se regarder,
— Meg.
à votre déc
— C'est
Il s'éclair
— Parce
— J'avai
brassiez. Tr
expérience t
à vous reme
fait pour nc
Il balaya
entendait le
— Meg.
Il s'appro
et chercha s
— Venez
Elle le dé
— C'est

des miens, alors que la vôtre est à New York, à Londres ou à Hongkong, là où vous emmènent vos affaires.

La gorge nouée, elle se tourna vers la voie ferrée.

— Le train est là. Bien le bonjour à Sheeba.

— Sheeba ?

— Votre chienne à temps partiel !

Un animal à temps partiel… Une vie privée à temps partiel…

Il n'avait aucune envie de quitter cette femme mais elle refusait de le suivre. Quelle autre éventualité envisager ? S'installer dans ce coin reculé du monde ? Il n'allait tout de même pas passer le restant de sa vie à traire des vaches !

— Au revoir William.

Soudain, il attira la jeune femme contre lui et chercha ses lèvres.

Le train venait de s'arrêter. Il allait devoir mettre un terme à ce baiser, auquel elle répondait avec un merveilleux mélange de tendresse et d'ardeur.

« Meg… »

Les portes du train s'ouvrirent dans un chuintement et le mécanicien descendit sur le semblant de quai.

— Les passagers sont priés de monter à bord ! dit-il, un regard noir posé sur eux.

Comment fuir l'inévitable ? Pendant quelques minutes fugitives, ils restèrent agrippés l'un à l'autre puis, la mort dans l'âme, William prit son bagage et monta dans le train sans un regard en arrière.

Pendant le trajet de retour, Meg fut prise d'une violente migraine. Une page de sa vie, et pas des moindres, venait de se tourner. Elle voulut redresser le menton mais n'y parvint pas.

Elle tenta de tromper son chagrin en pensant à tout ce qui l'attendait.

Elle allait devoir se lancer à la recherche d'un emploi, continuer à s'occuper des vaches, de sa famille. Il y avait aussi ce jeune fermier qui lui avait manifesté un certain intérêt avant qu'elle ne parte travailler à Melbourne. Chaque fois qu'elle revenait à la maison, Letty lui répétait qu'il était toujours célibataire. Peut-être…

William allait lui manquer, ainsi que son poste de secrétaire particulière dans cette grosse entreprise. Certes, elle aimait la ferme mais cette vie ne suffisait pas à la combler.

Il le faudrait bien pourtant : comment continuer à travailler pour lui dans ces circonstances ? Par ailleurs, elle ne voulait plus s'éloigner de Letty et Scott…

Le train était presque vide ; évidemment, il y avait peu de voyageurs le jour de Noël.

En face de lui, une jeune femme brune à l'air triste tenait dans ses bras un bébé endormi. Quelques jours plus tôt, l'homme d'affaires pressé qu'il était l'aurait à peine remarquée mais aujourd'hui…

Sans réfléchir, il plongea la main dans la poche de son veston et en sortit une petite boîte de bonbons à la menthe, qu'il lui tendit.

— Oh… merci beaucoup.

Elle réussit à lui adresser un sourire tremblant, se servit, puis le regarda, manifestement désireuse d'engager la conversation.

— Mon mari travaille sur une plate-forme pétrolière et nous ne nous voyons qu'une semaine par mois. Ça ne durera pas plus d'un an, le temps d'économiser de l'argent pour acheter une maison, mais cette vie de famille à temps partiel est difficile.

Elle soupira. William l'écoutait sans mot dire.

— Je retourne ce soir chez mes parents, reprit-elle en reniflant. Les soirées avec lui me manquent tellement… Blottis l'un contre l'autre, nous nous racontons les bons et les mauvais moments de la journée…

Elle se moucha.

« Blottis l'un contre l'autre, nous nous racontons les bons et les mauvais moments de la journée… » Jamais William n'avait connu cela. Il passait en général ses soirées seul et, lorsqu'il lui arrivait de partager la compagnie de l'une de ces jeunes femmes qui traversaient son existence comme un météore, ils sortaient.

Ce soir, il arriverait peut-être à temps pour voir Pip et Ned. Il prit son téléphone et grimaça : pas de réseau.

— Il est possible de téléphoner quand nous traversons une ville, lui dit la jeune femme. Mais bien sûr, il faut faire vite.

« Blottis l'un contre l'autre… »

Sans doute approchaient-ils d'une ville ; des barres venaient d'apparaître sur l'écran de son téléphone. Sans plus attendre, il composa le numéro d'Elinor qui décrocha à la première sonnerie.

— J'espère que je ne vous réveille pas, commença-t-il.

— Pas du tout ! Je mettais les cadeaux au pied de l'arbre et j'ai une merveilleuse nouvelle à vous annoncer : Pip et Ned sont adoptés ! Leur mère a enfin consenti à entendre raison, et une famille sérieuse, qui avait déposé depuis longtemps une demande, va les adopter. Un vrai conte de Noël, n'est-ce pas ?

Il eut du mal à avaler sa salive.

— Oui…

Cette femme au grand cœur qu'était Elinor comprit sa réaction avant même que lui-même n'ait le temps de l'analyser.

— Ils seront heureux dans cette famille, monsieur McMaster, et vous pourrez les revoir quand vous le souhaiterez. Et puis, tant d'autres enfants ont besoin de nous…

— Bien sûr, répondit-il d'une voix étranglée. Je suis… très heureux.

— Et vous ? Quand arrivez-vous ? Ce soir ?

— Il sera sans doute trop tard pour passer vous voir. Il serait préférable de remettre cela à demain.

— Oh ! Ils seront déçus…

Mais le ton de sa voix démentait ses propos. La réception commença à se brouiller et il dut mettre un terme à la communication. En remettant le portable dans sa poche, il s'aperçut que la jeune femme le fixait.

— Des mauvaises nouvelles ?

— Pas du tout. Au contraire.

— Ah ? fit-elle, dubitative.

William glissa la main dans ses cheveux. Cette nouvelle, il aurait voulu la partager avec Meg.

« Blottis l'un contre l'autre… »

Haussant les épaules, il se tourna vers la vitre derrière laquelle défilait le paysage australien à la végétation clairsemée. Ses pensées se tournèrent soudain vers la dynastie McMaster : des êtres humains meurtris, en quête de richesse et de reconnaissance sociale, des gens malheureux, qui avaient engendré des enfants malheureux.

Comment proposer à quelqu'un de faire partie d'une telle famille ? Il s'était juré de ne jamais…

Pareilles à un puzzle coloré, des images se mirent alors à défiler dans son esprit : une meute de chiens, une grand-mère en pyjama rouge, une jeune femme en bleu de travail, un adolescent au regard parfois triste, parfois espiègle, une vache et son petit…

Puisque vivre heureux avec sa famille était impossible, pourquoi ne pas en choisir une autre ?

— Y a-t-il un train pour Tandaroit ce soir ? demanda-t-il au contrôleur qui venait d'entrer dans le wagon.

— Pour Tandaroit ? Je suppose que vous plaisantez ? Un seul train par jour dessert cet arrêt et le prochain ne partira que demain de Melbourne.

La jeune femme attendit que le contrôleur se soit éloigné avant de se pencher vers lui.

— Vous voulez retourner à l'endroit que vous venez de quitter ? demanda-t-elle à voix basse.

— Peut-être.

— Pour retrouver la femme que vous embrassiez ?

Il sourit.

— Qui est-ce ?

— Autrefois, elle s'appelait Mlle Jardine mais, depuis, elle est devenue Meg.

12

Meg avait toujours aimé Noël. Cette fête avait l'étrange pouvoir de la remplir de bonheur. Le Noël qui avait suivi la perte de ses parents avait, certes, été différent mais ils avaient réussi, Scott, Letty et elle, à le célébrer de façon très honorable et étaient parvenus à se réjouir d'être ensemble.

Jamais encore elle n'avait ressenti une telle tristesse un soir de Noël. Scott et Letty étaient montés se coucher. Kerrie était rentrée chez elle avec ses trois enfants endormies. Repus après avoir dévoré les restes, les chiens dormaient tous dans la cuisine, où il devenait difficile de se déplacer.

En quête de compagnie, elle se dirigea vers le box de Millicent qui dormait, elle aussi, au côté de Milly.

William devait maintenant être à Melbourne. Elle regarda sa montre. Non, en fait, il s'était déjà envolé.

Machinalement, elle leva les yeux vers le ciel et y aperçut une lumière qui se rapprochait et retint son attention. Ce n'était pas une étoile, elle était accompagnée d'un bruit de moteur. Un petit avion ? Non. Un hélicoptère.

Qui se rapprochait encore. Qui donc ?...

« Non. »

« Si ? »

Qu'allait-elle imaginer ? Sans doute y avait-il eu un accident quelque part, qui nécessitait un transfert en hélicoptère.

Mais il avançait vers leurs terres. Les lumières clignotaient.

Les vaches ?

L'appareil évita les champs occupés par les bêtes et se dirigea vers ceux, plus distants, où avait été récolté le foin. Les personnes qui se trouvaient dans cet appareil connaissaient les lieux.

Retenant son souffle, elle n'osait pas espérer…

L'hélicoptère venait de se poser. Les chiens l'avaient entendu et Killer sortit en premier en aboyant.

Sans plus hésiter, elle se dirigea vers le break.

— Viens, Killer. Allons-y !

Le reste de la meute apparut.

— Bon… Venez tous ! Qui sait, j'aurai peut-être besoin de protection ?

Debout au milieu du pré, William regardait en direction de la maison qui se trouvait plus loin qu'il ne l'avait imaginé.

— Comment ? Aucune limousine ne vous attend ? ironisa le pilote, avec lequel il regrettait à présent d'avoir trop sympathisé.

Des phares percèrent la nuit et, une minute plus tard, le break s'arrêtait à quelques mètres de l'hélicoptère. La portière s'ouvrit et cinq chiens, à peine descendus du véhicule, se précipitèrent vers William, manifestant leur joie.

Deux jours avaient suffi à ces animaux pour s'attacher à lui alors qu'en toute une vie sa propre famille n'y était pas parvenue…

— Vous êtes venue avec votre escorte ? lança-t-il plaisamment à Meg, qui s'avançait vers lui, vêtue d'un pyjama fleuri.

— J'ai oublié le bazooka, répliqua-t-elle sur le même ton.

Elle s'arrêta à quelques centimètres de lui et, muets, ils se dévorèrent du regard.

Cette femme était celle qu'il aimait, sans laquelle il ne s'imaginait pas vivre.

Mais comment le lui dire ?

Un sourire nerveux aux lèvres, il observa les environs.

— Cet endroit ne manque pas de potentiel. Ce serait une bonne idée de transférer ici les bureaux de Melbourne.

— William, articula-t-elle, les yeux écarquillés.

— Nous garderons la ferme, bien sûr, les vaches et leurs petits. Il serait également intéressant de faire installer une salle de gymnastique avec des appareils pour Scott et moi. Une piscine, également. Ce n'est pas la place qui manque, et quand il fait très chaud… Je connais déjà quelqu'un qui pourrait être ma secrétaire particulière.

Elle retint son souffle.

— Quelqu'un qui… accepterait peut-être de m'épouser ? murmura-t-il très bas.

Meg se passa la langue sur les lèvres mais resta muette.

— Mon idée ne te plaît pas ?

— Tu veux m'épouser ?

— Oui, Meg Jardine. Le projet que je viens de t'exposer me tient à cœur mais, ce que je désire par-dessus tout, c'est partager ma vie avec toi. Je t'aime et je sais que je serai heureux ici avec toi.

Comme elle se taisait toujours, il écarta les bras.

— Je suis désolé mais, un soir de Noël, je n'ai pas pu trouver de bague de fiançailles.

Elle se précipita alors dans ses bras.

— Oh ! William, je suis si… si…

Le mot « heureuse » qui suivit fut étouffé par les aboiements des chiens qui couraient vers le bout du pré où apparut un véhicule.

Interdits, ils se tournèrent vers le tracteur qui se dirigeait vers eux.

— J'espère que vous nous avez attendus pour faire votre demande en mariage en bonne et due forme ! s'écria Letty.

Assis à côté d'elle, Scott se mit à applaudir tandis que William embrassait sa future femme et la faisait tournoyer dans ses bras.

Prêt à repartir, le pilote, qui venait de décharger le bagage, lança en riant :

— Cela vaut toutes les limousines du monde !

JENNIE LUCAS

Une passion sous la neige

Traduction française de
CÉCILE BRUEL

HARLEQUIN

Titre original :
THE CHRISTMAS LOVE-CHILD

Ce roman a déjà été publié en 2015

1

En cet après-midi de mi-décembre, Londres grelottait. Mais, malgré la neige fondue qui tombait sans répit depuis des heures, les trottoirs étaient noirs de monde.

Le moral en berne après une journée qui lui semblait pouvoir compter parmi les pires de sa vie, Grace regagnait son bureau, à la main un sac contenant pour plus de mille livres sterling de lingerie fine de chez Leighton. Si seulement les parures lui avaient été destinées, elle aurait vécu différemment la cohue et les bousculades. Mais elle avait couru les boutiques de luxe pour qu'Alan Barrington, son patron, puisse offrir ces présents à sa nouvelle fiancée.

Elle sortit de la bouche du métro et attendit au bord du trottoir de pouvoir traverser la chaussée. Soudain, elle fut littéralement douchée au passage d'une Rolls-Royce. L'eau glacée du caniveau la surprit et la frappa comme une gifle, si bien que Grace perdit l'équilibre et tomba au sol, lâchant son précieux paquet qui vola sur la chaussée.

Craignant d'être piétinée par l'incontrôlable marée humaine qui, dans sa course folle, prenait à peine le soin de l'éviter, elle cria en se protégeant le visage.

— Reculez ! Mais, bon sang, reculez ! ordonna une voix forte.

Elle vit son propriétaire se frayer un chemin jusqu'à elle en écartant la foule. Grand, brun, les épaules larges dans un très élégant manteau de cachemire noir, des yeux gris perçants se détachaient dans son visage mat. Tout en lui exprimait l'argent et le pouvoir.

Jamais elle n'avait été en présence d'un tel mélange de beauté et de virilité : pommettes hautes, mâchoire carrée, profil d'empereur romain, lèvres pleines et sensuelles, dont Grace ne pouvait détourner son regard. Elle eut l'impression que le temps s'était figé.

— Levez-vous !

Elle aperçut soudain la main tendue vers elle. Surprise, elle obtempéra sans même réfléchir.

Au contact de cette paume, elle sentit une onde de chaleur se propager dans son corps.

— Merci, souffla-t-elle.

Et, tout à coup, l'évidence lui sauta aux yeux : elle connaissait son sauveur...

La gorge nouée, elle le dévisagea. Aucun doute, c'était bien lui... L'homme qui lui avait porté secours était le prince Maksim Rostov, le plus célèbre des milliardaires russes vivant à Londres.

Tant en affaires que dans sa vie privée, il avait la réputation d'être absolument sans pitié. Comparé à lui, Alan était un enfant de chœur. Et pourtant, le patron de Grace venait de supplanter son rival dans un contrat de fusion pour lequel ils étaient en concurrence. Les deux hommes se détestaient cordialement, et le fait que Francesca Danvers, la sublime nouvelle fiancée d'Alan, soit l'ex du prince Rostov n'avait rien arrangé. Depuis leur séparation quelques semaines auparavant, ce dernier était apparu chaque soir avec une nouvelle conquête à son bras.

— Je vous prie de bien vouloir m'excuser, c'est ma voiture qui vous a éclaboussée. Mon chauffeur est un incapable.

— Ce n'est rien, parvint à articuler Grace, sa main toujours dans la sienne.

Transie de froid quelques instants plus tôt, elle avait désormais incroyablement chaud.

Mais ce n'était pas pour cette seule raison qu'il fallait à tout prix que Rostov lui lâche la main, et qu'elle prenne rapidement congé de lui. La maison d'Alan sur Knightsbridge Road, où elle logeait également, n'était qu'à deux rues de là et s'il la surprenait en grande conversation avec le prince Rostov, il serait fou de rage, quelle que soit sa confiance en elle. Or, ce soir plus que tout autre soir, Grace avait besoin que son patron soit dans de bonnes dispositions à son égard.

Pourtant, sa main restait comme soudée à celle du prince.

Il lui faisait penser à une vedette du cinéma muet, un peu suranné, farouche, viril, une sorte de Rudolph Valentino séduisant les femmes dans un monde de poussière et de sang, puis menant ses fragiles et innocentes proies à leur perte.

— Je vous reconduis chez vous, annonça-t-il en resserrant son étreinte.

— C'est inutile, bafouilla-t-elle. Je vous assure.

D'un geste gracieux, le prince Rostov épousseta la manche de son manteau. A ce simple geste, le pouls de Grace s'emballa.

— Permettez-moi d'insister.

— Je vous remercie, mais j'habite à deux pas, objecta-t-elle.

Elle sentit des gouttelettes de sueur perler entre ses seins.

Il baissa les yeux sur elle, un imperceptible sourire au coin des lèvres.

— Faites-moi plaisir, laissez-moi vous raccompagner.

Même Alan, avec qui elle travaillait depuis deux ans, et dont elle était secrètement amoureuse, ne lui parlait pas avec cette douceur. Totalement égocentrique, il avait même eu l'indélicatesse de l'envoyer acheter le cadeau qu'il souhaitait offrir à sa maîtresse.

« Le cadeau ! »

Affolée, Grace scruta le trottoir, tâchant de repérer le sac Leighton dans la forêt de jambes qui l'arpentait. Rien… Au moment où elle se disait qu'on avait dû le lui dérober, elle l'aperçut en équilibre sur le marchepied d'un taxi… qui démarra aussitôt, propulsant son précieux paquet au milieu des voitures.

— Oh, non ! gémit-elle.

Elle s'élança vers le bord du trottoir, déterminée à se frayer un chemin dans le flot des véhicules pour aller le récupérer.

Rostov la stoppa.

— Vous voulez vraiment mourir ?

Son anglais était parfait, avec un léger accent difficile à déterminer : un peu précieux, un peu américain, relevé d'une pointe d'exotisme.

— Ne me dites pas que vous risqueriez votre vie pour un sac en papier bleu !

— Un sac en papier bleu ! C'est le cadeau que mon patron destine à sa fiancée. Je ne peux pas rentrer les mains vides.

— Ce n'est pas une raison pour vous suicider. Votre patron doit pouvoir comprendre.

— Je travaille pour Alan Barrington.

Elle avait lancé ces mots sans réfléchir, peut-être comme une provocation. Elle se figea, redoutant la réaction de Maksim Rostov — l'homme qu'Alan venait d'humilier doublement. Mais son visage resta de glace : impossible pour elle de deviner ce qu'il pensait.

— Quel qu'il soit, votre employeur ne mérite pas que

vous vous sacrifiiez pour lui, déclara-t-il en la regardant dans les yeux.

Elle passa la langue sur ses lèvres sèches.

— Allez-vous m'interdire de me faufiler entre les voitures ?

— J'avoue qu'il ne me déplairait pas de savoir Barrington paniqué, perdu sans son irremplaçable assistante… Mais comme je suis d'une nature un peu… délicate, je trouverais fâcheux de voir votre sang étalé sur le macadam.

Grace sourit, mais ses méninges travaillaient à toute allure. Elle se demandait pourquoi Rostov restait aussi courtois, alors qu'il savait désormais qu'elle travaillait pour son pire ennemi. Pourquoi ne l'envoyait-il pas au diable ? Sans doute son légendaire et irrésistible besoin de séduire toute femme, en toutes circonstances et en tout lieu…

Elle fit un pas en arrière pour échapper au contact électrisant de son bras.

— Je suis désolée de vous contrarier, mais je vais malgré tout tenter de récupérer mon paquet. Je ferai bien attention à ne pas souiller la chaussée.

— Retournez plutôt à la boutique et achetez le même article, coupa Rostov.

— Excellente idée ! Vous êtes merveilleux ! Peut-être dans votre milieu considère-t-on comme de vulgaires sous-vêtements les créations de…

— Je paierai, bien sûr, précisa Rostov, hautain.

Grace secoua la tête sans hésiter. Elle aurait accepté cette proposition de la part de n'importe qui sauf lui, le rival déclaré de son patron ; c'était impensable.

Mais alors qu'elle s'apprêtait à se lancer sur la chaussée, elle vit comme dans un film au ralenti un autobus rouge à deux étages rouler sur la très chic boîte bleu lavande, ne laissant au milieu de la rue qu'une masse de carton aplati, taché de graisse et de boue.

Médusée, elle ne put esquisser un geste, tandis que dans son esprit se bousculaient les questions, dont la plus cruciale : comment allait-elle expliquer à Alan qu'elle avait bien utilisé sa carte de crédit, mais qu'elle revenait les mains vides ?

Elle était d'autant plus angoissée qu'il n'avait aucune indulgence pour les erreurs des autres. Si elle lui racontait toute l'histoire, il entrerait dans une rage folle ; si elle acceptait l'offre de Rostov et qu'Alan l'apprenait un jour, ce serait encore pire… Depuis des années, Rostov remportait la grande majorité des contrats que Cali-West Energy convoitait, avec pour conséquence que les actionnaires, inquiets des résultats médiocres et de la chute du cours de l'action, souhaitaient le remplacement d'Alan à la tête de l'entreprise.

Mais ce dernier avait renversé la tendance depuis six semaines. Sa liaison avec lady Francesca Danvers lui valait le soutien du duc d'Hainesworth, père de la jeune femme, et surtout président du conseil d'administration des pétroles Exemplary Oil. Le projet de fusion anglo-russe entre la société de Rostov et Exemplary Oil avait ainsi du plomb dans l'aile, au profit d'une fusion anglo-américaine avec Cali-West Energy.

Grace chassa ces détails de sa tête : ils ne l'aidaient en rien à résoudre son problème. Alan serait tout à fait capable de lui demander de rembourser la lingerie. Or, elle s'apprêtait à lui demander une avance ; ce n'était pas le moment de se voir infliger une retenue sur salaire…

— Ne refusez pas mon aide, insista Rostov, ne soyez pas tête de mule.

— Tête de mule, c'est justement le deuxième prénom que m'avait donné mon père, lança Grace du tac au tac.

Tête de mule, elle l'avait été en quittant Los Angeles sans s'être assurée que les seuls revenus de sa mère suffiraient à rembourser les traites de leur maison.

Tête de mule, elle l'avait été quand elle avait fait de sa présence auprès d'Alan Barrington son unique priorité, même s'il ne voyait en elle qu'une machine, un robot sans émotions ni sentiments.

— Grace « tête de mule » Cannon, s'amusa Rostov. Vraiment, cette manière typiquement américaine de donner un double prénom me surprendra toujours !

— Je m'appelle Grace Diana Cannon, mais je ne vous apprends rien, n'est-ce pas ? Vous avez certainement eu cette information en même temps que mon nom de famille.

— Vous m'avez dit travailler pour Barrington ; il n'y a rien de surprenant à ce que je connaisse le nom de son exceptionnelle secrétaire personnelle.

Ce qualificatif dans la bouche de Rostov lui procura une sensation de bien-être ; pour une fois, elle se sentit valorisée. Mais immédiatement, un doute affreux s'empara d'elle. Et si cette rencontre rocambolesque, à deux rues de leur maison, était moins fortuite qu'elle en avait l'air ?... Elle regarda attentivement le magnat russe.

— Vous comprendrez donc aisément, je n'en doute pas, qu'une assistante « exceptionnelle », comme vous le dites, ne puisse rien accepter de votre part.

— Barrington n'a rien à voir dans cette affaire. Je ne fais que payer la dette que j'ai envers vous. J'honore toujours mes dettes. Même envers mes ennemis. *Surtout* envers mes ennemis...

Le léger sourire qui éclairait jusque-là le visage de Rostov s'était mué en un rictus qui fit frémir Grace. Elle en eut la gorge serrée.

— En quoi suis-je votre ennemie ?

— En rien, vous avez raison. Alors, pourquoi refuser mon aide ?

— Mais…

Il saisit de nouveau sa main.

Jamais elle n'aurait pensé que le contact entre deux paumes puisse être à ce point érotique. Après tant de mois à espérer un regard, un mouvement de la part d'Alan, ce geste pourtant simple et objectivement peu intime la bouleversait. Car, exception faite d'un baiser maladroit écrasé sur ses lèvres avant de s'écrouler, soûl, sur le divan de son bureau le soir d'Halloween, Alan n'avait jamais manifesté la moindre tendresse pour elle. Sa première et unique ébauche de relation amoureuse, songeait-elle parfois, déprimée.

En effet, elle s'était consacrée avec tellement de sérieux à ses études qu'elle était restée à l'écart de ses condisciples ; ensuite, après le décès de son père, la responsabilité morale et financière qu'avaient représenté sa mère et ses trois jeunes frères l'avait encore plus isolée.

Levant les yeux, Grace constata que Rostov la fixait. Elle sentit le feu lui monter aux joues. « Si la lingerie est fichue, c'est la faute de son chauffeur ; donc indirectement la sienne », se dit-elle. Rien de choquant à ce qu'il la remplace. Ainsi, elle éviterait peut-être une catastrophe. Mais elle savait bien au fond d'elle que ce ne serait pas le raisonnement d'Alan.

— Il fait froid. Allons à ma voiture, proposa Rostov. Je vous accompagne chez Leighton.

— Vous n'avez pas oublié que tout y est hors de prix, précisa-t-elle. En comparaison, Hermès et Vuitton font presque figure de solderies.

— Je n'ai pas oublié, et je pense pouvoir assumer la dépense, dit-il avec sérieux.

La main dans le creux des reins de Grace, il la guida

vers une rue adjacente où attendait la Rolls-Royce noire. La pression au bas de son dos déclencha en elle une vague de chaleur qui se propagea jusqu'aux extrémités de ses membres. Elle le suivit sans résister.

— Alan ne doit jamais savoir, murmura-t-elle.

— Promis, répondit Rostov, goguenard.

— Je vous remercie.

— C'est moi qui vous remercie. J'adore la compagnie des jolies femmes.

Cette remarque rompit le charme ; Grace rit de cette flatterie, si évidente qu'elle ne pouvait la prendre pour un compliment.

Elle avait conscience d'être assez banale, ni jolie, ni laide. Aujourd'hui, sans maquillage, avec ses vêtements démodés, les cheveux simplement attachés en queue-de-cheval, elle n'était pas particulièrement mise en valeur.

Pourquoi un superbe prince étranger lui était-il apparu comme par magie ? Parce que sa voiture l'avait éclaboussée ? Etait-il à ce point chevaleresque ou, au contraire, était-il un abominable calculateur ?

Intriguée, elle ne savait que penser. De nouveau, le doute l'envahit.

Plus jeune, elle avait foi en la bonté des hommes ; mais depuis qu'elle travaillait pour Alan, elle avait constaté combien certains pouvaient être retors et vicieux, tant en affaires qu'en amour.

— J'espère que vous ne pensez pas profiter de la situation en me questionnant sur ce que je sais des affaires de Cali-West Energy et de l'avancement des négociations, lança Grace.

— Pensez-vous que je ne puisse pas obtenir ces informations sans vous ?

— Je ne sais pas, reconnut-elle.

D'un signe de tête, Maksim Rostov signifia au chauffeur de la limousine de rester au volant. Il ouvrit la portière lui-même et invita Grace à monter.

Elle hésita, avec le sentiment désagréable d'être en train de pactiser avec le diable.

— Ne me dites pas que vous avez peur de moi, mademoiselle Cannon ! ironisa-t-il.

Elle se mordit la lèvre inférieure et se tourna vers lui.

Oui, elle avait peur de lui, peur de sa fortune, de son pouvoir et de son manque de scrupules.

Mais, plus que tout, Grace avait peur de son propre corps, de ses réactions incontrôlables à chacun des effleurements et même à chacun des regards de cet étranger.

— Non, pas du tout, mentit Grace maladroitement.

— Alors, montez.

Maksim Rostov la fixait avec une incroyable intensité, qui la subjuguait.

En s'asseyant dans la limousine, elle tenta de se persuader que c'était sa décision. Mais elle savait très bien qu'en réalité, elle obéissait à Rostov.

Il ferma la portière.

Libérée de ce regard hypnotique, elle eut l'impression de sortir d'un rêve. Que faisait-elle dans cette somptueuse limousine ? Etait-elle vraiment avec le prince Maksim Rostov, l'ennemi juré d'Alan ?

Un courant d'air froid s'engouffra dans l'habitacle et mit un terme à sa réflexion.

Le plus bel homme qu'elle avait jamais vu s'assit à son côté et lui jeta un coup d'œil amusé qui la chavira.

— Pourquoi êtes-vous si gentil avec moi ?

— Vous me trouvez gentil ? s'étonna-t-il.

— Est-ce pour obtenir de moi des informations ?

— C'est Noël, la saison des cadeaux. Acceptez que je

vous offre un peu de joie, répondit Rostov avec un large sourire qui découvrit ses dents de loup.

Il se tourna vers son chauffeur.

— *Davaï.*

2

Le chauffeur fit route vers l'est pour rejoindre Mayfair. Maksim regarda la jeune fille qui le trouvait *gentil*. Ce n'est pas en étant gentil qu'il avait construit sa fortune.

Son arrière-grand-père s'était laissé dépouiller de ses terres et de ses biens autour de Saint-Pétersbourg. Exilé à Paris, il avait cependant mené grand train.

Son grand-père avait fini de dépenser le peu qu'il restait à la famille, attendant gentiment que le peuple russe se débarrasse des soviets et lui restitue ses possessions.

Son propre père avait, sans jamais se révolter, accepté tout et n'importe quoi pour tenter de subvenir aux besoins de sa famille, tout en se suicidant à petit feu à la vodka. Et sa mère s'était finalement retrouvée seule à Philadelphie, d'où elle était originaire, avec un fils de onze ans et une petite fille de quelques mois.

Mais, contrairement à ses ancêtres, Maksim était devenu implacable, et même parfois cruel. Grâce à quoi il était toujours parvenu à obtenir ce dont il avait envie. Il avait ainsi bâti un empire estimé à plus d'un milliard de dollars.

Pour l'heure, il avait envie de Grace Cannon.

Il avait passé une partie de l'après-midi à l'attendre. Il l'avait guettée à la sortie du métro, et suivie alors qu'elle rentrait chez elle.

La jeune Américaine était la clé de tout. Elle allait

lui permettre d'écraser Barrington qui, depuis plusieurs années, constituait une entrave à ses affaires et avait récemment nettement dépassé les bornes. Il croyait avoir sauvé sa situation, mais il n'allait pas tarder à comprendre son erreur. Maksim allait lui faire mordre la poussière, et Grace Cannon l'y aiderait.

Qu'elle le veuille ou non.

Il s'aperçut qu'elle grelottait et, se saisissant d'un plaid en cachemire, il l'en drapa.

— Merci, fit Grace en claquant des dents.

— Je vous en prie.

— Vous ne ressemblez pas à l'image que j'avais de vous, murmura-t-elle en relevant le plaid jusqu'à son cou. Vous êtes différent de ce que la rumeur colporte.

— La rumeur ? Je suis curieux de la connaître, affirma-t-il en posant sa main sur le haut du dossier derrière elle.

Grace frissonna. Il se rapprocha d'elle. A son contact, les frissons s'intensifièrent.

— On dit que vous êtes sans pitié, que vous consacrez la moitié de votre temps à vous emparer des marchés des autres et l'autre moitié à voler leurs femmes.

Rostov éclata de rire.

— Ce n'est pas une rumeur, c'est pure vérité. Ne l'oubliez jamais.

Maksim frôla sa cuisse. Elle tressaillit et s'éloigna de lui comme s'il l'avait brûlée. Surpris, il trouva trois explications possibles à cette attitude.

Peut-être avait-elle peur de lui. Il écarta cette idée : si elle avait eu peur, elle ne serait pas montée dans la voiture.

Autre éventualité : elle n'avait aucune expérience des hommes. Il écarta également cette explication. Il était peu plausible qu'elle fût vierge à vingt-cinq ans, d'autant qu'elle vivait dans la même maison que Barrington.

La dernière possibilité avait sa préférence : elle était prête à être séduite…

Il détailla son visage.

Elle n'était pas de ces femmes que l'on remarque au premier coup d'œil. Comparée à Francesca, féline à la crinière de feu, ongles rouges et bouche de braise, Grace Cannon avait l'air d'un fragile chaton.

Quoique…

Maintenant qu'il prenait le temps de s'attarder sur son visage, elle n'était pas aussi banale qu'il y paraissait au premier abord. Il s'était laissé abuser par son manteau vieillot et ses cheveux tirés.

Sa peau était veloutée, même sans maquillage ; ses cils et sourcils presque invisibles prouvaient que sa blondeur était naturelle et non l'œuvre d'un talentueux coiffeur. Dépourvu de rouge à lèvres, son sourire était incroyablement généreux et avenant. Son corps tout en courbes suscitait le désir bien plus que ne le faisaient ces femmes-brindilles victimes d'une mode ridicule.

Il dut convenir que la petite secrétaire mal fagotée était une beauté. Beauté secrète, beauté cachée sous des vêtements sans forme et une coiffure sans recherche. Beauté dont la générosité resplendissait de mille feux pour peu que l'on s'y arrête. Mais pour quelle raison la cachait-elle ?…

— Quelque chose ne va pas ? demanda Grace en fronçant les sourcils.

— Pourquoi cette question ?

— Vous me regardez bizarrement, expliqua-t-elle.

— Vous êtes belle, dit Maksim simplement.

Elle mordit légèrement sa lèvre inférieure et rougit. Puis elle se rapprocha de la portière et tourna le regard vers les passants et les illuminations de Noël.

— Ne dites pas de bêtises, je ne suis pas belle.

Maksim sourit pour lui-même. Ainsi, elle ne cachait pas sa beauté sciemment ; elle n'en était simplement pas consciente.

— Je ne suis pas de votre avis, Grace. Je suis sincère, je vous trouve très belle.

— Ne perdez pas de temps à me flatter. Vous êtes un grand séducteur. Je suis naïve mais pas idiote. Ce ne sont pas quelques compliments grossiers qui vont m'inciter à vous donner les détails du contrat. Je peux juste vous dire que vous n'avez aucune chance, car Alan a le soutien de sir Hainesworth. Sachez que je ne le trahirai pas. Je préférerais mourir.

— Quelle loyauté !

Maksim l'observa avec un intérêt grandissant. Allait-elle se laisser acheter ou allait-il devoir la séduire ? Il n'avait pas la réponse. Car il se demandait si, au-delà de son dévouement, elle n'était pas un peu entichée de son patron.

Séduire une femme amoureuse d'un autre homme faisait partie des défis qu'il aimait à relever ; d'autant plus que, dans le cas présent, il ne ferait que rendre à Barrington la monnaie de sa pièce.

Mais son intérêt pour la petite secrétaire dépassait de beaucoup un simple désir de vengeance et une question d'honneur : Maksim avait violemment envie de découvrir la vraie beauté de Grace. Il la voulait nue dans son lit, son corps lové contre le sien, son visage sans artifice radieux dans la pâle lumière rosée de l'aube.

Une fois encore, elle rougit sous son regard. Elle se passa nerveusement la langue sur les lèvres.

Maksim s'en amusa et n'y resta pas insensible. Son corps se réveilla. Il était impatient de la séduire.

— La boutique Leighton est dans Bond Street, précisa Grace pour rompre le silence.

— Mon chauffeur connaît l'adresse.

— J'aurais dû m'en douter. Ce doit être agréable d'être né dans une famille riche, dit-elle rêveuse en tournant son visage vers la rue.

Maksim plissa les yeux. Le souvenir de cet hiver glacé s'imposa à lui. Il venait d'avoir quatorze ans et il faisait froid dans leur petit logement sans chauffage. Le contrat de travail de sa mère venait de prendre fin et sa sœur Dariya, trois ans à l'époque, avait été provisoirement confiée à un foyer loin de la misère et des privations.

Afin de ramener un peu d'argent à la maison, Maksim avait alors quitté l'école pour distribuer des journaux dans les rues de Philadelphie. Au soir de la première journée, il était rentré trempé comme s'il était tombé dans l'eau. Pendant les trois jours qui avaient suivi, il avait sillonné la ville, grelottant de tout son être dans son manteau humide, le froid donnant à sa peau une couleur de cendres. Trois jours au cours desquels il avait appris dans la rue les règles qui l'avaient guidé depuis : entre une vie agréable et une vie misérable existait une seule différence, l'argent, qui pouvait résoudre tous les problèmes; et pour s'en procurer, la gentillesse ne servait à rien.

— Votre vie ressemble à un conte de fées, murmura Grace, observant les passants chargés de paquets, les voitures de luxe et les éblouissantes décorations de Noël.

— Un vrai conte de fées, confirma ironiquement Maksim.

Un instant, il eut envie d'expliquer à cette délicieuse naïve l'origine de sa farouche détermination. Mais il y renonça. Elle comprendrait bien assez tôt. Peut-être un peu brutalement…

Grace Cannon allait vivre une aventure dont elle n'avait même jamais rêvé : le luxe à grande échelle. Il allait se montrer d'une extrême générosité et d'un romantisme absolu.

Et elle succomberait.

Elle s'offrirait à lui, elle lui dirait ce qu'il avait besoin de savoir et il la chasserait.

Après tout, le monde ne s'était pas construit avec de bons sentiments.

3

Depuis toujours, les boutiques de luxe mettaient Grace mal à l'aise. Et parmi elles, Leighton lui semblait la plus prétentieuse, la plus snob de toutes.

Dès qu'elle franchit le seuil de la boutique, une haie d'agents de sécurité qui semblaient déguisés en membres du F.B.I. l'encadra. Elle en eut une boule à l'estomac, appréhendant de commettre le moindre faux pas. Elle respira profondément.

— Avez-vous oublié quelque chose, demanda la vendeuse, hautaine. Votre employeur a-t-il d'autres cadeaux à faire ?

— Je... hem... Je voudrais exactement la même chose que tout à l'heure, j'ai...

Sans même la laisser aller au bout de sa phrase, la vendeuse se désintéressa d'elle pour reporter toute son attention sur la personne qui venait d'entrer dans la boutique.

A la tension qui avait instantanément rempli l'atmosphère, Grace comprit qu'il s'agissait de Rostov.

La vendeuse se précipita au-devant de lui et sembla instantanément sous le charme. Le voyant approcher, Grace ne put nier qu'il était extrêmement séduisant. Mais elle vit surtout en lui un personnage puissant et menaçant.

— Votre Altesse, quelle joie de vous revoir, roucoula la vendeuse. Notre nouvelle collection est arrivée, je serais ravie de vous la présenter.

Il était évident que s'occuper du prince Maksim Rostov représentait pour elle un rêve devenu réalité. Grace s'écarta, cherchant à disparaître, à se fondre dans le décor.

Une main puissante se posa sur son épaule.

— Ayez l'obligeance de donner à ma ravissante amie la lingerie qu'elle vous a demandée. Ensuite, ajouta-t-il en regardant Grace, vous lui apporterez tout ce dont elle peut avoir envie dans le magasin.

— Avec plaisir, Votre Altesse, minauda la vendeuse, stupéfaite du nouveau statut de Grace.

Le regard gris acier de Rostov et le contact de sa main si proche de son visage provoquèrent une fois encore une vague de chaleur dans tout le corps de Grace.

— Laissez-moi vous offrir de nouveaux vêtements. Ne serait-ce qu'un manteau… sec.

Quelques minutes plus tôt, elle se sentait invisible, elle avait froid ; d'une simple pression de sa main, il lui avait donné vie et d'un seul mot, il l'avait valorisée.

— Choisissez ce que vous voulez, insista-t-il avec douceur en lui effleurant la joue. Quel que soit votre choix, ce sera un grand honneur pour moi de répondre à vos désirs.

Grace tressaillit. Elle aurait voulu s'écarter mais son corps ne lui obéissait plus. Il vibrait tout entier à la présence de Maksim Rostov.

Elle prit alors conscience du danger.

— Je vous remercie mais je ne peux accepter, lui répliqua-t-elle en relevant le menton.

— Pourquoi vous cachez-vous dans ces vêtements ternes ? Avez-vous peur que l'on découvre votre beauté ?

Grace baissa les yeux en rougissant brusquement. Etait-il sincère ou simplement en train de la flatter ? Tant qu'il garderait la main posée sur son épaule, elle serait incapable de raisonner.

— Je…

Il désigna un élégant déshabillé de soie et dentelle rose, long et très légèrement décolleté.

Grace, qui dormait vêtue d'un T-shirt et d'un pantalon de coton, ne pouvait imaginer se mettre au lit dans une tenue aussi sublime et suggestive. Comme hypnotisée par les doigts de Maksim caressant la soie, une image lui apparut : elle avait revêtu ce déshabillé et sentait une main puissante frôler sa peau à travers le tissu.

Elle se ressaisit brusquement. Que lui arrivait-il ? N'avait-elle pas plus de jugeote que les mannequins dans la vitrine de la boutique ?

— Il n'est pas dans mes habitudes de me faire offrir des tenues légères par des étrangers, répliqua-t-elle en tournant le dos.

— Pas de lingerie, soit… Que diriez-vous d'un manteau ? poursuivit-il. Que pensez-vous de ce modèle ?

Arrivant de Californie, Grace n'avait pas de manteau adapté au climat londonien. Elle avait acheté celui qu'elle portait dans un dépôt de la Croix-Rouge. Certes, il ne lui avait pas coûté bien cher mais il n'était pas imperméable, et pas franchement à la mode. Elle le savait et s'en moquait.

— J'espère que votre inébranlable sens de l'honneur va m'autoriser à remplacer votre manteau sans que cela prête à conséquence.

Maksim posa son regard sur une longue et somptueuse redingote noire à grand col. Grace l'avait déjà repérée lors de sa première visite de la journée chez Leighton. Elle l'avait admirée puis, constatant le prix, elle s'était rapidement éloignée. Dix mille livres sterling. Le prix d'une voiture !

Elle soupira, s'interdisant de rêver plus longtemps.

— Outre le fait qu'elle s'harmonise parfaitement avec

la couleur de vos yeux, regardez comme cette robe serait jolie sous le manteau.

Poliment, Grace tourna les yeux vers l'article que lui désignait Rostov. Elle ne put que noter la sûreté de son goût, et hocha la tête pour signifier qu'elle était entièrement d'accord avec lui. La robe était sublime, tout à fait le genre à faire la couverture des magazines de haute couture. Grace s'approcha et fit glisser le tissu entre ses doigts avant de retourner l'étiquette de prix. Quatre mille livres sterling.

Etait-elle devenue folle ? Il n'était pas question que cet homme lui offre quoi que ce soit.

— Laissez-moi faire, ne me refusez pas ce plaisir, insista Maksim Rostov.

Elle avait la gorge serrée. Il était évidemment tentant de céder, de se laisser gâter ; mais c'était impossible, elle ne lui faisait pas confiance. Et, même si tout ce que recelait la boutique l'enchantait, elle savait, au fond d'elle-même, que ce n'était pas pour elle. De tels vêtements étaient créés pour de riches héritières comme lady Francesca, et non pour de petites secrétaires sans le sou. Grace s'habillait soit chez Marks and Spencer, soit dans des friperies. Depuis le décès de son père, l'essentiel de ses revenus était consacré à aider sa mère et ses frères. Et pourtant, malgré ses efforts, ce n'était pas suffisant. Cette pensée lui fit une fois de plus regretter d'avoir suivi Alan Barrington.

— Où et quand pensez-vous que j'aie l'occasion de porter cette robe ? répliqua-t-elle brutalement pour éviter de montrer combien elle était tentée. A l'épicerie, à la poste ?

Un mince sourire se dessina sur les lèvres du milliardaire.

— Je connais beaucoup d'endroits où la porter… et où l'enlever.

Une onde électrique parcourut Grace des pieds à la tête. Pour quelle raison Rostov se comportait-il ainsi, lui faisant la cour, affichant un sourire sensuel, lui donnant à penser qu'elle était désirable et qu'il était sensible à son charme ?

Plus elle y réfléchissait et plus la seule réponse qu'elle voyait était qu'il avait dans l'idée de se servir d'elle pour récupérer ce qu'Alan lui avait volé : sa fiancée et son contrat.

Grace s'éloigna de lui, de son manteau noir, de sa robe de cocktail et de la façon de vivre qui allait avec. Elle n'était pas à vendre; elle ne trahirait pas Alan, même si elle devait regretter pour le restant de ses jours d'avoir tourné le dos à ce luxe, auquel elle n'aurait plus jamais l'occasion d'accéder.

— Non, dit-elle fermement. J'accepte que vous remplaciez la lingerie, rien de plus.

— Mais Grace, ce n'est que de l'argent !

Elle tiqua, choquée. Que de l'argent... Elle préféra sourire pour ne pas pleurer. Quand on est riche, l'argent peut sembler ne pas avoir de valeur mais c'est quand il vient à manquer que l'on prend conscience de ce qu'il apporte. N'était-ce pas faute d'argent qu'elle avait dû interrompre ses études et qu'aujourd'hui sa famille risquait d'être jetée à la rue ?

— Que voulez-vous ? Dites-moi ce qui vous ferait plaisir et c'est à vous, murmura Maksim en la regardant avec intensité.

— Quelques mensualités de crédit immobilier, souffla-t-elle, pour elle-même.

— Que dites-vous ?

— Rien, rien... Je plaisante.

Elle ne pouvait décemment pas demander au pire ennemi de son patron de lui prêter de l'argent. Ce serait comme un coup de poignard dans le dos d'Alan. Et ça, elle ne le ferait jamais.

« De toute façon, Alan va m'aider », se rassura-t-elle en une prière intérieure.

Elle remplit ses poumons de l'air délicatement parfumé qui flottait dans la boutique et s'adressa à la vendeuse.

— Je voudrais simplement un déshabillé de soie et dentelle, taille XS, le même que j'ai acheté tout à l'heure.

Grace observa la jolie brune plier presque religieusement la pièce de lingerie, la placer dans du papier de soie puis dans une élégante boîte cartonnée, nouer un ruban de satin et placer le tout dans un sac en papier du même bleu que la boîte. Et que les murs de la boutique, remarqua-t-elle.

— Je ne connais pas une femme sur cent, ni même une sur mille qui aurait refusé mon offre, lui confia discrètement Rostov.

— Vous êtes le concurrent direct de l'entreprise qui m'emploie. Je suis déjà très mal à l'aise de vous laisser remplacer le paquet écrasé sous les roues de l'autobus, il est tout à fait inconcevable que j'accepte un cadeau de vous.

— Personne ne le saura…

— Je le saurai et vous le saurez, ça fait deux personnes !

— Vous êtes une vraie femme d'honneur, admit-il en la fixant.

Elle ne sut que répondre. Son regard la déstabilisait. Après s'être si longtemps sentie invisible, elle était sous le choc de se retrouver soudainement placée sur le devant de la scène par un homme tel que Maksim Rostov. C'était comme passer de l'ombre à la lumière, et elle était effectivement éblouie.

La vendeuse lui tendit le sac.

— Nous espérons vous revoir bientôt, mademoiselle.

Son chevalier servant lui prit le paquet des mains et ils sortirent de la boutique. Quand elle faisait des courses avec Alan, il la laissait porter tous les achats. Il aimait garder les mains libres. « Les femmes adorent porter les paquets », avait-il plaisanté un jour. Maksim Rostov faisait honneur avec classe et élégance à son titre de noblesse.

Il était différent de tous les hommes que Grace avait rencontrés. Dangereux, beau, sans scrupule — parce que milliardaire ? Et galant parce que prince ?

Elle ne put s'empêcher de se demander ce que serait sa vie si elle était la femme d'un homme comme lui.

Mais il était pour elle comme les créations de la boutique Leighton : intouchable.

Pour l'aider à prendre place dans la Rolls-Royce, le prince glissa sa main sous son bras. Elle se mit de nouveau à trembler, toujours pour des raisons qui n'avaient rien à voir avec le froid ambiant.

— N'est-il pas cocasse que vous achetiez de la lingerie pour votre ex-fiancée ?

— Qui sait de quoi demain sera fait ?...

— Mais elle est officiellement fiancée avec Alan !

— C'est vrai. Mais il y a quelques jours, c'était à moi qu'elle était fiancée. Les choses changent vite parfois, vous savez...

— Parce que vous avez l'intention de...

— Parlons d'autre chose, voulez-vous, l'interrompit-il. De vous par exemple. Après les émotions de cette journée, vous avez besoin d'être réconfortée.

— Je vais très bien, merci !

— Venez dîner avec moi ce soir.

Grace resta bouche bée. Venait-il vraiment de l'inviter à dîner ? Elle tenta de reprendre rapidement ses esprits, et de masquer son trouble.

— Je ne peux pas, bredouilla-t-elle enfin.

— Pourquoi ?

— Je n'ai pas faim.

Comme un fait exprès, ce fut le moment que choisit son

estomac pour se rappeler à son bon souvenir en émettant un petit gargouillis. Trop occupée à envoyer les faire-part de mariage à la famille et aux amis d'Alan, elle n'avait pas pris le temps de déjeuner.

— Si Alan l'apprend ?

— Il ne l'apprendra pas, assura Rostov.

— De toute façon, je n'ai pas les moyens de dîner au restaurant, soupira-t-elle, dépitée.

— Je les ai.

— C'est impossible.

— Rien n'est impossible, lança-t-il, exaspéré, sauf peut-être une chose : parvenir à vous faire plaisir.

— Vous n'avez aucune raison de me faire plaisir, répliqua-t-elle en rougissant — son estomac s'était de nouveau fait entendre.

— Il ne s'agit pas de raison mais d'envie, Grace.

Elle resta pensive pendant quelques secondes et leva finalement la tête vers Rostov :

— J'accepte une pâtisserie mais à deux conditions : la première, nous partageons l'addition, et la seconde, Alan ne doit rien savoir. Je connais un salon de thé tout près d'Harrods, non loin de chez nous.

— Chez nous ? Vous partagez votre logement avec un ou une colocataire ?

Grace se sentit rougir jusqu'à la racine des cheveux.

— Alan et moi partageons une maison.

— Je comprends mieux ! commenta-t-il avec un sourire sarcastique.

— Ne vous méprenez pas ! J'ai un trois pièces à l'entresol et lui occupe le reste de la maison. Je suis sa secrétaire personnelle et il souhaite que je sois à son entière disposition. De plus, les loyers sont très chers à Londres ; financièrement, cet arrangement me convient.

— C'est effectivement pratique pour vous deux.

Grace perçut le sous-entendu dans sa voix et s'échauffa immédiatement :

— N'allez pas en tirer des conclusions hâtives ! La situation est claire et nette : chaque mois, Alan prélève de mon salaire une participation pour le logement.

Rostov se mit à rire à gorge déployée.

— Dites-moi que je rêve ! Vous êtes taillable et corvéable à merci, vous faites ses courses personnelles sur votre temps de repos et il vous fait payer pour vivre dans le sous-sol de sa maison ! J'ai du mal à comprendre que vous soyez prête à vous jeter sous les roues des voitures pour lui…

— Cessez tout de suite ! s'insurgea-t-elle, furieuse. Si vous continuez à insulter Alan, oublions le thé et laissez-moi rentrer chez moi !

— Je ne l'insulte pas.

— Ce n'est pas mon avis.

— Je suis seulement très surpris par votre incroyable loyauté, vous méritez mieux.

Toute la colère de Grace retomba d'un coup. Elle fixa Maksim Rostov, sidérée. Méritait-elle effectivement mieux ? C'était la première fois qu'elle se risquait à considérer sa situation sous cet angle. Après la mort de son père, elle avait fait pendant trois ans des petits boulots mal payés à Los Angeles. Et puis un jour, elle avait répondu à une annonce et avait été recrutée par Cali-West Energy. Elle était rapidement tombée sous le charme de ce directeur beau et blond qui ressemblait à Hugh Grant, et n'avait considéré son propre statut que par rapport à ses jobs passés. Elle s'estimait donc heureuse et chanceuse ; jusqu'à ce que ce ténébreux prince russe déclare qu'elle méritait mieux.

— Le salon de thé est-il loin ? demanda-t-il, la tirant de ses pensées.

— Juste après le carrefour.

La petite dame aux cheveux blancs qui tenait la pâtisserie sembla impressionnée par la large carrure de l'homme qui venait de passer la porte de sa petite échoppe. Tant de virilité paraissait presque déplacée dans ce décor fleuri très féminin, ce qui fit sourire Grace. Ils choisirent une table près de la fenêtre faisant face à Harrods et, une fois installés, on leur apporta la carte. Comme elle le faisait en présence d'Alan, Grace resta silencieuse, attendant que le prince précise son choix.

— Que me conseillez-vous ? demanda-t-il en avançant la main, qu'il posa sur la sienne.

Elle se dégagea au prétexte de consulter la carte, qu'elle connaissait pourtant par cœur depuis longtemps.

— Le thé à la bergamote est délicieux, les pâtisseries et les sandwichs aussi. En fait, tout est bon ici. Pour moi, madame Charbon, ce sera comme d'habitude.

La dame acquiesça.

— Je prendrai la même chose, dit Rostov en lui rendant la carte.

— Très bien, monsieur.

— Vous ne savez même pas ce que j'ai commandé, fit remarquer Grace, interdite.

— Vous connaissez cet endroit et je vous fais confiance, répliqua-t-il comme s'il s'agissait d'une évidence.

Grace décida de garder la tête froide, malgré les battements désordonnés de son cœur. Il lui faisait confiance… C'était le plus beau compliment qu'on pouvait lui faire.

— Voulez-vous savoir ce que vous allez manger ?

— Non, je vous remercie : j'adore les surprises.

— Je suis désolée d'avoir pris la mouche dans la voiture. Je veux bien admettre que votre intention n'était pas d'insulter Alan, confessa-t-elle après un bref silence.

— Quel homme heureux de vous avoir à son côté ! déclara Maksim Rostov.

Grace sourit tristement. Elle faisait son possible pour répondre à toutes ses exigences, mais y parvenait-elle ? Elle l'espérait… Une chose était certaine : elle ne lui coûtait pas cher, et en ce moment moins que jamais. Elle avait commencé comme secrétaire stagiaire pendant un an et demi avant de passer secrétaire de direction six mois auparavant. En dépit des responsabilités importantes liées à ses nouvelles fonctions, elle n'avait reçu qu'une maigre augmentation. Les rares occasions où elle avait osé aborder le sujet d'une reconnaissance financière proportionnelle à sa charge de travail et à ses responsabilités, Alan s'en était sorti avec une pirouette et un large sourire.

Quand, deux mois en arrière, il avait décidé de tout mettre en œuvre pour remporter le contrat de fusion avec le groupe britannique Exemplary Oil, il avait quitté Los Angeles pour Londres en entraînant son assistante avec lui. En Californie, Grace avait moins de frais ; elle vivait avec sa famille et pouvait ainsi aider sa mère. Depuis son installation en Angleterre, elle avait tout juste réussi à envoyer deux cents dollars aux Etats-Unis. De ce fait, elle se sentait responsable de la menace d'expulsion qui planait sur sa famille.

Madame Charbon arrivant avec les chocolats chauds et les croissants, Grace chassa ses noires pensées et le sentiment d'impuissance qui en découlait.

— A quoi songez-vous, *solnishka mayo* ? demanda Maksim Rostov en se penchant vers elle avec gentillesse.

Surprise, elle se brûla la langue avec une gorgée de chocolat.

— Rien d'important… Je me demandais si vous aviez déjà voyagé dans le Transsibérien, mentit-elle.

— Quelle drôle de question !

— Vous êtes russe, n'est-ce pas ? Quand j'étais petite fille, je rêvais de ce train qui traverse sept fuseaux horaires et parcourt près de dix mille kilomètres entre Moscou et l'océan Pacifique.

— Je suis navré de vous décevoir, mais je ne vis à Moscou que quelques mois par an. Je ne voyage en Russie que pour visiter les gisements pétrolifères et me déplace en jet.

— Mais quand vous n'êtes pas à Moscou, où vivez-vous ? A Londres ?

— J'ai des maisons un peu partout dans le monde, six ou sept, je ne sais pas bien. Je les achète quand j'en ai besoin et je les revends quand j'en suis lassé.

De la pointe de sa langue, il goûta à la crème fouettée qui coiffait le chocolat. Il avala ensuite une gorgée de la boisson délicieusement odorante et mordit dans son croissant.

— C'est un pur délice.

— Vous me faites plaisir. Alan déteste le chocolat.

— Vous êtes amoureuse de lui ?

Il avait posé cette question d'un ton léger, mais en la regardant droit dans les yeux.

Grace se sentit mise à nu.

— De quoi parlez-vous ? balbutia-t-elle.

— Vous êtes sa loyale et consentante esclave. Vous vivez chez lui, vous lui consacrez tout le temps qu'il souhaite et vous ne faites pas ça pour de l'argent, car il est assez visible que vous n'en avez pas. Donc vous êtes amoureuse.

Grace ouvrit la bouche pour s'insurger contre cette affirmation, mais elle changea d'avis.

— Oui, j'avoue, je n'y suis pas insensible, reconnut-elle en se cachant le visage dans les mains.

— Vous savez, je comprends ce que vous vivez. Toutes mes secrétaires, jeunes et moins jeunes, s'imaginent être amoureuses de moi. Rapidement, la situation devient trop compliquée et je dois m'en séparer. Ces mouvements de personnel permanents sont très dérangeants, j'en ai horreur. Mais je ne puis faire autrement.

— Ce doit être déplaisant, j'avoue, dit-elle avec un ricanement qui voulait donner le change. Pour moi, maintenant, tout est simple : Alan est fiancé avec une femme très belle, très riche, très élégante, très…

— Cruelle, mesquine, menteuse, poursuivit-il en lui souriant avec sincérité.

— Pourquoi dites-vous des choses pareilles ? Est-ce par dépit amoureux ?

Plutôt que de répondre, Rostov changea de sujet :

— Je ne veux pas que vous ayez à supporter ce genre de situation, Grace. Venez travailler pour moi.

Par chance, elle n'avait pas de chocolat dans la bouche, car sinon elle se serait sans doute étouffée. Elle le fixa et s'aperçut qu'il ne plaisantait pas. Il était parfaitement sérieux.

— Travailler pour vous ? bafouilla-t-elle.

— Je peux sans problème embaucher une secrétaire supplémentaire. Quittez Barrington, travaillez pour un salaire décent et loin de lui. En outre, comme vous êtes déjà amoureuse d'un autre homme, je serai tranquille de ce côté-là, ce qui est un atout supplémentaire dans votre jeu !

— Vous m'embaucheriez simplement parce qu'Alan vous a volé votre fiancée ?

Il porta la tasse à sa bouche.

— Délicieux, murmura-t-il en levant les yeux sur elle.

Puis il reposa la tasse sur sa soucoupe et s'essuya soigneusement la bouche.

— J'ai besoin d'une secrétaire sur laquelle je puisse compter, une femme intelligente qui connaît le sens du mot loyauté. Vous ne regretterez pas d'avoir changé de maître, je vous le jure.

Grace sentit un cocktail de doute et d'angoisse remplir

ses veines. Cette offre était tellement attractive ! Elle imagina ce que pourrait être de seconder Maksim Rostov. Certes, il était beau, dangereux et déterminé, mais comme elle ne lui portait aucun sentiment amoureux, elle se sentirait libre.

— Je vous offre le double de ce que vous gagnez, insista-t-il.

— Le double ! Accepteriez-vous de me consentir une avance avant même d'avoir pu apprécier mes qualités ?

— Oui, répondit-il sans la moindre hésitation.

L'image de sa mère et de ses trois jeunes frères menacés d'expulsion vint danser devant ses yeux et Grace fut excessivement tentée de saisir immédiatement cette opportunité.

— Et en échange, que souhaitez-vous de moi ?

— Vous m'aidez à récupérer le contrat.

— Et Francesca Danvers ? ajouta-t-elle.

Il acquiesça d'un signe de tête et lui tendit la main.

— Quand signons-nous ?

Grace ferma les yeux. Elle repensa aux nombreuses occasions où, sur le ton de la plaisanterie, Alan lui avait répété qu'il ne survivrait pas sans elle. Mais depuis l'irruption de lady Francesca dans sa vie, où elle avait amené dans un somptueux paquet-cadeau la promesse d'encore plus d'argent et de pouvoir, Grace était reléguée à l'arrière-plan.

Elle poussa un profond soupir. Qu'importait si Alan la maltraitait : elle ne pouvait pas le trahir.

« Tête de mule, pensa-t-elle avec résignation, je suis une vraie tête de mule. »

— Je vous sais gré de me l'avoir proposé, mais ma réponse est non.

— Je comprends.

Le prince Rostov ne parut pas déçu ; au contraire, il

sembla savourer son refus et la regarda comme un enfant impatient devant un arbre de Noël.

Grace termina son croissant et, après avoir laissé de la monnaie sur la table, elle se leva et tendit la main à son compagnon.

— Je vous remercie de ce délicieux moment que vous m'avez consacré, prince Rostov.

— C'est moi qui vous remercie.

Il enferma sa main dans les siennes.

— *Da svedanya, solnishka mayo*, je n'oublierai jamais votre image, ni les reflets du couchant dans vos boucles blondes. Vous êtes un ange, vous êtes la lumière.

Il retourna sa main et déposa un baiser au creux de sa paume. Un frisson parcourut Grace, qui sentit la pointe de ses seins durcir subitement. Son corps tout entier était tendu, en demande.

— Nous nous reverrons, lança Rostov avant de la regarder partir.

Quittant le salon de thé, Grace se fraya un chemin dans la foule, son précieux paquet serré contre sa poitrine comme si sa vie en dépendait. Elle sentait toujours la délicieuse tiédeur des lèvres de Maksim Rostov dans sa paume.

D'un baiser, il l'avait marquée. A la lumière des guirlandes de Noël, elle regarda sa main, pensant y trouver le stigmate de ce contact, tel un blason gravé dans sa chair. Mais sa peau était intacte.

Elle ne le reverrait jamais, et c'était très bien ainsi.

Quand Alan exprimera méchamment sa colère, quand parfois l'argent lui manquera, quand elle devra faire bonne figure devant sa nouvelle fiancée, quand elle se sentira seule, vide, invisible, elle trouvera du réconfort dans le souvenir de cette fin d'après-midi passée avec un prince qui l'avait traitée comme une princesse.

Depuis deux ans, elle avait passé la plupart de son

temps auprès d'Alan, l'aimant en secret, mais jamais, elle n'avait été bouleversée comme ces dernières heures. Jamais son corps n'avait tremblé, vibré, comme il l'avait fait au contact de Maksim Rostov.

Sans vraiment comprendre ce qui lui arrivait, elle se sentit changée. Et pourtant, sa vie devait reprendre son cours.

Elle soupira, et un halo de vapeur se dessina dans l'air glacé. Elle gravit les quelques marches qui menaient à la porte d'entrée de la maison qu'elle partageait avec son patron.

Le conte de fées était terminé.

4

Alan l'attendait. Chaque fois, Grace était émerveillée par la luminosité de ses yeux bleus. Il était beau, avec un charme tellement enfantin qu'on était tenté de dire qu'il était charmant. Incapable de cacher son plaisir, il la fit entrer chez lui.

— Vous arrivez à point nommé, Grace. J'ai un cadeau pour vous.

Il lui tendit un billet d'avion.

— Joyeux Noël, chantonna-t-il.

Stupéfaite, elle leva les yeux sur lui. Elle se sentit honteuse d'avoir pu penser qu'il profitait de son dévouement pour la sous-payer et la surcharger de travail ; et surtout de l'avoir laissé entendre à Maksim Rostov. Ce présent ne prouvait-il pas clairement qu'il tenait à elle ? Dans le cas contraire, pourquoi l'aurait-il fait ?

— Merci, murmura-t-elle. J'avais tellement envie de passer les fêtes avec ma famille. Et je n'avais pas…

— Je sais Grace, coupa-t-il avec un large sourire.

— Merci vraiment, Alan, répéta-t-elle au bord des larmes, c'est tellement important pour moi.

— La veille de Noël, le contrat sera signé et vous pourrez filer vers la Californie, son soleil et ses plages. Je vais faire un gros effort et tenter de me passer de vous quelques jours.

— Alan, j'ai une faveur à vous demander, fit-elle la gorge serrée.

— Oh non ! Vous n'allez pas encore me parler d'une augmentation de salaire ? Pourquoi toujours tout ramener à l'argent ? Vous êtes le bras droit du directeur général de Cali-West Energy, ça ne vous suffit pas ?

Le bras droit, sans doute, mais pas la femme dans ses bras ! Grace parvint cependant à lui offrir un triste sourire.

— Vous m'aviez fait espérer une augmentation, ou une prime de fin d'année. J'en ai vraiment besoin, parce que…

— Désolé, ma jolie, mais nous en reparlerons plus tard. Je suis en retard, Francesca va m'attendre.

— Mais Alan…

— Nous en parlerons demain, je vous le promets.

Il lui prit la main, et Grace constata qu'elle ne ressentait aucun émoi. Son contact était simplement tiède et doux.

— D'ici à votre départ, j'aurais besoin de votre assistance efficace. Il faut absolument que vous m'aidiez à organiser mon mariage. Francesca n'arrive pas à se décider, alors je vais l'enlever ! J'ai pensé à un réveillon en Ecosse pour commencer, puis une lune de miel à la Barbade. Vous seriez tellement gentille de vous en occuper, minauda-t-il avec un sourire enjôleur.

Hébétée, Grace ne parvint pas à articuler la moindre parole. Comment Alan pouvait-il se montrer à ce point égoïste ? Il ne se rendait pas compte de ce qu'il lui demandait. Le baiser d'Halloween qui, pour lui, n'avait été qu'anecdotique avait représenté pour elle l'aboutissement de deux ans de fantasmes. Cependant, la réalité avait été bien terne et décevante comparée à ses rêves secrets. Elle s'en rendait compte encore plus désormais, après la bourrasque de sensations déclenchée par le respectueux baiser que Maksim Rostov avait déposé dans sa paume un peu plus tôt.

— Etes-vous certain que cet enlèvement, bien que romantique, soit une bonne idée ? Ne serait-il pas plus judicieux de prendre l'avis de votre future femme ?

— Je suis certain qu'elle va adorer.

— Je ferai ce que vous me demandez, laissa tomber Grace, soumise.

Elle tenait toujours à la main le paquet de chez Leighton et le lui tendit.

— Tenez, le cadeau que vous m'avez demandé d'acheter.

— Merci.

Il prit son manteau et s'apprêta à quitter la pièce.

— Ce sera parfait pour m'aider à finaliser le contrat. Je ferai un cadeau plus beau encore à Francesca pour Noël. Allez, mon irremplaçable collaboratrice, ne perdez pas une minute : mettez-vous au travail pour organiser notre lune de miel.

Il ferma la porte, la laissant figée, un nœud dans la gorge.

Acheter les cadeaux pour Francesca représentait déjà une épreuve, mais mettre au point leur voyage de noces allait être un supplice.

Grace se sentit profondément blessée, presque humiliée.

Etait-ce dû au moment passé avec le prince Rostov, à l'attention et à la considération dont il avait fait preuve envers elle, à ses regards, qui avaient donné vie à une partie d'elle-même qu'elle ne soupçonnait pas ?

Elle ne put répondre. Mais une chose était certaine : en quelques minutes, Alan l'avait de nouveau fait disparaître, ravalée au rang de moucheron.

Elle descendit dans son appartement à l'entresol, verrouilla la porte derrière elle et enleva ses vêtements humides. Elle enfila un sweat-shirt, un pantalon en coton et réchauffa quelques restes au micro-ondes. Puis elle alluma le téléviseur, posa le plateau-repas sur la table basse et brancha son ordinateur portable pour commencer à travailler sur la mission qu'Alan lui avait confiée.

Ni l'émission en cours à la télévision ni l'écran de son ordinateur ne réussirent à capter son intérêt. Elle s'enveloppa dans son plaid en laine, tricoté par sa mère quand elle était enfant, et, le regard absent, elle se laissa absorber par ses pensées.

Alan allait donc épouser lady Francesca Danvers… La sublime et longiligne héritière, qui s'autorisait tous les excès, toutes les fantaisies, toutes les frasques, abondamment reprises par les magazines people. D'une femme comme elle, les hommes acceptaient tout.

Grace, en revanche, se sentait transparente, sans consistance aucune. Incapable de se faire entendre d'un homme auquel elle était totalement dévouée, incapable de lui demander une avance alors même que la survie de sa famille en dépendait.

Les larmes perlèrent à ses paupières.

Elle faisait partie des oubliés, des travailleurs de l'ombre.

Ses larmes redoublèrent, ruisselant sur ses joues.

Soudain, elle sursauta. On frappait à la porte d'entrée.

Elle essuya son chagrin d'un revers de manche et se leva, pestant à l'avance contre Alan qui avait certainement encore oublié ses clés, mais bien décidée cette fois à lui formuler fermement sa demande.

Elle ouvrit la porte, batailleuse :

— Alan, j'ai besoin d'une avance de dix mille…

Elle s'interrompit, les yeux écarquillés.

L'homme grand et brun au regard brillant qui se tenait sur le seuil n'était pas, mais pas du tout, son patron.

Le prince Maksim Rostov se découpait dans l'encadrement de la porte, inquiétante silhouette dans la nuit londonienne, mais tellement séduisant dans le smoking qu'on entrevoyait sous son manteau de cachemire.

— Que… que faites-vous ici ?

— J'ai oublié quelque chose, annonça-t-il en fronçant les sourcils.

Il ne lui avait certainement pas échappé qu'elle avait pleuré, se dit Grace.

— Quoi ?

Elle se sentit défaillir quand ses larges mains saisirent son visage.

— Simplement ça.

Les lèvres du prince Rostov se posèrent délicatement sur les siennes. Il caressa ses cheveux, puis ses épaules. La poitrine de Grace se pressa contre son torse. Rostov la maintint contre lui, effleurant ses joues de sa bouche, provoquant en elle de délicieux frissons. Puis il entrouvrit ses lèvres avec douceur, la pointe de sa langue jouant avec la sienne. Elle sentit son corps se raidir et s'emplir d'une douce chaleur.

C'était le baiser de ses fantasmes les plus fous. Comme dévasté par une tornade, le monde chavirait, tremblait autour d'elle.

Etait-ce un rêve ?

Ce ne pouvait qu'être un rêve.

Jamais elle n'avait goûté une telle volupté. Blottie dans ses bras, elle ressentait un plaisir intense, sans commune mesure avec les effets du baiser aviné que lui avait donné Alan quelques semaines auparavant.

— Arrêtez… Je vous en prie, arrêtez, murmura-t-elle en le repoussant.

— Est-ce parce que vous êtes amoureuse de Barrington ? demanda-t-il en écartant les boucles blondes de son visage.

— Non, mais vous devez partir.

— J'accepte à une condition : vous venez avec moi.

— Je n'ai pas besoin de votre pitié.

— Ma pitié ? Quelle drôle d'idée ! Vous savez bien

que je n'ai pas de cœur. Je veux simplement passer la soirée avec vous.

Il l'embrassa, mais cette fois avec fougue, presque avec violence, lui écrasant les lèvres, la laissant étourdie de plaisir.

— Offrez-moi ce bonheur, ne repoussez pas ma demande, supplia-t-il.

— Ne vous faites aucune illusion : vous n'obtiendrez rien de moi. Vos étreintes et vos caresses ne feront jamais de moi une traîtresse.

— Vous pensez vraiment que je ne suis ici que pour vous arracher des renseignements ?

Les rayons de la lune à travers les nuages éclairèrent ses joues rasées de près et sa mâchoire taillée à la serpe d'une lumière presque surnaturelle.

— Ne savez-vous pas que vous êtes incroyablement désirable, *solnishka mayo* ?

— *Solnishka mayo* ? répéta-t-elle interrogative.

— Mon soleil. Vous êtes mon soleil.

Devant le burlesque de la situation, Grace pouffa de rire. Elle baissa les yeux sur son sweat-shirt délavé et son pantalon informe, enveloppés dans le plaid de son enfance.

— Mais vous êtes aveugle ?

— Grace, vous n'êtes pas consciente de votre beauté. Laissez-moi vous la révéler.

— Je ne vous fais pas confiance, murmura-t-elle.

Le prince Rostov était dangereux et dépourvu de scrupules, c'était de notoriété publique. Cependant, il la fascinait, et ce d'autant plus qu'il était inaccessible.

Il posa une bise sur chacune de ses joues et s'approcha de son oreille.

— Je ne partirai pas d'ici sans vous, chuchota-t-il.

Le délicat frémissement de son souffle sur sa tempe se propagea en elle, dans sa poitrine, dans le bas de son ventre. Grace était dévorée par l'envie de l'embrasser de nouveau. Dans ses bras, elle était incapable de raison, elle n'était que sensations.

— Je ne peux pas aller avec vous.

— Non seulement vous le pouvez, mais vous allez le faire, déclara son visiteur. Laissez-moi vous initier aux plaisirs de la vie.

Il recula. Extrêmement grand, il la dépassait d'une bonne tête. Grace se sentit vulnérable, fragile.

— C'est impossible.

— Tête de mule… Pourquoi résistez-vous ?

Elle parvenait d'autant plus difficilement à garder les idées claires qu'il passait maintenant un doigt léger sur sa lèvre inférieure. Il avait dans les yeux une lueur amusée. Grace se détourna pour mettre fin à cette caresse insoutenable d'érotisme latent.

— Parce que… parce que je n'ai rien à me mettre.

Un sourire satisfait éclaira le visage de Rostov. Il claqua des doigts, et un colossal garde du corps se présenta dans l'instant, portant deux grandes boîtes bleues.

Grace poussa un petit cri, ayant immédiatement reconnu la couleur et le logo de Leighton.

— Qu'avez-vous fait ?

— Ce n'est que le manteau… Et la robe…

Elle prit une profonde inspiration en se passant la main dans les cheveux.

— Malgré vos dénégations, reprit Rostov, j'ai bien vu que vous en aviez envie.

Dans la boutique, elle n'avait même pas osé s'approcher de ces pièces de luxe. A l'idée de les porter, elle fut parcourue d'un grand frisson et son cœur se mit à battre violemment. Mais dans le même temps, sa raison lui hurlait que le prince Maksim Rostov cherchait à l'éblouir, à l'appâter avant de la détruire.

— J'ai l'impression que c'est votre taille, mais j'ai plus grand et plus petit dans la voiture.

Il saisit son poignet.

— Il faut que vous sachiez que ce soir, je veux et je vais vous séduire.

Grace eut le souffle coupé par tant de franchise. Ce ton direct lui plaisait, mais en même temps l'effrayait terriblement.

— Il faut que vous sachiez que je vais vous résister, répliqua-t-elle aussi résolument que possible.

— Je n'en attendais pas moins de vous, fit-il, un imperceptible sourire sur le visage.

— Je ne peux pas accepter de cadeaux de ce prix, affirma-t-elle.

— De quel prix ? ironisa-t-il.

— J'ai vu les étiquettes ; le manteau à lui seul coûte dix mille livres sterling.

— Vous valez bien davantage, affirma Rostov en lui caressant la joue. Votre plaisir n'a pas de prix pour moi.

Qu'il évoque ainsi son argent et son pouvoir mit Grace mal à l'aise. Ce qui, pour elle, représentait une fortune était une somme insignifiante pour lui. Si elle acceptait quoi que ce soit de l'ennemi juré d'Alan, aussi tentante que fût l'offre, elle n'aurait plus aucune estime d'elle-même.

— Si Alan découvre que je suis sortie avec vous, il me mettra à la porte.

— J'en serais ravi ! Vous pourriez alors sans hésitation venir travailler pour moi.

— Mais…

— Assez tergiversé ! Soit vous enfilez ces vêtements, soit vous venez nue. Décidez-vous ou je décide pour vous !

Il prit les boîtes des mains de son garde du corps, entra dans l'appartement, entraînant Grace avec lui, puis il referma la porte derrière eux.

Ils étaient seuls.

Il promena son regard sur la pièce, jaugeant le dessus-de-lit défraîchi, le plateau-repas avec les restes de cuisine thaïe, le vieux téléviseur et l'ordinateur.

Un peu gênée par l'image que pouvaient donner les lieux, surtout ainsi en désordre, Grace rougit.

— A moins que nous ne restions ici ! proposa Rostov.

Grace fronça les sourcils. Rester ici, avec lui ? Certainement pas ! Par conséquent, elle n'avait plus le choix...

— Le manteau et la robe sont un prêt, précisa-t-elle. Je vous les rendrai à la fin de la soirée.

— Je vais y réfléchir.

Il souriait, la fixant avec une telle intensité qu'elle eut l'impression d'être nue devant lui.

Elle eut alors la confirmation d'une intuition qui lui avait déjà traversé l'esprit : elle risquait beaucoup en acceptant l'invitation de Maksim Rostov. Mais le désir de vivre autre chose qu'une triste soirée solitaire à ruminer sa déception et sa rancœur vis-à-vis d'Alan fut plus fort.

Les jambes tremblantes, elle saisit les boîtes bleues.

— Je reviens.

— Je vous attends.

Elle entra dans la salle de bains, le cœur léger maintenant que sa décision était prise. Pour les regrets, elle aviserait plus tard ! Après tout, ce n'était qu'une soirée, juste l'occasion d'oublier ses soucis. Rostov n'obtiendrait rien d'elle ; du moins Grace cherchait-elle à s'en persuader...

Elle mit rapidement ses cheveux en forme, rosit ses lèvres et, ne trouvant pas dans ses effets un soutien-gorge qui conviendrait à la fine robe de soie, elle décida de ne pas en porter.

Elle frémit à la délicate caresse du tissu sur la peau sensible de sa poitrine.

Elle fut étonnée par l'image que le miroir lui renvoya.

Où était passée la pauvre petite chose terne, mal fagotée, déprimée qu'elle était quelques instants auparavant ? Seules ses chaussures laissaient encore à désirer, mais dans son armoire, aucune paire ne pourrait jamais s'harmoniser à l'ensemble de chez Leighton.

Elle risqua un nouveau coup d'œil au miroir.

La soie était idéalement assortie à la couleur de ses yeux. La touche de rose sur ses lèvres donnait à sa peau une nuance nacrée. Sa taille marquée et sa poitrine haute et ronde lui donnaient ainsi vêtue l'allure d'une pin-up des années 50.

Etait-il possible qu'une ombre de maquillage et quelques grammes de soie puissent à ce point métamorphoser une femme ? Etait-ce vraiment Grace Cannon, cette jeune femme blonde au regard lumineux ?

Elle comprit que c'étaient l'intérêt de Rostov pour elle et le regard qu'il posait sur sa personne qui l'avaient fait éclore.

« Une nuit, se répéta-t-elle. Je vais être séduisante l'espace d'une nuit, sans pour autant lui céder. Je ne cours aucun danger. »

Elle retrouva son hôte dans le living, immédiatement électrisée par l'éclat vorace qui avait traversé ses yeux gris acier.

— J'espère ne pas vous avoir fait attendre trop longtemps, s'excusa Grace.

Il avança vers elle comme un félin puis la détailla ouvertement, des pieds à la tête mais en s'attardant cependant sur son corps moulé dans le délicat tissu.

Il émit un long sifflement admiratif.

— Je... Je ne regrette pas de vous avoir attendue, *solnishka mayo*, affirma-t-il d'une voix caressante.

5

La voiture se frayait silencieusement un chemin dans les rues de Londres, semblant glisser dans l'air nocturne. Grace ne se lassait pas d'observer à la dérobée les pommettes saillantes et la mâchoire carrée du prince, qui se détachaient dans la lumière des réverbères. Il était plus que beau, au-delà de tous les canons édictés par la mode et les magazines, car il émanait de lui un charme obsédant, troublant.

Elle devinait sous son smoking la puissance et l'animalité d'un corps musclé. Cette pensée la troublait au-delà du raisonnable.

Comme s'il l'avait perçu, Rostov tourna la tête et son regard brûlant d'intensité la chavira. Grace prit conscience qu'il n'avait pas menti : il la voulait…

En dépit de son manque d'expérience, elle comprit instinctivement, et avec certitude, que ce n'étaient ni la pitié ni la gentillesse qui expliquaient sa démarche, mais le désir, le désir brut.

Les luxueux vêtements avaient fait d'elle une femme attirante. Comme par magie, Cendrillon était devenue une créature désirable. Au cours de cette nuit, elle serait la femme que sa parure somptueuse avait révélée; elle serait regardée, admirée, désirée sans doute aussi. Elle existerait, enfin, et comme une princesse. Mais comme dans les contes de fées, le mirage s'effacerait au petit jour et la vie reprendrait son cours, banale et ordinaire.

La limousine s'arrêta. Son compagnon sortit et vint ouvrir la portière. Il lui offrit son bras, l'aidant à garder l'équilibre sur le trottoir glissant. Son corps contre le sien lui procurait une exquise chaleur malgré le froid mordant. Ils avancèrent dans une rue animée non loin de Covent Garden.

— C'est par ici, annonça-t-il, la dirigeant vers la porte cochère d'un immeuble victorien qui jouxtait un bar *lounge* à la mode.

Le hall d'entrée était spacieux, éclairé par un lustre de cristal. Un concierge et un agent de sécurité leur adressèrent un discret signe de tête.

— Où allons-nous ?

— Les deux étages supérieurs de cet immeuble ont été aménagés en loft, expliqua-t-il, un sourire au coin des lèvres.

Grace s'arrêta brusquement.

— Loft ou pas, je refuse de passer la soirée seule avec vous, et chez vous qui plus est.

— Je n'y habite pas. Je l'ai mis à la disposition de ma sœur.

Grace le dévisagea pour juger de sa sincérité.

— Ecoutez, prince Rostov…

— Maksim !

— Je…

— Maksim. Je ne répondrai pas si vous m'appelez autrement, décréta-t-il en l'entraînant vers l'ascenseur. La décoration des parties communes est un peu trop ostentatoire, ne trouvez-vous pas ?

— Pourquoi avez-vous acheté cet appartement s'il ne vous plaisait pas ?

— Le cheikh de Ramdah a cru pouvoir me battre sur

un contrat de pipeline ; mais il s'était surestimé, ce qui lui a coûté sa société… et son pied-à-terre préféré ! J'espère qu'il aura compris qu'on ne s'attaque pas impunément à Maksim Rostov.

Le manque total d'émotion avec lequel il venait de lui raconter la faillite d'un concurrent glaça Grace.

— N'est-ce pas un peu violent ?

— Depuis toujours, je protège ce qui m'appartient.

Arrivés au dernier étage, il frappa à l'unique porte palière. Un maître d'hôtel solennel leur ouvrit ; à peine s'était-il effacé pour les laisser entrer qu'une ravissante jeune femme se jetait dans les bras de Rostov.

— Maksim ! Quelle surprise ! Toi ici, je n'en crois pas mes yeux !

Il la serra contre lui.

— Pour rien au monde je n'aurais raté l'anniversaire de ma petite sœur.

— Menteur ! Les deux années précédentes, tu as brillé par ton absence. Et ne t'imagine pas que tes cadeaux sont une façon de te faire pardonner : je n'ai pas besoin d'une Aston Martin décapotable, j'ai besoin d'un frère.

Soudain, elle aperçut Grace. Une expression de surprise se dessina sur ses traits délicats.

— Présente-moi cette charmante personne !

— Grace, une amie.

— C'est bien la première fois que tu viens accompagné ! s'étonna-t-elle en dévisageant Grace.

Celle-ci baissa les yeux, gênée, mais le maître d'hôtel la tira d'embarras en leur proposant de les débarrasser de leurs manteaux.

— Mais excusez ma grossièreté, entrez donc ! Je suis Dariya Rostov, la petite sœur de Maksim.

Grace avait immédiatement reconnu la célèbre princesse Dariya, souvent photographiée lors de cocktails mondains et de réceptions de la jet-set aux quatre coins du globe. De toute façon, impossible de se méprendre : elle avait les mêmes yeux gris que son frère.

Le teint pâle, mince, elle portait un mini-fourreau à paillettes argent et un diadème serti de diamants dans ses cheveux noirs et lisses.

Sous son regard inquisiteur, Grace se sentit soudain mal à l'aise.

— Je suis navrée, je ne savais pas que j'allais participer à un anniversaire, je n'ai pas de cadeau.

Dariya sourit.

— Il ne serait même pas venu à l'esprit de Francesca de faire un cadeau. Je vous aime déjà mille fois plus qu'elle. Je vais vous dire ce que je pense d'elle : ce n'est qu'un tas d'os prétentieux drapé dans de très belles fourrures.

— Dariya, arrête, la coupa son frère.

— Rappelez-moi votre nom, poursuivit-elle.

— Grace.

— Eh bien Grace, sachez que vous m'avez fait le plus merveilleux des cadeaux. Allez, venez que je vous présente.

Elles pénétrèrent dans le très spacieux loft tout en baies vitrées, qui surplombait St Martin's Lane. Au centre de la pièce, se trouvait un lustre en métal composé d'une impressionnante spirale sur laquelle étaient fixées une myriade d'ampoules de toutes les couleurs. Le mobilier était un mélange de design des années 60 et de pièces avant-gardistes alliant la fantaisie à l'esthétique. Grace resta interdite devant les chaises sans dossier en forme de fraises mûres.

— Regardez qui est avec nous, claironna Dariya avec ravissement. Maksim en personne ! Il est même venu avec une amie. Je vous demande d'accueillir Grace !

Une clameur de bienvenue circula dans la pièce, et Grace fut aussitôt entourée de gens joyeux, ouverts et avenants. C'était comme si elle les connaissait depuis des années. Elle ne s'était pas sentie aussi heureuse depuis bien longtemps et, simultanément, elle prit conscience du fait que ses amis lui manquaient. Depuis qu'elle travaillait pour Alan, elle s'était laissé submerger, ne prenant pas le temps ni de voir ses anciens camarades ni de rencontrer de nouvelles personnes, et renonçant à toute distraction au profit exclusif de son engagement auprès de son patron.

Cette ambiance festive lui rappela les plages de Los Angeles et les réunions d'amis autour d'un feu de bois. C'était avant le décès de son père, quand elle était étudiante et que sa vie était simple et facile. Au souvenir de ces moments de radieuse insouciance, elle eut un pincement au cœur.

La différence entre la fête de ce soir et celles de son passé tenait en un mot : l'argent. Ce soir, tous étaient riches, élégants, et un gigantesque loft londonien remplaçait le sable de la Californie.

Toujours au côté de son chevalier servant, Grace se retrouva près du gigantesque buffet, avec Dariya et un jeune homme qui la dévorait des yeux.

— Simon, je t'avais dit que Maksim viendrait ! clama Dariya ravie. Tu me dois dix livres sterling.

— J'ai rarement été aussi content de perdre un pari, rétorqua Simon. Grace, je suis très heureux de vous rencontrer. Bonsoir Maksim. Je te remercie pour le sourire qui illumine le visage de mon amoureuse.

— Ton amoureuse, tu rêves ! rectifia Dariya.

Le regard de Maksim avait viré au noir. Il entraîna Simon un peu à l'écart et lui adressa quelques mots, avec une attitude manifestement protectrice et un ton apparemment sans appel.

Grace se tourna vers Dariya.

— C'est votre vingt-cinquième anniversaire ?

— Ne remuez pas le couteau dans la plaie… Ne me dites pas que je fais mon âge ! supplia-t-elle.

Grace se mit à rire et désigna un calicot sur lequel était peint maladroitement : « Joyeux vingt-cinquième anniversaire Dariya. » La banderole surprenait dans ce décor sophistiqué.

— Ouf, je suis soulagée. Déjà un quart de siècle écoulé et je ne saurais dire ce que j'en ai fait.

— J'ai eu vingt-cinq ans dimanche dernier et j'ai passé la journée terrée dans mon appartement à nier l'évidence.

— Vraiment ? Vous n'avez pas fait la fête ?

— Mon patron m'a donné un bon pour une semaine de plateaux-repas de mon restaurant japonais préféré.

— Pas même une toute petite fête ? répéta Dariya, incrédule. Maksim, dis-lui que c'est ridicule.

— C'est ridicule ! approuva-t-il.

— Simon, veux-tu aller me chercher un chapeau, s'il te plaît ? On va dire que cette soirée est pour nous deux, ajouta Dariya s'adressant à Grace.

Quand Simon eut apporté un haut-de-forme coloré, la petite sœur de Maksim enleva le diadème de ses cheveux et le plaça sur la tête de Grace.

— C'est pour vous ! Moi, je garde le chapeau.

— Mais non, c'est trop gentil, je ne peux accepter.

Elle était venue sans même un cadeau et, maintenant, Dariya lui offrait quasiment le premier rôle le soir de son propre anniversaire. Sa nouvelle amie s'approcha d'elle :

— Il vous va bien mieux qu'à moi, lui chuchota-t-elle à l'oreille. C'est un cadeau de mon frère, alors je l'aime, mais ce n'est pas du tout mon style !

— Dariya, tu m'avais promis une danse ! s'exclama Simon.

— Je suis à toi dans une minute ! répondit-elle.

Elle fit une bise à Grace.

— Désolée, mais si je n'y vais pas, il va me faire la tête. Je suis tellement contente que vous soyez ici ! Mon frère a l'air heureux. Faites comme chez vous.

Grace resta seule, pensant au diadème posé sur sa tête. Etaient-ce de vrais diamants ? Cette éventualité la terrorisa. Le luxe autour d'elle dépassait tout ce qu'elle avait connu, même dans certains événements auxquels elle avait accompagné Alan. Elle se sentait comme Alice au pays des merveilles, ayant traversé le miroir pour découvrir un monde où l'argent poussait dans les arbres, où les branches étaient d'or et les baies de pierres précieuses.

Soudain, elle fut enlacée par deux bras vigoureux et Maksim l'embrassa à la naissance du cou. En une seconde, la pointe de ses seins durcit, la tête lui tourna et le souffle lui manqua. Il lui fit face et lui présenta une flûte de champagne. Une expression joyeuse éclairait son visage.

— Je n'ai jamais bu de champagne, avoua Grace, ravie.

— Champagne et cristal sont parfois une excellente façon d'aborder la vie.

Elle trempa ses lèvres dans le liquide ambré et sentit aussitôt le picotement doux et léger des bulles. Une délicate chaleur coula dans sa gorge.

Du bout du doigt, Maksim fit pivoter son visage vers lui. Son regard était sombre et profond. Elle comprit qu'il allait l'embrasser. Elle resta immobile, impuissante. Tout en lui l'attirait, l'exaltait, l'emplissait du besoin impérieux d'être femme, d'être *sa* femme et de le combler. Mais brusquement, une petite voix dans sa tête lui hurla de se réveiller. Un baiser ? Quelle folie ! Ce devait être la robe, le diadème et l'atmosphère festive qui brouillaient son jugement.

Grace fit un pas en arrière et avala le contenu de la flûte comme s'il s'agissait d'un verre de soda.

— Ce ne sont pas de vrais diamants, n'est-ce pas ?

Maksim la fixa avec ironie.

— Diamants montés sur platine.

En un millième de seconde, elle se rendit compte qu'elle portait sur la tête de quoi rembourser la totalité du crédit immobilier de sa mère. Et peut-être même celui de tous ses voisins…

— Que se passerait-il si je le cassais ? Est-il assuré ?

— Les diamants ne se cassent pas, ne soyez pas inquiète.

Il posa leurs deux flûtes vides sur le plateau d'un serveur qui passait et la prit dans ses bras.

— Ce bijou vous va à merveille, vous devriez le garder. Vous êtes née pour être adorée, choyée, couverte de pierres précieuses.

Au moment où il prononçait ces mots, toutes les lumières s'éteignirent, à l'exception du lustre multicolore. Le volume de la musique augmenta, à l'unisson de la liesse ambiante.

Grace avait l'impression de planer dans un monde étrange, irréel, où tout n'était que luxe et amusement. Mais ce n'étaient ni l'un ni l'autre qui la faisaient chavirer.

C'était Maksim…

Elle avait beau se répéter mentalement de ne pas céder, s'exhorter à résister, à ne pas se laisser séduire, elle ne pouvait ignorer que chaque centimètre carré de sa peau, chaque cellule de son être brûlait de désir.

La soie de sa robe frôla le smoking de Maksim.

Il saisit Grace avec force, plaqua son corps contre le sien et, indifférent au regard des autres, il goûta à sa bouche offerte. Par ce baiser enflammé, profond, long, elle comprit qu'elle était marquée à jamais. A compter de ce soir, elle était sienne.

Elle posa la tête contre sa poitrine. Il écarta les mèches blondes de son visage en un geste tendre qui la fit frissonner.

Ensuite, Maksim l'entraîna vers la piste de danse et, pendant les heures qui suivirent, ils dansèrent, leurs corps ondulant, vibrant à la prière sentimentale du blues et de la soul, à la plainte déchirante du saxophone, ou au contraire se déchaînant sur des rythmes endiablés. Ils s'interrompaient régulièrement pour boire du champagne, bavarder et rire avec les autres invités. Grace était aux anges.

Après un slow langoureux, Maksim la prit par la main et l'attira dans un coin isolé du loft.

Là, il l'embrassa avec fougue, caressant son corps du bout des doigts. Elle s'abandonna à leur étreinte sensuelle et passionnée, folle de désir.

Alan n'existait plus. Avait-il d'ailleurs jamais existé ?...

— Grace, il est temps de partir, murmura Maksim en lui mordillant le lobe de l'oreille.

— Partir, déjà ?

— Il est minuit passé.

Elle fit la moue. Comme Cendrillon, elle devait quitter la fête. Le rêve allait prendre fin.

— Vous avez raison, j'ai beaucoup à faire demain.

— Je pense que vous serez très fatiguée demain, parce que je vous emmène à mon hôtel, lui souffla Maksim d'une voix chaude.

Un long frisson la parcourut.

— Venez, maintenant ! Je ne peux plus attendre, je vous veux dans mon lit.

La gorge soudain sèche, Grace le regarda dans les yeux.

Sa somptueuse robe de soie et sa couronne de diamants l'avaient fait entrer dans un monde différent, un monde irréel, dans lequel elle était une princesse tombée sous le charme d'un tsar des temps anciens, viril, puissant, dominateur. Et ce prince si beau l'enlevait, comblant ainsi ses plus profonds désirs.

— Dois-je vous porter ou êtes-vous en mesure de marcher ? demanda-t-il d'une voix douce et moqueuse.

Effectivement, les jambes de Grace semblaient ne plus vouloir lui obéir. Etait-ce le champagne ou l'émotion ? Elle fut bien incapable de répondre et pensa soudain à ses chaussures défraîchies, bien loin de l'élégance de pantoufles de vair.

Ils prirent congé de Dariya et de ses amis. Dans l'ascenseur, Maksim demeura imperturbable. Allait-il vraiment la mener à son hôtel ? Saurait-elle résister ? Et surtout, en avait-elle envie ?...

— Pouvez-vous me donner votre parole que vous ne cherchez pas à me séduire uniquement pour nuire à Alan ?

— Je vous le jure.

— Sur votre honneur ?

La mâchoire serrée, il marqua une pause.

— Oui.

Elle s'aperçut qu'en attendant sa réponse, elle avait cessé de respirer. Un prince ne pouvait pas promettre ainsi et mentir. Elle fut rassurée.

— Mais pourquoi êtes-vous si gentil avec moi ?

— Dites une fois encore que je suis gentil et vous allez le regretter. Je suis égoïste, je prends ce que je veux. N'importe quel homme digne de ce nom vous désirerait, vous voudrait dans ses bras, dans son lit. Il n'y a rien de gentil à avoir envie de vous.

— Alan ne s'est pas vraiment jeté sur moi, répliqua-t-elle.

— Barrington est un imbécile. Il a laissé passer sa chance et maintenant vous allez être à moi, à moi seul. Grace, laissez-moi vous montrer à quel point je peux être égoïste, murmura-t-il à son oreille.

6

Pour Maksim, la ruse faisait partie intégrante de l'art de la guerre et la vérité était une notion très souple. C'est en l'adaptant à ses besoins du moment qu'il avait bâti une fortune à partir de rien. Encore adolescent, il avait trouvé des investisseurs en affirmant que son projet était déjà en partie financé. Il avait remporté des marchés en faisant croire à ses concurrents qu'il avait signé les contrats alors qu'il n'en était rien. Il avait fait d'énormes profits sur l'importation de marchandises en détenant des informations qu'il avait jalousement gardées pour lui.

Le monde des affaires n'était pas une cour de récréation ni un bal de charité. Chacun étant maître de son destin, il fallait être fou pour faire aveuglément confiance à quiconque.

Dans la vie privée, en allait-il différemment ?

Il avait donné sa parole d'honneur…

Il sentit le sang lui monter au visage. Il n'avait jamais menti de façon aussi éhontée, et jamais il ne s'était senti aussi mal. Il tenta de se donner bonne conscience en se répétant que Grace ne lui avait pas laissé le choix. Et Alan Barrington n'était pas son ami mais un concurrent.

Il savait qu'il s'arrangeait avec la morale mais s'il avait été franc avec Grace, tout se serait écroulé.

De plus, l'éloigner de Barrington était le plus beau cadeau qu'il pouvait faire à la jeune femme tant il semblait clair qu'il profitait des sentiments que lui portait sa secrétaire pour en faire son esclave, avec un salaire de misère.

Enfin, elle n'était pas une oie blanche. Ses baisers attestaient de son expérience. Elle l'avait embrassé avec à la fois sensualité et retenue. Elle savait apparemment comment se faire désirer, comment mettre le feu à un homme, comment lui faire perdre la tête au point de le pousser à dire ou faire n'importe quoi.

Même mentir.

Il prit la main de Grace.

— J'ai donné sa soirée au chauffeur, nous allons faire quelques pas.

— Bonne idée.

La neige recouvrait les trottoirs, devenus glissants. Solidement accrochée au bras de Maksim, Grace se sentait protégée, non seulement d'une chute éventuelle mais aussi des fêtards éméchés, nombreux au sortir des pubs.

Ils se dirigèrent vers Trafalgar Square.

Maksim la regarda à la dérobée. Les lumières de Noël faisaient de ses cheveux une écume légère d'or et d'argent, mise en valeur par le diadème qui les retenait. Elle était prodigieusement belle, comme un ange, une walkyrie, une princesse…

— Merci de m'avoir fait partager l'anniversaire de votre sœur, dit Grace. J'avais oublié le plaisir d'une soirée avec des amis.

Une fois encore, la culpabilité assaillit Maksim. S'il n'avait pas décidé de séduire Grace, sans doute ne serait-il pas allé aux vingt-cinq ans de Dariya. Car il savait que sa proie serait touchée d'être présentée à sa famille, que cela la mettrait en confiance et qu'ainsi, elle serait plus vulnérable. En piégeant Grace, il avait donc redoré son image auprès de sa sœur. Il avait gagné sur les deux tableaux…

Mais sur un point au moins, il n'avait pas menti : il la désirait.

— Puis-je vous compter parmi les miens, Maksim ?

— De quoi parlez-vous ?

— Etes-vous mon ami ?

Il prit la main de la jeune femme et la porta à ses lèvres.

— Non Grace, je ne suis pas votre ami, répondit-il d'une voix grave.

Ils longèrent des pubs et des restaurants, puis croisèrent un groupe de supporters du Chelsea Football Club fêtant la victoire autour de quelques bières. Il l'entraîna vers les quais de la Tamise.

— Je ne veux pas de votre amitié, reprit alors Maksim. Je veux votre corps dans mon lit.

Aussi crus fussent-ils, ces mots ne la blessèrent pas ; ils la désarçonnèrent seulement — elle n'était pas habituée à tant de franchise, à un ton aussi direct.

Il s'arrêta pour l'embrasser mais elle se déroba.

— C'est en Russie que vous avez appris à draguer ainsi ? Vous avez du talent, remarqua-t-elle en riant.

Maksim la toisa un instant, interdit. D'ordinaire, les femmes ne se refusaient jamais à lui. Mais Grace Cannon était-elle ordinaire ? Il se dit qu'elle voulait sans doute prendre son temps et résolut d'être patient.

— J'ai grandi ici.

— A Londres ?

— Et ailleurs. Nous avons beaucoup déménagé. Mon père ne gardait jamais très longtemps son emploi. Nous étions pauvres. Puis, il est mort.

— Je suis désolée. Mon père aussi est mort. Il y a cinq ans, d'un cancer. Ma mère a du mal à reprendre le dessus. Elle ne sort pratiquement jamais de notre maison, c'est pourquoi…

Grace s'interrompit, soudain frappée par une évidence.

— Poursuivez, demanda Maksim.

Elle se tourna vers lui.

— Excusez-moi, je vous ai mal jugé. Je suis partie du principe que vous ne saviez pas ce qu'étaient les souffrances et les privations uniquement parce que vous étiez aristocrate.

— Prince, absolument. Descendant du tsar de surcroît. Mais vous savez sans doute qu'en plus d'un siècle, les choses ont changé en Russie. Beaucoup changé. Je ne suis le prince de rien ni de personne. L'argent est mon seul pouvoir.

La dureté de son ton fit frémir Grace, qui se tourna vers lui, implorante :

— Maksim, ne dites pas des choses pareilles ! C'est l'amour que vous donnez aux autres, l'intérêt que vous leur portez qui comptent.

— C'est exactement ce que je dis : l'argent est le seul vrai moyen de les protéger.

— Vous vous trompez. Avez-vous entendu votre sœur ? Elle vous a dit qu'elle n'avait pas besoin de cadeaux somptueux mais d'un frère, de vous, d'un peu de votre temps et…

— Ce ne sont que des bons sentiments, l'interrompit-il froidement. Elle était trop jeune pour se souvenir de la faim et du froid qui nous ont presque anéantis à Philadelphie, l'hiver qui a suivi le décès de notre père. C'est à ce moment-là que j'ai pris l'engagement de veiller sur ma mère et ma sœur, et de faire en sorte que jamais elles ne manquent de quoi que ce soit.

— Vous au moins, vous avez protégé votre famille, articula Grace en serrant les poings, la gorge nouée. Jamais je n'aurais dû quitter la Californie, jamais je n'aurais dû laisser ma mère et mes frères.

Maksim eut du mal à cacher son émotion.

— Etre auprès de ceux que l'on aime ne suffit pas toujours à les sauver. A vingt ans, j'étais déjà millionnaire et je n'ai pas pu empêcher ma mère de mourir.

— Que lui est-il arrivé ?

— Elle a été victime d'une rupture d'anévrisme, sans que rien ne le laisse présager et sans que quiconque puisse intervenir. Ni moi, ni personne.

Maksim se tut, perdu dans ses souvenirs. Jamais il n'avait parlé de la mort de sa mère. Même pas à Dariya, qui avait à peine neuf ans au moment du drame.

Il s'attendait à ce que Grace se serve de sa confidence pour souligner l'incohérence de sa théorie faisant de l'argent l'ultime pouvoir. Mais, loin de s'enorgueillir d'avoir eu raison et de jouir de sa victoire, elle passa la main sur sa joue avec une infinie tendresse. Maksim nota que c'était la première fois qu'elle le touchait intentionnellement.

— Vous n'avez pas à vous sentir coupable. Vous avez protégé votre famille, vous avez tout tenté pour sauver votre mère, vous n'avez fait preuve d'aucune négligence.

Il frémit involontairement, ferma les yeux et inspira profondément.

— Vous êtes quelqu'un de très spécial, Grace Cannon. Je n'ai jamais rencontré une femme comme vous.

— Je n'ai rien de spécial, je suis bêtement normale.

— Vous êtes rare.

— Ce sont ces vêtements qui…

— Non, seule la femme sous les vêtements me captive.

Il baissa les yeux sur elle.

— Grace… Votre prénom est bien choisi : vous êtes l'incarnation de la grâce. Votre second prénom est Diana, m'avez-vous dit ?

— Ne vous moquez pas.

— Vos parents aimaient les histoires de princesses !

— Oui, mais ces deux princesses ont eu un destin pour le moins dramatique, ne trouvez-vous pas ?

— Et vous, *solnishka mayo*, croyez-vous aux contes de fées ?

— Avant, j'y croyais… Et même dur comme fer.

— Et maintenant ?

Leurs regards s'aimantèrent, et elle passa la pointe de sa langue sur ses lèvres. Il ne put résister à cette invitation muette et l'enlaça. Puis il se pencha doucement vers son visage et l'embrassa.

Ce baiser fut un moment de pure plénitude. Maksim s'enivrait de son parfum, de son contact, et sentait la folie le gagner progressivement.

— Ce soir, mademoiselle Cannon, vous m'appartiendrez.

L'expression de Grace changea du tout au tout. Effrayée, elle secoua la tête.

— Je vous en supplie, ne profitez pas de ma faiblesse. Je ne peux pas, je ne veux pas.

Elle se recula vivement et glissa sur le trottoir verglacé. Maksim la saisit avant qu'elle ne tombe et la blottit contre sa poitrine. Sentant le cœur de Grace cogner brutalement, il fut pris d'un vertige inexplicable, comme s'il ressentait sa peur au plus profond de lui, comme s'ils étaient tous deux en osmose parfaite.

Tremblante, si fragile dans ses bras, elle éveilla en lui un terrible élan de désir. Cette jeune femme à la fois volcanique et réservée, timide et ouverte l'excitait terriblement. Il aurait voulu la prendre contre ce mur, là, glisser en elle, la pénétrer jusqu'à l'entendre hurler. En fait, Grace le troublait et le déstabilisait, ce qui redoublait l'envie qu'il avait d'elle.

— Ne vous refusez pas à moi, ne nous refusez pas ce que nous désirons tous deux plus que tout au monde.

— Vous avez raison, murmura-t-elle d'une voix à peine perceptible, je ne peux pas lutter contre vous.

Sans un mot de plus, il l'entraîna vers son hôtel.

Devant l'imposante porte éclairée, il hésita.

Il la voulait, éperdument, follement, mais avec au fond de lui un réel sentiment d'inconfort. Se sentait-il coupable de lui avoir menti ? Car mêlée au désir, il découvrit dans les yeux de Grace une expression de totale confiance et de sincérité qui le perturbait.

Peu enclin aux scrupules, il s'étonna de sa propre réaction. Après tout, Grace savait ce qu'elle faisait. Et s'il était vrai que lui voulait se venger de Barrington, et peut-être aussi récupérer Francesca, il avait surtout envie, pour être vraiment honnête avec lui-même, d'attirer Grace dans son lit.

Sans échanger un mot, ils parvinrent devant la porte de la suite où il vivait. Pour franchir le seuil, il la prit dans ses bras, comme s'il s'agissait d'une jeune mariée.

En passant dans le salon, Maksim ne put s'empêcher de jeter un coup d'œil au panorama fabuleux qui s'offrait à eux depuis les grandes baies vitrées. A leurs pieds, la Tamise et ses péniches, les ponts, le flot de voitures, les immeubles imposants de la Cité et, à l'extrême gauche, le dôme éclairé de la cathédrale Saint-Paul. Un cadre céleste pour les moments divins qu'ils allaient partager…

Avant d'avoir atteint le lit, il l'embrassa. Elle lui rendit son baiser avec fougue et, cependant, une imperceptible hésitation qu'il n'avait jamais constatée chez aucune autre femme.

Il la déposa dans les draps blancs et la détailla.

Ses cheveux blonds laissés libres, ses yeux bleus,

profonds comme des lacs de montagne, le firent chavirer. Il laissa le bout de ses doigts parcourir son corps à travers la robe : son cou, la vallée entre ses seins, son ventre plat. Elle était d'une beauté singulière, discrète mais éclatante et surtout naturelle. Il se pencha sur elle et l'embrassa, saisissant sa poitrine haute et ferme à pleines mains. Ses mamelons durcirent instantanément et il ne put résister à la tentation de les prendre dans sa bouche à travers le tissu.

Grace poussa un petit cri, se raidit et chercha ses lèvres. Il fit glisser le haut de la robe et, depuis son menton, le long de son cou, de sa gorge, il goûta à sa peau. Elle émit une sorte de miaulement, qui amplifia son désir à l'en faire souffrir. Il accentua la pression de sa langue sur son corps. Comblé par le plaisir qu'elle prenait, Maksim ne voulait plus, ne pouvait plus attendre. Il voulait la dénuder pour la pénétrer violemment, profondément, passionnément, à la mesure du désir qu'elle suscitait en lui.

En un tournemain, il lui retira sa robe et la découvrit dans une simple culotte en coton. Cela ne le surprit pas ; au contraire, il en fut ému. Grace ne cherchait pas à séduire ou à provoquer en utilisant des artifices. Elle était elle-même, belle, simplement belle.

— Arrêtez, s'il vous plaît, murmura-t-elle implorante.

Maksim se rendit compte qu'il avait déjà déboutonné sa chemise et ôté la ceinture de son pantalon. Après s'être juré qu'il prendrait son temps, qu'il lui procurerait lentement un plaisir comme jamais elle n'en avait connu, il se comportait comme un goujat, comme un animal. Comment avait-il pu perdre ainsi le contrôle de ses sens ? Aucune partenaire ne l'avait ensorcelé de la sorte.

— Pardonnez-moi, je ne voulais pas vous brusquer.

— Ce n'est pas ça, ne vous excusez pas mais… Je manque d'expérience.

Maksim fronça les sourcils. Il constata qu'elle avait rougi et baissait les yeux comme une biche apeurée.

— Que voulez-vous dire ?

— C'est la première fois.

Le souffle lui manqua.

— Vous voulez dire que vous êtes vierge ?

— Ne vous moquez pas de moi, je vous en prie !

— Je ne me moque pas de vous, j'appelle un chat un chat. Dites-moi comment qualifier la situation pour ne pas vous froisser, et je le ferai.

Maksim regretta son manque de tact quand il vit des larmes emplirent les grands yeux bleus désespérés de Grace.

— Non, vous avez raison. Je suis vierge, une naïve avec pour seule expérience un baiser misérable d'Alan Barrington soûl.

— Barrington vous a embrassée ? s'échauffa Maksim.

Il fut surpris de la violence de sa réaction. Il n'avait jamais été jaloux, même quand Francesca l'avait quitté. Mais lady Danvers n'était pour lui qu'un signe extérieur de richesse, une *possession*, elle avait fait partie de son patrimoine. Tout le contraire de ce qu'il avait envie de vivre avec Grace. De partager. Il la voulait pour lui, pas pour l'exhiber, pas pour flatter son orgueil de mâle dominant.

Elle le fixa avec étonnement.

— Pourquoi ce baiser sans intérêt vous rend-il furieux ?

— Pourquoi ? Mais parce que c'est du harcèlement sexuel ! Même sous l'emprise de l'alcool, un patron n'a pas à embrasser son employée.

— N'exagérons rien ! Un vague baiser avant de tomber ivre mort sur le divan de son bureau… Et ensuite, il a rencontré Francesca, qui doit être une experte de ce genre de… Enfin, vous voyez ce que je veux dire. Je voulais simplement vous prévenir que je n'avais sans doute pas la même… virtuosité.

Tout s'éclairait dans la tête de Maksim : les hésitations de Grace, ses maladresses, sa réserve. Elle était vierge… Il frémit à la pensée qu'il aurait pu la déflorer brutalement.

— Maksim, cela ne doit pas changer quoi que ce soit entre nous.

— Je ne suis pas de cet avis.

La pureté de son âme se doublait d'une virginité physique, renforçant son aura d'innocence dans l'esprit de Maksim. Il ne pouvait pas se servir d'elle dans sa conquête du pouvoir. Son cynisme machiavélique avait des limites. La pureté de Grace tenait le conquérant en échec.

Il se leva, l'aida à se rhabiller, l'enveloppa dans son manteau et, quelques minutes plus tard, ils étaient sur le trottoir devant l'hôtel.

Maksim héla un taxi.

— Où allons-nous ? demanda Grace.

— Vous rentrez chez vous. Et moi je vais me coucher dans mon lit.

Il indiqua au chauffeur l'adresse de Grace et paya généreusement pour la course.

— Attendez, protesta-t-elle. Maksim, vous ne pouvez pas…

— Démarrez ! ordonna-t-il en claquant la portière.

Le chauffeur obéit. Maksim vit Grace se retourner pour le suivre des yeux par la vitre arrière. Dans son regard, il lut de la détresse. Il savait qu'il l'avait profondément blessée, et combien elle devait se sentir perdue.

Le taxi noir disparut à l'angle de la rue. Pour la première fois de la soirée, Maksim sentit la morsure du froid. Alors que tout était si clair quelques heures auparavant, sa stratégie parfaitement établie s'était peu à peu fissurée au contact de la belle personne qu'était Grace Cannon. Sa propre attitude le déroutait. Jamais il ne se serait cru capable d'éprouver de la pitié — car c'était bien de cela qu'il s'agissait : il avait eu pitié d'elle…

Pitié… Un sentiment qu'il méprisait, synonyme de faiblesse. Et faible, c'est exactement ce qu'il avait été en la mettant hors de sa portée, loin de ses griffes de prédateur.

Il se passa les deux mains dans les cheveux.

Il la désirait avec une telle violence qu'il en avait des élancements dans le bas-ventre. Savoir qu'elle était vierge décuplait son désir. Il la voulait dans son lit, il voulait l'initier, lui faire découvrir les plaisirs de la chair, la prendre brutalement, la prendre tendrement, et surtout être le premier à le faire…

Grommelant un juron, il passa devant le portier sans même lui adresser un regard et remonta dans ses appartements. Là, il ôta sa veste et se servit un verre de vodka. Mais c'était de Grace et non d'alcool dont il avait soif.

Il jeta un regard à la chambre, puis au lit vide. Quelques minutes plus tôt, elle était là, consentante, offerte et il l'avait obligée à partir.

Il se consola en pensant que quelques heures plus tard, il la reverrait.

Et il serait sans pitié.

Elle serait sienne.

Grace regarda tristement à travers la fenêtre qui faisait face à son bureau.

La neige avait lamentablement fondu, à l'instar de son rêve de la nuit dernière.

Du trentième étage où Cali-West Energy avait loué des bureaux, elle regardait les passants, telles des fourmis en perpétuel mouvement. La ville lui paraissait brumeuse et déprimante.

A moins que ce soit elle qui était brumeuse et déprimée ?

Elle se ressaisit et essaya de se concentrer sur l'écran de son ordinateur. En vain. Comme à chacune de ses tentatives depuis son arrivée au bureau ce matin-là, les images de la soirée repassèrent en boucle dans son cerveau.

Elle s'était juré de ne pas céder à Maksim. La belle affaire ! Non seulement elle avait cédé, mais elle s'était jetée sur lui. Et c'était lui qui l'avait repoussée.

Elle se massa les tempes et jeta un regard dégoûté à sa jupe froissée et à son cardigan informe, qu'elle n'avait pas eu le temps de repasser.

Incapable de trouver le sommeil, elle s'était finalement assoupie à l'aube, à peine quelques minutes avant la sonnerie de son réveil.

Au début de la soirée, elle avait été résolue à résister à Maksim. Elle s'en croyait capable mais sa gentillesse inattendue et ses confidences relatives à son enfance l'avaient émue, lui faisant inexorablement baisser la garde. Elle se croyait invulnérable et, pourtant, elle avait déposé les armes, sans condition et sans combattre. Maksim l'avait ensorcelée. Le seul pouvoir de ses regards, de ses frôlements, de ses étreintes l'avait fait fondre.

Etait-il possible qu'il y eût quelques sentiments dans le désir de Maksim ? Elle avait beau retourner la question dans tous les sens, elle n'avait pas la réponse. Elle connaissait si peu les hommes !

Elle ne doutait pas qu'il ait envie de lui faire l'amour ; et pourtant, il l'avait repoussée. Il l'avait embrassée, déshabillée, caressée et, soudain, il l'avait jetée dans un taxi sans même un bonsoir.

La raison de ce revirement était évidente : sa virginité. Quel homme aurait plaisir à déflorer une pucelle de vingt-cinq ans ?...

Au cours de cette nuit sans sommeil, elle avait empaqueté la robe, le manteau et le diadème. Elle avait prévu de les déposer à l'hôtel de Maksim dans la soirée, afin de refermer la parenthèse.

Elle hésitait encore à croire à la merveilleuse aventure qu'elle avait vécue. La robe, le diadème, la fête, et surtout le prince Rostov, l'un des hommes les plus beaux de Londres — voire du monde d'après elle —, qui l'avait cajolée, embrassée, sans pour autant abuser de son manque d'expérience.

Cela l'amena à se demander si elle avait jamais aimé Alan. Elle se mit à en douter sérieusement. Si tel avait été vraiment le cas, elle ne se serait pas soumise aussi facilement à Maksim.

Comme si la question allait trouver sa réponse, elle entendit la voix de son patron résonner dans le couloir. A son ton, elle sut immédiatement qu'il était de mauvaise humeur.

— Où étiez-vous, hier soir ? Je suis rentré tôt et vous n'étiez pas chez vous.

Comme à son habitude, il arrivait en milieu de matinée. Il paraissait extrêmement contrarié.

— Je suis sortie.

Elle n'allait surtout pas lui donner des détails…

— Avez-vous terminé les préparatifs du mariage ?

— Oui, répondit-elle sèchement en serrant les poings sous son bureau.

Elle n'avait donc droit à aucune vie privée ? Elle sentit la moutarde lui monter au nez.

Pour lui, il était normal qu'après avoir acheté le cadeau pour sa fiancée, elle passe sa nuit à lui concocter une cérémonie de rêve et un voyage de noces idyllique.

Pour lui, il était normal qu'elle arrive au bureau avant le lever du jour si le travail qu'il lui demandait le requerrait.

Pour lui, il était normal qu'à 10 heures du matin, elle ait déjà consacré trois heures à écrire le discours qu'il devait prononcer à une manifestation caritative dans l'après-midi.

Pour lui en somme, il était normal que tout soit toujours terminé dans les délais, quelle que soit la masse de travail dont il la submergeait.

Grace s'efforçait de contenir sa colère quand la réceptionniste fit irruption dans la pièce.

— Regardez cette merveille ! annonça-t-elle en déposant un superbe bouquet de lys blancs sur le bureau de Grace.

— Merci, dit Alan, cherchant la carte. Je ne vois vraiment pas qui…

— Ce n'est pas pour vous, monsieur Barrington. Ces fleurs sont pour Mlle Cannon.

— Pour moi ? s'exclama Grace surprise.

— Pour vous ? renchérit Alan, tout aussi ébahi.

Grace fit glisser la carte hors de l'enveloppe.

La nuit dernière, vous m'avez offert votre chaleur comme le soleil en hiver. Je vous attends en bas : après les plaisirs nocturnes, j'ai hâte de goûter avec vous aux délices diurnes. M.

Elle eut l'impression de quitter la terre, d'entrer en lévitation, irradiée de bonheur. Elle n'avait pas rêvé.

Maksim n'avait pas été rebuté par sa virginité, il l'avait éconduite parce qu'il attendait d'elle plus qu'une aventure d'une nuit. Il avait voulu la protéger en prenant le temps. Et déjà, il souhaitait la revoir.

En apesanteur, elle ferma les yeux et s'imprégna du parfum envoûtant des lys.

Maksim pensait donc qu'elle méritait des fleurs et, pour la première fois de sa vie, elle acceptait le compliment.

— Qui est le prince charmant ? demanda la réceptionniste.

— Allez, Grace, dites-nous : qui est-ce ? insista Alan.

Elle regarda son patron avec des yeux nouveaux.

— Alan, pourriez-vous garder en tête que je suis votre secrétaire, pas votre femme. L'identité de l'expéditeur de ces fleurs ne vous regarde pas.

— Je m'en moque, mais je tiens à m'assurer que vous consacrez tout le temps et l'énergie nécessaires à votre travail.

— Vous parlez du temps et de l'énergie que je passe à aller acheter des cadeaux pour vos petites amies ; du temps et de l'énergie que je consacre à travailler des nuits entières pour vous sans être payée pour mes heures supplémentaires ? A moins que vous parliez du temps et de l'énergie que je gaspille à vous demander une augmentation, avec pour seule réponse, comme hier soir encore : « On en parlera plus tard »…

Surpris autant que gêné par cette virulente saillie, Alan se gratta la gorge et plissa les yeux. Puis, d'un regard impérieux, il congédia la réceptionniste, qui se retira avec un sourire en coin.

— Grace, ne faites pas l'enfant ! Vous savez comme je vous apprécie et comme j'ai besoin de vous.

— Je suis désolée Alan, mais ça ne me suffit pas. Ça ne me suffit *plus*.

— Vous êtes jalouse de Francesca ? Rassurez-vous, nos fiançailles n'étaient qu'une plaisanterie.

Grace ouvrit des yeux ronds.

— Une plaisanterie ? Comment est-ce possible ?

— Francesca m'a avoué n'avoir jamais envisagé sérieusement notre mariage ; elle ne cherchait qu'à éveiller la jalousie d'un autre. Elle a bien été obligée de mettre les choses au point quand je lui ai annoncé mon projet de cérémonie et de voyage de noces. Voilà pourquoi je vous ai posé la question des préparatifs ; je le regrette, mais ils sont sans objet désormais. Elle a ajouté que tant que je jouerai le jeu, elle ne dirait rien à son père, qui donc continuera à me soutenir dans l'optique de la fusion. Je perds la femme, mais le contrat me reste acquis.

Mais Grace n'écoutait plus que d'une oreille, le souffle court. Francesca cherchait à susciter la jalousie d'un autre homme. Et selon toute vraisemblance, il s'agissait de Maksim...

— Je vous en supplie Grace, ne m'abandonnez pas, gémit Alan avec son sourire à la Hugh Grant. Dans un mois ou deux, tout sera bouclé et nous reprendrons les choses où nous les avions laissées. Je vous demande d'être patiente ; attendez-moi, s'il vous plaît.

Elle resta immobile, le toisant d'un regard dur.

Il connaissait parfaitement la nature des sentiments qu'elle lui portait et, fort de son charme, il s'en était servi pour la faire travailler nuit et jour, et trouver du réconfort quand il avait le vague à l'âme.

— Puis-je compter sur vous ? implora-t-il.

— Je suis navrée, lâcha-t-elle froidement.

Navrée, elle l'était d'avoir perdu tant d'énergie et de temps à son côté, bêtement persuadée qu'il était l'unique solution à tous ses problèmes.

— Vous êtes navrée de devoir patienter encore un peu ?

— Je suis navrée, car il est trop tard. Les choses ont changé, je ne suis plus libre. Si vous voulez que je reste votre secrétaire, vous allez devoir répondre à mes demandes.

— Et... où iriez-vous ? suffoqua Alan.

— J'ai une proposition.

— De qui ?

— Ça ne vous regarde pas. Mais sachez que depuis mon départ de Los Angeles, ma mère ne peut plus payer les échéances du crédit de sa maison. J'ai besoin de dix mille dollars, que nous appellerons augmentation rétroactive, en considérant tout le temps pendant lequel vous m'avez exploitée. Faute de quoi, je serai au regret de vous quitter.

— Dix mille… dix mille dollars ! C'est une blague, n'est-ce pas ?

— Payables immédiatement, poursuivit Grace en souriant. Et je ne me trouve pas très gourmande, car cette somme couvre à peine l'augmentation du coût de la vie entre Londres et la Californie.

— Grace !

— Quelle est votre réponse ? Dois-je terminer d'écrire votre discours ou préférez-vous que je vide mon bureau tout de suite ?

Alan la fixait avec des yeux écarquillés, complètement éberlué.

— Heu… Oui… Non… Restez bien sûr. Terminez votre travail, vous aurez votre augmentation dans les prochains jours.

— Et les arriérés ?

— Dix mille dollars, il me faut un peu plus de temps.

— Je vous laisse jusqu'à la veille de Noël.

— Et vous voulez aussi votre après-midi, peut-être ? ironisa-t-il en grinçant des dents.

Grace saisit la balle au bond, faisant semblant de le prendre au sérieux.

— Avec grand plaisir. Je termine votre discours et je file.

Il resta un instant silencieux, le regard noir. Puis, jugeant sans doute qu'il perdrait quoi qu'il dise la bataille, il quitta la pièce, le dos voûté, et claqua la porte de son bureau. Grace en eut presque de la peine pour lui.

Mais Maksim l'attendait, elle n'avait pas de temps à perdre, surtout pas pour s'apitoyer sur le sort d'Alan.

Elle termina son travail et l'envoya à l'adresse mail d'Alan. Puis, son vieux manteau sur le dos, le sourire aux lèvres, elle sortit de l'immeuble.

Elle repéra immédiatement Maksim à sa voiture

stationnée le long du trottoir, un superbe roadster décapotable qui faisait l'admiration des passants.

— Enfin, vous voilà ! Cette attente m'a paru interminable.

— A peine vingt minutes.

— Mais c'est un siècle pour moi, très chère ! Je n'attends jamais aussi longtemps, avoua-t-il, les yeux cachés derrière des lunettes noires.

Elle éclata de rire. Elle songea immédiatement qu'elle n'avait pas ri ainsi de si bon cœur depuis une éternité.

— Merci pour les très jolies fleurs. Elles m'ont enchantée au-delà des mots, et m'ont donné la force de demander et d'obtenir une augmentation.

— Vous êtes mon bouquet de fleurs ; c'est vous qui m'enchantez, confia-t-il.

Il fit gronder le moteur et effleura son genou en posant la main sur le levier de vitesses.

— Prête pour fêter votre augmentation ?

— Prête !

Comme un aigle noir, la Bugatti s'élança dans la brume londonienne.

7

Sur la terrasse du manoir surplombant les jardins à la française, Grace s'imprégnait du spectacle de la lande du Dartmoor s'étendant à perte de vue sous un manteau de neige.

Ils avaient laissé la pluie derrière eux. Le saisissant paysage, presque irréel, recevait les dernières lueurs d'un soleil rougissant nimbé d'une épaisse brume.

Sur ses joues mordues par le froid, les larmes lui tiraient légèrement la peau en séchant. Grace replaça son téléphone portable dans son sac. Son cœur garderait longtemps l'écho du cri de joie de sa mère.

Elle venait de la rassurer, affirmant que leur maison était sauvée de la saisie. Plus jamais, s'était-elle juré, sa famille ne serait confrontée à de tels problèmes financiers.

Elle s'était isolée à l'extérieur pour téléphoner, ne souhaitant pas que Maksim ait connaissance de la détresse matérielle dans laquelle se trouvait sa famille. Elle ne voulait pas de son argent.

Il ne serait pas son Pygmalion ; il serait son égal, son ami et, qui sait, peut-être son amant…

Bien sûr, elle le voulait comme amant, pour la flamme qu'il allumait en elle, pour la femme qu'elle se découvrait être dans ses yeux, pour les rêves qu'il rendait possibles, pour la vie qu'il lui avait fait redécouvrir.

Après des mois de dérive, elle retrouvait sa force et sa détermination. Elle se retrouvait elle-même.

Elle devait ce renouveau à Maksim, qui l'avait regardée comme une princesse, lui redonnant un peu de l'estime de soi qu'elle avait peu à peu perdue au contact d'Alan. A aucun moment de sa vie, elle n'avait imaginé faire un jour l'objet de tels égards, surtout venant d'un homme beau, puissant et riche.

Elle comprit qu'elle ne laisserait plus jamais quiconque profiter d'elle.

Grace se tourna vers l'imposante façade du relais de chasse isolé du XVIIIe siècle qu'ils avaient rejoint un peu plus tôt en provenance de Londres. L'architecture, légèrement gothique, donnait au lieu un certain mystère.

Elle rentra et traversa le salon vide de tout mobilier, sous l'œil des chérubins peints sur le plafond éclairé par un énorme lustre de cristal. Les courants d'air faisaient danser les voilages aux fenêtres, à moins que ce ne soient les fantômes qui devaient hanter le lieu.

Personne ne vivait dans le manoir. Maksim l'avait acquis en projetant de venir s'y reposer de temps à autre mais, débordé, il n'y avait jamais mis les pieds. Personne, hormis le gardien et sa femme, n'en poussait jamais la porte. La maison avait dû être surprise et contente de voir enfin quelqu'un ! Se rendant compte de l'absurdité de sa réflexion, Grace éclata de rire. Une maison contente !

Et pourquoi pas, après tout ? On disait bien parfois que des maisons pouvaient rendre fou ou au contraire apaiser. Pourquoi ne seraient-elles pas elles-mêmes joyeuses ou tristes, dans ce cas ?

Elle essuya une dernière fois ses joues, certaine que, libérés de la menace d'expulsion, les membres de sa famille étaient dorénavant en sécurité.

Elle entra dans la salle à manger.

Ce fut un choc.

Un généreux feu de bois ronflait dans l'âtre, et des dizaines de cierges d'église, de toutes tailles et de toutes formes, étaient posés à même le sol. Maksim finissait de les allumer.

Il était magnifique, chemise blanche sur pantalon noir, et il la dévisagea en souriant.

Puis il se figea.

— Vous pleurez ?

— Je crois que la maison symbolise la cohésion de la famille. Et vous, Maksim, qu'en pensez-vous ?

— Qu'est-ce que vous racontez ? demanda-t-il en fronçant les sourcils.

— Des bêtises, s'exclama-t-elle en riant. Je délire, mais je suis si heureuse ! J'avais besoin d'argent pour notre maison, et l'augmentation que j'ai obtenue me sauve.

— Il est grand temps que vous quittiez le sous-sol de Barrington, grommela Maksim.

Il n'avait pas compris qu'elle parlait de la maison familiale californienne mais elle ne releva pas. Certes, son propre déménagement était une bonne idée, mais il pourrait attendre.

— Venez travailler avec moi, proposa-t-il en la prenant dans ses bras.

— Mélanger le travail et la vie privée n'est jamais une bonne idée.

— En guise de prime de bienvenue, je vous achèterai une maison. La maison que vous voulez.

Elle laissa errer son regard autour d'elle.

— N'importe quelle maison ? Méfiez-vous, j'ai peut-être des goûts de luxe, plaisanta-t-elle.

Il rit et l'embrassa de ses lèvres chaudes et gourmandes. Sa langue attisa son désir, l'ensorcela, et Grace eut le sentiment très net que leurs deux corps ne faisaient plus qu'un.

— Permettez-moi de prendre soin de vous, Grace.

— Je ne vous veux pas comme patron, murmura-t-elle, et je ne veux pas de votre argent. Je ne veux que vous, seulement vous.

— Je prends toujours grand soin de ce à quoi je tiens, ajouta-t-il.

Etait-il en train de lui dire qu'il tenait à elle ? Elle se sentit soudain à l'abri dans ses bras, comme dans un cocon.

Il tenait à elle…

La nuit dernière, il l'avait prouvé en la laissant partir. Il aurait pu se satisfaire d'une aventure sans lendemain, au lieu de quoi il lui faisait la plus romantique des cours.

Grace fut obligée de reconnaître qu'elle commençait à s'attacher à lui, bien plus qu'elle n'aurait voulu l'admettre.

Il s'assit sur une épaisse couverture blanche posée à même le sol et l'invita à le rejoindre.

— Tenez, lui dit-il en lui tendant une flûte de champagne.

— Quel drôle d'endroit : on y trouve des verres en cristal, du champagne, mais pas un meuble !

D'une coupe posée sur la couverture, il saisit une fraise et la lui tendit. Joueuse, Grace entrouvrit les lèvres et mordit dans le fruit. Sans la quitter des yeux, Maksim lui en offrit une autre.

Elle frissonna.

Sans un mot, ils burent ensuite le champagne à petites gorgées.

Soudain, Maksim la débarrassa de sa flûte et, soulevant ses cheveux, il dénuda son cou et l'embrassa. Vibrant de désir, elle ferma les yeux, blottie contre son torse puissant.

— Vous êtes si belle, murmura-t-il à son oreille.

— Je vous remercie.

— Pour quelles raisons me remerciez-vous ? demanda-t-il surpris.

Grace posa son regard sur les vitraux qu'on devinait derrière les légers voilages blancs ; puis, bouleversée, elle se laissa engloutir par le regard métallique de Maksim.

— Ma famille et moi avons traversé des années difficiles. Je ne savais plus à quoi me raccrocher, ni à qui faire confiance.

Il ne la quittait pas des yeux. Dans la lumière vacillante des cierges, il avait l'air d'un prince ténébreux sorti d'une légende médiévale.

— Mais maintenant, je suis enfin rassurée, poursuivit-elle émue. Parce que j'ai confiance en vous.

Maksim serra les mâchoires et détourna la tête.

— Je ne suis pas un saint. Je vous ai prévenue : je suis égoïste et sans scrupule.

— Vous êtes merveilleux.

Elle tendit la main jusqu'à sa joue et fit en sorte qu'il la regarde de nouveau.

— Je n'ai jamais côtoyé un homme comme vous, qui se targue d'égoïsme et même de cruauté alors qu'il est profondément bon. Vous ne voulez surtout pas le montrer, car vous pensez que c'est de la faiblesse. Mais je vous ai démasqué ; j'ai percé votre secret.

Elle le sentit frissonner contre elle. Son regard intense la transperça jusqu'au cœur.

— Vous êtes unique, Grace, exceptionnelle. En chaque être humain, vous ne voulez voir que le bon côté, même si la personne ne le mérite pas.

— Pour la première fois de ma vie, grâce à vous, je me sens forte. Suffisamment forte pour…

Les mots restèrent bloqués dans sa gorge. Maksim caressa sa joue, la dévisageant avec ardeur. Leurs corps vibraient à l'unisson. L'élan qui les portait l'un vers l'autre était si puissant que Grace comprit qu'il soudait également leurs deux âmes.

— Grace, douce Grace.

Il déposa sur ses lèvres un baiser tendre et impatient, douloureux de désir.

Elle laissa échapper un court gémissement.

Alors, Maksim jura en russe et se dégagea de leur étreinte. Il se leva et expira bruyamment.

— Que se passe-t-il ? demanda Grace, affolée, le cœur battant la chamade.

C'était la deuxième fois qu'il la repoussait. Qu'avait-elle fait qui ait pu lui déplaire ? Etait-ce sa façon maladroite d'embrasser ?

La terre s'ouvrait sous elle, l'entraînant dans une longue chute vers le néant. De nouveau, elle n'était plus personne, elle se retrouvait seule… Alan lui avait bien dit que Francesca avait échafaudé un stratagème destiné à susciter la jalousie d'un autre, Maksim de toute évidence ; mais celui-ci était-il toujours amoureux de sa riche héritière ?

— Non, ne dites rien, supplia Grace livide. Je suis bien consciente que je ne suis pas celle que vous désirez. Je n'ai rien qui puisse plaire à un homme comme vous.

— Vous croyez que je ne vous désire pas ? s'étonna-t-il d'une voix cassée.

— Je sais depuis le premier instant où je vous ai vu que je ne suis pas votre genre. Ne protestez pas, c'est uniquement de ma faute. Comme une idiote, je me suis monté la tête…

Sa voix se brisa et elle tenta de contenir ses larmes.

Maksim s'agenouilla devant elle et lui saisit violemment les avant-bras, au point de lui faire mal.

— Comment pouvez-vous dire que je ne vous désire pas ! explosa-t-il. Je ne pense qu'à ça : faire l'amour avec vous, dans un lit, contre un mur, sur le sol, n'importe où ! Je vous veux, ouverte, offerte, abandonnée. Je veux vous caresser, vous lécher, vous dévorer jusqu'à ce que vous hurliez votre jouissance et provoquiez la mienne. Je vous désire et chaque seconde où je m'interdis de passer à l'acte est un insupportable supplice.

Sa voix avait résonné dans la pièce vide, donnant à ses propos une force décuplée par l'écho.

— Alors pourquoi me repoussez-vous ? demanda Grace, interdite.

Il poussa un long soupir et leva les yeux au ciel, comme s'il en attendait une réponse — ou une autorisation.

— Parce que pour la première fois depuis longtemps, quelqu'un apporte une lumière dans ma vie. Et je n'ai pas le courage de poursuivre ma route dans l'ombre et le froid sans votre chaleur, sans votre rayonnement.

— Et vous craignez de me blesser ?

Il acquiesça d'un hochement de tête.

— Rassurez-vous, ma mésaventure avec Alan m'a remis les idées en place. J'ai compris qu'il ne fallait pas surestimer l'amour, ni surtout se laisser aveugler.

Grace s'interrompit un instant pour sonder une dernière fois sa volonté.

— Venez près de moi, Maksim.

Il s'agenouilla sur la couverture. D'un doigt, elle suivit l'arête de sa mâchoire et descendit le long de son cou.

— Je sais que vous ne me ferez pas de mal.

— Ça suffit, souffla-t-il.

— Embrassez-moi, je vous le demande.

Incapable de lutter, il se jeta goulûment sur ses lèvres.

Les sens de Grace furent emportés par une lame de fond.

En un cérémonial empreint de respect et d'empressement, il la débarrassa de ses vêtements, un à un. Puis il l'admira dans son éclatante nudité, tandis que les flammes de la cheminée projetaient sur son corps des ombres dansantes.

— En dépit de l'intensité de mon désir, je vais m'efforcer de distiller le plaisir que je veux vous donner.

Il l'embrassa et l'enlaça de ses bras puissants. Grace ferma les yeux un court instant, le temps de chavirer complètement ; quand elle les rouvrit, Maksim était aussi nu qu'elle.

Elle n'avait jamais vu un corps d'homme. Etait-ce la lumière tamisée et chaude qui le nimbait ? L'appréhension que Grace avait toujours pensé qu'elle ressentirait en cet instant décisif ne se montra pas ; elle était simplement émue, émue et impressionnée. Elle avança la main et le caressa. Maksim tressaillit.

— Vous êtes beau, murmura-t-elle.

Il lui sourit et l'allongea sur la couverture, face à la cheminée.

En prenant conscience de sa puissante musculature contre son corps, Grace ne put empêcher sa respiration de s'accélérer. Tout en se laissant aller, elle se cambra sous ses caresses habiles.

Maksim posa ses lèvres sur son cou, puis glissa doucement au creux entre ses seins, avant de descendre sur la peau palpitante de son ventre.

Voulait-il ?... Allait-il ?...

Grace haletait. La tête renversée en arrière, elle aperçut le halo de la lune, d'une pâleur mystérieuse ainsi filtré par les voilages. Quand la bouche de Maksim aborda son mont-de-Vénus, elle tenta d'échapper à son étreinte ; mais il la retint fermement.

Il déposa de tendres baisers sur la peau sensible de l'intérieur de ses cuisses, puis de plus en plus hardiment approcha sa bouche aventureuse de cette fleur qu'elle lui offrait, et qu'il allait cueillir.

Les joues en feu, le corps traversé de fulgurances inouïes, les seins gonflés et les tétons durcis, Grace avait l'impression de n'être plus qu'un brasier crépitant d'excitation.

Maksim alternait les mouvements et la pression de sa langue, tantôt aérienne et légère, tantôt large et langoureuse. Noyée dans le flot de sensations violentes et nouvelles qui la parcouraient, Grace perdait tout contrôle, le souffle court, le corps tendu par le désir.

Lorsque la jouissance prit naissance au plus profond d'elle-même et se déversa dans chacune de ses terminaisons nerveuses, elle cria.

Quelques secondes plus tard, Maksim la pénétrait avec une infinie douceur. Une douleur fulgurante lui déchira cependant le ventre, presque immédiatement balayée par une vague de plaisir irréelle. Son merveilleux amant allait et venait en elle avec une délicate lenteur, et elle se contractait instinctivement autour de lui en épousant son rythme. Il accéléra et approfondit ses mouvements, libérant en elle des forces insoupçonnées qui se muaient en gémissements rauques. Elle souleva ses hanches pour mieux l'accueillir. Elle lui ouvrait ses frontières. Il l'envahissait de toute sa puissance.

Eperdue, elle ouvrit les yeux et le vit, viril, ses muscles moites se découpant dans la lueur des flammes. Elle lut dans son regard la violence de l'effort qu'il produisait pour prolonger le plaisir qu'il lui donnait, qu'ils partageaient. Son visage tendu ressemblait à un masque de tragédie grecque.

Maksim.

Son prince.

Son amant.

Son amour ?...

Comme s'il avait eu accès à ses pensées, il ouvrit les yeux. Leurs regards s'unirent; leurs âmes fusionnèrent.

Elle l'accompagna dans ses mouvements de plus en plus rapides jusqu'à ce qu'elle se sente comme coupée en deux par un ultime coup de reins, qui déclencha en elle un feu d'artifice de sensations.

Son corps électrisé se tendit comme un arc.

Elle jouit en prononçant son nom.

8

En amenant Grace dans le Dartmoor, l'intention de Maksim était de la séduire pour la faire parler. La veille, en choisissant de la laisser partir de sa suite, en cherchant à la protéger de lui-même, il avait écouté sa conscience. Il s'était maudit pour son accès de faiblesse. Il voulait obtenir les informations dont il avait besoin pour contrer Barrington, et Grace Cannon représentait la clé du coffre.

Mais là, devant la cheminée, c'était elle qui s'était jetée dans ses bras, le suppliant de l'embrasser.

Il avait alors renoncé à son plan machiavélique, il avait abandonné son idée de vengeance, il avait fait une croix sur le contrat.

Il ne voulait qu'elle, il voulait la posséder sans se sentir coupable, il voulait être l'homme qu'elle avait découvert en lui.

Pour l'honorer à sa juste valeur, il avait mené un combat surhumain contre ses pulsions animales. Mais une fois en elle, quand il avait croisé son regard et qu'elle s'était cambrée en prononçant son nom, il n'avait pu se retenir plus longtemps.

Quand il s'était répandu en elle, un cri sauvage était sorti de sa gorge ; il ne s'était jamais entendu crier ainsi.

Les yeux fermés, il laissa l'onde de plaisir achever sa course le long de ses membres.

Lentement, tous ses muscles se relâchèrent.

Soudain, il prit conscience qu'il écrasait Grace sous son poids.

Il ne voulait pas faire mal à cette merveilleuse et fragile créature qui lui avait offert sa virginité. Jamais.

Il roula sur le côté la serrant dans ses bras. Il l'embrassa. Elle émit quelques profonds soupirs avant d'ouvrir les yeux. Elle ne dit rien. Ce qui venait de les unir était bien au-delà des mots.

Grace était ce qu'il avait imaginé, ce qu'il avait espéré, non seulement une innocente et brûlante beauté, mais aussi un cœur pur et généreux.

Il était émerveillé et fier d'être le premier homme à la toucher, à l'aimer, à lui faire découvrir le plaisir.

Soudain, il fut tétanisé.

Dans le terrible combat entre sa conscience et son immense désir de la posséder, il avait oublié de se protéger. Pour la première fois de sa vie.

Il roula sur le dos et fixa le plafond et ses chérubins, qui semblaient lui adresser un sourire moqueur.

Et s'il lui avait fait un enfant ?

— Maksim, ai-je fait quelque chose qui te contrarie ? demanda-t-elle en s'allongeant sur lui.

Le fait qu'elle le tutoie l'emplit inexplicablement de joie. Cela signifiait-il qu'elle lui faisait définitivement confiance ?

— Quelle idée ! Tu es incapable de me contrarier, *solnishka mayo*.

Elle posa sa joue sur son torse. Il sentit sa poitrine chaude contre son ventre.

— As-tu le sentiment d'avoir trahi Francesca ?

Maksim tiqua. Francesca ? Il était très surpris de la facilité avec laquelle il avait oublié celle qui avait pourtant été sa maîtresse pendant de longs mois.

— Pourquoi cette question ? As-tu le sentiment d'avoir trahi Barrington ?

Elle secoua négativement la tête.

— Je ne l'ai jamais aimé. Je me suis fait un film, rien de plus.

Sans qu'il puisse en expliquer la raison, cette révélation lui fit l'effet d'un baume apaisant.

Il caressa le dos nu de la jeune femme, appréciant ses courbes harmonieuses, la finesse et la douceur de sa peau.

— Donc, rien ne s'oppose à ce que tu viennes travailler pour moi.

— J'avais cru entendre de ta bouche que je ne devais en aucun cas me laisser harceler sexuellement par mon patron, ironisa-t-elle.

— Venant de moi, il n'est pas question de harcèlement mais d'hommage à ta beauté.

— Présentée sous cet angle, l'offre est alléchante.

Elle soupira et hocha la tête, comme en butte à la fatalité.

— Je ne peux pas abandonner Alan. Il me fait de la peine.

— De la peine ? Pour quelle raison ? Il a remporté le contrat de fusion avec Exemplary Oil, plus ma fiancée en prime !

— Il vient d'apprendre qu'elle n'avait jamais eu l'intention de l'épouser, confessa Grace. Elle a fait courir ce bruit pour rendre un autre homme jaloux. Cet autre homme, je suppose que c'est toi ?

La main de Maksim se figea.

— Leurs fiançailles sont fictives ? demanda-t-il d'une voix qu'il s'efforça de maîtriser.

— Oui. Mais la fusion reste d'actualité. Francesca n'a pas l'intention d'informer son père. Tu peux la récupérer, conclut-elle avec résignation.

Maksim en eut le souffle coupé.

C'était incroyable !

Au moment même où il avait décidé de renoncer à faire parler Grace, elle lui offrait sur un plateau d'argent l'arme fatale qui allait lui permettre d'anéantir Alan Barrington. Nanti de cette information capitale, il pourrait évincer son rival et le piétiner.

Il avait eu l'intuition de cette comédie. Après des mois d'une liaison orageuse faite de ruptures virulentes et de retrouvailles médiatisées, elle avait exigé de lui qu'il l'épouse, faute de quoi elle le quitterait. Pour toute réponse, Maksim l'avait embrassée, puis lui avait murmuré à l'oreille : « Je vais donc te perdre, Francesca. » Qu'il ne cède pas à son ultimatum l'avait mise dans une rage folle.

Ainsi, elle avait poursuivi sa belliqueuse campagne de vengeance en s'alliant avec l'ennemi… Maksim reconnaissait bien là son talent. Néanmoins, si elle s'était jouée d'Alan sans le moindre scrupule ni l'ombre d'une difficulté, elle avait reculé avant de mettre concrètement ses menaces à exécution.

Il suffisait désormais à Maksim d'aller informer sir Hainesworth de la supercherie orchestrée par sa propre fille pour récupérer son contrat. Et sa fiancée, s'il la voulait…

— Es-tu toujours amoureux d'elle ?

Maksim étouffa un ricanement. Grace était si différente de Francesca. L'une s'épanouissait tout en courbes, les joues pleines, le teint frais, une peau éclatante, des cheveux d'une blondeur naturelle aux reflets d'or et d'argent.

L'autre était filiforme, toujours d'une élégance sophistiquée et avait le naturel en horreur ; même pour se coucher, elle se maquillait.

Grace était simple, douce, généreuse et dépourvue de la moindre once de méchanceté. Sa franchise était tellement extrême qu'elle en devenait un défaut : elle était incapable de la moindre dissimulation.

Francesca malmenait ses subalternes et, tel un rouleau compresseur, écrasait quiconque risquait de lui faire ombrage. Elle méprisait les faibles, jubilait d'un mensonge bien ficelé et concevait sa relation amoureuse comme une partie d'échecs — ou plus encore comme une guerre qu'elle entendait gagner, bataille après bataille.

— Elle est si belle, ajouta Grace. Tous les hommes en rêvent.

— C'est *toi* qui me fais rêver.

Maksim se doutait qu'il devait être facile de meurtrir Grace. Il voulait à tout prix la protéger.

Il se leva, alla éteindre les cierges et revint se lover contre elle. Blottie comme un bijou dans l'écrin de ses bras, elle laissa son regard se perdre dans les flammes déclinantes.

Très vite, il entendit sa respiration devenir plus lente, plus profonde. Confiante comme une enfant, elle s'était endormie.

Habituellement, après avoir fait l'amour, les quelques minutes qu'il accordait à sa partenaire avant de quitter la pièce lui semblaient toujours interminables. Pour la première fois, il se sentait en paix.

Dans l'âtre, des braises incandescentes avaient peu à peu remplacé les flammes.

Maksim pouvait remporter le marché, se venger de Barrington et être à l'origine de la plus importante société d'extraction de pétrole et de gaz du monde.

Il avait aussi le choix d'oublier ce qu'elle lui avait confié.

Et tout faire pour la garder.

Il avait de longue date prévu de passer le début de l'année dans la propriété qu'il venait d'acquérir près de Moscou. L'idée d'avoir Grace auprès de lui, avec sa gaieté, son enthousiasme et son tempérament de feu, le séduisait au plus haut point. Qui mieux qu'elle l'aiderait à supporter le froid de l'hiver moscovite ?

Il lui ouvrirait un crédit illimité dans les boutiques de luxe de la capitale. Il engagerait un professeur pour lui apprendre la langue russe, tandis que lui se chargerait de lui donner des cours plus intimes. Il avait toute confiance dans les aptitudes naturelles de la jeune femme.

Elle serait sa maîtresse, sa compagne, et il la gâterait à longueur de journée. Grace ne pourrait qu'être comblée par un tel programme.

Mais pour ce faire, il devait renoncer à l'empire dont il avait rêvé et laisser cet incapable de Barrington le coiffer sur le poteau. Et qui sait, peut-être un jour prochain menacer ce qu'il avait mis des années à construire opiniâtrement…

Le choix était simple et terrible : Grace ou le contrat.

Il ne fallait pas se cacher la vérité, il ne pourrait avoir les deux. Si Grace découvrait qu'il avait utilisé ses confidences, elle ne lui pardonnerait jamais. Mais s'il laissait la voie libre à Cali-West Energy, se le pardonnerait-il ? Devrait-il vivre jusqu'à sa mort avec des regrets ?

Maksim resserra son étreinte autour de sa belle endormie. Sous une bûche à demi calcinée, quelques flammèches avaient repris et crépitaient joyeusement.

Les moments qu'il était en train de vivre lui parurent parmi les plus intenses de son existence.

Grace poussa un long soupir qui attendrit Maksim. Cette femme l'émouvait plus que tout.

Elle entrouvrit les paupières et, ensommeillée, le regarda.

— Je crois que je vous aime, chuchota-t-elle.

Elle cligna des yeux et fronça les sourcils, rougissante.

— Oh ! Vous m'avez entendue ? Je croyais que je rêvais… Je voulais juste…

— Je sais ce que vous pensez, coupa-t-il.

Elle avait tout juste découvert les plaisirs du sexe et, de ce fait, elle l'aimait comme on aime une voiture neuve, un beau match, un contrat bien mené. Elle aimait le plaisir et voulait qu'il dure encore et encore.

Maksim poussa un juron étouffé. Il savait très bien qu'il se cachait la vérité et que les sentiments de Grace étaient sincères.

— Maksim…

— Dors, fit-il sèchement.

Lui ne s'endormit pas, tourmenté par le dilemme dont il n'arrivait pas à sortir.

Beaucoup plus tard, il éveilla Grace en la couvrant de baisers.

Elle se tourna vers lui, lui tendant les bras dans un demi-sommeil et l'invitant à l'amour.

Cette fois, dans la délicate lumière rose de l'aube, il se protégea avant de l'entraîner sur les chemins des délices charnelles.

L'attente était insupportable, horripilante.

Quand allait-elle pouvoir partir ?

Grace regarda l'heure pour la centième fois, frappant nerveusement le sol de la pointe de son pied.

Elle ne voulait pas passer le soir de Noël au bureau. Tout le personnel avait déserté les lieux depuis longtemps.

Elle était venue boucler quelques dossiers urgents avant de partir pour deux semaines à Los Angeles. Elle n'attendait plus que l'arrivée d'Alan avec les dix mille dollars promis.

Comme souvent, il était en retard.

Elle chercha à calmer son impatience en rassemblant les éléments nécessaires au bilan du quatrième trimestre mais elle ne parvint pas à se concentrer. Maksim occupait toutes ses pensées.

Les deux semaines qui venaient de s'écouler avaient

été les plus belles de sa vie. Avec lui, elle avait parcouru Londres, découvert des bistrots pittoresques, dansé, ri. Contrairement à ce qu'elle avait craint, Francesca n'avait en rien été une menace pour elle.

Il n'avait pas été un jour sans que Maksim la couvre de petits cadeaux. La veille, il l'avait entraînée chez un concessionnaire automobile, bien décidé à lui offrir une Maserati décapotable couleur or.

— Assortie à tes cheveux, avait-il précisé. Considère que c'est un accessoire de beauté.

Malgré ses efforts pour la convaincre, elle avait refusé.

— C'est un petit cadeau de Noël.

La formule avait fait éclater Grace de rire.

Malgré son insistance, il n'avait pas eu gain de cause.

En revanche, plus tard dans la journée, il lui avait proposé une longue soirée d'amour qu'elle avait acceptée avec gourmandise.

Rien de surprenant à ce que ce matin, elle tombe de sommeil et se sente un peu fébrile…

Elle poussa un long soupir en pensant aux deux semaines qui allaient la tenir éloignée de son amant. Elle ne pouvait plus se voiler la face désormais : elle était profondément amoureuse de cet homme.

Grace avait ressenti de l'amour pour Maksim dès qu'elle s'était offerte à lui. Ensuite, elle le lui avait avoué avec franchise et cet aveu ne l'avait pas fait fuir.

Partageait-il les mêmes sentiments ? Elle n'en savait rien…

Son cœur se mit à battre violemment dans sa poitrine. Elle voulait lui faire un cadeau, mais que peut-on offrir à un homme qui a tout ? La seule idée originale et amusante qui lui était venue était son corps nu drapé dans un gros nœud rouge.

Grace jeta un coup d'œil à son cardigan gris cintré, à

son chemisier de soie jaune à boutons de nacre et à son pantalon à revers en fin lainage gris. Rien à voir avec la robe de Leighton, certes, mais cette tenue fraîche, élégante et neuve la comblait. Avec l'augmentation qu'elle avait obtenue de haute lutte, elle s'était également acheté des chaussures qui complétaient harmonieusement l'ensemble.

Elle se prit la tête à deux mains. Elle n'était pas seulement fébrile mais franchement barbouillée désormais. Elle regarda avec dégoût la tasse de café sur son bureau. Pourtant, elle n'avait pas abusé de l'alcool la nuit dernière, se contentant d'un verre de vin.

Ce devait être le tagine de poulet.

A la seule pensée de ce plat épicé, que pourtant elle adorait, elle eut un haut-le-cœur. Elle se leva précipitamment et courut aux toilettes, des sueurs froides dans le dos.

En revenant, elle s'aperçut qu'elle n'était plus seule : la porte du bureau d'Alan était ouverte.

Enfin !

Il allait lui donner son chèque et elle pourrait partir. Le bilan du dernier trimestre attendrait bien jusqu'à son retour ! Ensuite, elle passerait rapidement chez elle se rafraîchir et filerait retrouver Maksim. Elle était bien résolue à le convaincre de la rejoindre en Californie pour les fêtes.

Puis elle se déguiserait en cadeau. Elle imagina la scène et se mit à rire toute seule.

— Je suis contente de vous voir, dit-elle en avançant vers Alan.

— Vraiment ?

Il la dévisagea froidement, inhabituellement sombre. Elle devina qu'il était soucieux, mais se sentait trop malade pour lui poser des questions.

— Alan, seriez-vous assez gentil pour me donner la

prime promise et m'autoriser à partir ? C'est la veille de Noël et je ne me sens pas bien.

— Vous pouvez partir aussi longtemps que vous le souhaitez.

— Je vous remercie.

— Mais inutile de revenir : vous êtes virée.

Grace resta bouche bée, interdite.

— M'avez-vous entendu ? répéta Alan d'une voix glaciale. Vous avez trois minutes pour rassembler vos affaires personnelles et partir avant que je ne vous fasse jeter dehors par la sécurité.

— C'est une blague ? bredouilla Grace.

— La secrétaire en qui j'avais une confiance illimitée divulgue mes secrets et cause ma perte, vous appelez ça une blague !

— Que dites-vous ? Mais c'est insensé ! Je n'ai jamais soufflé un mot à quiconque !

— Lord Hainesworth vient de me retirer son soutien. Il a appris que mes fiançailles avec sa fille étaient de pure façade. Je perds le marché et, conséquence imminente, ma place de P.-D.G. Il y a un an que le conseil d'administration veut ma peau, l'occasion est trop belle. Je vais tout perdre, et grâce à vous. Mais vous ne vous en tirerez pas comme ça ! Vous aussi allez tout perdre. Au moins, ça me consolera un peu.

— Vous vous trompez, Alan, je ne vous ai pas trahi. Vous ne pouvez pas m'accuser ainsi, ni me condamner. C'est juste pour me refuser la prime que vous m'avez promise ?

— Quelle prime ? Estimez-vous heureuse que je ne porte pas plainte contre vous pour espionnage industriel ! Je me contenterai de faire en sorte que vous ne puissiez jamais retrouver de travail. Et maintenant, disparaissez avant que j'appelle la sécurité !

— Je n'ai dit à personne que vos fiançailles étaient fictives. Je ne suis pas...

Elle s'interrompit, épouvantée par ce qu'elle venait de comprendre.

Maksim...

— Quand vous m'avez extorqué votre augmentation, vous avez juste omis de m'avertir que vous aviez été engagée par Rostov pour des prestations galantes.

Grace blêmit sous l'insulte. Elle serra les poings, bien décidée à se défendre.

— Vous faites erreur. Et comment avez-vous appris que je fréquentais Maksim Rostov ?

— Francesca l'a su par des amis à elle. Il se raconte qu'il vous a exhibée dans tout Londres. Je ne suis pas surpris, vous avez toujours tellement aimé l'argent. Dites-moi ce qui vous a apporté la plus grande jubilation : vendre mes secrets ou votre corps ?

De nouveau, elle reçut les propos d'Alan comme une terrible gifle. Mais avait-il tort de la traiter ainsi ?...

— Maksim n'a pas pu me faire ça, murmura-t-elle, autant pour elle-même que pour Alan.

— Vous en êtes sûre ? Vous pensez peut-être que Rostov a été séduit par votre intelligence ? Par votre beauté peut-être ?

Il la détailla de la tête aux pieds avec une moue méprisante.

— Ce ne sont pas des vêtements neufs qui font de vous une femme du monde. Francesca et lui passent leur temps à se fâcher et à se réconcilier. D'ailleurs, peut-être l'ignorez-vous mais ils sont de nouveau ensemble.

— Non ! Vous mentez ! hurla Grace.

— Vous n'avez tout de même pas cru qu'il vous avait préférée à Francesca Danvers ! Ma pauvre petite, vous êtes encore plus stupide et naïve que ce que je pensais...

Il tourna les talons.

— Les agents de sécurité seront là dans deux minutes, cria-t-il sans lui jeter un regard.

Puis la porte claqua.

Comme un automate, Grace rassembla quelques affaires et quitta les lieux. Arrivée sur le trottoir, elle se rendit compte qu'elle avait oublié son manteau. Elle fit demi-tour mais le concierge lui refusa l'accès de l'immeuble. Elle partit, affrontant l'air glacé de décembre.

Alan faisait erreur, Maksim ne pouvait pas l'avoir trahie…

Maksim, son premier amant, Maksim qui la choyait, la faisait revivre.

Il n'avait pas pu se servir d'elle de cette manière effroyable.

Mais à part lui, elle n'avait parlé à personne.

La situation était tragiquement claire : il l'avait séduite pour la faire parler.

Un sanglot sortit du plus profond de ses entrailles. Comme droguée, elle se dirigea vers la bouche de métro. Une nouvelle nausée la fit chanceler. Elle s'assit, sous le regard compatissant des autres voyageurs. Elle donnait le spectacle d'une pauvre miséreuse, sans manteau, les yeux rougis, portant un carton de vieilleries.

Et en fait de prime, elle avait été licenciée.

Licenciée par Alan et surtout trahie par Maksim.

En arrivant devant chez elle, elle trouva deux valises pleines de ses vêtements sur le perron de la maison. La serrure d'accès à son appartement avait été changée.

Elle sortit son téléphone et composa le numéro de Maksim. Trois sonneries plus tard, le répondeur s'enclencha : « Rostov, laisse un message. »

— Maksim, je viens d'apprendre quelque chose auquel je ne…

Elle n'eut pas le temps de terminer sa phrase, la communication fut coupée.

Son abonnement, payé par la société, avait dû être résilié par Alan.

Grace prit plusieurs inspirations profondes pour tenter de garder son calme.

Elle ouvrit une valise, y glissa les deux photos de sa famille récupérées au bureau, sortit un pull-over chaud qu'elle enfila et, avant de s'engouffrer de nouveau dans le métro, jeta le carton dans une poubelle.

Ainsi, c'était vrai !

« On dit que je suis sans pitié, c'est la plus pure vérité. Ne l'oubliez jamais. »

Les mots de Maksim résonnaient dans sa tête, avec sa voix profonde, rauque, et son léger accent. Traînant à grand-peine ses valises trop lourdes, elle sortit du métro et se dirigea vers l'hôtel de Maksim. Il était sans doute à son bureau, mais elle allait l'attendre.

Elle n'en eut pas besoin : il était là, à quelques mètres d'elle, sur le trottoir. Il avançait en tenant le bras de Francesca Danvers.

Le couple était incroyablement beau : lui, grand, ténébreux, vêtu d'un costume gris anthracite, et elle, sa flamboyante chevelure ondulant sur les épaules d'un manteau ivoire, la démarche chaloupée, juchée sur d'interminables talons aiguilles. Avant qu'ils entrent dans le hall de l'hôtel, Grace capta le regard que Francesca adressait à Maksim, tendre, langoureux, séducteur.

Elle se sentit défaillir.

Elle héla un taxi, y jeta ses valises et s'effondra sur la banquette arrière.

— A l'aéroport d'Heathrow, je vous prie.

L'impitoyable vérité s'imposait durement à elle. Elle l'avait aimé tandis que lui…

Il lui avait volé sa virginité dans le seul but de reconquérir une autre femme et des parts de marché.

Grace n'aspirait plus qu'à une chose : rentrer chez elle et retrouver sa maman pour, comme lorsqu'elle était enfant, se blottir dans ses bras et se laisser consoler.

Elle faillit pleurer de gratitude quand l'employé de la compagnie aérienne l'autorisa à embarquer sur un vol dont le départ était imminent; ainsi, elle n'aurait pas à attendre l'avion de vingt-trois heures.

Ecrasée entre deux passagers au gabarit imposant, la traversée de l'Atlantique lui parut interminable, un véritable enfer.

Elle garda les yeux fermés, s'interdisant de laisser la moindre larme s'échapper de ses yeux.

Sa journée avait été un cauchemar.

Mais sa déception sentimentale, la trahison de Maksim étaient anecdotiques comparées à la menace qui pesait sur sa famille. Comment éviter l'expulsion ? Comment trouver un emploi alors qu'elle venait d'être licenciée pour avoir divulgué des données confidentielles ? N'importe quel employeur préférerait croire l'honorable Alan Barrington plutôt que sa petite secrétaire…

Grace remonta la couverture jusqu'à son visage. Elle pensa avec fatalisme à ce qu'elle avait refusé ces deux dernières semaines : les vêtements de chez Leighton, le diadème de diamants, la Maserati, la maison, les nombreux bijoux et fourrures.

Mais elle ne regrettait rien. Elle avait voulu faire comprendre à Maksim qu'elle l'aimait lui, et non pas son argent.

Désormais, elle comprenait que l'argent était la seule valeur que vénérait Maksim. Elle lui avait offert son innocence, elle lui avait offert son amour mais, comme si sa soif était inextinguible, lui ne voulait que de l'argent, encore de l'argent.

Et lady Francesca Danvers…

9

— Inutile de vous énerver, elle n'est pas là.

Maksim leva les yeux et découvrit Alan Barrington qui le fixait, raide, l'œil noir, du haut du perron de sa maison. En cette veille de Noël, la nuit en tombant couvrait la ville d'un voile sombre, percé de millions de points lumineux multicolores.

Depuis de longues minutes, il tambourinait sans résultat à la porte de l'entresol où habitait Grace. Il devait l'accompagner à l'aéroport pour le vol du soir sur lequel son voyage était réservé, mais espérait la dissuader de rejoindre les Etats-Unis. Confiant en sa force de persuasion, il avait demandé au pilote de son jet privé de préparer un plan de vol pour le sud de la France et de se tenir prêt à décoller.

Compte tenu du programme de sa journée, il n'avait qu'un quart d'heure de retard, ce qui était un exploit. La fusion entre sa société et Exemplary Oil était pratiquement conclue. Francesca la lui avait offerte sur un plateau, il aurait été stupide de la refuser. Laissant à ses plus proches collaborateurs le soin de boucler les derniers détails, il avait quitté la réunion avant la fin, impatient de retrouver Grace.

A peine sorti, il l'avait appelée sans parvenir à la joindre.

— Où est-elle ? demanda-t-il à Barrington.

— Pourquoi devrais-je vous le dire ?

— Savez-vous pour quelle raison elle ne répond pas à mes appels ?

— Le téléphone était l'un des avantages de son contrat de travail, et elle a perdu sa place aujourd'hui en fin d'après-midi.

— Quoi ? Vous avez licencié la personne la plus dévouée et fidèle au monde ?

— Dévouée, fidèle, tout est relatif !

Un sourire ironique se dessina sur la bouche de Barrington.

— De toute façon, elle est libre : je ne suis pas son souteneur.

— Seriez-vous en train de la traiter de fille de joie ? gronda Maksim, les mâchoires crispées.

D'un bond, il fut en haut des marches. Il saisit Barrington à la gorge.

— Lâchez-moi ! supplia ce dernier, écarlate.

— Présentez vos excuses.

— Vous voulez me faire croire que vous la protégez alors que vous l'avez séduite et trahie.

— Je ne l'ai pas trahie.

— Inutile de mentir, les dés sont jetés. Vous avez remporté le contrat et repris Francesca, les actionnaires de Cali-West Energy ont eu ma peau, en résumé : vous m'avez liquidé.

— Voilà une bonne nouvelle, ricana Maksim en relâchant son étreinte.

— Pourquoi continuer à vous intéresser à ma secrétaire ? demanda Barrington en se frottant le cou. Francesca ne vous suffit pas ?

Maksim secoua doucement la tête de droite à gauche. Francesca avait fait irruption à son hôtel le matin même pour lui annoncer qu'elle avait avoué la vérité à son père.

— Je ne me suis jamais intéressée à Barrington, je ne veux que vous, avait-elle confessé les larmes aux yeux.

Avant que Maksim ait pu répondre, son téléphone s'était mis à sonner. Le père de Francesca n'avait pas perdu de temps : il n'avait jamais caché sa préférence pour Rostov mais les fiançailles de sa fille avec Alan l'avaient incité à faire affaire avec Cali-West Energy. Le pot aux roses découvert, il avait changé d'avis.

Maksim avait accepté sa proposition, tout en respectant sa parole. Il n'avait pas trompé Grace, il n'avait pas utilisé ses confidences. Mais effectivement, tout pouvait laisser penser le contraire à Barrington.

— Dites-moi où elle est, ordonna-t-il en serrant les poings.

— Je suppose qu'elle est en route pour Los Angeles avec le billet que j'ai eu l'imbécillité de lui offrir. J'espère que l'avion va s'écraser, lança Alan avant de claquer violemment la porte.

Maksim appela son cabinet de détective privé : il voulait l'adresse de la famille de Grace.

Une heure plus tard, il était dans son jet en vol pour la Californie.

Bercée par le murmure de l'océan, la petite maison jaune, semblable à un sémaphore, se détachait sur le bleu du ciel matinal.

Essoufflée après avoir marché d'un pas vif du centre-ville jusqu'à la maison au sommet de la falaise, Grace poussa la porte. Sur la pointe des pieds, elle longea l'arbre de Noël scintillant de décorations multicolores qui lui rappelaient son enfance.

— Grace, tu es déjà debout ! Je pensais que tu allais te reposer ce matin.

Prestement, Grace dissimula le sachet qu'elle avait à la main.

— Je me suis réveillée à l'aube, certainement à cause du décalage horaire ; alors je suis allée me promener.

— Je vais te faire un bon café, mon trésor. Viens avec moi dans la cuisine, nous allons papoter.

— J'arrive dans une seconde, maman.

Tout comme la veille au soir après son arrivée, Grace fut remplie d'émotion en se retrouvant dans sa chambre d'enfant. Sachant qu'elle passerait sa journée à la maison, elle troqua son jean contre une confortable tenue d'intérieur : le pantalon de coton informe et le sweat-shirt trop grand dans lesquels elle se sentait si bien.

Elle posa le sachet sur sa table de nuit.

La veille au soir, sa mère et ses frères l'attendaient à l'aéroport. Embrassades, étreintes et joyeux bavardages avaient agréablement meublé le temps d'attente des bagages.

Dans le break familial, ils avaient rejoint Oxnard, petite ville balnéaire à une heure au nord de Los Angeles. Puis, tradition familiale, ils avaient avalé un chocolat chaud avec des marshmallows avant d'aller se coucher dans la magie de la nuit de Noël.

Grace n'avait pas eu le courage de leur avouer qu'ils allaient devoir quitter leur maison, mais ce poids l'avait empêchée de dormir.

Elle ne leur avait pas menti. Mentir, c'était tromper, abuser pour son propre intérêt au détriment de l'autre. Elle avait juste retardé le moment où elle allait devoir leur annoncer la terrible nouvelle.

Ecrasée par ses responsabilités et dévastée par le chagrin, elle avait eu du mal à avaler le chocolat, que pourtant elle adorait. Et comme la nausée sournoise qui l'avait saisie à Londres ne l'avait toujours pas quittée, ce retour au bercail n'était pas loin d'être un fiasco total.

En se mettant au lit avec ses peluches de petite fille la veille au soir, la tension était telle qu'elle avait mal dans la poitrine. C'est alors qu'un doute terrible l'avait assaillie.

Nausées, vertiges, fatigue inexplicable, douleur dans les seins…

A la première heure, elle s'était précipitée à la pharmacie acheter un test de grossesse.

« C'est inutile, mais au moins je serai rassurée », avait-elle pensé.

Au cours des deux semaines qu'avait duré sa liaison avec Maksim, leurs rapports avaient toujours été protégés. Sauf la première fois.

Le tourbillon dans lequel elle avait été emportée lui avait fait perdre la raison. En outre, elle s'était dit qu'un séducteur comme Maksim devait, de toute évidence, faire en sorte de ne pas faire d'enfant à ses nombreuses conquêtes, en particulier à celles qu'il avait dans l'idée de trahir.

A cette pensée, une boule d'amertume lui remonta dans la gorge en même temps qu'elle ressentait comme un coup de poignard dans le cœur.

Une fois, une seule fois ils n'avaient pas été vigilants… Le destin ne pouvait être à ce point cruel !

Elle poussa un soupir de désespoir. Mais sa mère l'attendait, le test attendrait lui aussi.

Grace s'assit à la table de la cuisine. L'odeur du café lui souleva l'estomac. Mais ce ne fut rien comparé au supplice d'entendre sa mère, les joues baignées de larmes de gratitude, la remercier d'avoir sauvé leur famille.

— J'ai été stupide de me voiler la face et de te cacher mes problèmes, confessa sa mère.

Disant cela, elle enfourna les brownies qu'elle venait de préparer.

Grace porta la tasse à ses lèvres mais le parfum du café l'incommodait trop.

— Je suis tellement fière de toi, ma chérie. J'ai une chance incroyable d'avoir une fille sur laquelle je peux compter. Je veux t'accompagner à la banque demain.

Grace tressaillit lorsque sa mère l'embrassa sur le front, tendu comme une corde de piano. La situation devenait franchement insupportable.

Elle n'avait pas un sou devant elle, plus de travail, et avant la fin de la semaine ils seraient expulsés. Pour éviter la rue, ils devraient faire appel à la compassion de leurs amis mais cela n'aurait qu'un temps. Très rapidement, il leur faudrait trouver une solution durable.

Grace se redressa et prit la décision de laisser les siens profiter de cette journée de Noël. Elle dirait tout à sa mère le lendemain.

La matinée fut une véritable torture. Grace regarda ses jeunes frères ouvrir leurs cadeaux, manifester leur joie et remercier tendrement leur mère en anticipant leur désespoir.

Josh, dix-sept ans, Ethan, quatorze ans, et Connor, douze ans, contraints de rapporter leurs cadeaux chez les commerçants où ils avaient été achetés… Elle imagina le déchirement de sa maman, obligée de rendre le magnifique pull en cachemire que ses trois garçons lui avaient offert après avoir économisé dollar après dollar sur l'argent gagné en lavant les voitures des voisins ou en tondant leurs pelouses.

Elle reçut un magnifique livre de photographies prises depuis le Transsibérien.

Le regard attendri de ses frères et de sa mère la bouleversa.

— Merci, parvint-elle à articuler, la voix cassée par l'émotion.

— Toi qui voyages beaucoup, on a pensé que ça te plairait.

Elle grignota du bout des lèvres, sans pouvoir l'apprécier, le superbe jambon braisé accompagné de pommes rôties servi par sa mère. L'appétit de ses frères faisait plaisir à voir. Elle ne put s'empêcher de penser que c'était le dernier repas de cette nature avant longtemps. A l'avenir, ils devraient se contenter de pâtes et de haricots rouges.

Ensuite, prétextant le décalage horaire, Grace resta seule à la maison pendant que sa mère et ses frères allaient écouter en ville un concert de chants de Noël.

Elle décida de faire le test de grossesse.

« Je ne suis pas enceinte, je ne suis pas enceinte », se répéta-t-elle les yeux fermés, comme si cette incantation pouvait avoir une influence sur le résultat.

Elle tremblait. Allait-elle voir apparaître un anneau ? Deux anneaux ? Dans la pénombre de la salle de bains, elle crut discerner une marque à la surface du tube. Elle courut dans le séjour baigné de lumière.

Elle regarda le test. Négatif ? Positif ?

Deux anneaux !

Mon Dieu, deux anneaux…

Le test était positif, elle était enceinte.

Grace se tenait debout au milieu de la pièce, incapable de bouger, tétanisée. Entendant le bruit de la porte d'entrée, elle parvint cependant à tourner la tête.

Maksim se tenait dans l'embrasure de la porte.

A contre-jour, tel un fantôme dans la lumière aveuglante de ce début d'après-midi, les traits de son visage étaient indiscernables. Sa silhouette imposante imprégna dans l'instant l'atmosphère de sa puissance.

Grace craint un moment de s'effondrer.

Malgré ce qu'elle avait appris sur lui, elle eut envie qu'il la serre dans ses bras et lui dise qu'Alan avait menti, qu'il ne l'avait pas séduite dans l'unique but de récupérer le marché qui semblait lui échapper et les faveurs de Francesca.

Elle plaça précipitamment le test dans sa poche et inspira profondément

— Que fais-tu ici ?

— J'ai frappé à la porte mais personne ne m'a répondu, fit-il en entrant dans la pièce. Et comme c'était entrouvert…

Un frisson traversa Grace, qui respirait avec difficulté.

— Je suis venu pour toi, ajouta-t-il.

Elle tira nerveusement sur les manches de son sweat-shirt.

— Tu n'aurais pas dû.

Maksim avança vers elle.

— C'est toi qui n'aurais pas dû quitter Londres.

— Pourquoi ? Tu as encore quelques informations à m'extorquer sous les draps ?

— Je ne t'ai pas trahie, affirma-t-il en grimaçant.

— Tu n'as pas conclu le contrat avec Exemplary Oil ?

— Je l'ai signé hier, reconnut-il.

Elle ferma les yeux, transie de douleur et de tristesse. Ainsi, Alan n'avait rien inventé…

— Tu n'as rien à faire ici.

— Grace, écoute-moi, je t'en supplie.

Mais elle n'avait pas envie d'entendre ses excuses, pas envie de le voir. Elle le détestait comme jamais elle n'avait détesté personne.

— Va donc fêter ta victoire avec Francesca, la femme de ta vie, murmura-t-elle, anéantie.

— Vas-tu m'écouter ! Francesca ne m'intéresse pas, c'est toi que je veux.

— Pour une double vie ? lança-t-elle avec un rire de dépit. Il est vrai que tu es habitué à obtenir tout ce que tu souhaites, de moi comme du reste du monde. Tu t'es amusé de ma naïveté pour servir tes intérêts, j'aurais dû le comprendre dès que ta voiture m'a éclaboussée.

Le visage de Maksim se détendit et il avança la main vers son épaule.

— Tu as raison : quand je t'ai abordée, tu n'étais que la secrétaire de Barrington et j'étais persuadé que tu étais sa maîtresse. J'avais projeté de t'utiliser pour reprendre ce qui m'appartenait.

— Pour arriver à tes fins, tu n'as pas hésité à prendre ma virginité, accusa-t-elle en retenant ses larmes. Quel monstre es-tu donc ? Tu n'as pas de cœur ?

— Quand nous avons fait l'amour, j'ai renoncé à mon abominable plan. J'ai été incapable d'utiliser les informations que tu m'avais confiées car je savais que si je le faisais, je te perdrais. C'est Francesca qui a avoué à son père la supercherie. Du coup, je n'avais aucune raison valable de faire abstraction du retournement de situation en refusant de signer avec sir Hainesworth. Quelque peu gêné de ses volte-face, il m'a envoyé Francesca comme ambassadrice de sa nouvelle proposition. Mais je te jure sur mon honneur que je ne t'ai pas menti, ni trompée.

Grace fut emportée par un maelström de sentiments contradictoires. Elle avait tellement envie de le croire… Mais elle ne le pouvait pas.

— S'il s'agit du même honneur que celui sur lequel tu as juré ne pas chercher à me faire parler contre les intérêts d'Alan, permets-moi de ne pas lui accorder grande valeur.

— A peine t'avais-je donné ma parole que j'ai su

que je ne te trahirais pas. J'ai fait le choix de t'aimer en renonçant à me venger d'Alan.

Il lui caressa la joue et posa sur elle un regard suppliant. Elle ferma les yeux, le pouls affolé.

— Viens avec moi à Moscou, reprit Maksim. Je ne peux pas me passer de toi. Sois ma secrétaire, ma maîtresse, sois ce que tu veux mais reste avec moi.

Grace s'écarta brusquement de lui. Après tout ce qu'ils avaient partagé, malgré la passion, la sincérité, la profondeur des sentiments qu'elle lui vouait, malgré l'enfant qu'elle portait, il voulait faire d'elle sa secrétaire, son jouet, pour l'utiliser à sa guise.

Maintenant que la fusion avec Exemplary Oil était finalisée, il ne prenait même plus la peine de s'en cacher ; il ne faisait même plus semblant de l'aimer.

— Si je comprends bien, pour me remercier de t'avoir aidé à écarter Alan d'un contrat de centaines de millions de dollars, tu m'autorises très généreusement à taper ton courrier et à faire ton café. Sans oublier, bien sûr, le bonus qu'Alan n'avait pas envisagé de mettre en place : assurer le repos du guerrier pendant les longs week-ends de l'hiver moscovite.

Elle vit son regard s'assombrir. Il la saisit par les épaules.

— Cesse donc de dire n'importe quoi ! Tu sais très bien qu'il n'en est rien.

— Ah, j'oubliais : bravo pour l'organisation ! Tu m'isoles à Moscou pendant que tu fais la fête à Londres.

Les images de Francesca et Maksim rentrant à l'hôtel au bras l'un de l'autre lui étaient brusquement revenues à la mémoire.

— Après avoir épousé ta belle héritière, bien sûr ! conclut-elle.

— Comment dois-je te le dire ? Je ne veux pas de Francesca ! C'est toi que...

— Je vous ai vus hier devant votre hôtel, le coupa-t-elle.

— Que dis-tu ?

— Après avoir été jetée dehors par Alan, je suis venue t'attendre. Idiote que j'étais, je croyais encore à tous tes mensonges.

— Je ne t'ai pas menti.

— Evidemment ! Je ne comprends rien, je ne suis qu'une gourde de petite secrétaire que tu as dupée dès la première seconde où tu m'as abordée.

— Tu sais que ce n'est pas vrai.

— Arrête ton double jeu ! cria-t-elle. Je n'ai jamais eu d'autre intérêt à tes yeux que de te permettre d'écarter Alan ! Tu m'as séduite, tu as pris ma virginité, tu m'as…

Grace s'interrompit brusquement, au moment où elle allait hurler qu'elle était enceinte de lui. Elle sentit le feu lui envahir les joues.

Pas question de lui avouer sa grossesse. Elle ne souhaitait qu'une chose : le voir disparaître de sa vie pour toujours. Elle se sentait humiliée, niée, flouée.

— Il y a au moins une chose pour laquelle tu peux me remercier : tu es débarrassée de Barrington. Il t'exploitait sans vergogne.

— Te remercier ? Je te déteste, je voudrais ne jamais t'avoir cédé !

Soudain, son estomac se révulsa. Elle courut à la salle de bains, la main devant la bouche, et eut tout juste le temps de se pencher sur les toilettes.

Elle se rinçait la bouche quand elle entendit les pas de Maksim.

— Grace, es-tu malade ? demanda-t-il avec une extrême gentillesse.

— C'est la grippe. Va-t'en ! Je ne veux plus te voir !

— Grace…

— Disparais de ma vue et de ma vie ! hurla-t-elle. Tu n'es qu'un menteur, un traître, un lâche !

Elle saisit une savonnette et la lança dans sa direction. Il l'évita de justesse.

— Je ne partirai pas sans toi.

— Ça me rend malade de te voir devant moi. Me souvenir que tu as posé tes mains sur moi me répugne. Tu n'as rien de noble, rien d'humain, rien de *princier* !

Il se raidit sous les injures, pâle comme la mort.

— Je suis ravi d'entendre ce que tu penses de moi. Je n'ai aucune raison de vouloir te garder près de moi, ni, effectivement, de rester ici plus longtemps.

Il tourna les talons et se dirigea vers la porte d'entrée à grandes enjambées.

Soudain, il s'arrêta net. Il se baissa et ramassa un petit objet au sol.

Grace crut qu'elle allait s'évanouir. Le test de grossesse était tombé de sa poche.

— Ce n'est pas ce que tu crois, lança-t-elle en se précipitant vers lui. C'est un vieux truc, une de mes amies l'a laissé il y a longtemps, elle ne voulait pas que ses parents…

— Tu es enceinte ? Dis-moi, tu es enceinte ?

Frappée de stupeur, Grace le regardait fixement. Elle voulait nier, mais aucun mot ne put sortir de sa gorge.

— Suis-je le père au moins ?

— Bien sûr que tu es le père, s'insurgea-t-elle, blessée qu'il ait pu même penser le contraire. Je donnerais tout ce que j'ai pour que ce ne soit pas le cas ; n'importe quel homme mais pas toi.

Il la fixa avec froideur.

— Je vois que je me suis totalement trompé sur toi, déclara-t-il en la toisant froidement. Je pensais que tu étais unique. En fait, tu es banalement égoïste, menteuse, jalouse et autoritaire.

— Serais-je pire que Francesca ?

— Oh oui, bien pire ! J'ai rompu avec Francesca parce qu'elle voulait me forcer à l'épouser. Toi, tu étais prête à me cacher que tu portais mon enfant, prête à le priver de son père, prête à vivre chichement avec lui, dans la rue peut-être, par pur orgueil.

Grace tiqua.

— Comment as-tu appris que la maison allait être saisie ? murmura-t-elle.

— Je te l'ai dit : je prends soin de ce qui m'importe. Et tu m'importais. Maintenant, il s'agit de mon enfant et de sa famille. Que ça me plaise ou non, je me dois de protéger sa grand-mère.

Il marqua une pause, le regard aussi glacé qu'un lac sibérien.

— Je vais t'épouser, reprit-il. Faire de toi ma femme.

— Ta... femme ?...

Un mariage de devoir, contracté de force, où elle serait l'épouse méprisée pendant que lui batifolerait avec la très séduisante Francesca.

— Jamais, je ne veux pas, souffla-t-elle, désespérée.

Et pourtant, elle voulait plus que tout que sa mère puisse garder sa maison, cette maison pleine de lumière dans laquelle ses frères auraient le droit de grandir. Puis, elle pensa à l'enfant qu'elle portait, si innocent, et pour qui l'amour d'une vraie famille, même pauvre, serait mille fois préférable à ce que Maksim lui proposait.

— Dans quelle langue dois-je m'exprimer pour te faire entendre que je ne veux pas de ton argent ?

— Je me moque de ce que tu veux, affirma-t-il d'une voix calme et autoritaire. Nous serons mariés avant ce soir.

— Il n'en est pas question !

— Il semblerait que je ne me sois pas bien fait comprendre,

articula-t-il en lui saisissant fermement les épaules. Tu n'as pas le choix : tu seras ma femme.

Grace écarquilla les yeux, tétanisée. Elle commençait à avoir peur de cet homme, dont elle sentait la colère maîtrisée.

— Ta femme sur le papier ?

— Tu crois peut-être que je vais me priver de ton corps ? Tu seras ma femme dans toute l'acception du terme. Je t'aurai nue dans mon lit, à ma disposition.

A ces mots, elle contint difficilement ses larmes. Maksim venait clairement de reconnaître qu'il n'avait aucun sentiment pour elle ; il voulait jouir de son corps, sans tendresse ni amour.

— Tu es un monstre, mille fois pire qu'Alan. En m'épousant, tu me demandes d'être ton esclave, enchaînée à ton lit.

— Tu fais erreur : je ne te demande rien, j'exige. Tu portes mon enfant, tu seras donc ma femme. Tout ce que tu pourras souhaiter, bijoux, meubles, vêtements, maisons, je te l'offrirai. Maintenant, tu m'appartiens.

Avec son argent, il achetait son corps et son âme. Il la brisait. Elle n'avait même plus la force de le détester.

— Tu fais de moi ta favorite.

Il la saisit par le poignet et la plaqua contre son corps musclé.

— Appelle ça comme tu veux. Moi je préfère parler de toi comme d'un rossignol dans une cage en or.

Il l'embrassa violemment, comme pour la punir et lui prouver sa puissance.

Grace laissa échapper un sanglot.

Il se recula, un sourire glacé sur les lèvres.

— Sache ma toute belle que dorénavant, tu ne chanteras que pour moi.

10

Moscou, ancienne capitale des tsars jusqu'au début du XVIIIe siècle, était blanche et glaciale dans le blizzard de l'hiver. La croissance tentaculaire de la ville parut à Grace aussi agressive que la détermination de Maksim. De la même façon, le visage collé à la baie vitrée de sa vaste et élégante chambre, elle associait l'extrême froideur de cette soirée de la Saint-Sylvestre au cœur de son mari.

En une semaine dans cette ville où la richesse s'étalait depuis peu, mais avec clinquant et sans retenue, elle n'était sortie que deux fois : la première pour consulter un médecin, et la seconde pour découvrir, encadrée de gardes du corps, les boutiques à la mode du Barvikha Luxury Village et de la rue Tverskaya. Elle y avait côtoyé les dispendieuses jeunes compagnes des oligarques fraîchement enrichis.

Grace avait été frappée par la densité de la circulation, ainsi que par le nombre de panneaux publicitaires vantant des articles de luxe côtoyant les façades délabrées sculptées à l'effigie de héros de la Révolution.

Pour une jeune femme peu habituée à courir les magasins haut de gamme, ceux-ci représentaient désormais la seule distraction qui lui était offerte.

Elle n'était jamais seule physiquement et, cependant, elle s'étiolait dans une profonde solitude morale.

Elle était captive dans un palais gardé, soumise au

pouvoir totalitaire de Maksim depuis leur mariage à Las Vegas le jour de Noël.

Au retour de sa mère cet après-midi-là, Grace lui avait présenté Maksim, avait annoncé qu'elle était enceinte, et bien évidemment très amoureuse du père de son enfant. Elle avait dû endurer avec le sourire les débordements de joie et les félicitations de sa famille, enchantée par cette nouvelle. Voyant que sa fille n'avait pas de bague, Carole lui avait offert la sienne, qu'elle n'avait pas quittée depuis vingt-sept ans.

— Ton père serait heureux que tu la portes, avait-elle dit à Grace en lui tendant son modeste solitaire, des larmes d'émotion ruisselant sur ses joues. Il serait fou de bonheur. Comme il aurait aimé partager ce moment avec nous aujourd'hui…

Deux heures plus tard, dans la petite chapelle de l'hôtel Hermitage — appartenant à Nikos Stavrakis, milliardaire grec ami de Maksim —, Grace avait retenu des larmes de détresse quand elle avait accepté d'unir son destin à celui du père de son enfant. Ce dernier s'était engagé pour la vie sans presque la regarder…

Après cette cérémonie abominable, les jeunes époux s'étaient envolés pour Moscou. Maksim avait déposé Grace dans sa luxueuse résidence d'un quartier huppé de la périphérie. Depuis leur arrivée, elle ne savait pas où son mari passait ses jours et ses nuits.

Elle se répétait, comme pour s'en persuader, qu'elle n'en avait que faire.

Sa grande consolation était de savoir sa famille sortie des difficultés financières. Maksim avait remboursé le solde du crédit grevant leur maison et avait, en outre, généreusement approvisionné le compte bancaire de sa belle-mère pour qu'elle soit en mesure de faire face à toutes les échéances, y compris les études supérieures de ses fils.

A Oxnard, les siens nageaient dans le bonheur. Pour rien au monde elle ne voulait briser cet état de félicité, dont elle payait cher le prix.

« Excuse-moi, mon bébé », murmura-t-elle en caressant son ventre plat.

Elle jeta un regard circulaire à la grande chambre, au centre de laquelle trônait un immense lit à baldaquin. La pièce adjacente était vide. Maksim avait précisé que Grace devait y installer la chambre du bébé, mais elle ne parvenait pas à s'y intéresser. Elle n'acceptait pas sa nouvelle vie et refusait d'accueillir son enfant dans un contexte sentimental aussi désastreux.

Les lueurs bleuâtres du crépuscule s'installaient lentement dans le ciel quand Grace aperçut la voiture blindée de son mari passer la grille de la propriété.

Où était-il depuis six jours ? Où dormait-il ?

Les poings serrés, elle sortit de sa chambre.

Depuis le palier du second, surplombant l'escalier de marbre jusqu'au hall d'entrée, elle vit Maksim entrer, le visage marqué par la fatigue, suivi de ses assistants et gardes du corps. Il ne demanda aucune nouvelle de sa femme, ne leva pas les yeux vers les étages, tendit son manteau à Elena et s'engouffra dans son bureau, dont il ferma la porte derrière lui.

Pour Grace c'en était trop.

Elle dévala les marches et entra sans frapper dans le bureau.

— Oui ? dit-il froidement en levant les yeux sur elle.

Elle eut l'impression qu'à la place de sang, il avait de la glace dans les veines.

Elle aurait aimé non seulement afficher la même indifférence, mais surtout ne plus souffrir.

— Où étais-tu ?

Il replongea le nez dans ses dossiers.

— T'aurais-je manqué, ma petite femme ? ironisa-t-il.

— J'ai le droit de savoir si tu passes tes nuits avec une autre femme.

— Tout à fait exact, tu en as le droit. Je peux te dire que j'ai travaillé nuit et jour à finaliser le contrat avec Exemplary Oil, dormant deux heures de temps en temps sur un lit de camp dans mon bureau. A moins que tu ne préfères entendre que j'ai passé ma semaine avec Francesca dans une suite au Ritz-Carlton ?

Le cœur de Grace s'arrêta de battre.

— Francesca est à Moscou ?

— Où est le temps où tu accordais ta confiance à n'importe qui ?

— Depuis que je te connais, j'ai perdu mes illusions.

— Ne crains rien, ma douce et merveilleuse petite femme… Comment pourrais-je m'intéresser à Francesca quand je sais que tu m'attends, impatiente et folle d'amour à la maison ?

Le cynisme de Maksim la mit dans une colère froide. Comment avait-elle pu penser qu'il était gentil ?

— Approche-moi et tu verras comme je suis impatiente et aimante.

— Ça suffit, lança-t-il en se levant.

Il plaça quelques feuillets dans son porte-documents et se dirigea vers la porte.

— Si tu n'as rien de plus intéressant à me dire, restons-en là. Bonne nuit.

— Tu pars déjà ?

Maksim marqua une pause, se retourna vers elle et la dévisagea avec une telle intensité qu'elle se mit à trembler.

Il l'embrassa avec douceur sur la joue.

— *Snovem godem.* Bonne année, dit-il gentiment.

Grace leva les yeux, à la recherche de l'homme qu'elle avait tant aimé à Londres. Elle aurait tellement voulu retrouver dans ses prunelles acier la complicité, la tendresse, l'amour qu'elle avait cru partager avec lui.

— Ne m'attends pas, ajouta-t-il.

— Tu ne peux pas me séquestrer.

— En es-tu bien certaine ?

— Il me semble que le servage a été aboli.

— Le servage oui, mais le mariage non. Tu es ma femme, tu portes mon enfant. Je t'offre le confort et le luxe, tu es libérée de toute tâche mis à part celle de prendre soin de toi et de lui.

— Tu vas me rendre folle !

— Moi ?

— C'est la Saint-Sylvestre, Elena va sur la place Rouge…

Grace espérait secrètement que s'il n'avait rien prévu pour eux deux, il la laisserait au moins sortir avec la gouvernante pour fêter la nouvelle année.

— La place sera noire de monde, mes gardes du corps ne pourront pas te protéger efficacement.

— Mais me protéger de quoi ?

— J'ai des ennemis. Certains jalousent mon argent, d'autres jalousent mon titre ou ma réussite. Tu peux être kidnappée pour obtenir une rançon. Ce n'est pas fréquent, je te l'accorde, mais le risque n'est pas non plus nul et je ne veux pas le courir. Et qui plus est, au milieu de cette foule, tu serais bien capable de tenter de filer ! Donc c'est *niet*.

— Je te promets que je ne m'enfuirai pas. Je veux juste une vie normale, supplia-t-elle au bord des larmes.

— C'est ce que veulent toutes les princesses, mais c'est impossible.

— Maksim, je t'en prie, ne me laisse pas ici, murmura-t-elle. Je ne supporte pas d'être ainsi abandonnée.

— Bonne soirée, ma tendre femme, conclut-il en sortant, sans même se retourner.

Elle resta immobile, sous le choc. La porte d'entrée claqua, puis ce fut le silence, poignant, destructeur, envahissant. Elle gravit pesamment l'escalier jusqu'à sa chambre.

Maksim la laissait seule pour le réveillon.

Francesca était-elle vraiment à Moscou ? Il n'avait pas répondu à sa question. C'était très possible. Elle se répéta qu'elle s'en moquait et, pourtant, le désespoir la submergea.

— Voulez-vous que je vous fasse monter un repas ? demanda Elena en entrant après avoir frappé à la porte.

Grace admirait cette femme, qui dirigeait une brigade de vingt personnes mais prenait toujours quelques minutes pour lui apporter un peu de réconfort quand elle lisait la détresse dans ses yeux.

Entre ses nausées et sa colère, manger était la dernière des préoccupations de Grace.

— Vous devez vous nourrir, le prince Maksim insiste. Il dit que vous devez penser au bébé.

— De quoi se mêle-t-il ? cria Grace. Je fais ce que je veux.

Au moment même où elle se révoltait, elle se rendit compte de la puérilité de son attitude.

— Excusez-moi, Elena, je perds la tête. C'est l'isolement qui me pèse.

— Que puis-je faire pour vous aider ? Je suis certaine que Son Altesse regrette de devoir vous laisser seule. Il est très occupé, vous savez.

Grace ferma les yeux, rongée de tristesse et de courroux. Elle ne se faisait aucune illusion quant à la nature des occupations de son mari, qu'elle attendait en vain depuis une semaine.

Mais qui attendait-elle ? L'homme qu'elle avait découvert à Londres, l'homme qu'elle avait aimé, le mari attentif dont elle avait rêvé. Mais certainement pas la brute autoritaire que s'était révélé être Maksim Rostov.

Elle allait réagir.

C'en était terminé d'attendre, de rester ainsi cloîtrée. Elle choisit dans sa garde-robe un jean et un cardigan.

— Je vous accompagne sur la place Rouge ce soir, annonça-t-elle à Elena.

— En avez-vous informé Vladimir et Igor ?

Grace grimaça. Il était hors de question qu'elle invite ses deux gardes du corps à l'accompagner.

— Non, je n'ai pas besoin d'eux. Nous irons ensemble en métro.

— Le prince sera furieux, et il me renverra.

— Je vous en prie ! Je veux simplement vivre normalement, respirer, me mêler à la foule, marcher sans être surveillée en permanence.

— Vous ne connaissez pas Moscou, vous ne parlez pas russe, objecta Elena avec douceur.

— Je sais dire « non », même en russe. Et je suis la femme de Maksim, pas son esclave.

Elle choisit le plus chaud de ses manteaux, un chapeau et elle ouvrit la fenêtre. Elle scruta le mur d'enceinte de la propriété. Si la grille était verrouillée, elle pourrait néanmoins sauter de l'autre côté du mur en grimpant à un arbre.

— *Kharasho*, laissa tomber Elena, consciente qu'elle n'aurait pas gain de cause. Accompagnez-moi et faites en sorte de ne pas me perdre de vue.

— Je vous jure de ne rien dire à Maksim, déclara Grace emplie de gratitude.

— Il le saura, mais je comprends que vous renâcliez à passer votre réveillon seule.

Grace enfila ses bottes et, comme sur un nuage, quitta le palais. Elle avait le sentiment grisant d'écarter les barreaux de sa luxueuse prison, de fuir en même temps que sa solitude un homme qu'elle avait aimé et qui la trompait.

Etait-il écrit que Francesca Danvers lui volerait tous les hommes dont elle tombait amoureuse ?

Cette douloureuse interrogation l'obséda durant tout le trajet dans les transports en commun. Accompagnée d'Elena, elle suivit ensuite le flot des badauds jusqu'à la porte de la Résurrection, puis pénétra sur la place Rouge.

Illuminée d'une multitude de lampes, pleine de visiteurs en liesse, elle offrait un spectacle d'une incroyable beauté.

— Restez près de moi, répéta Elena à plusieurs reprises.

Mais Grace, subjuguée, entraînée par la foule, ne songeait qu'à profiter de l'atmosphère du lieu et non à s'enfuir. Elle admira les dômes de la cathédrale Saint-Basile, découvrit le Kremlin et le mausolée de Lénine. Depuis la chute du régime soviétique, elle rêvait de découvrir cet endroit chargé d'histoire ; au point que pendant quelques minutes, elle en oublia sa détresse.

Devant elle, un jeune homme serrait une jeune femme dans ses bras et l'embrassait. Ils semblaient si proches, si heureux que Grace ressentit comme un coup au cœur. Violemment confrontée à sa propre solitude, elle se tourna vers Elena.

Qui n'était plus à côté d'elle…

Le cœur battant, elle regarda fébrilement de tous les côtés, scrutant les visages. En vain. Elles avaient été séparées.

S'efforçant de ne pas perdre son sang-froid, elle prit une grande inspiration, ferma les yeux quelques secondes puis les rouvrit pour examiner de nouveau attentivement autour d'elle, les poings serrés enfouis au fond de ses poches. Fragile créature perdue dans un océan d'inconnus, elle sentit s'intensifier la morsure du froid.

Une main se posa sur son épaule. Elle se retourna brusquement.

Maksim se tenait à son côté, aussi beau, puissant et inquiétant qu'un ange noir. Malgré tout ce qui les séparait depuis une semaine, elle fut heureuse de sa présence.

— Tu as perdu la raison ! gronda-t-il. Je t'avais clairement interdit de sortir de la maison.

— Je ne suis pas ta prisonnière.

— Si tu mets la vie de mon enfant en danger, je n'hésiterai pas à t'enfermer, menaça-t-il, tout en colère rentrée.

Grace elle-même bouillait de rage. Comment osait-il insinuer qu'elle prenait des risques pour le bébé, alors qu'elle vivait comme n'importe quelle femme enceinte ?

— Je ne supporte plus ta dictature. Et où est Francesca ? Tu l'as déjà congédiée ?

— Ta jalousie est insupportable, lança Maksim.

— Je ne suis pas jalouse, répliqua-t-elle sèchement, tu peux lui faire l'amour nuit et jour, je m'en moque. Je ne t'aime pas, je ne veux plus rien de toi.

Il la plaqua subitement contre lui et l'enferma entre ses bras.

— N'as-tu pas l'impression de dire le contraire de ce que tu penses ?

— Non ! cria-t-elle, comprenant son intention.

Mais cela n'empêcha pas Maksim de la mettre à exécution : il se pencha vers elle et l'embrassa avec fougue, presque violence.

A ce moment précis, comme si le geste de Maksim en avait été le détonateur, le ciel moscovite s'embrasa d'un feu d'artifice multicolore. Cette coïncidence renforça l'impression d'omnipotence et de puissance qui se dégageait de cet homme cruel, son mari, qui la punissait d'un baiser qu'elle ne désirait pas. Grace tenta de résister mais la force de son adversaire et le désir qui se ranimait peu à peu en elle eurent raison de ses défenses. Elle s'abandonna à son étreinte.

Dans ce décor féerique, seuls au milieu d'une foule de dizaines de milliers d'anonymes fêtant la naissance de l'an nouveau, ils échangèrent un interminable baiser, mélange de haine et de passion.

Depuis le jour de leur mariage, Maksim avait entrepris de punir Grace. Il l'avait emmenée à Moscou, où elle ne connaissait personne, et l'avait abandonnée dans sa luxueuse résidence. Il avait remplacé la tendresse des premières semaines londoniennes par de la distance et de l'autorité.

Il se souvenait de ce besoin qui l'avait poussé à la rejoindre en toute hâte en Californie, pour lui avouer la vérité et implorer son pardon pour une faute qu'il n'avait pas commise.

Jamais une femme n'avait eu droit de sa part à tant d'égards et de concessions. Il l'avait choisie, elle, au détriment de ses propres intérêts. Et qu'avait-il eu en retour ? Des insultes, de la suspicion et, plus impardonnable que tout, elle avait tenté de lui voler son enfant.

Il avait pensé que Grace était différente, qu'elle était unique, mais il avait compris désormais qu'elle ne différait en rien de Francesca, égoïste, cruelle et calculatrice. Un détail cependant les distinguait, Grace n'avait connu aucun homme avant lui.

Quand Elena l'avait informé que Grace l'accompagnerait sur la place Rouge, il avait enragé mais les avait suivies à bonne distance ; quand il l'avait aperçue seule, perdue dans cette marée humaine, le soulagement et le désir l'avaient envahi.

Ce désir qu'il avait pourtant jugulé depuis leur mariage en se tenant à distance ; ce désir qu'il pensait pouvoir maîtriser.

Maksim lui prit la main et l'entraîna loin de la foule jusqu'à sa voiture.

Une fois à l'intérieur, il tira le rideau de la paroi vitrée qui les séparait du chauffeur. Alors, il tourna vers lui le visage de Grace et embrassa sa bouche charnue. Il lui enleva son chapeau, ses gants, son manteau, et colla son corps contre le sien. Il aurait cru qu'elle résisterait mais elle l'embrassa avec ferveur, lui mordant les lèvres à l'en faire saigner.

— Je te déteste, souffla-t-elle.

Pour toute réponse, il lui arracha son cardigan et son soutien-gorge. Il s'empara de ses seins, les caressant, laissant sa langue jouer avec leur pointe durcie, les embrassant, les mordillant. Aux réactions du corps de Grace, à son souffle, il devina qu'elle ressentait un mélange de plaisir et de douleur.

— Peu m'importe que tu me détestes, murmura-t-il d'une voix rauque. Tu m'appartiens, je peux faire de toi ce que bon me semble. Et tu vas me donner du plaisir.

— Jamais !

Avec un sourire féroce, Maksim glissa sa main entre les cuisses de Grace ; il la caressa jusqu'à ce que vibre chaque centimètre carré de son corps.

Il avait envie de lui arracher son jean, de la pénétrer, puissamment, violemment, de l'entendre hurler de plaisir et implorer son pardon. Ses boucles blondes en bataille, son regard empli d'un désir mêlé d'incompréhension renforçaient l'intensité de ses sensations ; elles étaient portées à incandescence lorsqu'ils arrivèrent à la résidence.

Maksim donna en russe des consignes au chauffeur. Puis il prit Grace dans ses bras et entra dans la maison silencieuse et vide — gardes du corps et personnel réveillonnaient dans leurs quartiers.

Maksim se dirigea vers sa chambre mais, au milieu des escaliers, Grace passa ses doigts sur sa nuque. Ce simple geste fut l'étincelle qui l'embrasa définitivement. Incapable d'attendre même une seconde de plus, il la déposa sur le palier et acheva de la déshabiller. Il libéra son sexe tendu à en être douloureux, prêt à exploser.

Il la pénétra directement, contre le mur, sans douceur ni tendresse. Elle haletait, ondulait sous lui, sa poitrine gonflée tanguant au rythme des mouvements de son bassin arc-bouté vers lui.

Pour elle comme pour lui, la pulsion physique était plus forte que le ressentiment.

Néanmoins, au-delà de son propre plaisir, Maksim souhaitait qu'elle s'abandonne, qu'elle rende les armes, qu'elle se soumette à lui.

Toujours en elle, il s'allongea sur le dos sur le tas de vêtements à leurs pieds, la forçant à le suivre et à se placer au-dessus de lui. Elle gémit de plaisir.

— Bouge, ordonna-t-il.

Soumise, elle se frotta langoureusement à lui, glissant son corps chaud et gourmand contre le sien. Il sentit son intimité se contracter de plus en plus fermement autour de son membre. Les yeux clos, elle s'interrompit, comme si elle tentait de juguler le plaisir qui déferlait en elle.

Maksim lui caressa la poitrine puis il lui prit la main. Il plaça un de ses doigts dans sa bouche et le lécha. Elle le fixa de ses grands yeux innocents, surprise, et il perçut le frémissement qui lui traversait le corps. Elle recommença à onduler, ses mouvements se faisant plus rapides, plus profonds.

Maksim se gorgeait de la vue de ses seins aux pointes durcies, de son ravissant visage marqué par l'intensité du plaisir, de ses courbes pleines et fermes.

Elle commença à trembler ; un cri d'abord faible puis de plus en plus puissant sortit de sa gorge.

Les soubresauts s'intensifièrent, le rythme de ses coups de hanches devenant de plus en plus rapide et désordonné. Incapable de se maîtriser plus longtemps, Maksim se libéra en elle, accompagnant sa jouissance de quelques mots de russe tandis qu'elle le rejoignait dans l'extase.

Epuisée, elle s'abandonna contre lui. Il la serra dans ses bras, sentant les pulsations de son cœur cogner contre son torse.

Quand il prit conscience de son propre abandon, la colère l'envahit.

Colère contre elle.

Colère contre lui car, en sa présence, sa volonté le désertait.

Il s'était juré de ne plus la toucher mais son désir d'elle était plus fort que ses résolutions. Il constata avec fureur qu'il ne pouvait lui résister.

Maksim se releva brutalement, projetant Grace au sol sans ménagement. Sans dire un mot, il enfila son pantalon et la laissa.

Il se sentait soudain prisonnier de ce palais. Il lui fallait sortir, il avait besoin d'air, de respirer. Il décida de rejoindre le toit-terrasse pour tenter d'y trouver la paix dans la solitude.

La terrasse et la végétation endormie étaient couvertes de neige. Maksim inspira profondément plusieurs fois et étira ses membres, cherchant à y voir clair dans l'eau trouble de ses sentiments. Il regarda au loin et, au-delà des grands arbres dénudés, il aperçut les lumières de la ville en fête.

Il entendit s'ouvrir la porte de la terrasse, surpris. Il avait pensé qu'elle ne le suivrait pas.

Elle s'était rhabillée.

Elle hésita puis, finalement, s'approcha de lui et l'entoura de ses bras.

Un moment, il fut tenté de se laisser aller. La douceur et l'affection de Grace lui apportaient tellement…

— Dis-moi la vérité, Maksim, murmura-t-elle. Reconnais que tu m'as trahie, que tu m'as menti et je te pardonnerai.

— Tu me pardonneras ? articula-t-il avec hargne, la mâchoire serrée.

— Je m'y efforcerai.

La colère le submergea de nouveau, balayant dans l'instant la tendresse qu'il avait senti naître dans son cœur.

— Je ne veux pas de ton indulgence, lâcha-t-il froidement. Je veux ta confiance.

— Maksim, dis-moi, ressens-tu de l'amour pour elle ? demanda Grace, le visage ruisselant de larmes.

— Pour elle ? Qui ?

Tout en posant cette question, il comprit qu'elle parlait de Francesca. Il n'avait pourtant jamais rien fait qui puisse expliquer la jalousie de Grace et, cependant, elle continuait à le soupçonner.

S'il en était besoin, il avait là une preuve supplémentaire de la défiance qu'elle manifestait à son égard. Pour elle, il n'était pas un homme de parole.

En Californie, il n'était pas parvenu à la convaincre de sa loyauté. Il n'essaierait plus, il ne l'implorerait plus. Jamais.

Il la toisa froidement.

— J'ai décidé de présenter ma femme à la bonne société moscovite. Ce sera dans deux jours, au cours d'un grand bal. Tâche d'être en forme. Repose-toi et accorde, je te prie, un minimum d'intérêt à l'enfant que tu portes. Maintenant, il est temps que tu retrouves le calme de ton grand lit.

— Maksim, murmura-t-elle.

Pour toute réponse, il se détourna et partit, sans un regard en arrière.

Elle se retrouva de nouveau seule, tremblant dans la nuit glaciale constellée d'étoiles.

11

— Lady Francesca demande à vous voir.

Assise à sa coiffeuse, Grace se retourna, étonnée.

— Que me veut-elle ?

— Je ne sais pas, madame, mais je crains le pire, répondit Elena, visiblement préoccupée.

Grace se replaça face au miroir. Depuis deux heures, aidée d'Elena, elle se préparait pour le bal organisé par Maksim. Du coup, elle se reconnaissait à peine. Dans un long fourreau couleur champagne qui lui collait à la peau, ses cheveux relevés en chignon, elle avait l'air d'une princesse de conte de fées.

Doutant de réussir à se maîtriser devant la femme que son mari aimait, elle aurait aimé refuser l'entrevue.

— La connaissez-vous ? demanda-t-elle à Elena.

La gouvernante haussa les épaules, tandis qu'une des petites bonnes apportait un coffret d'argent incrusté d'émaux.

— Elle est déjà venue ici, il y a quelque temps. A mon avis, elle devrait savoir que lorsqu'un homme se marie, il est de bon ton que ses anciennes compagnes s'effacent. Si vous le souhaitez, je vais lui dire que le moment est mal choisi. Vous êtes attendue dans dix minutes, vous ne pouvez pas accorder un entretien privé à chacune des personnes invitées.

— Parce qu'elle est invitée ? suffoqua Grace. Qui a eu la mauvaise idée…

Connaissant parfaitement la réponse, elle s'interrompit.

Elle ferma les yeux, retenant ses larmes. Elle n'offrirait pas à Francesca Danvers le spectacle de ses yeux rougis. La femme du prince Maksim Rostov se devait d'être éblouissante, et elle le serait. Elle devait également être en mesure de garder son self-control en toutes circonstances.

Pour l'obliger de la sorte à faire bonne figure devant sa maîtresse, Maksim devait vraiment chercher à la blesser. Cette pensée la brisa.

La nuit du réveillon, prête à lui accorder son pardon, Grace lui avait demandé de reconnaître ses torts. Elle voulait simplement qu'il regrette ce qu'il lui avait fait et qu'il cesse de voir Francesca. Mais il avait ricané, drapé dans son orgueil.

Depuis, elle ne l'avait pas revu.

Ainsi, Francesca était bel et bien à Moscou. Quand Maksim avait déclaré qu'elle était installée dans un des hôtels chic de la capitale, Grace avait vraiment cru qu'il cherchait à lui faire du mal. Or, elle était bel et bien à Moscou. Dans l'esprit de Grace, il ne faisait donc plus aucun doute que Maksim passait ses nuits avec elle.

Pourquoi en serait-il autrement ? Si elle n'avait pas été enceinte, il ne l'aurait jamais épousée. Il n'avait aucune raison de se priver de Francesca.

— Vous êtes magnifique, lui assura Elena. Ah, j'allais oublier ! Le prince Maksim vous a fait porter ce bijou.

Elle ouvrit le coffret qu'on venait d'apporter et en sortit un diadème d'émeraudes montées sur or. Elena le fixa sur la tête de Grace.

— Quelle merveille !

— Il appartenait à la grand-tante du prince, la grande duchesse Olga, expliqua la gouvernante.

Grace regarda son reflet dans la psyché; ce qu'elle y vit lui donna de l'assurance.

— Je vais me débarrasser de cette aventurière et je reviens. Ou plutôt non, faites-la monter je vous prie, Elena.

— Etes-vous certaine de ne pas vous mettre en danger ?

— Oui, je me sens forte.

Quelques minutes plus tard, lady Francesca Danvers entrait dans le boudoir contigu à la chambre de Grace.

La rousse au teint clair était aussi belle que dans son souvenir. Pas très grande, incroyablement mince, elle portait un tailleur Chanel rose et des escarpins blancs à semelles rouges; dans ses mains impeccablement manucurées, une pochette matelassée blanche à chaînette dorée.

Elle posa un regard inquisiteur sur la pièce.

— Je vois que vous vous êtes installée coquettement.

— Asseyez-vous, proposa Grace, nerveuse, en lui désignant un fauteuil à dossier haut. Voulez-vous que je vous fasse apporter une tasse de thé ?

— Non, je vous remercie. Allons droit au but : je suis ici pour affaires.

Elle posa sa pochette sur la table. Son regard était froid et méprisant.

— Je veux connaître la somme d'argent que vous voudriez pour accepter de divorcer.

Grace la fixa, interloquée, sans voix.

— Allons, reprit Francesca, ne faites pas de manières. Vous avez eu la bonne idée de vous faire faire un enfant. Je ne vous blâme pas. J'aurais sans doute fait la même chose si, comme vous, je n'avais ni fortune, ni compétences, ni beauté. Dites-moi simplement votre prix.

Francesca sortit son chéquier sans la quitter des yeux.

Grace aurait voulu la faire taire, mais elle était incapable d'articuler le moindre mot.

— Je vous interdis de dire que je profite de l'enfant que je porte, finit-elle par bredouiller, plus penaude que vindicative.

— Ne me faites pas croire que c'est un accident ! Et épargnez-moi vos protestations, vous savez aussi bien que moi que Maksim n'a pas de temps à perdre avec vous. Combien voulez-vous pour débarrasser le plancher ?

Grace serra les poings.

— Vous avez jeté votre dévolu sur un homme auquel je tenais et je me suis inclinée sans chercher la bagarre, lança-t-elle, enfin agressive. Mais je ne vous laisserai pas recommencer.

— Vous parlez d'Alan ? Je ne savais pas que vous aviez le béguin pour lui ! Pauvre chou, c'est si triste ce qui lui est arrivé. Bref, vous devez comprendre qu'une femme comme vous n'a aucune chance contre moi.

Grace fulminait à présent. Ces affirmations méprisantes étaient comme autant de coups de poignard dans sa fierté.

— Je n'aimais pas vraiment Alan ; mais, aussi longtemps que je vivrai, je me battrai pour garder Maksim.

— Ma pauvre petite… Je le connais et le comprends mieux que vous ne le ferez jamais. Si vous aviez un minimum de décence, vous le laisseriez vivre avec une femme de sa force et de son standing. Sinon, cela signifie que vous êtes une aventurière, une calculatrice qui a fait en sorte de lui mettre la corde au cou.

— Je n'ai pas cherché à le séduire, je n'ai pas cherché à tomber enceinte et je n'ai jamais demandé à devenir sa femme ! C'est lui qui a insisté.

— Eh bien si vous ne vouliez pas l'épouser, alors divorcez ! Prenez mon chèque et laissez-le vivre. Trouvez un autre père pour votre enfant, quelqu'un de votre… niveau social.

— Maksim est mon mari, le père de l'enfant que je porte. Il m'a épousée et je resterai sa femme. Est-ce suffisamment clair pour vous ou les gens de votre « standing » ont-ils besoin d'un interprète dès qu'ils changent de pays ?

Grace vit un éclair de colère traverser le regard de la belle héritière. Avec un profond soupir, elle referma son chéquier et le replaça dans sa pochette.

— Très bien… Je pense que vous n'êtes pas foncièrement mauvaise ; mais si vous l'aimez vraiment, rendez-lui sa liberté.

— Et vous, demanda Grace en défiant sa rivale d'un mouvement du menton, l'aimez-vous sincèrement ou agissez-vous par dépit ?

Francesca n'entra pas dans son jeu et lui adressa un regard franc et direct.

— Contrairement à vous, je suis un atout dans sa vie. En le rendant jaloux, j'ai voulu le pousser à fixer une date pour notre mariage ; mais j'ai été victime de ma propre machination et il vous a épousée. Finalement, j'ai informé mon père que mes fiançailles avec Alan étaient une comédie. Comme je m'en doutais, il a immédiatement rompu les négociations en vue de la fusion avec Cali-West Energy. J'ai ainsi prouvé à Maksim que je pouvais faire de lui un homme encore plus puissant et riche qu'il n'était. Et vous, que pouvez-vous lui apporter ? Rien. Vous êtes un poids mort, un fardeau.

— *Izvenitche pojhowsta*, vous êtes attendue en bas, annonça Elena faisant irruption dans la pièce.

Francesca se leva avec élégance et se dirigea vers la porte. Elle esquissa un sourire à l'adresse de la domestique, découvrant des dents d'une blancheur éclatante.

— Mademoiselle Cannon, lança-t-elle d'une voix

câline en se retournant sur le seuil, vous dites l'aimer, alors rendez-lui sa liberté…

Grace se prit la tête à deux mains, honteuse, pétrie d'une infinie culpabilité.

C'était bien Francesca et non Maksim qui avait parlé à lord Hainesworth et précipité la chute d'Alan. Son mari lui avait dit la vérité : il ne l'avait pas trahie, n'avait pas utilisé ses confidences, avait choisi de respecter sa parole sans se soucier des conséquences sur ses intérêts professionnels.

En vain, il avait tenté de la convaincre de son innocence. Et non seulement elle ne l'avait pas cru, mais elle l'avait insulté.

Grace sentit les larmes lui piquer les yeux comme autant de remords liquides.

C'est elle qui avait poussé son mari, son prince dans les bras de Francesca.

Comment pouvait-elle espérer reconquérir son amour ?

— Tu es prête, Grace ?

Elle se retourna ; Maksim se tenait à la porte. Sa force, sa puissance, sa beauté lui coupèrent le souffle.

— Elle est prête, répondit Elena, ajoutant quelques épingles à cheveux pour assurer la tenue du diadème dans le chignon de Grace. C'est la plus belle princesse que la famille Rostov ait jamais connue.

Maksim la regarda attentivement et acquiesça.

— Effectivement, tu es très jolie, Grace.

— Tu l'es aussi, Maksim. Et même plus : tu es magnifique.

— Viens, ordonna-t-il en lui offrant son bras.

Ils avancèrent vers l'escalier dans lequel ils avaient fait l'amour avec tant de fougue deux jours auparavant. Du bas des marches montait un brouhaha de conversations, émaillé de rires et des tintements du cristal.

La respiration de Grace s'accéléra. Sans être certaine que leur union avait une chance de durer, comment présenter à tous ces gens le visage radieux d'une jeune mariée comblée ?

Elle s'arrêta, retenant Maksim aussi fermement qu'elle le put.

— Qu'y a-t-il encore ? s'emporta-t-il, agacé.

— Je suis désolée, j'aurais dû te croire, confessa-t-elle, des larmes plein les yeux. Francesca m'a tout raconté : je sais maintenant que tu ne m'as pas trahie. Je t'en supplie, Maksim, pardonne-moi !

— Tu as eu une conversation avec Francesca ?

— A l'instant, dans mon boudoir.

— Mais… qu'est-elle venue faire ici ?

Grace mit ses mains dans les siennes.

— Je ne veux plus de conflit entre nous, s'enflamma-t-elle. Nous méritons tellement mieux que cette situation affreuse ! Retrouvons ce que nous avons vécu à Londres, je sais que c'est possible ! Je regrette sincèrement d'avoir douté de toi. Pardon.

— Je trouve extraordinaire que tu accordes du crédit à ce que Francesca t'a dit tandis que tu as totalement refusé de me faire confiance.

Grace fronça les sourcils, une boule au ventre. Maksim posait sur elle un regard toujours aussi froid. Pour lui, rien n'avait changé. Pourtant, elle avait exprimé ses regrets, imploré son pardon. Que pouvait-elle faire ou dire de plus ?

Soudain, elle eut une idée. Une idée qui l'obligeait à se livrer entièrement, à se mettre à nu devant lui si dur, si froid, si insensible.

— Viens ! lança-t-il en lui reprenant le bras.

Il l'entraîna dans l'escalier, en bas duquel des dizaines d'invités les attendaient.

Mais Grace s'approcha tout près de lui, l'obligeant à l'écouter.

— Maksim, je... je t'aime.

Il interrompit son mouvement et se tourna vers sa femme, soufflé par ses paroles, déstabilisé par une émotion qu'il ne savait définir, mais qui provoquait en lui un mélange d'espoir et de crainte.

— Je t'aime, répéta-t-elle d'une voix à peine audible. Je t'aime.

Elle avait rivé son regard aux yeux gris acier de Maksim, écarquillés sous l'effet de la surprise. Elle attendait sa réponse, nouée par l'angoisse.

Les secondes s'écoulèrent, interminables.

Enfin, il se tourna vers elle, une expression d'une froideur presque inhumaine sur le visage.

— C'est trop tard.

— Comment ça, trop tard ? s'étrangla-t-elle.

— Je prendrai soin de mon enfant, il ne manquera jamais de rien, mais je ne pourrai jamais éprouver de nouveau de l'amour pour toi.

« De nouveau »... Ainsi, il l'avait aimée... Il l'avait aimée et elle avait saccagé cet amour...

Grace baissa la tête. Cette découverte venait de lui briser le cœur, au moins autant que son indifférence face à ses aveux. Elle serra les poings. Elle n'abandonnerait pas. Ce qu'ils avaient vécu, partagé... Elle avait compris désormais qu'il était l'homme de sa vie, l'homme qu'elle attendait depuis toujours. Elle n'avait pas le droit de renoncer !

— Non, il n'est pas trop tard ! Je t'aime et tu m'as aimée... Je me suis comportée comme une idiote, je le reconnais. Je t'en supplie Maksim...

— Assez ! coupa-t-il d'un ton cassant. Maintenant cesse de geindre et comporte-toi comme une princesse. Un peu de dignité, je te prie !

— Je ne veux pas te perdre. Mais peut-être t'ai-je déjà perdu : l'aimes-tu autant que tu m'as aimée ?

— Qui ? Tu parles encore de Francesca ?

Il soupira, l'air plus excédé que jamais. Grace pouvait presque voir ses muscles puissants jouer sous le tissu de son smoking.

— Je suis fatigué de devoir me justifier en permanence. Tu es ma femme. Tu portes mon enfant. Aucune autre femme n'aura de place dans ma vie, est-ce clair ? Que dois-je faire pour que tu comprennes ?

— Si je n'avais pas été enceinte, m'aurais-tu épousée ?

— Tu es enceinte, la question ne se pose donc pas. La décision qui s'imposait a été prise, l'amour n'a rien à voir là-dedans.

Grace ferma les yeux quelques secondes, cherchant à contenir sa douleur.

— Tu te trompes : l'amour est la seule valeur qui compte, murmura-t-elle.

Maksim l'avait épousée guidé par son code de l'honneur, celui qu'elle avait précisément non seulement mis en doute mais totalement nié. Elle l'avait insulté et, cependant, il l'avait épousée et la gardait auprès de lui. Par devoir. Sans cet enfant, il aurait récupéré Francesca, si belle, si riche, si précieuse dans le monde où il vivait. La femme idéale pour lui.

— Je vous protégerai tous les deux, mais ne me demande pas davantage.

Hormis son argent et son nom, elle ne devait rien attendre.

Le souvenir de ses parents lui revint à l'esprit. Leur complicité, leur tendresse, leur respect mutuel avaient irradié leur foyer. Ses frères et elle avaient partagé une enfance heureuse, dans le cocon d'une famille unie créée par un couple heureux.

L'amour indestructible qui liait ses parents, même au-delà du décès de son père, avait été la source de l'harmonie dans laquelle elle avait grandi.

Un nœud dans la gorge, Grace respira soudain avec difficulté.

De son côté, privée de l'amour de Maksim, quel genre de vie offrirait-elle à son enfant ? Pourrait-il se construire avec un père qui, en homme d'honneur, avait sacrifié son propre bonheur ? Quelle image de la vie de couple aurait-il sous les yeux lorsqu'il grandirait ?

Elle sentit les larmes envahir ses yeux.

Maksim lui saisit le bras avec autorité.

— Maintenant ressaisis-toi ! Et allons-y, nos invités nous attendent.

Soutenue par son mari, elle descendit les marches de l'imposant escalier art déco.

Sous l'énorme lustre de cristal, une foule de visages inconnus l'attendait. Amis, riches relations d'affaires, femmes parées de bijoux, tous la félicitèrent en anglais et en russe et levèrent leur flûte de champagne à leur bonheur.

Grace aperçut son reflet dans l'immense miroir de la salle de réception. Elle dut reconnaître qu'elle avait vraiment l'allure d'une princesse avec son diadème brillant de mille feux, sa robe fluide qui la mettait parfaitement en valeur et ses chaussures — version XXIe siècle de celles de Cendrillon. Et pourtant, en dépit de ce décor de rêve, elle aurait tout donné pour revenir en arrière, au temps où elle était une modeste petite secrétaire, si heureuse dans les bras de Maksim.

Au temps où le bonheur semblait à portée de main.

Au temps où il l'aimait — car même s'il ne le lui avait

jamais dit à l'époque, elle avait lu l'amour dans chacun de ses gestes, dans chacun de ses regards.

Soudain, Grace aperçut Dariya, radieuse, qui se précipita vers eux.

— Je suis tellement heureuse que nous soyons sœurs ! s'écria-t-elle. Sœurs, amies… et bientôt je serai tante !

— Merci, ton amitié m'est très précieuse, confessa Grace en retenant ses sanglots, une ombre de sourire sur les lèvres.

Mais elle vit le visage de sa belle-sœur s'assombrir, tandis qu'à son côté, Maksim se raidissait.

— Je vous prie de m'excuser un instant, lança-t-il.

Il les quitta, coupa la marée humaine, et Grace comprit les changements auxquels elle venait d'assister chez le frère et la sœur quand elle vit Maksim saisir sans ménagement le poignet de lady Francesca Danvers…

Il l'entraîna dans son bureau, visiblement très remonté. Grace le regarda fermer la porte derrière eux et tout devint limpide.

Elle avait compris trop tard que Maksim était un homme de parole et qu'il plaçait famille et honneur au-dessus de tout. Même sans l'aimer, il s'était engagé à lui être fidèle et il le serait.

Mais elle ne voulait pas de cet engagement sans amour.

Après tant d'années pendant lesquelles Alan l'avait exploitée sans la regarder, elle ne souhaitait pas rester liée à un homme indifférent, ni élever son enfant dans ce contexte.

Grace pouvait accepter de se sacrifier pour le bien-être de son enfant, mais jamais elle ne tolérerait qu'il doive respirer un air chargé de regrets et de rancunes.

— Que fait cette femme ici ? questionna Dariya. Comment lui faire comprendre que ce n'est absolument pas sa place ?

— Je ne me sens pas bien, mentit Grace. Pourrais-tu présenter mes excuses à nos hôtes en les remerciant d'être venus ?

— Compte sur moi. C'est vrai que tu es très pâle... Je vais prévenir mon frère.

— Non ! Ce n'est rien, j'ai seulement besoin d'être seule.

Elle se précipita dans les escaliers.

Arrivée dans sa chambre, elle claqua la porte et s'effondra sur son lit.

Ses yeux se posèrent sur sa vieille valise qu'elle gardait dans un coin de la chambre. Après Londres, Los Angeles, Moscou, elle bouclerait avec elle la boucle en revenant vers la Californie.

« Si vous l'aimez, rendez-lui sa liberté », avait affirmé Francesca.

Elle aimait son enfant et son mari. Elle les aimait tellement que, plus que tout, elle voulait leur bonheur. Elle savait la façon d'y parvenir.

Elle se leva et posa la valise sur le lit.

Maksim tournait en rond comme un lion en cage.

— Comment oses-tu te présenter ici ? Le jour où tu m'as posé cet ultimatum, je t'ai clairement dit que tout était terminé entre nous. Je te l'ai confirmé à Londres lorsque tu es venue me voir à mon hôtel.

Francesca lui décocha un regard séducteur.

— Mais, en te permettant de remporter le marché, j'ai fait amende honorable, tu ne crois pas ?

— Tu n'as fait que me rendre ce qui me revenait et dont tu m'avais privé à cause de ta ridicule histoire de fiançailles avec Barrington.

— J'ai eu tort, je te l'accorde ; je n'aurais pas dû te mettre ainsi au pied du mur.

Il la fixa sans la moindre tendresse, s'attendant à ce qu'elle laisse échapper d'un instant à l'autre quelques larmes judicieusement contrôlées, pour ne pas risquer d'altérer son maquillage parfait.

Contrairement à Grace qui, quelques minutes plus tôt, lui avait semblé tellement fragile, Francesca était experte dans l'art de la manipulation.

Elle lui avait avoué l'aimer, et lui avait demandé si, de son côté, il pourrait l'aimer de nouveau un jour. Il lui avait répondu rudement.

Au souvenir de la détresse qu'il avait lue sur son visage, son estomac se serra. Grace était sans défense. Il avait été froid et cruel, mais il n'avait eu d'autre choix pour qu'elle comprenne.

— Rentrons ensemble à Londres, insista Francesca, tu as assez perdu de temps ici.

— Peut-être ne le sais-tu pas mais je suis marié.

Maksim constata qu'elle pâlissait sous son maquillage.

— Jamais je n'aurais dû te poser d'ultimatum, je te le répète. Vas-tu me punir encore longtemps ? Congédie ton aventurière et reviens-moi.

— Comment l'as-tu appelée ? coupa Maksim, agressif.

— Je t'en prie, ouvre les yeux ! Cette fille n'est qu'une petite secrétaire intéressée par ta fortune. Je lui ai offert un chèque pour qu'elle déguerpisse et elle a refusé. Elle sait bien qu'à la naissance de son rejeton, elle touchera le gros lot.

— Tu as tenté de l'acheter ?

— Je voulais te rendre service, avoua-t-elle avec une feinte humilité. Tu ne peux décemment pas te satisfaire d'être marié à une femme de son espèce.

— De son espèce, quelle espèce ?

Des images de Grace s'imposèrent à lui.

Sa douceur, sa gaieté, sa sincérité, son honnêteté, sa

générosité. Oser la traiter d'aventurière alors qu'elle avait toujours refusé son argent, c'était le comble de l'injustice. A Londres, il avait voulu la couvrir de cadeaux. Bijoux, vêtements, voiture et même une maison, elle avait toujours tout refusé.

Elle n'avait accepté son aide qu'une seule fois, quand il avait voulu l'épouser. Et si elle avait finalement cédé, c'était pour permettre à sa famille de garder la maison. Au contraire, Francesca était une beauté égocentrique, imbue de ses origines aristocratiques, qui vénérait l'argent et méprisait ceux qui n'en avaient pas.

Maksim repensa à ces événements avec un goût amer dans la bouche. Il s'aperçut qu'il avait honte.

« Il était de mon devoir de l'épouser, de protéger mon enfant », se répéta-t-il comme pour s'en persuader. Mais cette fois la conviction n'y était pas…

— Tu as parfaitement raison, Francesca. Grace ne ressemble pas au type de femmes auquel je me suis intéressé jusqu'à présent.

— Ça me semble une évidence, ricana Francesca. Toi et moi appartenons au même monde, nous sommes faits l'un pour l'autre. Nous obtenons ce que nous voulons, quel que soit le prix à payer. Nous sommes forts, dominants… et identiques !

— C'est faux. Je ne te ressemble pas. Et maintenant, sors. Va-t'en !

— Maksim, sois raisonnable. En refusant de m'épouser, tu sais à côté de quoi tu passes : encore plus de pouvoir, encore plus d'argent…

— Francesca, disparais avant que je te fasse jeter dehors, gronda Maksim, menaçant. Si je te revois ici, si tu recommences à importuner ma femme, tu le regretteras.

— Très bien, cracha-t-elle en se dirigeant vers la porte. Amuse-toi bien dans ta petite vie minable. Mais je t'aurai prévenu : tu en seras lassé avant même qu'elle ait pondu son enfant.

Elle claqua la porte puis ses pas résonnèrent dans le hall. Maksim inspira profondément, les mains posées à plat sur son bureau. Il lui fallait se calmer, même si au fond de lui, il savait qu'elle avait dit vrai : il était comme elle.

Il avait pourtant le sentiment d'avoir changé depuis sa récente rencontre avec une personne naturellement douce, belle, qui lui avait fait comprendre que la vie ne pouvait se réduire à l'argent…

Il entendit des pas. Grace ? Ou alors Francesca, qui osait revenir le narguer ?

Il sourit en voyant apparaître le visage de sa sœur.

— Il était temps que tu la mettes à la porte ! s'exclama Dariya. Et j'espère que cette fois, tu as été clair. Parce qu'on dirait qu'elle a besoin qu'on lui mette les points sur les « i ». Peut-être qu'en jetant une Rolex dans la Moskova, elle y plongerait et s'y noierait.

— Où est Grace ?

— Elle est montée dans ses appartements, elle ne se sentait pas bien. Sais-tu que vos invités sont seuls ?

— Grace m'a-t-elle vu entrer ici avec Francesca ?

— Oui, comme tout le monde.

— Je vais aller la voir, annonça Maksim, inquiet.

Son entrevue avec Francesca l'avait déstabilisé. Etait-il encore le même genre de personne qu'elle, ou avait-il vraiment évolué ?

Il avait besoin de retrouver Grace, d'entendre sa voix douce, calme, de se lover dans ses bras et de se libérer de ce poids qui l'empêchait de respirer.

— Laisse-la se reposer, tu la verras plus tard. Occupe-toi plutôt de tes invités et tâche de faire taire les rumeurs. Il se murmure déjà que votre mariage serait mort avant même d'avoir commencé.

Maksim secoua la tête. Il avait abandonné Grace seule avec des centaines d'inconnus tandis qu'il s'enfermait dans son bureau avec son ancienne maîtresse. Rien d'étonnant à ce qu'elle ait été prise de panique ! Surtout que depuis des jours, il n'avait rien fait ni dit qui puisse la rassurer, bien au contraire. Il l'avait laissée seule, blessée, humiliée.

Il fallait qu'il la voie, qu'il lui explique.

Francesca pensait qu'elle et lui étaient identiques ; mais en contrepoint, il entendait la voix de Grace lui affirmant qu'il était un homme profondément bon — il se souvenait exactement de l'expression qu'elle avait employée.

Quelle femme avait-il envie de croire ?

Quel homme avait-il envie d'être ?

Il se redressa, les yeux brillants.

— Je retrouve Grace. Si elle dort, je ne la réveillerai pas. Remplace-moi encore quelques minutes auprès de mes invités, ma petite sœur chérie. J'en ai pour une seconde.

Mais il fut obligé de traverser le salon de réception, où de nombreux invités le sollicitèrent. Il lui fallut un bon quart d'heure pour atteindre le bas de l'escalier.

Il frappa à la porte de Grace. Sans réponse, il frappa de nouveau, un peu plus fort. Seul le silence lui répondit, alors il ouvrit doucement la porte. Dans la pénombre, il aperçut la forme de son corps sous les draps. Il aurait voulu la serrer dans ses bras mais préféra la laisser se reposer. Et puis, qui sait où une simple et tendre étreinte aurait pu les mener, alors que les invités les attendaient en bas.

Epoux, futur père, tout avait changé dans sa vie et il s'en rendait enfin compte.

Il passa le reste de la soirée à rassurer ses amis inquiets et à tordre le cou avec la plus farouche conviction aux rumeurs naissantes. Pas une seconde pourtant il ne cessa de penser à sa jeune femme enceinte qui dormait à l'étage, esseulée, retenue dans ce qu'elle avait appelé sa prison dorée.

Quand enfin le dernier de ses convives fut parti, il remonta dans la chambre de Grace, espérant qu'elle était réveillée. Il ne pouvait plus attendre pour se blottir dans ses bras, lui dire combien il regrettait de l'avoir fait souffrir et ce qu'il ressentait vraiment.

La douce lumière rosée de l'aube filtrait à travers les persiennes. Grace était toujours dans son lit, endormie. Il voulait la voir, sans la réveiller, juste la contempler dans son sommeil pour apaiser son trouble.

En approchant, la forme sous les draps lui parut étrange : la courtepointe recouvrait tout le lit. D'un geste, il souleva les couvertures et vit… les oreillers !

Elle n'était pas là.

Son cœur cessa de battre et il dut s'asseoir quelques instants sur le lit pour reprendre ses esprits. Tournant la tête, il aperçut une enveloppe sur la table de nuit.

Maksim,

Je t'ai menti. Je n'attends pas de bébé, je ne suis pas enceinte. Je ne voulais que ton argent, mais je ne peux pas.

Demande l'annulation de notre mariage et ne cherche pas à me retrouver. Je ne veux rien.

Je te souhaite beaucoup de bonheur avec Francesca, la femme que tu aimes vraiment.

Grace

Une douleur intenable, insupportable le terrassa. Pas d'enfant ? Elle avait simulé sa grossesse ?

Ses jambes ne le portaient plus, il respirait avec difficulté. Il arracha sa cravate et relut le mot, une fois, dix fois.

Pas d'enfant !

Il froissa le petit bout de papier et le lança à travers la pièce. Il se rendit compte à quel point ce bébé avait occupé son esprit depuis le jour où Grace avait reconnu être enceinte. Même quand il avait été submergé de travail, ses pensées s'échappaient parfois. Aurait-il le caractère des Rostov ? Aurait-il les cheveux blonds et les yeux bleus de sa maman ?

Fou de douleur, il saisit la lampe de chevet et la brisa contre le mur.

Pas d'enfant !

Elle lui avait menti pour se faire épouser et profiter ainsi de son argent.

Maksim s'arrêta net au moment où il allait jeter à terre le vase de roses qui trônait sur la commode.

Profiter de son argent, Grace ?

Impossible. Il se rappelait toutes les occasions où elle avait refusé ses cadeaux. Hormis le strict nécessaire pour se loger, se nourrir et se vêtir, elle se moquait de tout. Le luxe ne l'attirait pas.

D'un bond, il fut devant son dressing, qu'il ouvrit en grand. Toutes les robes et chaussures de prix qu'il lui avait offertes malgré elle étaient là. Le diadème de la grande duchesse Olga, qu'elle avait porté durant la soirée, trônait sur une étagère.

Grace n'avait pas inventé cette histoire de grossesse et de bébé, c'était quand elle l'affirmait qu'elle mentait.

Maksim ramassa le billet froissé sur le sol.

Je ne veux rien.

Je te souhaite beaucoup de bonheur avec Francesca, la femme que tu aimes vraiment.

Francesca avait certainement convaincu Grace que c'était elle qu'il aimait, et lui n'avait rien fait pour la détromper. Il ne l'avait pas rassurée, et le regrettait amèrement désormais.

Il voulait Grace. Il voulait leur enfant.

Pourquoi avoir disparu des nuits entières, la laissant seule dans ce palais sans joie ? Etait-ce en la poussant au désespoir qu'il croyait protéger son enfant ? Il ne s'était jamais comporté comme un mari décent, il avait privé sa femme enceinte d'affection, il lui avait infligé une véritable torture morale.

De son côté, elle ne cherchait que son bonheur, même si pour cela elle devait céder la place à une autre femme, se sacrifier.

La honte l'engloutit.

Il ne méritait pas l'amour que Grace lui portait ; il ne la méritait pas. Et pourtant, il l'aimait.

Oui, il l'aimait.

Il avait laissé sa colère et son orgueil prendre le dessus et piétiner son bonheur, leur bonheur.

Comment avait-il pu être aveugle, égoïste, hautain à ce point ? Il avait tout : le pouvoir, la respectabilité, l'argent, l'influence mais sans elle, cela n'avait aucun sens, aucune valeur. A quoi bon posséder tout l'or du monde s'il avait perdu la femme qu'il aimait ?

12

Après avoir gratté le givre qui s'était formé sur la vitre du compartiment, Grace découvrit avec émerveillement le lac Baïkal et, au loin, les montagnes enneigées. Le lac le plus profond du monde était pris par les glaces et couvert d'un manteau de neige à perte de vue, avec sur ses rives des lames de glace coupante qui pouvaient atteindre trois mètres de haut.

Depuis Moscou, les jours et les nuits interminables et lugubres s'étaient succédé sans transition, au point qu'elle n'aurait pas su dire combien s'étaient écoulés.

Alors que le train ralentissait, elle aperçut un petit village de maisons de bois disséminées à flanc de colline. Elle se savait en Sibérie, mais, ne connaissant pas l'alphabet cyrillique, n'avait aucune idée précise de l'endroit où elle se trouvait.

Elle avait espéré que s'enfuir à bord du mythique Transsibérien, dont elle rêvait depuis son enfance, aurait rendu la douleur de la séparation moins vivace. Elle s'était trompée. Contrairement à ce qu'elle avait cru, ce voyage ne parvenait ni à lui faire oublier l'homme qu'elle avait choisi de quitter par amour, ni à alléger la profonde détresse dans laquelle elle se débattait.

Au moins était-elle certaine que Maksim ne la chercherait pas dans cette direction. Il vérifierait les aéroports, les trains en partance vers l'Europe de l'Ouest, mais jamais il n'imaginerait qu'elle aurait fait route vers la Sibérie.

D'ailleurs, était-il même parti à sa recherche ? Il lui arrivait souvent d'en douter.

Malgré son front collé à la vitre glacée, elle avait chaud.

La gare dans laquelle ils venaient de s'arrêter n'était qu'un simple quai blanc de neige, sur lequel trois femmes, emmitouflées dans de chauds manteaux, vendaient aux voyageurs des poissons, du pain artisanal et des fruits.

Après tant de jours passés à pleurer, le regard fixé sur un horizon lointain et vide qu'elle ne pouvait s'empêcher d'assimiler à son avenir, dans l'odeur de fumée et de sueur, Grace vit des oranges sur un étal de fortune et fut saisie de l'irrésistible envie de mordre dans leur chair juteuse et sucrée.

Elle quitta sa couchette, saisit son manteau et descendit du train. Elle échangea quelques pièces contre un fruit. Avant même de l'avoir totalement pelé, elle y mordit. Des larmes perlèrent à ses yeux. C'était délicieux, un goût de paradis.

Mais la magie se dissipa rapidement, replongeant de nouveau Grace dans les affres de la solitude. Sa vie désormais ressemblerait à cet immense lac gelé et immobile.

Dans sa poitrine, son cœur se serra. Elle pensa une fois encore aux raisons qui l'avaient poussée à fuir Maksim, à lui mentir. Il l'avait épousée par devoir, mais elle n'avait aucun droit de le priver de la femme qu'il aimait.

Elle se demandait comment elle avait pu trouver la force de lui faire ce cadeau. Maksim lui manquait tant. Sa peau, son sourire, sa force... Même ses remarques ironiques et son regard dur lui manquaient.

La nuit de son départ, elle avait rejoint le centre-ville et obtenu l'équivalent d'une centaine de dollars en cédant la bague de fiançailles de sa mère à un prêteur sur gages, à proximité de la gare Yaroslavskiy.

Depuis, elle avait sombré dans un désespoir de plus en plus profond, avec des périodes d'abattement intenses et des crises de larmes, entrecoupées de courts moments de calme.

Heureusement, la *provodnika* responsable de ce train l'avait prise sous son aile, émue de sa détresse. Solidarité de femmes meurtries par l'amour ? Elle lui apportait du poisson séché et du bortsch qu'elle récupérait dans la voiture-restaurant.

Grace laissa son regard se perdre dans l'infinie blancheur de lac. Maksim aimait une autre femme, l'enfant qu'elle portait allait grandir sans son père, le bijou, symbole de l'amour de ses parents, était maintenant dans des mains étrangères… Elle se demanda si l'amour laissait une cicatrice dans le cœur de chaque être, comme un point noir à la surface immaculée du lac.

Sauf que ce point noir grossissait à vue d'œil et se transformait en camion, qui fonçait droit sur le train.

Elle détestait avoir été obligée d'écrire ce billet mensonger mais, dans l'urgence, elle n'avait pas trouvé d'autre moyen pour rendre sa liberté à Maksim. Si elle s'était enfuie sans le détromper quant à sa future paternité, il aurait remué ciel et terre pour la retrouver. Il serait arrivé à ses fins et, une fois de nouveau auprès de lui, Grace n'aurait pas eu la force de se sacrifier pour lui une deuxième fois.

Pour l'instant, elle vivait sa liberté comme une mort lente et douce. D'ici quelques jours, au terme de cette traversée sibérienne, elle serait à Vladivostok, où elle achèterait un billet pour rejoindre la Californie. Là-bas, elle chercherait un emploi et élèverait son enfant seule, au soleil.

Elle inspira profondément. Le camion noir s'était arrêté

à côté du quai. Même la pensée du soleil californien n'avait pas réussi à lui donner un embryon de joie, une once de bonheur.

Une silhouette avançait vers elle, sortie d'un halo d'écume poudreuse, guerrier gothique drapé dans un long manteau noir, dans un décor de neige et de glace comme sculpté par des géants venus du ciel.

Grace lâcha son orange, qui roula à ses pieds.

— Maksim… balbutia-t-elle.

Il la prit dans ses bras et l'embrassa avec fougue.

— Grace, mon amour, j'ai craint de ne jamais te retrouver.

— Que… que fais-tu ici ?

Craignant d'être victime d'une hallucination, elle tendit la main vers ses joues couvertes d'une barbe de plusieurs jours. Jamais elle ne l'avait vu aussi négligé.

— Ce train était mon dernier espoir. Il y a quatre jours que je n'ai pas dormi, mais qu'importe puisque je t'ai retrouvée !

Il lui souleva le menton du bout des doigts.

— Je *vous* ai retrouvés, nuança-t-il. Tous les deux.

Grace baissa les yeux, incapable de soutenir son regard. Ainsi, il n'avait pas cru à son billet…

Elle ouvrit la bouche pour persister dans son mensonge, mais elle en fut incapable.

— Je suis désolée, sanglota-t-elle en enfouissant sa tête contre sa poitrine.

— Désolée, mais de quoi donc *solnishka mayo* ? C'est moi qui suis désolé.

— Je voulais te rendre ta liberté, je voulais te permettre d'être heureux, mais j'ai échoué.

— Echoué, répéta-t-il en éclatant de rire. Tu ne crois pas que je commence à te connaître ? Je sais que tu as un cœur gros comme le monde et j'ai très vite compris que tu avais choisi de sacrifier ton bonheur au profit du mien.

— De la même façon que tu avais renoncé à utiliser mes confidences par respect de la parole que tu m'avais donnée.

Sans qu'elle puisse rien faire pour les contenir, les larmes jaillirent de nouveau de ses yeux.

— Grace, tu es la femme que j'aime, la seule femme que j'aie jamais aimée et la seule que j'aimerai.

— Moi ? murmura-t-elle.

— Mon avion nous attend de l'autre côté du lac, annonça-t-il en la prenant par les épaules, rentrons chez nous.

— Chez nous ?

— Je voudrais que tu comprennes une chose, *solnishka mayo*, je ne t'ai pas épousée uniquement parce que tu étais enceinte. Même quand je t'ai détestée, je savais au fond de moi que tu étais celle que j'attendais depuis toujours. Tu es ma princesse, ma femme, je t'appartiens. Je t'aime de toute mon âme et je t'aimerai jusqu'à mon dernier jour.

En réponse à son regard incrédule, il l'embrassa avec passion.

Elle entendit des applaudissements, des cris en russe, chinois, et bien d'autres langues qu'elle ne connaissait pas. Elle s'écarta de Maksim, les joues rosies de gêne, et découvrit des grappes de voyageurs de tous âges, sur le quai et aux fenêtres des wagons, heureux d'être les témoins de tant de bonheur.

Elle leva les yeux sur son mari et lut une joie brute, pure sur ses traits virils.

Il l'enlaça et l'enferma dans les pans de son long manteau.

— Nous sommes le 6 janvier, sais-tu ce que l'on fête ?

— L'Epiphanie.

— Oui, mais c'est également la veille de Noël.

— Noël est passé depuis deux semaines !

— En Russie, Noël est fêté le 7 janvier.

Maksim se tourna vers les voyageurs et sembla ravi de ce public enthousiaste.

— Montrons-leur ce qu'est l'amour.

Le baiser qu'ils échangèrent fut si long et si sincère qu'elle n'entendit ni les applaudissements des passagers, ni le sifflet du train quittant la gare : elle n'entendait plus que les battements de leurs deux cœurs.

Les bras chargés de paquets, Grace descendait les escaliers de leur maison du Dartmoor.

Entendant du bruit dans la pièce en dessous, elle se figea. Ses frères ne croyaient plus au Père Noël depuis longtemps, mais Sergueï, lui, avait quatre mois. Elle avait accouché trois semaines avant le terme d'un beau garçon de plus de trois kilos, qui grandissait à vue d'œil.

Elle sourit toute seule. Seule une maman débordant de fierté pouvait imaginer que son bébé allait essayer de la coincer sur l'existence du Père Noël !

Grace avait passé ses derniers mois de grossesse à décorer et meubler ce manoir, qu'elle avait connu totalement vide le jour où Sergueï avait été conçu. Il était maintenant chaleureux et confortable. Elle avait également apporté sa touche personnelle à la décoration de leurs autres propriétés disséminées un peu partout dans le monde, mais celle-ci était sa préférée.

C'était leur foyer, un havre de bonheur et de paix.

Grace apprécia sous sa main la douceur de la rampe de bois patiné par les ans. De l'escalier elle admira le salon décoré, le feu de bois crépitant dans l'âtre et le sapin.

Elle marqua une halte en apercevant son mari, torse

nu, allant et venant devant le grand sapin avec leur enfant dans les bras.

— Il s'est endormi, murmura Maksim en posant un tendre baiser sur le petit crâne duveteux. Je vais le monter dans son berceau.

Grace acquiesça avec un sourire. Elle se demandait ce qu'elle avait fait pour mériter un tel bonheur. Sa vie était un rêve.

La veille, Maksim lui avait fait la surprise de faire venir toute sa famille des Etats-Unis pour le premier Noël de Sergueï.

— Ma chérie, lui avait confié sa mère pendant qu'ils dégustaient le traditionnel chocolat chaud avec des marshmallows, comme vous devez être heureux ici.

Grace déposa les paquets au pied de l'arbre et, satisfaite du résultat, sourit. Enfin, elle plaça le dernier, le plus petit, sur un plateau d'argent. C'était le cadeau pour sa mère, la bague de fiançailles que Maksim avait, après des mois de recherche, finit par retrouver quelques semaines plus tôt à Moscou. Lorsqu'il la lui avait montrée, Grace avait pleuré de gratitude.

A son annulaire gauche scintillait un diamant de dix carats entouré de saphirs montés sur or que Maksim lui avait offert le même jour.

— J'ai voulu un bijou à l'image de tes cheveux et de tes yeux. Cette fois tu ne peux pas me le refuser, avait-il ajouté moqueur.

Grace ne l'avait, en effet, pas refusé. La bague était idéalement assortie avec l'alliance qu'il lui avait achetée le jour du Noël russe l'année précédente.

De son côté, elle avait trouvé le cadeau idéal pour un homme qui avait tout : elle avait encadré une photographie de Sergueï portant un pyjama sur lequel elle avait brodé : *Je vais être grand frère.*

Imaginant la réaction de Maksim, ses yeux s'emplirent de larmes.

A l'étage du dessus, ses frères se réveillaient ; ils n'allaient pas tarder à se ruer au pied du sapin.

Sa mère avait exigé de préparer le brunch pour toute la famille, libérant ainsi le personnel ravi de passer Noël en famille.

Consciente du bonheur qui était le sien, Grace regarda par la fenêtre la campagne enneigée baignée de la lumière du matin.

Elle entendit les pas de Maksim dans l'escalier et sut que le soleil brillerait toujours sur sa vie.

Achevé d'imprimer en France par CPI
en novembre 2022

N° d'impression : 2068562